A GUARDIÃ DA MINHA IRMÃ

JODI PICOULT

A GUARDIÃ DA MINHA IRMÃ

Tradução
Julia Romeu

2ª edição

Rio de Janeiro-RJ / Campinas-SP, 2021

Editora
Raïssa Castro

Coordenadora editorial
Ana Paula Gomes

Copidesque
Ana Paula Gomes

Revisão
Anna Carolina G. de Souza

Projeto gráfico
André S. Tavares da Silva

Imagem da capa
James Cotier/Getty Images

Título original: *My Sister's Keeper: A Novel*

ISBN: 978-85-7686-129-4

Copyright © Jodi Picoult, 2004
Publicado mediante acordo com Atria Books, divisão da Simon & Schuster, Inc.

Tradução © Verus Editora, 2011
Direitos reservados em língua portuguesa, no Brasil, por Verus Editora. Nenhuma parte desta obra pode ser reproduzida ou transmitida por qualquer forma e/ou quaisquer meios (eletrônico ou mecânico, incluindo fotocópia e gravação) ou arquivada em qualquer sistema ou banco de dados sem permissão escrita da editora.

Verus Editora Ltda.
Rua Benedicto Aristides Ribeiro, 41, Jd. Santa Genebra II, Campinas/SP, 13084-753
Fone/Fax: (19) 3249-0001 | www.veruseditora.com.br

CIP-BRASIL. CATALOGAÇÃO NA FONTE
SINDICATO NACIONAL DOS EDITORES DE LIVROS, RJ

P666g

Picoult, Jodi, 1966-
 A guardiã da minha irmã / Jodi Picoult ; tradução Julia Romeu. - 2. ed. - Campinas, SP : Verus, 2021.
 23 cm

 Tradução de: My sister's keeper : a novel
 ISBN 978-85-7686-129-4

 1. Irmãs - Ficção. 2. Adolescentes (Meninas) - Ficção. 3. Leucemia - Pacientes - Ficção. 4. Doação de órgãos, tecidos etc. - Ficção. 5. Romance americano. I. Romeu, Julia. II. Título.

11-2585
CDD: 813
CDU: 821.111(73)-3

Revisado conforme o novo acordo ortográfico.

*Para os Curran,
a melhor família de quem não somos tecnicamente parentes.
Obrigada por serem uma parte tão importante da nossa vida.*

AGRADECIMENTOS

Como mãe de uma criança que passou por dez cirurgias em três anos, gostaria de agradecer primeiro aos médicos e enfermeiros que rotineiramente transformam os momentos mais difíceis que uma família pode viver em algo menos doloroso. Ao dr. Roland Eavey e aos enfermeiros da ala pediátrica do Hospital de Olhos e Ouvidos de Massachusetts, obrigada pelo final feliz que aconteceu de verdade. Ao escrever *A guardiã da minha irmã*, como sempre, pude me lembrar de como sei pouco e de quanto dependo da experiência e do intelecto de outras pessoas. Por permitir que eu emprestasse coisas de sua vida tanto pessoal quanto profissional, ou pelas sugestões dignas de gênios da literatura, agradeço a Jennifer Sternick, Sherry Fritzsche, Giancarlo Cicchetti, Greg Kachejian, dr. Vincent Guarerra, dr. Richard Stone, dr. Farid Boulad, dr. Eric Terman, dr. James Umlas, Wyatt Fox, Andrea Greene e dr. Michael Goldman, Lori Thompson, Synthia Follensbee, Robin Kall, Mary Ann McKenney, Harriet St. Laurent, April Murdoch, Aidan Curran, Jane Picoult e Jo-Ann Mapson. Por me transformar no capitão por uma noite e me deixar fazer parte de uma verdadeira equipe de combate a incêndios, obrigada a Michael Clark, Dave Hautanemi, Richard "Pokey" Low e Jim Belanger (que também ganha uma estrelinha por corrigir os meus erros). Agradeço a Carolyn Reidy, Judith Curr, Camille McDuffie, Laura Mullen, Sarah Branham, Karen Mender, Shannon McKenna, Paolo Pepe, Seale Ballenger, Anne Harris e à indomável equipe de vendas da Atria pelo enorme apoio. Minha verdadeira gratidão a Laura Gross por acreditar primeiro em mim. Meu sincero reconhecimento a Emily Bestler, pelos conselhos extraordinários e pela liberdade que me permitiu abrir as asas. A Scott e Amanda MacLellan e Dave Cranmer – que me ofereceram informações sobre os triunfos e as tragédias de conviver com uma doença grave –, obrigada pela generosidade, e meus sinceros votos de um futuro longo e sadio.

E, como sempre, obrigada a Kyle, Jake, Sammy e principalmente a Tim, por serem o que mais importa.

Prólogo

Ninguém inicia uma guerra – ou melhor, nenhum ser racional deveria fazê-lo – sem antes ter certeza do que deseja alcançar com essa guerra e de como pretende levá-la adiante.

— Carl von Clausewitz, *Da guerra*

Na minha lembrança mais antiga, eu tenho três anos e estou tentando matar minha irmã. Às vezes a cena é tão clara que me lembro da sensação da fronha contra a pele, da ponta do nariz dela pressionando a palma da minha mão. Ela não tinha a menor chance, é claro, mas mesmo assim não funcionou. Meu pai passou por ali enquanto arrumava as últimas coisas antes de dormir e a salvou. Ele me levou de volta para a cama.

— Vamos fingir que isso nunca aconteceu — disse.

Quando fomos ficando mais velhas, eu parecia não existir, a não ser em relação a ela. Eu a observava dormindo do outro lado do quarto, com uma longa sombra entre nossas camas, e enumerava as maneiras. Veneno no cereal dela. Uma correnteza perversa na praia. Um raio.

No fim das contas, acabei não matando minha irmã. Ela mesma se encarregou disso.

Ou pelo menos é disso que eu tento me convencer.

SEGUNDA-FEIRA

Irmão, eu sou o fogo
Vagando sob o oceano.
Jamais o conhecerei, irmão –
Só daqui a muitos anos;
Talvez milhares de anos, irmão.
Então, eu o aquecerei,
O apertarei contra mim, o envolverei em círculos,
O usarei e o farei mudar –
Talvez milhares de anos, irmão.

— CARL SANDBURG, "Kin"

ANNA

Quando eu era pequena, o grande mistério para mim não era *como* os bebês eram feitos, mas *por quê*. A mecânica eu entendia – meu irmão mais velho, Jesse, havia me explicado, embora na época eu tivesse certeza de que ele não compreendera bem o que escutara. As outras crianças da minha idade gostavam de procurar "pênis" e "vagina" no dicionário da sala de aula quando a professora estava de costas, mas eu prestava atenção em outros detalhes. Por exemplo, por que algumas mães só tinham um filho, enquanto outras famílias pareciam se multiplicar diante de nossos olhos. Ou como a menina nova da escola, Sedona, contava para todo mundo que havia sido batizada em homenagem ao lugar onde seus pais estavam passando férias quando ela foi concebida ("Que bom que eles não tinham viajado para Jersey City", meu pai costumava dizer).

Agora que tenho treze anos, essas distinções só ficaram mais complicadas: tem a menina da oitava série que teve de sair da escola porque "pegou barriga" e uma vizinha que engravidou "de propósito" para tentar segurar o marido. Pode acreditar, se alienígenas chegassem à Terra hoje e pesquisassem por que os bebês nascem, iam concluir que a maioria das pessoas tem filho por acidente, porque beberam demais certa noite, ou porque os métodos anticoncepcionais não são cem por cento, ou por mil outros motivos que não são muito bonitos.

Por outro lado, eu nasci por um propósito muito específico. Não fui o resultado de uma garrafa de vinho barata, ou de uma lua cheia, ou do calor do momento. Nasci porque um cientista conseguiu misturar os óvulos da minha mãe e o esperma do meu pai de modo que criasse uma combinação determinada de um precioso material genético. Na verdade, quando Jesse me contou como os bebês são feitos e eu, a grande cética, decidi perguntar aos meus pais se aquilo era verdade, acabei sabendo mais do que gostaria. Eles me fizeram sentar e me contaram toda a historinha de praxe, é claro – mas também explicaram que escolheram especificamente o meu embriãozinho porque eu ia poder salvar a minha irmã, Kate.

– Nós a amamos ainda mais – minha mãe fez questão de dizer –, porque sabíamos exatamente o que você seria.

Mas aquilo me fez pensar no que teria acontecido se Kate fosse saudável. É provável que eu ainda estivesse flutuando no paraíso ou sei lá onde, esperando para me ligar a um corpo e poder passar algum tempo na terra. Certamente, eu não faria parte desta família. Ao contrário do resto do mundo, não cheguei aqui por acidente. E, se seus pais só tiveram você por um motivo, é melhor esse motivo existir. Porque, quando ele desaparecer, você vai desaparecer também.

Casas de penhores podem ser cheias de porcarias, mas também são um terreno fértil para histórias, se você quiser saber minha opinião. O que aconteceu com aquela pessoa para penhorar seu Solitário de Diamante Jamais Usado? Quem precisava tanto de dinheiro a ponto de vender um urso de pelúcia com apenas um olho? Enquanto me aproximo do balcão, me pergunto se alguém vai olhar para o pingente que estou prestes a abandonar e também imaginar como ele foi parar ali.

O homem diante da caixa registradora tem o nariz em forma de nabo e olhos tão fundos que não sei como consegue ver bem o suficiente para não se atrapalhar.

– Está precisando de alguma coisa? – ele pergunta.

Faço o maior esforço do mundo para não me virar e sair dali, fingindo que entrei na loja por engano. Só não perco a coragem por saber que não sou a primeira pessoa a parar na frente daquele balcão tendo nas mãos o único item do qual jamais imaginou se separar.

– Tenho uma coisa para vender – digo ao homem.

– Eu vou ter de adivinhar o que é?

– Ah.

Engolindo em seco, pego o pingente no bolso da minha calça jeans. O coração cai sobre o balcão de vidro, com a corrente que o prende formando um lago ao seu redor.

— É de ouro catorze quilates – eu digo, para valorizar. – Quase nunca foi usado.

Isso é mentira – essa manhã, eu o tirei pela primeira vez em sete anos. Meu pai me deu o pingente num colar quando eu tinha seis anos, depois da colheita da medula óssea, e disse que uma menina que estava dando um presente tão incrível para a irmã merecia um presente incrível também. Quando o vejo ali, naquele balcão, sinto meu pescoço nu estremecer de frio.

O dono da loja coloca uma lupa diante do olho, o que o faz parecer quase do tamanho de um olho normal.

– Vinte – ele diz.
– *Dólares?*
– Não, pesos. O que você achou que ia ser?
– Ele vale cinco vezes mais!

Estou chutando o preço. O dono da loja dá de ombros.

– Não sou eu que estou precisando de dinheiro.

Apanho o pingente, resignando-me a fechar o negócio, e a coisa mais estranha do mundo acontece – meu punho se cerra com força, como se fosse um alicate hidráulico. Meu rosto fica vermelho com o esforço de abrir os dedos, um por um. Parece que leva uma hora para o pingente cair sobre a palma da mão do homem. Ele não para de me encarar, dessa vez com um olhar mais suave.

– Diga a eles que o perdeu – sugere, sem cobrar a mais pelo conselho.

Se o sr. Webster tivesse decidido incluir a palavra "bizarra" em seu dicionário, a melhor definição que poderia ter dado para ela seria "Anna Fitzgerald". Não é só a minha aparência: magra como um refugiado, sem peito algum, com cabelos cor de lama e sardas nas bochechas que parecem fazer parte de um jogo de ligar os pontos e que não saem com suco de limão, protetor solar nem, infelizmente, com lixa de polir madeira. Deus obviamente estava de mau humor no dia em que nasci, porque, a essa fabulosa combinação física, ele acrescentou um contexto – minha família.

Meus pais tentaram fazer nossa vida ser normal, mas esse é um termo relativo. A verdade é que eu nunca fui criança. Para ser honesta, Kate e Jesse também não. Acho que talvez meu irmão tenha tido seu lugar ao sol durante os quatro anos em que existiu antes de a doença de Kate ser diagnosticada, mas, desde então, ficamos tão ocupados seguindo tudo de perto que acabamos precipitadamente na vida adulta. Sabe como a maioria das crianças acha que é um personagem de desenho animado e pensa que, se uma bigorna cair na cabeça delas, elas vão poder se desgrudar da calçada e seguir em frente? Bem, eu nunca acreditei nisso. Como poderia, se nós praticamente colocávamos um prato para a Morte na mesa de jantar?

Kate tem leucemia promielocítica aguda. Aliás, não é bem verdade – neste momento minha irmã não tem a doença, que está hibernando sob sua pele como um urso, até decidir voltar a rugir. A doença de Kate foi diagnosticada quando ela tinha dois anos; hoje ela tem dezesseis. "Recaída molecular", "granulócito" e "cateter" são palavras que fazem parte do meu vocabulário, embora eu não vá encontrá-las em nenhuma prova de vestibular. Eu sou uma doadora alogênica, perfeitamente compatível com minha irmã. Quando Kate precisa de leucócitos, células-tronco ou medula óssea para enganar seu corpo e fazê-lo pensar que é saudável, sou eu quem os fornece. Quase toda vez que Kate vai parar no hospital, eu acabo sendo internada também.

Nada disso significa coisa alguma, exceto que você não deve acreditar no que ouve sobre mim, principalmente quando sou eu que estou dizendo.

Quando estou subindo a escada, minha mãe sai do quarto usando mais um vestido de gala.

– Ah – ela diz, virando de costas para mim. – Era você mesma que eu estava procurando.

Fecho o zíper do vestido e a observo dar um rodopio. Minha mãe poderia ser bonita, se caísse de paraquedas na vida de outra pessoa. Ela tem longos cabelos negros e as saboneteiras saltadas de uma princesa, mas os cantos da boca estão sempre virados para baixo, como se ela tivesse acabado de receber uma notícia horrível que deixou um sabor amargo. Minha mãe não tem muito tempo livre, já que seus horários podem mudar drasticamente se aparecer uma mancha roxa na minha irmã ou se seu nariz começar a sangrar, mas passa cada minuto de folga navegando pelo site www.bluefly.com e encomendando vestidos ridiculamente chiques para usar em lugares aonde jamais irá.

— O que você acha? – ela pergunta.

O vestido tem as cores do pôr do sol e é feito de um material que farfalha quando ela se move. É um tomara que caia, algo que uma estrela de cinema usaria para ir a um evento – definitivamente formal demais para uma casa de subúrbio na cidade de Upper Darby, Rhode Island. Minha mãe enrola o cabelo num coque e o segura com uma das mãos. Em cima de sua cama, há outros três vestidos – um preto justo, um coberto de canutilhos e outro que parece inacreditavelmente pequeno.

– Você está...

Cansada, eu penso. A palavra borbulha na minha boca.

Minha mãe fica completamente imóvel, e me pergunto se eu disse em voz alta o que pensei, sem querer. Ela ergue uma das mãos, silenciando-me, e inclina o ouvido na direção da porta aberta.

– Ouviu isso? – pergunta.

– O quê?

– A Kate.

– Não ouvi nada.

Mas ela não confia em mim, pois, quando o assunto é Kate, não confia em ninguém. Marcha escada acima e abre a porta do nosso quarto, encontrando minha irmã histérica na cama. Em um segundo, o mundo desaba de novo. Meu pai, que tem vocação para astrônomo, uma vez tentou me explicar os buracos negros, como eles são tão pesados que absorvem tudo, até a luz, levando-a para seu centro. Momentos como este têm o mesmo tipo de vácuo – você pode se agarrar ao que quiser, mas vai acabar sendo sugado.

– Kate! – minha mãe cai de joelhos no chão, com aquela saia idiota esparramada ao redor. – Kate, meu amor, onde é que está doendo?

Kate aperta um travesseiro contra o peito, e lágrimas lhe escorrem pelo rosto. Seu cabelo loiro está grudado nas bochechas, formando faixas molhadas; ela respira com dificuldade. Fico paralisada na porta do meu próprio quarto, aguardando instruções: "Ligue para o seu pai. Chame a ambulância. Ligue para o dr. Chance". Minha mãe chega a ponto de sacudir Kate, esperando uma explicação.

– É o Preston – diz minha irmã, soluçando. – Ele vai largar a Serena de vez.

Só então vemos a TV ligada. Na tela, um loirinho bonito olha com tristeza para uma mulher que chora quase tanto quanto Kate, e então fecha a porta com um estrondo.

— Mas onde dói? — minha mãe pergunta, certa de que deve haver um motivo maior do que aquele.

— Ai, meu *Deus*! — diz Kate, fungando. — Você tem ideia de tudo que a Serena e o Preston já passaram? Tem?

O nó que havia dentro de mim se solta quando vejo que está tudo bem. O normal, na nossa casa, é como um cobertor pequeno demais para a cama — às vezes você consegue se cobrir bem com ele, mas às vezes ele lhe deixa tremendo de frio, e o pior é que você nunca sabe qual dos dois vai acontecer. Sento-me ao pé da cama de Kate. Embora eu só tenha treze anos, sou mais alta do que ela, e às vezes as pessoas acham que sou mais velha. Neste verão, ela já foi apaixonada por Callahan, Wyatt e Liam, os protagonistas dessa novela. Agora, acho que seu grande amor é Preston.

— Teve aquela vez em que eles quase foram sequestrados — eu digo. Fiquei por dentro da trama quando Kate me obrigou a gravar a novela durante suas sessões de diálise.

— E aquela outra em que ela quase casou com o irmão gêmeo dele por engano — acrescenta Kate.

— Não esqueça que o Preston também morreu naquele acidente de barco. Pelo menos passaram dois meses achando que ele estava morto — diz minha mãe, entrando na conversa e me fazendo lembrar que costumava assistir a essa novela também, quando fazia companhia a Kate no hospital.

Neste momento, Kate nota a roupa dela.

— Que vestido é *esse*?

— Ah. É um vestido que vou devolver.

Minha mãe se ergue diante de mim para que eu abra o zíper. No caso de qualquer outra mãe, essa compulsão por comprar roupas pela internet seria motivo de terapia; no caso da minha, provavelmente seria considerada uma maneira saudável de descansar a cabeça. Eu me pergunto se o que ela tanto gosta é de vestir a pele de outra pessoa por um tempo, ou se é da opção de poder devolver algo que não se ajusta a você. Ela olha muito séria para Kate.

— Tem certeza que não está sentindo dor?

Quando minha mãe sai, Kate afunda um pouco. É a única maneira de descrever o que acontece com ela – a forma como a cor lhe escapa do rosto, e como ela desaparece em meio aos travesseiros. Conforme vai ficando doente, minha irmã vai se apagando cada vez mais, e eu tenho medo de um dia acordar e não conseguir mais vê-la.

– Saia daí – ela ordena. – Você está na frente da televisão.

Então vou sentar na minha cama.

– Só estão mostrando o que vai passar mais tarde.

– Bom, se eu morrer hoje, quero saber o que vou perder.

Afofo os travesseiros sob a minha cabeça. Kate, como sempre, trocou comigo e ficou com todos os macios, que não parecem ter pedrinhas dentro. Supostamente, ela merece os travesseiros melhores, porque é três anos mais velha que eu, porque é doente ou porque a lua está em aquário – *sempre* tem um motivo. Aperto os olhos para observar a televisão, desejando poder ver o que está passando nos outros canais, mas sabendo que não tenho a menor chance.

– O Preston parece de plástico.

– Então por que ouvi você sussurrando o nome dele ontem à noite?

– Cale a boca – eu digo.

– Cale a boca *você* – Kate diz e sorri para mim. – Mas ele deve ser gay. É o maior desperdício, ainda mais se você pensar que as irmãs Fitzgerald são...

Estremecendo, ela para no meio da frase e eu rolo em sua direção.

– Kate?

Ela massageia a lombar.

– Não é nada.

São seus rins.

– Quer que eu chame a mamãe?

– Ainda não.

Ela estica o braço sobre o vão entre nossas camas, do tamanho exato para conseguirmos dar as mãos, se quisermos. Estico o braço também. Quando éramos pequenas, fazíamos essa ponte para ver quantas Barbies era possível equilibrar sobre ela.

Ultimamente, tenho tido pesadelos em que estou cortada em tantos pedaços que não é possível me juntar de volta.

Meu pai diz que um incêndio sempre acaba se apagando sozinho, a não ser que você abra a janela e o avive. Acho que é isso que estou fazendo, no fim das contas. Por outro lado, meu pai também diz que, quando as chamas estão lambendo seus sapatos, você tem de quebrar uma ou duas paredes se quiser escapar. Por isso, quando Kate cai no sono por causa dos remédios, pego o fichário de couro que guardo debaixo do colchão e vou para o banheiro para ter privacidade. Sei que Kate anda bisbilhotando – coloquei um pedaço de linha vermelha entre os dentes do zíper para saber quem estava mexendo nas minhas coisas sem permissão, mas, embora a linha tenha sido partida, não está faltando nada lá dentro. Abro a torneira da banheira, para parecer que entrei no banheiro por um motivo, e me sento no chão para contar.

Com os vinte dólares da casa de penhores, tenho cento e trinta e seis dólares e oitenta e sete centavos. Não vai ser suficiente, mas deve haver uma forma de contornar isso. Jesse não tinha dois mil e novecentos dólares quando comprou aquele jipe velho, e o banco lhe fez algum tipo de empréstimo. É claro que meus pais tiveram de assinar a papelada também, e duvido que se disponham a fazer isso por mim, dadas as circunstâncias. Conto as notas mais uma vez, para o caso de terem miraculosamente se reproduzido, mas matemática é matemática e o total permanece o mesmo. Então, leio os recortes de jornal.

Campbell Alexander. É um nome idiota, na minha opinião. Parece um drinque caro demais ou uma corretora de valores. Mas não dá para negar o histórico do cara.

Para ir até o quarto do meu irmão, você precisa sair da casa, e é exatamente assim que ele gosta. Quando Jesse fez dezesseis anos, ele se mudou para o sótão, que fica em cima da garagem – uma solução perfeita, já que ele não queria que meus pais vissem o que fazia, e meus pais no fundo não queriam ver mesmo. Bloqueando a escada que dá acesso ao seu quarto, há quatro pneus de neve, uma pilha de engradados e uma escrivaninha de carvalho virada de lado. Às vezes, acho que é o próprio Jesse quem coloca esses obstáculos ali, para que chegar até ele se torne um desafio.

Rastejo por cima da bagunça e subo a escada, que vibra com o baixo saindo da caixa de som de Jesse. Ele leva quase cinco minutos para me ouvir batendo.

– Que foi? – pergunta irritado, abrindo uma frestinha da porta.

– Posso entrar?

Ele pensa, então se afasta para me deixar passar. O quarto é um mar de roupas sujas, revistas e caixinhas de comida chinesa; o cheiro parece o da lingueta suada de patins de hóquei. O único lugar arrumado é a prateleira onde Jesse guarda sua coleção especial: o mascote prateado da Jaguar, o símbolo da Mercedes, o cavalo da Mustang – enfeites de carro que ele me disse ter encontrado por aí, embora eu não seja idiota o suficiente para acreditar.

Não entenda mal – não é que meus pais não se importem com Jesse ou com as confusões em que ele se mete. A questão é que eles não têm tempo de se importar com isso, pois é um problema menor na hierarquia das coisas.

Jesse me ignora e volta a fazer o que estava fazendo do outro lado da bagunça. Uma panela elétrica me chama atenção – ela desapareceu da cozinha há alguns meses e agora está em cima da televisão dele, com um tubo de cobre saindo da tampa, atravessando uma garrafa plástica cheia de gelo e despejando algo num jarro de vidro. Jesse pode ser quase um delinquente, mas é brilhante. Quando estou prestes a tocar a geringonça, ele se vira.

– Ei!

Ele quase voa sobre o sofá para afastar minha mão dali.

– Você vai quebrar a bobina condensadora.

– Isso é o que eu estou pensando?

Meu irmão dá um sorriso perverso.

– Depende do que você está pensando.

Ele pega o jarro de vidro e o líquido passa a pingar no tapete.

– Prove.

Para um alambique colado com cuspe, até que aquele produz um uísque bem potente. Um calor infernal percorre minha barriga e minhas pernas, e eu me jogo no sofá.

– Que nojo! – digo, engasgada.

Jesse ri e dá um gole também, embora com ele o líquido desça mais macio.

– Então, o que você quer de mim?

— Como você sabe que eu quero alguma coisa?

— Porque ninguém sobe aqui só para me visitar — ele diz, sentado no braço do sofá. — E, se fosse sobre a Kate, você já teria me dito.

— Mas é sobre a Kate. Mais ou menos.

Coloco os recortes de jornal na mão do meu irmão; eles explicarão tudo melhor do que eu conseguiria. Ele dá uma lida e então me olha bem nos olhos. Os dele são de um cinza muito pálido, tão surpreendentes que, quando ele nos encara, às vezes esquecemos o que estávamos planejando dizer.

— Não bagunce o coreto, Anna — Jesse diz amargamente. — Todo mundo já decorou seu papel. Kate é a Mártir. Eu sou a Causa Perdida. E você é a Pacificadora.

Ele pensa que me conhece, mas eu também o conheço — e, quando o assunto é briga, Jesse é um viciado. Eu o encaro.

— Quem disse?

Jesse concorda em me esperar no estacionamento. É uma das poucas vezes em que me lembro de vê-lo fazer algo que pedi. Vou até a frente do prédio, que tem duas gárgulas guardando a entrada.

O escritório do advogado Campbell Alexander é no terceiro andar. As paredes são cobertas por painéis de madeira da cor de pelo de cavalo e, quando piso no grosso tapete oriental, meus tênis afundam três centímetros. A secretária está usando sapatos pretos de salto, tão brilhantes que dá para ver meu rosto refletido neles. Olho para baixo e vejo meus shorts desfiados e os Keds que rabisquei com canetinha na semana passada, num momento de tédio.

A secretária tem a pele perfeita, as sobrancelhas perfeitas e lábios dourados, que está usando para gritar horrivelmente com quem quer que esteja do outro lado da linha.

— Você não pode esperar que eu diga isso a um juiz! Só porque *você* não quer ouvir o Kleman tendo um ataque, não significa que *eu* tenha que fazer isso... Não, na verdade aquele aumento foi por causa do trabalho excepcional que eu faço e pelas coisas que tenho que aguentar todos os dias. Aliás, já que estamos falando nisso...

Ela afasta o telefone do ouvido. Dá para ouvir o barulho da linha, o que significa que a outra pessoa desligou.

– Filho da mãe – murmura a secretária, e então percebe que estou a um metro dela. – Posso ajudar em alguma coisa?

Ela me olha de cima a baixo, me avaliando numa escala geral de primeiras impressões e não me achando grande coisa. Ergo o queixo e finjo ser bem mais descolada do que realmente sou.

– Tenho hora marcada com o sr. Alexander. Às quatro.

– Sua voz – diz a mulher. – No telefone, você não pareceu ser tão... *Jovem?*

Ela dá um sorriso constrangido.

– Nós não defendemos menores. Se você quiser, posso lhe dar alguns nomes de advogados que...

Respiro fundo.

– Na verdade – interrompo –, você está enganada. Smith contra Whately, Edmunds contra Hospital de Mulheres e Crianças e Jerome contra Diocese de Providence são todos processos envolvendo litigantes com menos de dezoito anos. Todos os três obtiveram veredictos favoráveis aos clientes do sr. Alexander. E isso foi só *no ano passado*.

A secretária pisca para mim. Um sorriso lentamente aquece seu rosto, como se ela tivesse decidido que talvez goste de mim.

– Pensando bem, por que você não espera no escritório dele? – sugere, levantando para me mostrar onde é.

Mesmo que eu passasse cada minuto do resto da minha vida lendo, acho que jamais conseguiria consumir o incrível número de palavras que se espalham por todas as paredes do escritório de Campbell Alexander, advogado. Faço as contas: se há mais ou menos quatrocentas palavras em cada página, e cada um desses livros de direito tem cerca de quatrocentas páginas, e há vinte em cada prateleira e seis prateleiras em cada estante – uau, dá mais de dezenove milhões de palavras, e isso em apenas metade da sala.

Fico sozinha ali tempo suficiente para perceber que a mesa dele é tão arrumada que daria para jogar futebol de botão no risque-rabisque; que não há nenhuma foto de esposa, filho, nem sequer dele mesmo; e que, apesar de o lugar estar organizadíssimo, há uma xícara cheia de água no chão.

Começo a inventar explicações: É uma piscina para um exército de formigas. É uma espécie de umidificador primitivo. É uma miragem.

Já estou quase convencida da última hipótese, e estou me inclinando para tocar a xícara e ver se ela é real, quando a porta se abre com um estrondo. Quase caio da cadeira, o que me coloca na altura dos olhos do pastor alemão que está entrando. Ele me trespassa com o olhar e então marcha até a xícara e começa a beber.

Campbell Alexander também entra. Tem cabelos negros e pelo menos a altura do meu pai – um metro e oitenta e três –, o maxilar quadrado e uma expressão gélida nos olhos. Ele se contorce para tirar o paletó e o pendura com cuidado atrás da porta, pegando uma pasta de dentro de um armário antes de se dirigir à mesa. Não me olha nos olhos, mas começa a falar mesmo assim.

– Não quero comprar biscoitos de escoteiras – diz. – Mas você bem que merecia um doce pela persistência. Ha.

Ele sorri da própria piada.

– Não estou vendendo nada.

Ele me observa com curiosidade e então aperta um botão em seu telefone.

– Kerri – diz, quando a secretária atende. – O que isto está fazendo no meu escritório?

– Estou aqui para contratar você – digo.

O advogado tira o dedo do botão.

– Acho que isso não vai acontecer.

– Você ainda nem sabe se eu tenho alguma chance.

Dou um passo à frente; o cachorro faz o mesmo. Só agora percebo que ele está usando um daqueles coletes com uma cruz vermelha, como um são-bernardo treinado para levar rum montanha nevada acima. Automaticamente estico o braço para lhe fazer um carinho.

– Não faça isso – diz Alexander. – O Juiz é um cão de assistência.

Recolho a mão.

– Mas você não é cego.

– Obrigado por me informar.

– Qual é o seu problema, então?

Assim que faço a pergunta, tenho vontade de voltar no tempo. Já vi Kate ter de responder a mesma coisa a centenas de pessoas mal-educadas.

– Tenho um pulmão de ferro – Campbell Alexander diz com certa irritação. – O cachorro me mantém afastado de ímãs. E agora, se você me der a altíssima honra de sair daqui, minha secretária pode lhe passar o nome de alguém que...

Mas eu ainda não posso ir embora.

– É verdade que você processou Deus?

Eu pego todos os recortes de jornal e os estico sobre a mesa quase vazia. Alexander contrai um músculo da bochecha, então pega o artigo que está por cima.

– Eu processei a Diocese de Providence, em nome de um menino que morava em um dos orfanatos deles e precisava fazer um tratamento experimental com tecido fetal. A Diocese acreditava que isso violava o Concílio Vaticano II. No entanto, dizer que um menino de nove anos está processando Deus por ter se dado mal na vida rende uma manchete bem melhor.

Fico olhando para ele.

– Dylan Jerome queria processar Deus por acreditar que ele não se importava o suficiente – admite o advogado.

É como se um arco-íris surgisse do meio daquela imensa mesa de mogno.

– Sr. Alexander, minha irmã tem leucemia – eu digo.

– Sinto muito. Mas, mesmo que eu quisesse processar Deus de novo, e eu não quero, você não pode processar alguém no nome de outra pessoa.

Há coisas demais para explicar – meu sangue indo parar nas veias da minha irmã, as enfermeiras me segurando para retirar glóbulos brancos para dar a Kate, o médico dizendo que precisam de mais. Os hematomas, a dor forte nos ossos depois que doei a medula; as injeções que faziam nascer mais células-tronco em mim, para que o excesso pudesse ser entregue à minha irmã. O fato de eu não estar doente, mas viver como se estivesse. O fato de eu só ter nascido para que Kate pudesse pegar partes de mim. O fato de que, neste exato momento, uma decisão importante sobre mim está sendo tomada, e ninguém se deu ao trabalho de perguntar a opinião da pessoa que mais merece expressá-la.

Há coisas demais para explicar, por isso faço o melhor que posso.

– Não quero processar Deus. Só meus pais – digo. – Quero ter controle sobre meu próprio corpo.

Campbell

Se você só tem um martelo, tudo fica com cara de prego.

Isso é algo que meu pai, o primeiro Campbell Alexander, costumava dizer; além disso, na minha opinião, é o fundamento do sistema legal americano. Simplificando, quem está encurralado num canto luta com unhas e dentes para voltar ao centro. Para alguns, isso significa se meter numa briga. Para outros, abrir um processo. E eu sou muito grato por isso.

Na periferia da minha mesa estão meus recados, organizados da forma como Kerri sabe que eu gosto – os urgentes anotados em post-its verdes, e os menos urgentes em amarelos, dispostos em duas colunas perfeitas, como as cartas de um jogo duplo de paciência. Um número de telefone atrai minha atenção e faço uma careta, colocando o post-it verde na coluna dos amarelos. "Sua mãe ligou quatro vezes!!!", Kerri escreveu. Pensando melhor, rasgo o post-it no meio e o atiro na lata de lixo.

A menina sentada do outro lado da mesa está esperando uma resposta, e minha demora para dá-la é proposital. Ela diz que quer processar os pais, como todos os adolescentes do planeta. Mas *ela* quer processá-los pelo controle sobre seu próprio corpo. É exatamente o tipo de processo que eu evito como a peste negra – pois requer esforço demais e exige que eu vire babá do cliente. Suspirando, me levanto.

– Qual é mesmo o seu nome?

– Eu ainda não tinha dito – ela responde, se empertigando um pouco. – É Anna Fitzgerald.

Abro a porta e grito para minha secretária:

– Kerri! Você pode pegar o telefone da Federação Internacional de Planejamento Familiar para a srta. Fitzgerald?

– *O quê?*

Quando me viro, a menina está de pé.

– *Planejamento familiar?*

– Olhe, Anna, vou lhe dar um conselho. Abrir um processo só porque seus pais não a deixam tomar pílula ou ir a uma clínica de aborto é como usar uma marreta para matar um mosquito. Você pode economizar sua mesada e ir falar com o pessoal da federação. Eles vão saber lidar com o seu problema muito melhor do que eu.

Pela primeira vez desde que entrei no escritório, eu realmente olho para a menina. A raiva emana dela como se fosse eletricidade.

– Minha irmã está morrendo, e minha mãe quer que eu doe um rim para ela – a garota diz, furiosa. – Acho que um punhado de camisinhas não vai resolver a questão.

Sabe como de vez em quando você vê sua vida se estendendo diante de seus olhos como uma estrada que se divide em dois caminhos e, no segundo em que escolhe um deles, já está olhando para o outro, na certeza de estar cometendo um erro? Kerri se aproxima e estende um papel com o telefone que pedi, mas eu fecho a porta sem pegá-lo e volto para minha mesa.

– Ninguém pode obrigá-la a doar um órgão sem o seu consentimento.

– É mesmo? – ela diz, inclinando-se para frente e contando nos dedos. – A primeira coisa que doei para minha irmã foi sangue do cordão umbilical, quando eu era recém-nascida. Ela tem LPA, leucemia promielocítica aguda, e graças às minhas células entrou em remissão. Quando a doença voltou, eu tinha cinco anos e eles retiraram linfócitos de mim, três vezes, porque os médicos nunca conseguiam pegar o suficiente. Quando isso parou de funcionar, eles pegaram medula óssea para fazer um transplante. Quando a Kate teve infecções, eu tive que doar granulócitos. Quando ela voltou a ficar doente, tive que doar células-tronco periféricas.

O vocabulário médico dessa menina faria alguns especialistas que eu já consultei ficarem envergonhados. Pego um bloquinho de uma das gavetas.

– Obviamente, você concordou em servir de doadora para sua irmã antes.

Ela hesita, então balança a cabeça.

– Ninguém nunca pediu minha permissão.

– Você já disse a seus pais que não quer doar um rim?

– Eles não me ouvem.

– Pode ser que ouçam, se você mencionar isso.

Ela olha para baixo, e o cabelo cobre seu rosto.

— Eles não prestam muita atenção em mim, a não ser quando precisam do meu sangue ou de alguma outra coisa. Eu nem existiria se a Kate não fosse doente.

Um herdeiro e um reserva: esse é um costume que remonta aos meus ancestrais ingleses. Parece insensível pensar assim — ter um filho subsequente, para o caso de o primeiro morrer —, mas era extremamente prático. Essa menina pode não gostar de ser uma adição de última hora à sua família, mas a verdade é que todos os dias crianças são concebidas por motivos nada admiráveis: salvar um casamento infeliz, manter vivo o sobrenome da família, ser criado à imagem e semelhança do pai ou da mãe.

— Eles me tiveram para salvar a Kate — ela explica. — Foram a médicos especiais e tudo, e escolheram o embrião perfeitamente compatível em termos genéticos.

Havia aulas de ética na faculdade de direito, mas elas em geral eram consideradas fáceis demais ou um paradoxo, e eu não tinha o hábito de frequentá-las. Mesmo assim, qualquer pessoa que assista à CNN de vez em quando sabe das controvérsias sobre as pesquisas com células-tronco. Bebês usados como fonte de partes sobressalentes, planejados geneticamente, a ciência de amanhã para salvar as crianças de hoje.

Bato com a caneta na mesa e Juiz — meu cachorro — se aproxima.

— O que vai acontecer se você não der um rim para sua irmã?

— Ela vai morrer.

— E você não se incomoda?

Anna comprime os lábios, formando uma linha fina.

— Estou aqui, não estou?

— Está, sim. Só estou tentando entender o que fez você tomar essa decisão depois de tanto tempo.

Ela olha para a estante de livros.

— É que — diz simplesmente — não vai acabar nunca.

Subitamente, ela parece se lembrar de algo. Enfia a mão no bolso e pega um bolo de notas amassadas e moedas, que coloca sobre a mesa.

— Pode deixar que você vai receber pelo trabalho. Aí tem cento e trinta e seis dólares e oitenta e sete centavos. Sei que não é o suficiente, mas vou dar um jeito de arrumar mais.

— Eu cobro duzentos por hora.
— Duzentos *dólares*?
— Eu poderia aceitar miçangas, mas elas não passam naquele buraquinho do caixa eletrônico.
— De repente eu posso passear com seu cachorro, ou alguma coisa assim.
— Cães de assistência só passeiam com o dono – explico, dando de ombros. – A gente dá um jeito.
— Você não pode ser meu advogado sem ganhar nada – ela insiste.
— Tudo bem, então. Você pode polir minhas maçanetas.

Não é que eu seja um homem particularmente caridoso, mas é que, legalmente, esse caso é impossível de perder: ela não quer doar o rim; nenhum tribunal vai forçá-la a fazer isso, o que seria uma insanidade; eu não vou precisar fazer nenhuma pesquisa; os pais vão acabar desistindo antes de o processo ir a julgamento, e acabou. Além disso, o caso vai me gerar muita publicidade, e eu vou passar uma década sem precisar fazer o trabalho voluntário recomendado pela Ordem dos Advogados.

— Vou entrar com uma ação cm scu nomc na vara de família: emancipação legal por motivos médicos – eu digo.
— E depois?
— Vai haver uma audiência, e o juiz vai nomear um curador ad litem, que é...
— ...uma pessoa treinada para trabalhar com crianças na vara de família e que determina o que é melhor para a criança – diz Anna, como se tivesse decorado uma lição. – Em outras palavras, mais um adulto decidindo o que acontece comigo.
— Bom, é assim que a lei funciona, e você precisa cumpri-la. Mas um curador, teoricamente, vai pensar apenas nos *seus* interesses, não nos da sua irmã ou dos seus pais.

Ela me observa enquanto pego um bloquinho e anoto algumas coisas.
— Você fica chateado pelo seu nome ser ao contrário?
— O quê? – paro de escrever e olho para ela.
— Campbell Alexander. Seu sobrenome é um nome, e seu nome é um sobrenome – Anna diz e faz uma pausa. – Ou uma marca de sopa.
— E de que forma isso é relevante para o seu caso?
— Não é – ela admite –, a não ser pelo fato de que foi uma decisão bem ruim que seus pais tomaram por *você*.

Eu estendo o braço para lhe entregar um cartão.

– Se você tiver alguma dúvida, ligue para mim.

Anna pega o cartão e passa os dedos pelo alto-relevo no meu nome. Meu nome "ao contrário". Pelo amor de Deus. Então ela se inclina sobre a mesa, pega meu bloquinho e arranca um pedaço da folha. Com minha caneta, escreve algo e me entrega o papel. Olho para o bilhete em minha mão:

Anna 555-3211 ♥

– Isso é para se *você* tiver alguma dúvida.

Quando vou até a recepção, Anna já foi e Kerri está sentada, com um catálogo de roupas aberto sobre a mesa.

– Sabia que eles costumavam usar essas bolsas de lona para carregar gelo?

– Sabia.

Gelo, vodca e uma mistura para fazer bloody mary. Da casa de praia até a areia, todo sábado de manhã. Isso me faz lembrar que minha mãe ligou.

Kerri tem uma tia que ganha a vida como vidente, e de vez em quando essa predisposição genética aparece nela. Ou talvez ela esteja trabalhando para mim há tanto tempo que já conheça quase todos os meus segredos. De qualquer maneira, ela sabe o que estou pensando.

– Ela disse que seu pai se envolveu com uma menina de dezessete anos, e que discrição não está no vocabulário dele, e que ela vai se internar numa clínica se você não ligar até as... – Kerri olha para o relógio. – Ops.

– Quantas vezes ela já ameaçou se internar esta semana?

– Só três – ela diz.

– Ainda estamos bem abaixo da média – digo, me debruçando sobre a mesa e fechando o catálogo. – Hora de fazer por merecer seu salário, srta. Donatelli.

– O que está rolando?

– Aquela menina, Anna Fitzgerald...

– Planejamento familiar?

– Não era bem isso. Nós vamos pegar o caso dela. Preciso ditar uma petição de emancipação médica, que você vai apresentar na vara de família amanhã.

— Não *brinca*! Você vai ser advogado dela?
Coloco uma das mãos sobre o peito.
— Fico magoado que você tenha uma opinião tão ruim a meu respeito.
— Na verdade, eu estava pensando na sua carteira. Os pais dela sabem?
— Vão saber amanhã.
— Você é um completo idiota?
— Como?
Kerri balança a cabeça.
— Onde ela vai morar?

O comentário me paralisa. Na verdade, eu não havia pensando nisso. Uma menina que processa os pais não vai se sentir confortável vivendo sob o mesmo teto que eles, depois que receberem a citação.

Subitamente, Juiz surge ao meu lado e empurra o nariz contra a minha coxa. Balanço a cabeça, irritado. Timing é tudo.

— Preciso de quinze minutos — digo a Kerri. — Quando estiver pronto, chamo você.

— Campbell — ela insiste, implacável —, você não pode esperar que uma menina se vire sozinha.

Volto para o escritório. Juiz vem atrás de mim, parando bem embaixo da soleira da porta.

— Não é problema meu — digo, então tranco a porta e espero.

SARA

1990

A MANCHA TEM O TAMANHO E O FORMATO de um trevo de quatro folhas e fica bem no meio das costas de Kate, entre as omoplatas. É Jesse quem a vê primeiro, quando os dois estão na banheira.

– Mamãe, isso significa que ela é sortuda? – ele pergunta.

Imaginando que é sujeira, eu a esfrego, mas não consigo tirá-la dali. Kate, que tem dois anos e é o objeto do escrutínio, me encara com seus olhos azul-claros.

– Dói? – pergunto.

Ela balança a cabeça.

Em algum ponto do corredor atrás de mim, Brian me conta como foi seu dia. Ele cheira levemente a fumaça.

– Então o cara comprou uma caixa de charutos caros – ele diz – e fez um seguro contra incêndio no valor de quinze mil dólares. E adivinha só, ele entrou com um aviso de sinistro na seguradora dizendo que todos os charutos haviam sido perdidos numa série de pequenos incêndios.

– Ele fumou os charutos? – pergunto, enxaguando o cabelo de Jesse.

Brian encosta no batente da porta.

– Fumou. Mas o juiz decidiu que a empresa aceitou o seguro contra incêndio sem definir o que seria um incêndio aceitável.

– Ei, Kate, assim dói? – Jesse pergunta e pressiona o dedão com toda força contra a mancha na espinha da irmã.

Kate uiva, pula nele e me dá um banho. Eu a tiro da banheira, escorregadia como um peixe, e a entrego a Brian. Os cabelos loiros claros dos dois se tocam; eles são iguais. Jesse se parece mais comigo – magro, moreno, racional. Brian diz que é assim que a gente sabe que nossa família está completa: cada um tem um clone.

– Saia da banheira nesse minuto – eu digo a Jesse.

Ele fica de pé, magricela com seus quatro anos, e consegue tropeçar ao tentar passar sobre a borda grossa da banheira. Bate o joelho com força e começa a chorar.

Enrolo Jesse numa toalha, consolando-o enquanto tento continuar a conversa com meu marido. Essa é a linguagem de um casamento: código Morse, pontuado por banhos, jantares e histórias de ninar.

– E quem intimou você? – pergunto a ele. – O réu?

– A acusação. A seguradora pagou, mas acusou o cara de ter causado vinte e quatro incêndios criminosos. Fui consultado como especialista.

Brian é bombeiro, e consegue entrar numa estrutura queimada e encontrar o local exato onde as chamas começaram: uma guimba de cigarro, um fio exposto. Todo holocausto começa com uma brasinha. Você só precisa saber o que procurar.

– O juiz rejeitou a ação, certo?

– O juiz deu ao cara vinte e quatro penas consecutivas de um ano cada – ele diz, colocando Kate no chão e começando a passar o pijama pela cabeça dela.

Na minha vida pregressa, eu era advogada da área cível. Houve um momento em que realmente acreditei que era isso que queria ser – mas isso foi antes de uma criança me entregar um buquê de violetas amassadas. Antes de eu compreender que o sorriso de um filho é como uma tatuagem: arte indelével.

Isso deixa minha irmã, Suzanne, maluca. Ela é um gênio financeiro que dizimou a cúpula do Banco de Boston e, de acordo com ela, eu sou um desperdício de evolução cerebral. Mas acho que metade da batalha é descobrir o que funciona na *sua* vida, e eu sou muito melhor como mãe do que jamais teria sido como advogada. Às vezes me pergunto se sou a única, ou se há outras mulheres que entendem onde têm de estar simplesmente não indo a lugar nenhum.

Acabo de secar Jesse, olho para cima e vejo Brian me observando.

– Você sente falta, Sara?

Enrolo nosso filho na toalha e beijo a cabeça dele.

– Como sentiria falta de um tratamento de canal.

Quando acordo na manhã seguinte, Brian já saiu para trabalhar. Ele trabalha dois dias, depois duas noites, aí fica de folga por quatro dias, e então o ciclo se repete. Ao olhar para o relógio, percebo que já são mais de nove horas. E, o que é ainda mais incrível, meus filhos não me acordaram. De roupão, corro lá para baixo, onde encontro Jesse no chão, brincando com bloquinhos de madeira.

– Já tomei café da manhã – ele me informa. – Preparei para você também.

Tem cereal espalhado por toda a mesa da cozinha e uma cadeira posicionada de forma assustadoramente precária logo abaixo do armário onde guardo os flocos de milho. Um rastro de leite vai da geladeira até a tigela.

– Cadê a Kate?

– Dormindo – diz Jesse. – Tentei cutucá-la e tudo.

Meus filhos são um despertador natural. Saber que Kate dormiu até tão tarde me faz lembrar que ela anda fungando ultimamente, e depois me perguntar se é por isso que ela estava tão cansada a noite passada. Subo as escadas, chamando o nome dela bem alto. No quarto, ela rola em minha direção, emergindo do sono e focando o olhar em meu rosto.

– Hora de levantar.

Abro a cortina e deixo o sol se espalhar sobre as cobertas dela. Coloco-a sentada e esfrego suas costas.

– Vamos trocar de roupa – digo, tirando o pijama pela cabeça dela.

Ao longo da espinha de Kate, como um colar de pequenas contas, há uma série de manchas azuladas.

– É anemia, certo? – pergunto ao pediatra. – Crianças dessa idade não pegam mononucleose, pegam?

O dr. Wayne tira o estetoscópio do peito magro de Kate e desce a blusinha rosa dela.

– Pode ser um vírus. Gostaria de tirar um pouco de sangue e fazer alguns exames.

Jesse, que está brincando pacientemente com um GI Joe sem cabeça, se anima ao ouvir isso.

– Sabe como eles tiram sangue, Kate?
– Com giz de cera?
– Com uma *agulha*. Uma agulha enorme, que enfiam no seu braço que nem quando a gente toma injeção...
– Jesse! – chamo a atenção dele.
– Injeção? – Kate geme. – Dodói?
Minha filha, que confia em mim para lhe dizer quando está na hora de atravessar a rua, para cortar seu bife em pedacinhos bem pequenos, para protegê-la de toda sorte de coisas horríveis, como cachorrões, escuridão e fogos de artifício barulhentos, me encara com grande apreensão.
– Só um dodói bem pequeno – eu prometo.
Quando a enfermeira entra com a bandeja, a seringa, os vidrinhos e o torniquete de borracha, Kate começa a gritar. Eu respiro fundo.
– Kate, olhe para mim.
O choro dela se transforma em pequenos soluços.
– Vai ser uma picadinha de nada.
– Mentirosa – Jesse sussurra.
Kate relaxa só um pouco. A enfermeira a deita sobre a mesa de exames e me pede para segurar seus ombros. Vejo a agulha perfurar a pele branca de seu braço e ouço o grito súbito – mas não vejo nenhum sangue sair.
– Desculpe, meu bem – diz a enfermeira. – Vou ter que tentar de novo.
Ela remove a agulha e perfura de novo a pele de Kate, que grita ainda mais alto. Ela se debate muito durante o primeiro e o segundo frasquinho. Quando chega o terceiro, não tem forças para se mover. Não sei o que é pior.

Esperamos pelos resultados do exame de sangue. Jesse deita de bruços no tapete da sala de espera, pegando sei lá que tipos de germes de todas as crianças doentes que passam por este consultório. O que eu mais quero é que o pediatra apareça logo e me diga para levar Kate para casa e lhe dar bastante suco de laranja, sacudindo uma receita de analgésicos como se fosse uma varinha de condão.

Leva uma hora para o dr. Wayne nos chamar de volta ao seu consultório.

– Os resultados da Kate foram um pouco problemáticos – ele diz. – Especificamente, a contagem de glóbulos brancos. Está bem abaixo do normal.

– O que isso significa?

Neste instante, me amaldiçoo por ter feito faculdade de direito, e não de medicina. Nem lembro mais o que os glóbulos brancos fazem.

– Pode ser que ela tenha algum tipo de deficiência autoimune. Ou pode ser só um erro do laboratório – ele explica, tocando o cabelo de Kate. – Só por segurança, acho melhor encaminhá-las a um hematologista no hospital e repetir o exame.

Eu penso: *Você deve estar brincando*. Mas, em vez de dizer isso, vejo minha mão se mover para pegar o pedaço de papel que o dr. Wayne me oferece. Não é uma receita, como eu esperava, mas um nome. "Ileana Farquad, Hospital de Providence, Hematologia/Oncologia."

– Oncologia – eu leio e balanço a cabeça. – Mas isso é câncer.

Fico esperando o dr. Wayne me assegurar de que é só outra especialidade da médica, explicar que o laboratório que faz exames de sangue e a ala dos pacientes com câncer simplesmente ficam no mesmo lugar, nada mais.

Mas ele não faz isso.

A atendente do corpo de bombeiros me informa que Brian foi atender a um chamado médico; saiu com o caminhão há vinte minutos. Hesito e olho para Kate, atirada em uma das cadeiras de plástico da sala de espera do hospital. Um chamado médico.

Acho que existem encruzilhadas na vida em que tomamos decisões cruciais sem nem perceber. Como ler as manchetes do jornal no trânsito e assim escapar de bater na van que avança o sinal vermelho e causa um acidente. Entrar numa lanchonete por impulso e conhecer o homem com quem você vai se casar, enquanto ele separa moedas sobre o balcão. Ou mandar o marido vir encontrá-la, quando você passou as últimas horas se convencendo de que não é nada de mais.

– Chame-o pelo rádio – eu peço. – Diga que estamos no hospital.

É reconfortante ter Brian ao meu lado, como se agora fôssemos dois sentinelas, uma dupla linha de defesa. Já estamos no Hospital de Providence há três horas e, a cada minuto que passa, fica mais difícil acreditar que o dr. Wayne cometeu um erro. Jesse está dormindo numa cadeira de plástico. Kate teve de passar por outra coleta de sangue traumática e tirar um raio X do peito, porque eu mencionei que ela estava resfriada.

– Cinco meses – Brian diz, hesitante, para o residente sentado à sua frente com uma prancheta, depois olha para mim. – Não foi com essa idade que ela se virou sozinha pela primeira vez?

– Acho que sim.

Neste ponto, o médico já nos perguntou de tudo, desde o que estávamos vestindo na noite em que Kate foi concebida até quando ela segurou uma colher pela primeira vez.

– Primeira palavra? – pergunta o residente.

Brian sorri.

– Papá.

– Eu quero saber *quando* foi.

– Ah – Brian franze o cenho. – Acho que ela tinha quase um ano.

– Com licença – interrompo. – Você pode me dizer por que essas coisas são importantes?

– É só para o prontuário médico, sra. Fitzgerald. Queremos saber tudo o que pudermos sobre sua filha, para entender o que há de errado com ela.

– Sr. e sra. Fitzgerald? – diz uma jovem de jaleco que se aproxima. – Eu sou a flebotomista. A dra. Farquad quer que eu faça um exame de coagulação na Kate.

Ao ouvir seu nome, Kate, que está no meu colo, abre os olhos. Ela vê o jaleco e esconde os braços dentro das mangas de sua blusa.

– Você não pode furar o dedinho dela?

– Não, essa realmente é a maneira mais fácil.

De repente lembro que, quando estava grávida de Kate, ela tinha soluços. Por horas e horas, minha barriga ficava pulando. Cada movimento que ela fazia, mesmo um tão pequeno quanto um soluço, me forçava a algo que eu não podia controlar.

– Você acha que é isso que eu quero escutar? – pergunto, baixinho.
– Quando você vai à lanchonete e pede um café, gostaria que alguém lhe desse uma Coca só porque está mais fácil de alcançar? Se você for pagar com cartão de crédito, gostaria que lhe dissessem que dá trabalho demais, então é melhor pagar com dinheiro?

– Sara – a voz de Brian é como uma brisa distante.

– Você acha que é fácil para mim ficar sentada aqui com a minha filha, sem ter ideia do que está acontecendo e de por que vocês estão fazendo todos esses testes? Acha que é fácil para *ela*? Desde quando a gente tem a opção de fazer o que é *mais fácil*?

– *Sara*.

Só me dou conta de quanto estou tremendo quando a mão de Brian pousa no meu ombro.

Um instante depois, a mulher vai embora furiosa, os tamancos batendo no chão de azulejos. No segundo em que ela desaparece, eu murcho.

– Sara, o que há com você? – pergunta Brian.

– O que há *comigo*? Eu não sei, Brian, porque ninguém ainda veio nos dizer o que há com...

Ele me abraça, e Kate fica entre nós como um soluço.

– Sshhh – Brian diz.

Ele fala que vai ficar tudo bem e, pela primeira vez na vida, eu não acredito.

Subitamente a dra. Farquad, que não vemos há horas, surge na sala.

– Fiquei sabendo que houve um problema com o exame de coagulação – diz, pegando uma cadeira e sentando à nossa frente. – O hemograma da Kate teve alguns resultados anormais. A contagem de glóbulos brancos está muito baixa, 1,3. A hemoglobina está em 7,5, o hematócrito em 18,4, as plaquetas em 81 mil, e os neutrófilos em 0,6. Números como esses podem indicar uma doença autoimune. Mas a Kate também apresentou 12% de promielócitos e 5% de blastos, o que sugere uma síndrome leucêmica.

– Leucêmica – repito.

A palavra é mole, escorregadia, como clara de ovo.

A dra. Farquad assente com a cabeça.

– Leucemia é câncer no sangue.

Brian olha fixo para ela.

– O que isso significa?

– Pense na medula óssea como se fosse o jardim de infância das células. Um corpo saudável produz células sanguíneas que ficam na medula até estar maduras o suficiente para sair e lutar contra doenças, ou coagular o sangue, ou carregar oxigênio, ou o que quer que tenham de fazer. Na pessoa com leucemia, as portas do jardim de infância se abrem cedo demais. Células sanguíneas imaturas acabam circulando, sem capacidade de realizar suas tarefas. Às vezes, promielócitos aparecem mesmo no hemograma, mas, quando examinamos o sangue da Kate no microscópio, encontramos anormalidades – a dra. Farquad olha primeiro para um, depois para o outro. – Vamos precisar fazer uma aspiração da medula óssea para confirmar, mas parece que a Kate tem leucemia promielocítica aguda.

Minha língua não consegue se mover pelo peso da pergunta que, um instante depois, Brian se força a fazer:

– Ela... ela vai morrer?

Quero sacudir a dra. Farquad, quero dizer a ela que eu mesma enfio a agulha no braço de Kate para fazer o exame de coagulação se isso a fizer retirar o que acabou de dizer.

– A LPA é um subtipo muito raro de leucemia mieloide. Apenas cerca de mil e duzentas pessoas por ano são diagnosticadas com essa doença. A taxa de sobrevivência para pacientes com LPA vai de vinte a trinta por cento, se o tratamento for iniciado imediatamente.

Eu me recuso a pensar nesses números e me agarro com unhas e dentes ao resto da frase.

– Existe um tratamento – repito.

– Sim. Com tratamento agressivo, as leucemias mieloides têm um prognóstico de sobrevivência de nove meses a três anos.

Na semana passada, eu estava parada na porta do quarto de Kate, vendo-a dormir agarrada a seu cobertorzinho de cetim, um trapo que ela carrega para tudo que é canto. "Ouça o que estou dizendo", sussurrei para Brian. "Ela nunca vai largar esse cobertor. Vou ter que costurá-lo no forro de seu vestido de noiva."

– Vamos ter que fazer a aspiração da medula óssea. Vamos sedá-la com uma anestesia geral leve. E podemos fazer o exame de coagulação enquanto ela estiver sedada – diz a médica, inclinando-se em nossa direção com uma expressão solidária. – Vocês precisam saber que há crianças que conseguem passar por isso. Acontece todos os dias.

– Tudo bem – diz Brian, batendo uma palma como quem se prepara para entrar num jogo de futebol. – Tudo bem.

Kate descola o rosto da minha camiseta. Suas bochechas estão vermelhas, a expressão desconfiada.

Houve algum erro. Foi o vidrinho de sangue infeliz de outra pessoa que a médica analisou. Olhe para minha filha, para o brilho de seus cachinhos revoltos e para o voo de borboleta que há em seu sorriso – esse não é o rosto de alguém que está morrendo aos poucos.

Eu só a conheço há dois anos. Mas, se você pegar cada lembrança, cada momento, e colocá-los um ao lado do outro, eles se estenderão até o infinito.

Eles enrolam uma folha de papel e a colocam embaixo da barriga de Kate. Passam duas longas faixas de fita adesiva para mantê-la presa à mesa de exames. Uma enfermeira acaricia a mão de Kate, mesmo depois que a anestesia fez efeito e ela já está dormindo. A lombar dela está nua, por causa da longa agulha que vai entrar em sua crista ilíaca para extrair a medula óssea.

Quando gentilmente viram o rosto de Kate para o outro lado, vejo que o papel embaixo de sua bochecha está molhado. Minha filha me ensina que não é preciso estar acordado para chorar.

Ao dirigir para casa, subitamente imagino que o mundo é inflável – árvores, grama e casas prestes a explodir com uma única alfinetada. Tenho a sensação de que, se eu jogar o carro para a esquerda, arrancar a cerca de madeira e bater no parquinho, ele vai quicar como se estivesse protegido por uma camada de borracha.

Ultrapassamos um caminhão. A lateral diz: "Fábrica de Caixões Batchelder. Dirija com cuidado". Não é um conflito de interesses?

Kate está na cadeirinha, comendo biscoitos em forma de animais.

– Vamos brincar – ela ordena.

No reflexo do retrovisor, seu rosto está iluminado. "Os objetos estão mais perto do que parecem." Vejo-a mostrar o primeiro biscoito.

– O que o tigre diz? – consigo falar.

– Grrrraau – ela responde, mordendo a cabeça do bicho e sacudindo outro biscoito.

– O que o elefante diz?

Kate dá uma risadinha e emite um som alto pelo nariz.

Eu me pergunto se vai acontecer quando ela estiver dormindo. Ou se ela vai chorar. Se vai haver alguma enfermeira de bom coração que lhe dará algo para aplacar a dor. Imagino minha filha morrendo, enquanto ela está rindo, feliz, a menos de um metro de mim.

– Girafa diz? – ela pergunta. – Girafa?

A voz dela é tão plena de futuro.

– Girafas não dizem nada – respondo.

– Por quê?

– Porque nasceram assim – explico, e então minha garganta fecha.

O telefone toca assim que chego da casa da vizinha, após ter combinado que ela vai tomar conta de Jesse enquanto nós tomamos conta de Kate. Não temos um protocolo para essa situação. As únicas babás que já contratamos ainda estão na escola; os quatro avós já faleceram; jamais tivemos de deixar as crianças numa creche – sou eu que tomo conta delas.

Quando entro na cozinha, Brian já está no meio da conversa com quem ligou. O fio do telefone está enrolado em seus joelhos, um cordão umbilical.

– É – ele diz. – Não dá para acreditar. Não fui a nenhum jogo dessa temporada... Não faz sentido, agora que eles venderam o passe do cara e compraram o de outro.

Brian me encara quando eu coloco a chaleira no fogo.

– Ah, a Sara está ótima. E as crianças também. Tá bom. Dê um abraço na Lucy. Obrigado por ligar, Don.

Ele desliga.

– Era o Don Thurman – explica. – Da escola de bombeiros, lembra? Cara legal.

Brian continua me olhando e seu sorriso alegre se desmancha. A chaleira começa a apitar, mas nem eu nem ele nos movemos para tirá--la do fogo. Olho para Brian e cruzo os braços.

– Eu não consegui – ele diz, baixinho. – Sara, eu simplesmente não consegui.

Na cama aquela noite, Brian é um obelisco, mais uma forma visível na escuridão. Embora estejamos há horas sem dizer nada, sei que ele está tão acordado quanto eu.

Isso está acontecendo conosco porque eu gritei com Jesse semana passada, ontem, momentos atrás. Está acontecendo porque eu não comprei o pacote de M&Ms que Kate pediu quando estávamos no mercado. Porque uma vez, por uma fração de segundo, eu me perguntei como minha vida seria se eu não tivesse filhos. Está acontecendo porque eu não sabia como era feliz.

– Você acha que foi a gente que causou isso? – Brian pergunta.

– Causou isso? – eu me viro para ele. – Como?

– Tipo, nossos genes. Você entendeu.

Eu não respondo.

– O Hospital de Providence não sabe de nada – ele diz, furioso. – Lembra quando o filho do meu chefe quebrou o braço esquerdo e eles colocaram o gesso no direito?

Volto a olhar para o teto.

– Fique sabendo – eu digo, mais alto do que pretendia – que eu não vou deixar a Kate morrer.

Ouço um som horrível ao meu lado – um animal ferido, um afogado lutando para respirar. Então Brian pressiona o rosto contra o meu ombro e soluça na minha pele. Ele me envolve com os braços e segura firme, como se estivesse perdendo o equilíbrio.

– Não vou – repito, mas até eu mesma acho que estou me enganando.

Brian

Cada vez que a temperatura de um incêndio aumenta dez graus, ele dobra de tamanho. É nisso que estou pensando enquanto observo fagulhas saírem da chaminé do incinerador, como mil novas estrelas. O reitor da Escola de Medicina da Universidade Brown torce as mãos ao meu lado. Estou suando com meu casaco pesado.

Trouxemos um caminhão, uma escada e uma ambulância. Já avaliamos os quatro lados do prédio e nos certificamos de que não há ninguém lá dentro. Bem, com exceção do corpo que ficou preso no incinerador e causou isso.

– Era um homem corpulento – diz o reitor. – Isso é o que sempre fazemos com os cadáveres depois que são usados nas aulas de anatomia.

– Ei, capitão! – grita Paulie, que hoje é meu principal operador de bomba. – O Red já abriu o hidrante. Quer que eu coloque a mangueira?

Ainda não tenho certeza se vou levar a mangueira lá para cima. Essa fornalha foi projetada para queimar restos mortais a quase novecentos graus. Há chamas saindo por cima e por baixo da estrutura.

– E então? – pergunta o reitor. – Você não vai fazer nada?

Este é o principal erro que os novatos cometem: presumir que combater um incêndio significa entrar correndo com um jato de água. Às vezes, isso o torna pior. Nesse caso, espalharia por todo lado dejetos que representam um risco biológico. Acho que temos de manter a fornalha fechada e nos certificar de que o fogo não saia pela chaminé. Um incêndio não dura para sempre. Em algum momento, ele consome a si próprio.

– Vou – digo ao reitor. – Vou esperar para ver.

Quando trabalho no turno da noite, eu janto duas vezes. A primeira refeição é feita bem cedo, um favor que minha família me faz para que possamos comer juntos. Hoje, Sara fez rosbife. Ele está na mesa como um bebê adormecido no momento em que ela nos chama para jantar.

Kate é a primeira a sentar.

– Oi, filhota – eu digo, apertando sua mão.

Ela sorri para mim, mas seus olhos continuam tristes.

– O que andou fazendo? – pergunto.

Ela espalha os feijões no prato.

– Salvando países do terceiro mundo, dividindo alguns átomos e terminando de escrever um romance avassalador. Entre uma diálise e outra, é claro.

– É claro.

Sara se vira, brandindo uma faca.

– Não sei o que fiz, mas peço desculpas! – digo, me encolhendo.

Ela me ignora.

– Fatie o rosbife, por favor.

Pego a faca e o garfo e começo a fatiar o rosbife no momento em que Jesse entra na cozinha, arrastando os pés. Nós deixamos que ele more no quarto em cima da garagem, mas ele tem de comer conosco – é parte do trato. Os olhos dele estão muito vermelhos; suas roupas têm um cheiro de fumaça adocicada.

– Olhem isso – Sara suspira, mas, quando eu me viro, ela está olhando para o rosbife. – Está cru.

Ela pega a assadeira com as mãos, como se sua pele fosse revestida de amianto, e coloca a carne de volta no forno.

Jesse pega a tigela de purê de batata e começa a fazer uma pilha em seu prato. Mais uma colherada, e outra, e mais outra.

– Você está fedendo – diz Kate, abanando a mão diante do nariz.

Jesse a ignora e come um pouco de purê. Eu me pergunto o que diz sobre mim o fato de eu ter ficado radiante ao identificar que é maconha que está no cérebro dele agora, e não qualquer outra droga – ecstasy, heroína, Deus sabe mais o quê – que deixe menos rastros.

– Nem todo mundo gosta de perfume de doidão – murmura Kate.

– Nem todo mundo consegue arrumar drogas no hospital – Jesse responde.

Sara ergue as mãos.

– Por favor. Será que a gente pode... não fazer isso hoje?

— Cadê a Anna? — Kate pergunta.
— Ela não estava no quarto de vocês?
— Só de manhã.
Sara enfia a cabeça pela porta da cozinha.
— Anna! O jantar está na mesa!
— Olha o que eu comprei hoje – diz Kate, esticando a camiseta tie-dye psicodélica, com um caranguejo na frente e a palavra "Câncer". – Sacou?
— Você é de leão – diz Sara, parecendo prestes a cair em prantos.
— E o rosbife? – pergunto para distraí-la.
Neste momento, Anna entra na cozinha. Ela se atira na cadeira e abaixa a cabeça.
— Onde você estava? — Kate pergunta.
— Por aí.
Anna olha para o prato, mas não se serve.
Ela não é assim. Estou acostumado a ter problemas com Jesse, a tentar suavizar o fardo de Kate, mas Anna é a constante da nossa família. Ela sempre chega com um sorriso. Fala do passarinho que encontrou com uma asa quebrada e as bochechas vermelhas; ou da moça que viu no mercado com não apenas um, mas dois casais de gêmeos. Anna nos dá ritmo, e vê-la assim tão fechada me faz perceber que o silêncio tem um som.
— Aconteceu alguma coisa hoje? – eu pergunto.
Anna olha para Kate, imaginando que a pergunta foi dirigida à irmã, e então se surpreende ao ver que estou falando com ela.
— Não.
— Está se sentindo bem?
Ela hesita novamente; essa é uma pergunta que normalmente reservamos para Kate.
— Ótima – responde.
— Estou perguntando porque, olha só, você não está comendo nada.
Anna olha para o prato, percebe que está vazio e o enche com uma imensa pilha de comida, então enfia duas garfadas de vagens na boca.
Do nada, eu me lembro de quando as crianças eram pequenas, apertadas no banco de trás do carro como charutos enfiados numa caixa, e eu cantava para elas. "Anna anna bo bana, banana fana fo fana, mi mai mou mana... Anna." ("Chuck!", Jesse gritava. "Faça com Chuck!")

– Ei – Kate aponta para o pescoço de Anna. – Você não está com seu colar.

É o colar que dei a ela, anos atrás. Anna toca suas saboneteiras.

– Você perdeu? – pergunto.

Ela dá de ombros.

– Talvez eu só não esteja com vontade de usá-lo.

Até onde sei, Anna nunca tirou o colar antes. Sara tira o rosbife do forno e o coloca na mesa. Ao pegar a faca para fatiá-lo, ela diz a Kate:

– Por falar em coisas que não estamos com vontade de usar, vá trocar essa camiseta.

– Por quê?

– Porque eu estou mandando.

– Isso não é motivo.

Sara apunhala o rosbife com a faca.

– Porque acho que usar isso na mesa de jantar é ofensivo.

– Não é mais ofensivo que as camisetas de bandas que o Jesse gosta. Como era o nome da de ontem? Perseguida do Alabama?

Jesse revira os olhos. Já vi essa expressão antes: é a mesma do cavalo que quebrou a perna naqueles faroestes antigos, um segundo antes de receber o tiro de misericórdia.

Sara serra a carne. Antes ela estava rosada, agora virou um pedaço de carvão.

– Vejam agora, ficou uma droga – ela diz.

– Está ótimo – eu garanto.

Pego a única fatia que ela conseguiu separar do resto e corto um pedacinho. Parece que estou mastigando couro.

– Delicioso. Só vou dar uma passadinha no quartel e pegar um maçarico para podermos servir todo mundo.

Sara pisca os olhos, e logo uma gargalhada transborda dela. Kate dá uma risadinha. Até Jesse esboça um sorriso.

E só então percebo que Anna já se levantou da mesa e, mais importante, ninguém notou.

No quartel dos bombeiros, nós quatro ficamos na cozinha, lá em cima. Red está preparando algum tipo de molho no fogão, Paulie lê o jornal e César escreve uma carta para o objeto de desejo da semana. Red olha para ele e balança a cabeça:

— Você devia gravar isso num CD e imprimir várias cópias de uma vez.

César é apelido. Foi Paulie quem, anos atrás, passou a chamá-lo assim, porque ele está sempre envolvido em conquistas.

— Essa aqui é diferente — ele diz.

— É. Ela já durou *dois* dias inteiros — diz Red, despejando o macarrão no escorredor que está na pia, o que faz com que o vapor lhe suba até o rosto. — Fitz, dá umas dicas para esse menino, tá?

— Por que eu?

Paulie olha por cima do jornal.

— Falta de opção — diz.

E é verdade. A mulher de Paulie o trocou há dois anos por um violoncelista que passou por Providence numa turnê de orquestra; Red é um solteirão tão convicto que não saberia o que é uma mulher nem se fosse mordido por uma. Já eu e Sara estamos casados há vinte anos.

Red coloca um prato na minha frente e eu começo a falar:

— Uma mulher não é muito diferente de uma fogueira.

Paulie atira o jornal longe e solta um uivo.

— Lá vamos nós. O Tao do Capitão Fitzgerald.

Eu o ignoro.

— Uma fogueira é uma coisa linda, certo? Você não consegue tirar os olhos dela quando o fogo está crepitando. Se puder mantê-la contida, ela lhe dará luz e calor. Só quando ela sai de controle é preciso partir para a ofensiva.

— O que o capitão está tentando dizer — diz Paulie — é que você não pode deixar nenhum vento forte bater na sua garota. Ei, Red, tem queijo ralado?

Começamos a comer meu segundo jantar, o que em geral significa que o alarme vai tocar dentro de poucos minutos. Ser bombeiro é ser regido pela lei de Murphy — as crises sempre surgem nos piores momentos possíveis.

— Ei, Fitz, lembra do último cadáver que ficou preso? — Paulie pergunta. — Na época em que a gente era bombeiro voluntário?

Meu Deus, lógico que eu lembro. O cara pesava duzentos e trinta quilos e morreu dormindo, de parada cardíaca. O corpo de bombeiros foi chamado pela funerária, que não conseguia levar o cadáver para o térreo.

— Tivemos que usar cordas e roldanas — recordo em voz alta.

— E ele queria ser cremado, mas era gordo demais... — Paulie ri. — Juro por Deus, pela minha mãe que está no céu: tiveram que levá-lo a um veterinário.

César olha para ele, sem entender.

— Para quê?

— O que você acha que fazem com um cavalo morto, esperto?

César compreende e seus olhos se arregalam.

— Não brinca — ele diz e, depois de pensar um pouco, desiste de comer o macarrão à bolonhesa de Red.

— Quem vocês acham que vão chamar para limpar a chaminé da Escola de Medicina? — Red pergunta.

— Aqueles coitados da Administração de Segurança e Saúde Ocupacional — responde Paulie.

— Aposto dez pratas que vão ligar pra cá e dizer que é serviço nosso.

— Ninguém vai ligar, porque não vai sobrar nada para limpar — eu digo. — O fogo estava quente demais.

— Bom, pelo menos a gente sabe que esse não foi um incêndio criminoso — Paulie murmura.

No último mês, ocorreu uma série de incêndios intencionais. Sempre dá para saber — encontramos manchas deixadas por líquidos inflamáveis, ou diversos pontos de origem, ou fumaça preta, ou uma concentração incomum de fogo num só lugar. O cara que está fazendo isso é inteligente — em diversos casos, os combustíveis foram colocados debaixo de escadas, para que não tivéssemos acesso às chamas. Incêndios criminosos são perigosos porque não seguem a lógica da ciência que usamos para combatê-los. Quando o incêndio é criminoso, há mais chances de a estrutura desabar ao seu redor enquanto você está lá dentro tentando contê-lo.

César dá uma risadinha pelo nariz.

— Talvez tenha sido — diz. — Talvez o gordão fosse um incendiário suicida. Ele se espremeu chaminé acima e tacou fogo em si mesmo.

— Talvez ele estivesse desesperado para perder peso — Paulie completa, e os outros dois riem.

— Chega — eu digo.

— Ah, Fitz, você tem que admitir que é engraçado...

— Não para os pais desse homem. Não para a família dele.

Há um silêncio constrangido, enquanto eles tentam pensar em algo para dizer. Finalmente Paulie, que me conhece há mais tempo, pergunta:

— Está acontecendo alguma coisa com a Kate de novo, Fitz?

Sempre está acontecendo alguma coisa com ela; o problema é que isso não parece ter fim. Eu me levanto e coloco o prato na pia.

– Vou lá para o telhado.

Todos temos os nossos hobbies – César tem suas garotas, Paulie sua gaita de foles, Red gosta de cozinhar e eu tenho meu telescópio. Eu o montei anos atrás no telhado do quartel, de onde dá para ver melhor o céu noturno.

Se eu não fosse bombeiro, ia ser astrônomo. É matemática demais para a minha cabeça, eu sei, mas sempre gostei da ideia de mapear as estrelas. Numa noite bem escura, dá para ver entre mil e mil e quinhentas estrelas, e existem milhões que ainda não foram descobertas. É muito fácil achar que o mundo gira ao nosso redor, mas é só olhar para o céu para perceber que não é assim.

O nome verdadeiro de Anna é Andrômeda. Está na certidão de nascimento dela, juro por Deus. O nome é em homenagem à constelação que conta a história de uma princesa acorrentada a uma pedra para ser oferecida em sacrifício a um monstro marinho. Foi uma forma de punir a mãe dela, Cassiopeia, que se gabara da própria beleza para Poseidon. Perseu passou voando, se apaixonou por Andrômeda e a salvou. No céu, ela aparece com os braços abertos e as mãos acorrentadas.

O que eu pensei foi: a história tem um final feliz. Quem não desejaria isso a um filho?

Quando Kate nasceu, eu costumava imaginar como ela ia estar linda no dia de seu casamento. Então ela foi diagnosticada com LPA e passei a imaginá-la atravessando um palco para pegar seu diploma de segundo grau. Quando a doença voltou, tudo isso desapareceu: passei a imaginá-la completando cinco anos. Hoje em dia, não tenho mais expectativas, e assim ela supera todas.

Kate vai morrer. Levei muito tempo para conseguir dizer isso. Todos nós vamos morrer um dia, se você parar para pensar, mas não deveria ser assim. Kate é quem deveria se despedir de *mim*.

Parece até trapaça que, após todos esses anos desafiando as estatísticas, não seja a leucemia que vai matá-la. Mas o dr. Chance nos disse há muito tempo que era assim mesmo que a coisa funcionava – o corpo do paciente fica cansado de tanto lutar. Pouco a pouco, pedaços dele começam a desistir. No caso de Kate, foram os rins.

Viro meu telescópio para o Loop de Barnard e para a M42, brilhando na espada de Órion. Estrelas são fogueiras que queimam por milhares de anos. Algumas queimam devagar e por muito tempo, como as anãs vermelhas. Outras – as gigantes azuis – consomem combustível tão rápido que seu brilho atravessa enormes distâncias, o que as torna fáceis de ver. Quando o combustível começa a acabar, elas queimam hélio, ficam ainda mais quentes e explodem, tornando-se supernovas. As supernovas brilham mais do que as galáxias mais brilhantes. Elas morrem, mas todos as veem indo embora.

Mais cedo, depois do jantar, ajudei Sara a arrumar a cozinha.
– Você acha que tem algo acontecendo com a Anna? – perguntei, colocando o ketchup de volta na geladeira.
– Porque ela tirou o colar?
– Não – dei de ombros. – No geral.
– Comparada com os rins da Kate e a sociopatia do Jesse, eu diria que ela está muito bem.
– Ela nem queria jantar.
Sara virou-se na pia.
– O que você acha que é?
– Hmm... um menino?
Sara me olhou.
– Ela não está namorando ninguém.
Graças a Deus, pensei.
– Talvez uma das amigas dela tenha dito algo que a deixou chateada – sugeri.
Por que Sara estava perguntando aquilo para *mim*? Que diabos eu podia saber sobre as variações de humor de meninas de treze anos?
Sara secou as mãos num pano de prato e ligou a lava-louça.
– Talvez ela esteja apenas se comportando como uma adolescente.
Tentei lembrar de como tinha sido quando Kate tinha treze anos, mas só consegui pensar na recaída e no transplante de células-tronco. A vida normal de Kate sempre acabava ficando em segundo plano, apagada pelas épocas em que estava doente.
– Tenho que levar a Kate para fazer diálise amanhã – Sara disse. – A que horas você chega?
– Lá pelas oito. Mas estou de plantão, e não ficaria surpreso se esse incendiário atacasse de novo.

— Brian, como você achou que a Kate estava?

Melhor que a Anna, pensei, mas não era isso que Sara estava perguntando. Ela queria que eu comparasse o tom amarelado da pele de Kate com o tom de ontem; queria que eu reparasse na forma como ela apoiara os cotovelos na mesa, cansada demais para manter o corpo reto.

— Kate está ótima — menti, pois isso é o que fazemos um pelo outro.

— Não esqueça de dar boa noite a eles antes de sair — disse Sara, virando-se para pegar os remédios que Kate toma na hora de dormir.

A noite está calma. Os dias úteis têm um ritmo próprio, e a loucura dos plantões nas noites de sexta ou sábado faz um grande contraste com o tédio de um domingo ou de uma segunda. Já deu para perceber: esta vai ser uma daquelas noites em que me deito e consigo até dormir.

— Papai?

A abertura que dá para o telhado se abre e Anna aparece.

— O Red me falou que você estava aqui em cima.

Fico imediatamente paralisado. Já são dez da noite.

— O que aconteceu? — pergunto.

— Nada, eu só... queria ver você.

Quando as crianças eram pequenas, sempre vinham me visitar com Sara. Elas brincavam nas garagens, em torno dos caminhões adormecidos, e dormiam no meu beliche, no andar de cima. Às vezes, nos dias mais quentes de verão, Sara trazia um cobertor velho e nós o estendíamos aqui no telhado, deitávamos com as crianças no meio e víamos a noite nascer.

— Sua mãe sabe que você está aqui?

— Foi ela que me trouxe.

Anna atravessa o telhado bem devagar. Ela sempre teve medo de altura, e a borda em torno do concreto só tem oito centímetros. Apertando os olhos, ela se inclina na direção do telescópio.

— O que você conseguiu ver?

— A Vega — eu digo.

Dou uma boa examinada em Anna, algo que não faço há algum tempo. Ela não é mais tão reta, já tem princípios de curvas. Até seus gestos — colocando o cabelo atrás da orelha, olhando pelo telescópio — têm uma espécie de graça que associo a mulheres adultas.

— Está querendo conversar sobre alguma coisa? – pergunto.

Ela morde o lábio inferior e olha para seus tênis.

— Talvez *você* possa conversar *comigo* – sugere.

Coloco minha jaqueta no chão para ela sentar e aponto para as estrelas. Conto que Vega faz parte de Lira, a lira que pertenceu a Orfeu. Não conheço muitas histórias, mas me lembro daquelas que têm a ver com constelações. Falo desse filho do deus-sol cuja música encantava animais e tornava as pedras macias. Um homem que amava tanto sua mulher, Eurídice, que não deixou a morte levá-la.

Quando termino de contar, estamos deitados de costas no chão.

— Posso ficar aqui com você? – Anna pergunta.

Dou um beijo na cabeça dela.

— Claro.

— Papai – ela sussurra, quando eu tenho certeza de que já dormiu –, deu certo?

Levo um segundo para entender que ela está perguntando sobre Orfeu e Eurídice.

— Não – admito.

Ela suspira.

— Eu sabia.

Terça-feira

Minha vela arde nas duas pontas;
A noite toda não vai durar;
Mas ah, meus inimigos, e oh, meus amigos –
Que bela luz ela dá!

— EDNA ST. VINCENT MILLAY,
"First Fig", *A Few Figs from Thistles*

ANNA

EU COSTUMAVA FINGIR que estava só passando por essa família, a caminho da minha família de verdade. Não é preciso ter muita imaginação para pensar isso – nós temos Kate, a sósia do meu pai; e Jesse, o sósia da minha mãe. Resta eu, uma coleção de genes recessivos que ninguém sabia que iriam surgir. Eu ficava sentada na lanchonete do hospital, comendo fritas borrachudas e gelatina de morango e olhando para cada uma das mesas ao redor, pensando que meus pais verdadeiros podiam estar a apenas uma bandeja de distância. Eles soluçariam de alegria ao me encontrar, me levariam para nosso castelo em Mônaco ou na Romênia, contratariam uma criada com cheiro de lençóis limpos só para mim, me dariam um bernese mountain dog e uma linha de telefone exclusiva. Mas a questão é que a primeira pessoa para quem eu ligaria para contar vantagem seria Kate.

As sessões de diálise de Kate acontecem três vezes por semana, durante duas horas. Ela tem um cateter Mahurkar implantado, igualzinho ao cateter venoso central que tinha antigamente e que sai do mesmo ponto em seu peito. Esse cateter é ligado a uma máquina que faz o trabalho que seus rins não estão fazendo. O sangue de Kate (bem, é *meu* sangue, se você quiser entrar nesses detalhes) sai do corpo dela através de uma agulha, é limpo e então volta através de uma segunda agulha. Ela diz que não dói. Basicamente, só é chato. Kate geralmente traz um livro, ou o CD player e os fones de ouvidos. Às vezes, a gente faz umas brincadeiras. "Vá para o corredor e me descreva o primeiro cara lindo que você vir", ela instrui, ou "Aproxime-se de mansinho do faxineiro que gosta de navegar na internet e descubra quem está pelada nas fotos que ele está baixando". Quando ela está confinada na cama, eu sou seus olhos e seus ouvidos.

Hoje, Kate está lendo a revista *Allure*. Eu me pergunto se minha irmã tem consciência de que, sempre que passa pela foto de uma modelo com um decote, ela toca a imagem na altura do peito, no mesmo lugar onde está implantado o cateter que as outras moças não têm.

– Puxa – minha mãe anuncia do nada –, isso aqui é interessante.

Ela sacode um panfleto que tirou do quadro de avisos perto do quarto de Kate. O título é "Você e seu novo rim".

– Sabia que eles não tiram o rim velho? Só transplantam o novo para dentro do seu corpo e o ligam no outro.

– Que bizarro – diz Kate. – Imagine o legista que abre você e vê que lá dentro tem três rins, em vez de dois.

– Acho que o propósito do transplante é o legista *não* abrir você tão cedo – responde minha mãe.

Esse rim fictício sobre o qual ela está falando no momento se encontra dentro do meu corpo.

Eu também já li aquele panfleto.

O transplante de rim é considerado uma cirurgia relativamente segura, mas, se você quiser saber o que eu acho, quem escreveu isso devia estar comparando-o com um transplante de coração e pulmão ou com a remoção de um tumor no cérebro. Na minha opinião, uma cirurgia segura é aquela em que você permanece acordado o tempo todo e o procedimento dura apenas cinco minutos – como uma remoção de verruga ou uma obturação no dente. Já quem doa um rim passa a noite anterior à operação de jejum e tomando laxantes. Você precisa levar uma anestesia geral, cujos riscos incluem derrame, ataque cardíaco e problemas pulmonares. A cirurgia dura quatro horas e também não é brincadeira – você tem uma chance em três mil de morrer na mesa de operação. Se isso não acontecer, você tem que ficar internado de quatro a sete dias, embora demore de quatro a seis semanas para se recuperar totalmente. E isso nem inclui os efeitos de longo prazo: chance maior de ter pressão alta, risco de complicações na gravidez, recomendação de evitar atividades que possam danificar o único rim que lhe resta.

Outra diferença é que, quando você remove uma verruga ou obtura um dente, a única pessoa que se beneficia é você.

Alguém bate na porta, e um rosto familiar aparece. Vern Stackhouse é xerife e, por isso, membro da mesma comunidade de funcionários públicos que meu pai. Ele costumava passar em casa de vez em quando para dizer oi ou deixar presentes de Natal para nós; ultimamente, tem salvado o pescoço do Jesse, levando-o para casa depois que ele se mete em alguma confusão, em vez de deixar que o judiciário lide com ele. Quando tem uma criança morrendo na sua família, as pessoas lhe dão um desconto.

O rosto de Vern é como um suflê, com reentrâncias nos lugares mais inesperados. Ele parece não saber se deve ou não entrar no quarto.

– Hã – ele diz. – Oi, Sara.

– Vern! – minha mãe fica de pé. – O que está fazendo no hospital? Está tudo bem?

– Tudo bem. Estou aqui a trabalho.

– Entregando citações, imagino.

– Ãhã.

Vern se remexe, constrangido, e enfia a mão na jaqueta como se fosse Napoleão.

– Lamento muito por isso, Sara – diz, estendendo um documento.

O sangue some do meu corpo, assim como o de Kate na diálise. Nem que quisesse eu poderia me mover.

– Mas o que... Vern, alguém está me processando? – minha mãe pergunta baixinho.

– Olhe, eu não leio, só entrego. E seu nome estava bem aqui na minha lista. Se, hã, se tiver alguma coisa que eu...

Ele nem termina a frase. Apenas sai do quarto de costas, com o chapéu nas mãos.

– Mãe? O que está acontecendo? – pergunta Kate.

– Não tenho ideia.

Ela desdobra os papéis. Estou tão perto que posso lê-los sobre seu ombro. No topo, está escrito: "ESTADO DE RHODE ISLAND E PROVIDENCE PLANTATIONS", mais oficial impossível. "VARA DA FAMÍLIA DO CONDADO DE PROVIDENCE. AUTORA: ANNA FITZGERALD, OU A.F. AÇÃO DE EMANCIPAÇÃO MÉDICA."

Que merda, eu penso. Minhas bochechas estão queimando; meu coração dispara. Parece a vez em que o diretor mandou um aviso disciplinar para os meus pais, porque eu fiz um desenho da sra. Toohey e sua bunda colossal na margem do meu livro de matemática. Aliás, não, pode apagar essa frase – é um milhão de vezes pior.

"Que ela possa tomar todas as decisões médicas no futuro."

"Que não seja forçada a se submeter a tratamento médico que não seja de seu interesse ou em seu benefício."

"Que não seja mais solicitada a passar por qualquer procedimento médico em benefício de sua irmã, Kate."

Minha mãe ergue o rosto e me encara.

– Anna – ela sussurra. – Que diabo é isso?

Parece um soco no estômago, agora que o papel está aqui e a coisa está mesmo acontecendo. Balanço a cabeça. O que posso dizer?

– Anna! – ela dá um passo em minha direção.

Atrás dela, Kate grita:

– Mãe, ai, mãe... tem alguma coisa doendo, chame a enfermeira!

Minha mãe vira de lado, sem dar as costas para mim. Kate está curvada, com o cabelo sobre os olhos. Acho que está olhando para mim por entre os fios, mas não tenho certeza.

– Mãe – ela geme. – Por favor.

Por um segundo, minha mãe fica sem saber com que filha lidar, frágil como uma bolha de sabão. Ela olha para mim, depois para Kate de novo.

Minha irmã está com dor e isso me deixa aliviada. O que isso diz sobre mim?

A última coisa que vejo ao sair correndo do quarto é minha mãe apertando sem parar o botão que chama a enfermeira, como se fosse o detonador de uma bomba.

Não posso me esconder na lanchonete, nem no saguão, nem em qualquer outro lugar aonde eles esperam que eu vá. Por isso, desço de escada até o sexto andar, que é a maternidade. Na sala de espera há apenas um telefone, que está sendo usado.

– Três quilos e cem – diz o homem, com um sorriso tão largo que parece que seu rosto vai se partir ao meio. – Ela é perfeita.

Será que meus pais fizeram isso quando eu nasci? Será que meu pai ligou para todo mundo que conhecia? Contou meus dedos da mão e do pé, na certeza de que o resultado seria o melhor número do universo? Será que minha mãe beijou minha cabeça e se recusou a deixar que a enfermeira me levasse dali para me limpar? Ou simplesmente me entregaram, já que o verdadeiro prêmio estava ligando meu umbigo à placenta?

O novo pai finalmente desliga o telefone, rindo de absolutamente nada.

— Parabéns — eu digo, mas o que quero dizer na verdade é que ele pegue sua filha e a abrace forte, que busque a lua para colocar em seu berço e escreva seu nome nas estrelas, para que ela nunca, jamais faça com ele o que eu fiz com meus pais.

Ligo a cobrar para Jesse. Vinte minutos mais tarde, ele estaciona na entrada principal do hospital. A essa altura, o xerife Stackhouse já foi avisado do meu desaparecimento e está esperando na porta quando passo por ela.

— Anna, sua mãe está muito preocupada com você. Ela mandou chamar seu pai no trabalho. Ele está revirando o hospital atrás de você.

Eu respiro fundo.

— Então é melhor você ir dizer a ela que eu estou bem — digo, entrando pela porta do passageiro que Jesse abriu para mim.

Jesse sai com o carro e acende um Merit, embora eu saiba que ele disse à mamãe que havia parado de fumar. Meu irmão aumenta o som, batendo com a palma da mão no volante. Só quando deixa a rodovia e pega a saída para Upper Darby ele abaixa o rádio e diminui a velocidade.

— E aí? Ela teve um treco?

— Ela mandou chamar o papai no trabalho.

Na minha família, incomodar meu pai no trabalho é considerado um pecado capital. Levando em conta que ele trabalha com emergências, que crise nossa pode se comparar?

— A última vez que ela tirou o papai do trabalho foi quando a doença da Kate foi diagnosticada — Jesse me informa.

— Ótimo — eu cruzo os braços. — Agora estou me sentindo infinitamente melhor.

Ele apenas sorri e sopra um anel de fumaça.

— Irmãzinha, bem-vinda ao Lado Negro.

Eles entram em casa como um furacão. Kate mal consegue me olhar antes de meu pai mandá-la para o nosso quarto. Minha mãe atira a bolsa e as chaves na mesa com força, depois avança na minha direção.

— Muito bem — diz, com a voz tão tensa que parece prestes a arrebentar. — O que está acontecendo?

Limpo a garganta com um pigarro.

– Eu contratei um advogado.

– Isso eu já entendi.

Minha mãe pega seu celular e o entrega a mim.

– E agora você vai mandá-lo embora.

Com um esforço enorme, consigo balançar a cabeça e largar o celular no sofá.

– Anna, eu juro por D...

– Sara.

A voz do meu pai é como uma machadada, que cai entre nós duas e nos atira para longe, rodopiando no ar.

– Acho que precisamos dar a Anna uma chance de se explicar. Nós *concordamos* em dar a ela uma chance de se explicar, certo?

Eu abaixo a cabeça.

– Eu não quero mais – digo.

A frase faz minha mãe explodir.

– Eu também não quero mais, sabia, Anna? Na verdade, a Kate também não. Mas nós não temos escolha.

A questão é que eu *tenho* escolha. E é por isso que sou eu quem precisa fazer alguma coisa.

Minha mãe se ergue sobre mim.

– Você foi procurar um advogado e o fez pensar que só você conta. Mas não é verdade. Nós contamos. *Todos* nós...

Meu pai coloca as mãos nos ombros dela e aperta. Ele se agacha diante de mim e sinto cheiro de fumaça. Ele saiu de um incêndio e veio diretamente para o meio deste, e isso – mas nada além disso – me faz sentir constrangida.

– Anna, querida, a gente sabe que você fez algo que achou que precisava fazer...

– *Eu* não acho isso – minha mãe interrompe.

Meu pai fecha os olhos.

– Sara, cale a boca. Que droga.

Ele olha para mim de novo.

– A gente não pode conversar, só nós três, sem meter um advogado no meio?

Ouvir isso faz meus olhos se encherem de lágrimas. Mas eu já estava preparada. Por isso, ergo o queixo e deixo as lágrimas escorrerem.

– Eu não posso, pai.

– Pelo amor de Deus, Anna – diz minha mãe. – Você por acaso sabe quais podem ser as consequências disso?

Minha garganta se fecha como a lente de uma máquina fotográfica, e o oxigênio ou as desculpas precisam passar por um túnel com o diâmetro de um alfinete. *Eu sou invisível*, penso, e percebo tarde demais que falei as palavras em voz alta.

Minha mãe se move tão rápido que eu nem percebo. Ela me dá um tapa tão forte no rosto que minha cabeça é atirada para trás. A marca fica em mim mesmo depois de sumir da minha pele. Só para você saber, a vergonha tem cinco dedos.

Certa vez, quando Kate tinha oito anos e eu cinco, nós tivemos uma briga e decidimos que não queríamos mais dividir o mesmo quarto. Mas, dado o tamanho da nossa casa e o fato de que o outro quarto já era de Jesse, não tínhamos para onde ir. E Kate, que era mais velha e mais sábia, decidiu dividir nosso quarto em dois.

– Que lado você quer? – perguntou diplomaticamente. – Eu até deixo você escolher.

Bom, eu queria a parte onde ficava a minha cama. Além disso, se você dividisse o quarto ao meio, a metade da minha cama também seria aquela onde ficavam a caixa com todas as nossas Barbies e as prateleiras com todo o material que usávamos nas aulas de arte. Kate foi pegar uma canetinha ali, mas eu a impedi.

– As canetinhas estão no *meu* lado – observei.

– Então me passe uma – ela exigiu.

Eu lhe dei a vermelha. Kate subiu na escrivaninha, esticando o braço o máximo que podia para alcançar o teto.

– Quando fizermos isso – ela disse –, você vai ficar do seu lado e eu do meu, certo?

Concordei, tão resolvida a cumprir o acordo quanto ela. Afinal, eu havia ficado com todos os brinquedos legais. Kate ia implorar para visitar o meu lado muito antes de eu implorar para visitar o dela.

– Jura? – ela perguntou, e nós enganchamos os mindinhos para selar o pacto.

Kate desenhou uma linha torta que saía do teto, passava sobre a escrivaninha, o carpete bege e a cômoda na parede oposta. Depois, me passou a canetinha.

– Não se esqueça – disse. – Quem não cumpre promessa é trapaceiro.

Sentei no chão do meu lado do quarto, tirando da caixa cada uma de nossas Barbies, despindo-as e vestindo-as de novo e fazendo alarde pelo fato de que elas estavam comigo, e não com Kate. Ela se sentou na cama abraçando os joelhos e ficou me observando. Não esboçou nenhuma reação. Até que minha mãe nos chamou para almoçar.

Então Kate sorriu para mim e saiu pela porta do quarto – que ficava do lado *dela*.

Fui até a linha que ela desenhara no carpete e fiquei mexendo nela com os dedos do pé. Não queria ser trapaceira. Mas também não queria passar o resto da vida no meu quarto.

Não sei quanto tempo minha mãe levou para se perguntar por que eu não aparecia na cozinha para almoçar, mas, quando se tem cinco anos, até um segundo pode durar para sempre. Ela parou na porta, olhando a linha feita com canetinha nas paredes e no carpete, e fechou os olhos, pedindo paciência. Entrou no quarto e me pegou no colo, e foi aí que eu comecei a espernear.

– Não! – gritei. – Eu nunca mais vou poder entrar!

Um minuto depois ela foi embora e voltou com descansos de panela, panos de prato e almofadas. Colocou-os a certa distância um do outro, do lado do quarto que pertencia a Kate.

– Vamos – ela disse.

Eu não me movi. Ela veio se sentar ao meu lado na cama.

– Esse lago pode pertencer a Kate – falou –, mas as vitórias-régias são *minhas*.

Ela ficou de pé e pulou num pano de prato, depois numa almofada. Ficou olhando por cima do ombro até eu fazer o mesmo. Do pano de prato para a almofada, e de lá para um descanso de panela que Jesse fizera na primeira série, atravessei todo o lado de Kate. Seguir os passos da minha mãe era a saída mais segura.

Estou tomando banho quando Kate abre a porta e entra no banheiro.
– Quero falar com você – diz.
Enfio a cabeça por um dos lados da cortina de plástico.
– Espere até eu terminar – digo, tentando ganhar tempo antes da conversa que eu não quero ter.
– Não, agora – ela senta na tampa da privada e suspira. – Anna... isso que você está fazendo...
– Já está feito – digo.
– Você pode desfazer se quiser, sabia?
Fico feliz por ter tanto vapor entre nós, pois eu não poderia suportar a ideia de ela ver meu rosto no momento.
– Eu sei – sussurro.
Durante um longo tempo, Kate fica em silêncio. Sua mente está correndo em círculos, como um hamster numa roda, e a minha também. Corra atrás de qualquer possibilidade, e mesmo assim não vai chegar a lugar algum.
Após alguns instantes, coloco a cabeça para fora de novo. Kate enxuga os olhos e me encara.
– Sabia que você é a única amiga que tenho? – ela pergunta.
– Não é verdade – respondo imediatamente, mas nós duas sabemos que estou mentindo.
Kate passou tempo demais fora da escola para encontrar um grupo ao qual pertencer. A maioria dos amigos que fez durante seu longo período de remissão desapareceu – foi uma decisão mútua. Acontece que é difícil demais para uma criança normal saber como agir com alguém que está prestes a morrer; e era igualmente complicado para Kate ficar empolgada de verdade com coisas como bailes e vestibulares, quando não havia garantias de que estaria viva para experimentá-las. Ela tem alguns conhecidos, lógico, mas, quando eles aparecem, ficam sentados na beira de sua cama com ar de quem está cumprindo uma pena, contando os minutos até poder ir embora e agradecer a Deus por isso não ter acontecido com eles.
Um amigo de verdade não consegue sentir pena de você.
– Não sou sua amiga – digo, colocando a cortina de volta no lugar. – Sou sua irmã. *E estou sendo uma droga de irmã*, penso. Coloco o rosto debaixo do jato de água, para que ela não veja que estou chorando também.
De repente, a cortina abre com um puxão, e eu fico totalmente desprotegida.

– É sobre isso que eu queria falar – diz Kate. – Se você não quiser mais ser minha irmã, tudo bem. Mas acho que não suportaria perder você como amiga.

Ela fecha a cortina e o vapor me envolve. Um segundo depois, ouço a porta abrir e fechar e sinto a facada de ar frio que entra por ela.

Eu também não suporto a ideia de perder Kate.

Naquela noite, depois que Kate cai no sono, levanto e fico de pé ao lado da cama dela. Quando coloco a palma da mão sob seu nariz para ver se ela está respirando, uma baforada de ar me atinge. Eu poderia tampar aquele nariz e aquela boca agora e segurá-la enquanto ela se debate. De que forma isso seria diferente do que estou fazendo?

Ouço passos no corredor e mergulho sob as cobertas. Viro de lado, de costas para a porta, para o caso de minhas pálpebras ainda estarem se mexendo quando meus pais entrarem no quarto.

– Não posso acreditar – minha mãe sussurra. – Não posso acreditar que ela fez isso.

Meu pai está tão quieto que eu me pergunto se não me enganei, se na verdade ele não está ali.

– É a mesma coisa que o Jesse faz – ela acrescenta. – Ela está fazendo isso para chamar atenção.

Posso senti-la me observando, como se eu fosse alguma criatura que ela nunca viu na vida.

– Talvez a gente precise levá-la a algum lugar, só nós três. Ir ao cinema, ou fazer compras, para ela não se sentir excluída. Para fazê-la ver que não tem que fazer uma loucura só para ser notada. O que você acha?

Meu pai leva bastante tempo para responder.

– Bem – ele diz –, talvez não seja uma loucura.

Sabe como o silêncio pode pressionar seus tímpanos no escuro e deixar você surdo? É isso que acontece, e eu quase não escuto a resposta da minha mãe.

– Pelo amor de Deus, Brian... De que lado você está?

– Quem disse que existem dois lados?

Mas até eu posso responder essa. Sempre existem dois lados. Sempre há um vencedor e um perdedor. Para cada pessoa que ganha, existe alguém que tem que abrir mão de algo.

Alguns segundos depois a porta se fecha, e a luz do corredor que estava dançando no teto desaparece. Piscando, eu me viro e deito de costas – e vejo que minha mãe ainda está ali, parada ao lado da minha cama.

– Achei que você tinha ido embora – eu sussurro.

Ela senta ao pé da cama e eu me afasto. Mas ela põe a mão sobre meu calcanhar antes que eu vá para mais longe.

– E o que mais você anda achando, Anna?

Meu estômago se contrai.

– Eu acho... acho que você deve me odiar.

Mesmo no escuro, posso ver o brilho dos olhos dela.

– Ah, Anna – minha mãe suspira. – Como você pode não saber quanto eu amo você?

Ela abre os braços e eu me aninho neles, como se fosse pequena de novo e ainda coubesse ali. Pressiono o rosto com força em seu ombro. O que eu quero, mais que tudo, é fazer o tempo voltar só um pouquinho. Voltar a ser a criança que eu era, que acreditava que tudo que minha mãe dizia era cem por cento verdadeiro e cem por cento certo, sem olhar tanto a ponto de ver as rachaduras.

Minha mãe me aperta mais.

– Vamos conversar com o juiz e explicar. A gente pode consertar isso – ela diz. – A gente pode consertar tudo.

E, como essas palavras são tudo o que eu queria ouvir, faço que sim com a cabeça.

SARA

1990

Sinto-me surpreendentemente reconfortada por estar na ala de oncologia do hospital, como se fizesse parte de um clube. Há o gentil funcionário do estacionamento, que nos pergunta se é nossa primeira vez, e legiões de crianças carregando cubas hospitalares cor-de-rosa debaixo do braço, como ursinhos de pelúcia – essas pessoas todas já estiveram aqui antes de nós e, quanto maior o número delas, mais me sinto segura.

Pegamos o elevador até o terceiro andar, onde fica o consultório do dr. Harrison Chance. Só o nome dele já me desconcerta. Por que não dr. Victor?

– Ele está atrasado – digo a Brian, olhando o relógio pela vigésima vez. Uma planta de folhas longas definha, amarelada, no peitoril da janela. Espero que ele saiba cuidar melhor de seres humanos.

Para distrair Kate, que está prestes a cair no sono, eu encho uma luva de borracha e dou um nó, formando um balão que parece um chapéu de bobo da corte. Acima da caixa de luvas, ao lado da pia, há um grande cartaz pedindo aos pais que não façam justamente isso. Nós atiramos o balão de um lado para o outro, jogando vôlei, até que o dr. Chance aparece, sem pedir desculpas pelo atraso.

– Sr. e sra. Fitzgerald.

Ele é alto e magro como uma vara, com olhos azuis muito claros aumentados pelas lentes grossas dos óculos e a boca estreita e comprimida. Quando vê o balão improvisado de Kate, franze o cenho.

– Bem, estou vendo que já temos um problema.

Brian e eu nos entreolhamos. É esse homem de coração gelado que vai nos liderar nesta guerra? É ele o nosso general, nosso cavaleiro?

Antes que possamos recuar e oferecer explicações, o dr. Chance pega uma caneta hidrográfica e desenha uma carinha na borracha, incluindo até um par de óculos redondo, igual ao seu.

– Pronto – ele diz e, com um sorriso que faz seu rosto mudar, devolve o balão a Kate.

Eu só vejo minha irmã Suzanne uma ou duas vezes por ano. Ela mora a menos de uma hora de mim, mas temos mil convicções filosóficas que nos mantêm bem mais separadas.

Até onde eu sei, Suzanne ganha bastante dinheiro para mandar nas pessoas. O que significa, em teoria, que ela fez seu treinamento profissional comigo. Nosso pai morreu enquanto cortava a grama em seu aniversário de quarenta e nove anos; nossa mãe nunca conseguiu juntar direito seus caquinhos. Suzanne, que é dez anos mais velha que eu, tomou as rédeas da situação. Ela verificava se eu havia feito o dever de casa, se havia me inscrito para os vestibulares das faculdades de direito e se estava sempre sonhando alto. Ela era inteligente, linda e sempre sabia o que dizer, em qualquer ocasião. Suzanne podia pegar qualquer catástrofe e encontrar o antídoto lógico para curá-la, e é por isso que é tão bem-sucedida profissionalmente. Ela se sente tão confortável na diretoria de uma empresa quanto correndo ao longo do rio Charles. Faz tudo parecer tão fácil. Quem *não* ia querer alguém assim como modelo?

Minha primeira falta foi me casar com um homem que não havia feito faculdade. A segunda e a terceira foram engravidar. Acho que, quando não me tornei uma advogada tão espetacular quanto Gloria Allred, Suzanne se sentiu no direito de me considerar um fracasso. E acho que, até agora, eu me senti no direito de *não* me considerar assim.

Não me entenda mal – ela adora os sobrinhos. Manda para eles gravuras da África, conchas de Bali, chocolates da Suíça. Jesse quer ter um escritório todo de vidro, igual ao dela, quando crescer.

– Nem todo mundo pode ser a tia Zanne – eu digo, mas o que quero mesmo dizer é que *eu* não posso ser ela.

Não lembro quem de nós duas parou de retornar telefonemas, mas foi mais fácil assim. Não há nada pior do que o silêncio, pendurado como contas pesadas demais no fio delicado de uma conversa. Por isso, levo uma semana inteira para ligar. Telefono diretamente para o ramal dela.

– Escritório de Suzanne Crofton – um homem atende.
– Sim – eu digo, hesitante. – Ela pode falar?
– Ela está numa reunião.
– Por favor... – respiro fundo. – Por favor, diga que é a irmã dela.

Um instante depois, a voz macia e elegante de Suzanne surge em meu ouvido.

– Sara. Quanto tempo.

Foi para ela que eu corri quando fiquei menstruada; foi ela que me ajudou a reunir os pedaços do meu coração quando ele foi partido pela primeira vez; era sua mão que eu segurava no meio da noite, quando não conseguia mais me lembrar de que lado nosso pai dividia o cabelo ou como era a risada da nossa mãe. Não importa o que ela é agora; antes de tudo isso, era minha melhor amiga, que já veio comigo de fábrica.

– Zanne? – eu digo. – Como você está?

Trinta e seis horas depois que Kate é oficialmente diagnosticada com LPA, Brian e eu temos a oportunidade de fazer algumas perguntas. Kate brinca com cola de purpurina com um psicólogo infantil, enquanto nos reunimos com uma equipe de médicos, enfermeiras e psiquiatras. Eu já descobri que são as enfermeiras que nos dão as respostas pelas quais estamos mais desesperados. Ao contrário dos médicos, que se remexem como se estivessem atrasados para outro compromisso, as enfermeiras respondem a tudo pacientemente, como se fôssemos os primeiros pais a ter esse tipo de reunião com elas, e não os milésimos.

– O problema com a leucemia – uma enfermeira explica – é que, quando nós ainda nem demos a primeira injeção do primeiro tratamento, já estamos pensando no quarto tratamento que virá. Essa doença em particular não tem um prognóstico muito bom, por isso precisamos pensar além do próximo passo. E a LPA é ainda mais difícil, por apresentar resistência à quimioterapia.

– Como assim? – pergunta Brian.

– Normalmente, com as leucemias mieloides, você tem o potencial de levar o paciente à remissão toda vez que há uma recaída, contanto que os órgãos dele aguentem. Você vai exaurir o corpo da pessoa, mas sabendo que ela vai sempre reagir ao tratamento. Já com a LPA, uma vez que você usou determinado tratamento, geralmente não pode contar com ele de novo. E, por enquanto, o número de tratamentos que temos disponíveis não é muito grande.

– Quer dizer... – Brian engole em seco. – Quer dizer que ela vai morrer?

– Quer dizer que não dá para garantir.

– Então o que vai ser feito?

Outra enfermeira responde:

– Kate vai começar com uma semana de quimioterapia, na esperança de conseguirmos matar as células doentes e levá-la à remissão. É muito provável que ela tenha episódios de náusea e vômitos, mas tentaremos minimizá-los usando antieméticos. E o cabelo dela vai cair.

Ao ouvir isso, eu solto um gritinho. É uma coisa tão pequena, mas é a marca que vai mostrar a todo mundo o que há de errado com Kate. Só faz seis meses que ela cortou o cabelo pela primeira vez; seus cachinhos dourados caíram como moedas no chão do salão.

– Ela pode ter diarreia. Como o sistema imunológico dela estará debilitado, há grande probabilidade de ela pegar uma infecção e precisar ser hospitalizada. A quimioterapia também pode causar atrasos de desenvolvimento. Duas semanas após o fim das primeiras sessões, ela fará uma série de quimioterapia de consolidação e, depois disso, algumas séries de terapia de manutenção. O número exato vai depender dos resultados que obtivermos nas aspirações periódicas de medula óssea.

– E depois? – Brian pergunta.

– Depois, vamos observá-la – responde o dr. Chance. – Com a LPA, é preciso ficar atento para sinais de recaída. Ela vai ter que ser trazida ao pronto-socorro se tiver hemorragia, febre, tosse ou qualquer infecção. E, quanto aos tratamentos seguintes, ela terá algumas opções. A ideia é fazer o corpo de Kate produzir medula óssea sadia. Se por acaso conseguirmos a remissão molecular com a quimioterapia, o que é uma possibilidade remota, podemos pegar as próprias células de Kate e instilá-las de novo, o que chamamos de transplante autólogo. Se ela recair, podemos tentar transplantar a medula de outra pessoa para o corpo de Kate para produzir células sanguíneas. Ela tem irmãos?

– Um irmão – respondo, e um pensamento terrível me vem. – Ele pode desenvolver essa doença também?

– É muito improvável. Mas ele pode ser compatível para um transplante alogênico. Se não for, Kate vai entrar na lista nacional para ver se encontra um doador compatível sem grau de parentesco. No entanto, fazer um transplante de medula de um estranho compatível é bem mais perigoso do que de um parente. O risco de mortalidade aumenta muito.

As informações não acabam nunca, uma série de dardos atirados tão rapidamente que eu nem sinto mais suas picadas. Eles nos dizem: "Não pensem, só nos entreguem sua filha, senão ela vai morrer". A cada resposta que nos dão, pensamos em outra pergunta.

O cabelo dela vai crescer de novo?

Ela vai poder ir à escola algum dia?

Ela pode brincar com amigos?

Isso aconteceu por causa do lugar onde moramos?

Isso aconteceu por sermos quem somos?

– Como vai ser se ela morrer? – pergunto sem pensar.

O dr. Chance me encara.

– Vai depender do que causar a morte dela – ele explica. – Se for uma infecção, ela vai ter dificuldades para respirar e será ligada a um aparelho. Se for hemorragia, vai perder a consciência e seu sangue vai se esvair. Se for falência de um órgão, as características vão variar de acordo com o sistema que estiver prejudicado. Muitas vezes, há uma combinação de todas essas possibilidades.

– Ela vai entender o que está acontecendo? – eu pergunto, mas na verdade quero dizer: "Como vou sobreviver a isso?"

– Sra. Fitzgerald – diz o dr. Chance, como se tivesse escutado a pergunta que eu não fiz –, das vinte crianças internadas aqui hoje, dez estarão mortas em poucos anos. Eu não sei em que grupo Kate estará.

Para que a vida de Kate seja salva, parte dela tem de morrer. Esse é o objetivo da quimioterapia – destruir todas as células leucêmicas. Para isso, um cateter venoso central foi colocado abaixo da clavícula dela – um tubo de três pontas que será a porta de entrada de múltiplos medicamentos e do soro, e também servirá para tirar sangue. Vejo os tubos saindo de seu peito franzino e penso num filme de ficção científica.

Ela já fez um eletrocardiograma, para ter certeza de que seu coração vai suportar a quimioterapia. Já passou um colírio à base de dexametasona, porque um dos medicamentos causa conjuntivite. Já tirou sangue pelo cateter venoso central, para testar como andam seus rins e seu fígado.

A enfermeira pendura as bolsas de infusão no suporte do soro e acaricia o cabelo de Kate.

– Ela vai sentir alguma coisa? – pergunto.

– Não. Ei, Kate, olhe aqui.

Ela aponta para a bolsa de daunomicina, coberta por um saco preto que a protege da luz. Sobre ele, há adesivos coloridos que ela ajudou Kate a fazer enquanto estávamos esperando. Vi um adolescente com um post-it colado em sua bolsa de medicação, que dizia: "Jesus salva. A químio resolve".

É isto que começa a fluir pelas veias dela: daunomicina, 50 mg em 25 ml de D5W; citarabina, 46 mg em uma infusão de D5W, que vai ser administrada continuamente por vinte e quatro horas; alopurinol, 92 mg. Em outras palavras, veneno. Imagino uma grande batalha acontecendo dentro de Kate. Vejo exércitos corajosos, baixas que evaporam por seus poros.

Eles nos dizem que ela provavelmente vai se sentir mal dentro de alguns dias, mas só leva duas horas para ela começar a vomitar. Brian aperta o botão e uma enfermeira entra no quarto.

– Vou pegar um Plasil para ela – ela diz e desaparece.

Quando Kate não está vomitando, está chorando. Sento na beira da cama e coloco metade do corpo dela no meu colo. As enfermeiras não têm tempo para mimar criancinhas. Elas, que são poucas, administram um antiemético pelo cateter e ficam no quarto durante alguns instantes, para ver como ela reage – mas, inevitavelmente, são chamadas por outra pessoa em outra emergência, e nós é que temos de fazer o resto. Brian, que em geral precisa sair de perto quando um de nossos filhos está passando mal, vira um modelo de eficiência: limpa o suor da testa de Kate, segura seus ombros frágeis, limpa sua boca com um guardanapo.

– Você vai conseguir – ele murmura cada vez que ela vomita, mas talvez esteja falando consigo mesmo.

E eu também fico surpresa comigo mesma. Com determinação soturna, transformo num balé o ato de ir limpar a cuba hospitalar e trazê-la de volta. Se você se concentrar em empilhar sacos de areia na praia, vai poder ignorar o tsunami que se aproxima.

Se tentar qualquer outro método, vai acabar ficando maluco.

Brian traz Jesse ao hospital para fazer o exame de sangue: uma simples picadinha no dedo. O garoto precisa ser segurado por Brian e por dois residentes; seus gritos ecoam por todo o hospital. Eu me mantenho afastada, cruzo os braços e sem querer penso em Kate, que há dois dias parou de chorar com essas coisas.

Algum médico vai examinar esse sangue e analisar seis proteínas que flutuam, invisíveis, dentro dele. Se essas seis proteínas forem as mesmas que Kate tem em seu sangue, Jesse vai ser HLA compatível – um doador em potencial de medula óssea para sua irmã. *Qual deve ser a probabilidade de ele ter todas as seis proteínas iguais?*, penso. *Tão provável quanto ser diagnosticado com leucemia.*

O flebotomista sai com o vidrinho de sangue, e Brian e os médicos soltam Jesse. Ele corre da mesa para mim.

– Mamãe, eles me machucaram!

Jesse mostra o dedo, ornado com um curativo do desenho *Os anjinhos*. Ele encosta o rosto molhado e brilhante na minha pele, e sinto que ele está quente.

Eu lhe dou um abraço apertado. Digo todas as coisas certas. Mas é tão, tão difícil sentir pena dele.

– Infelizmente – diz o dr. Chance –, seu filho não é compatível.

Meus olhos focam a planta, ainda murcha e amarelada no peitoril da janela. Alguém devia jogar aquilo fora. Alguém devia substituí-la por orquídeas, aves-do-paraíso e outras flores improváveis.

– É possível que um doador sem relação de parentesco apareça no sistema nacional de doadores de medula.

Brian se inclina para frente, duro e tenso.

– Mas você disse que o transplante de um doador sem grau de parentesco era perigoso.

– Disse, sim – concorda o dr. Chance. – Mas às vezes não temos outra opção.

Eu olho para ele.

– E se você não encontrar um doador compatível no sistema?

– Bom – diz o oncologista, esfregando a testa. – Aí, vamos tentar mantê-la bem até surgir um tratamento novo.

Ele está falando da minha filhinha como se ela fosse uma máquina: um carro com o carburador defeituoso, um avião cujo trem de pouso não funcionou. Em vez de encarar isso, eu viro o rosto bem no momento em que uma das infelizes folhas da planta resolve se suicidar e se atira no carpete. Sem nenhuma explicação, eu me levanto e pego o vaso. Saio do consultório do dr. Chance, passo pela recepcionista e pelos outros pais e mães catatônicos esperando com seus filhos doentes. Atiro a planta e toda a terra ressecada na primeira lata de lixo que encontro. Fico olhando para o vaso de terracota em minhas mãos, e penso em atirá-lo no chão de azulejos quando ouço uma voz atrás de mim.

– Sara – chama o dr. Chance –, você está bem?

Eu me viro devagar, com lágrimas brotando dos olhos.

– Estou ótima. Estou saudável. Vou viver uma vida bem longa.

Entrego o vaso para ele e peço desculpas. O dr. Chance assente e me oferece um lenço que tira do bolso.

– Achei que ia ser o Jesse quem iria salvá-la. Eu queria que fosse o Jesse.

– Todos nós queríamos – ele responde. – Olhe. Há vinte anos, a taxa de sobrevivência era ainda menor. E eu sei de muitas famílias em que um irmão não era compatível, mas outro acabou sendo perfeito.

"Mas nós só temos esses dois", estou prestes a dizer, e então me dou conta de que o dr. Chance está falando de um membro da família que eu ainda não tive, de uma criança que jamais planejei. Eu me volto para ele com uma pergunta nos lábios.

– O Brian deve estar se perguntando onde nós estamos – ele diz, erguendo o vaso. – Que plantas eu teria mais dificuldades de matar? – pergunta casualmente.

É tão fácil presumir que, já que seu mundo ficou completamente paralisado, o mundo dos outros também ficou. Mas o lixeiro pegou nosso lixo e deixou as latas na rua, como sempre. Tem uma conta do posto de gasolina enfiada embaixo da porta. A correspondência de uma semana inteira foi meticulosamente empilhada no balcão da cozinha. Incrivelmente, a vida continuou.

Kate tem alta do hospital uma semana após ser internada para fazer quimioterapia de indução. O cateter central que ainda sai de seu peito infla sua blusa. As enfermeiras tentam me animar com uma conversa e depois me dão uma longa lista de instruções: quando eu devo ligar para o pronto-socorro e quando não devo, quando vamos precisar voltar para mais quimioterapia, que cuidados devo tomar durante o período de imunossupressão de Kate.

Às seis da manhã seguinte, a porta do nosso quarto se abre. Kate anda pé ante pé até a cama, embora eu e Brian tenhamos acordado no primeiro segundo.

– O que foi, meu amor? – ele pergunta.

Ela não diz nada, apenas ergue a mão até a cabeça e passa os dedos pelo cabelo. Um enorme tufo se solta e cai sobre o carpete como um floco de neve.

– Já acabei – Kate anuncia alguns dias mais tarde, durante o jantar. Seu prato ainda está cheio; ela nem tocou na vagem ou na carne assada. E sai pulando para a sala de estar, indo brincar.

– Eu também – Jesse diz e afasta a cadeira da mesa. – Posso levantar?

Brian espeta mais um pedaço com o garfo.

– Só depois de comer todo o verde do seu prato.

– Odeio vagem.

– Ela também não gosta muito de você.

Jesse olha para o prato de Kate.

– *Ela* pôde se levantar. Não é justo.

Brian coloca o garfo na mesa ao lado do prato.

– Justo? – diz, com a voz séria demais. – Você quer ser justo? Tudo bem, Jess. Da próxima vez que a Kate fizer uma aspiração de medula óssea, a gente deixa você fazer uma também. Quando limparmos o cateter dela, vamos fazer você passar por algo que seja tão doloroso quanto. E, da próxima vez que ela fizer quimioterapia, a gente...

– Brian! – eu interrompo.

Ele para tão abruptamente quanto começou e passa a mão trêmula sobre os olhos. Então seu olhar pousa em Jesse, que veio se refugiar debaixo do meu braço.

– Eu... Desculpe, Jess. Eu não...

Mas o que quer que Brian esteja prestes a dizer desaparece quando ele se levanta e sai da cozinha. Durante um longo tempo, ficamos em silêncio. Jesse então se vira para mim:

– O papai está doente também?

Eu penso bastante antes de responder.

– Nós todos vamos ficar bem.

Uma semana depois de voltarmos para casa, somos acordados no meio da noite por um estrondo. Brian e eu corremos até o quarto de Kate. Ela está na cama, tremendo tanto que derrubou o abajur da mesa de cabeceira.

– Ela está fervendo – eu digo a Brian, após colocar a mão na testa dela.

Nos dias que se passaram, várias vezes eu me perguntei como decidiria se devia ou não ligar para o médico, no caso de Kate ter algum sintoma estranho. Olho para ela agora e não consigo imaginar como fui estúpida a ponto de acreditar que não saberia quando minha filha estivesse doente.

– Vamos para o pronto-socorro – anuncio, embora Brian já esteja embrulhando Kate nas cobertas e tirando-a da cama.

Corremos com ela para o carro, ligamos o motor e então lembramos que não podemos deixar Jesse sozinho em casa.

– Vá você com ela – responde Brian, lendo meus pensamentos. – Eu fico aqui.

Mas ele não consegue tirar os olhos de Kate.

Minutos depois, estamos indo a toda para o hospital, com Jesse no banco de trás ao lado da irmã, perguntando por que tivemos de nos levantar antes do sol.

No pronto-socorro, Jesse dorme num ninho feito com nossos casacos. Brian e eu observamos os médicos rodearem o corpo febril de Kate como abelhas sobrevoando um campo de flores, sugando dela tudo que podem. Eles fazem diversos exames e uma punção lombar para tentar isolar a causa da infecção e descartar a possibilidade de meningite. Um radiologista traz uma máquina de raio X portátil para tirar uma chapa do peito de Kate e ver se a infecção está nos pulmões.

Depois, ele coloca a chapa no painel de luz perto do quarto. As costelas de Kate parecem tão finas quanto palitos de fósforo, e há uma grande massa cinza quase no centro. Meus joelhos ficam bambos e eu agarro o braço de Brian sem nem perceber.

– É um tumor. O câncer entrou em metástase.

O médico coloca a mão no meu ombro.

– Sra. Fitzgerald, esse é o coração da Kate.

Pancitopenia é uma palavra complicada que significa que não há nada no corpo de Kate protegendo-a de infecções. Segundo o dr. Chance, significa que a quimioterapia funcionou, que a grande maioria dos glóbulos brancos que havia no corpo dela foi destruída. Também significa que a sépsis – uma infecção que surge após a quimioterapia – não é uma probabilidade, mas uma certeza.

Kate é medicada com Tylenol para reduzir a febre. Eles fazem culturas em seu sangue, urina e secreção respiratória, para que antibióticos apropriados possam ser ministrados. Leva seis horas para os tremores cessarem, tão violentos que ela quase chega a cair da cama.

A enfermeira – uma mulher que, certa tarde há algumas semanas, fez trancinhas no cabelo de Kate para fazê-la sorrir – tira a temperatura da minha filha e se volta para mim.

– Sara, agora você pode respirar – diz gentilmente.

O rosto de Kate está tão branco e pequenino quanto aquelas luas distantes que Brian gosta de encontrar pelo telescópio – imóvel, frio, remoto. Ela parece um cadáver... e o pior é que isso é um alívio, comparado a vê-la sofrer.

– Ei.

Brian toca minha cabeça, com Jesse no outro braço. Já é quase meio-dia, e nós quatro ainda estamos de pijamas; nem pensamos em levar uma muda de roupa para o hospital.

– Vou com o Jesse até a lanchonete, vamos almoçar. Quer alguma coisa? – ele pergunta.

Balanço a cabeça. Aproximando a cadeira da cama de Kate, ajeito a coberta sobre as pernas dela. Pego sua mão e a comparo com a minha.

Kate abre um pouquinho os olhos. Por um instante, fica confusa, sem saber direito onde está.

– Kate, eu estou bem aqui – sussurro.

Ela vira a cabeça e foca os olhos em mim, e eu levo sua palma até a boca e dou um beijo bem no centro.

– Você é tão corajosa – digo e então sorrio. – Quando eu crescer, quero ser que nem você.

Para minha surpresa, ela balança a cabeça com determinação. Sua voz é um fio, uma pena de pássaro.

– Não, mamãe – ela diz. – Você ia ser dodói.

No primeiro sonho que tenho, o líquido entra rápido demais no cateter venoso de Kate. O soro a faz inchar como um balão. Tento arrancar a infusão, mas ela está presa ao cateter. Diante dos meus olhos, as feições de Kate inflam, se tornam indistintas, desaparecem, até que seu rosto se torna uma forma oval branca que poderia pertencer a qualquer pessoa.

No segundo sonho, estou na maternidade tendo um filho. Meu corpo se abre, meu coração pulsa devagar dentro da barriga. Sinto uma pressão súbita, e então o bebê surge num jato de luz e água.

– É uma menina – diz a enfermeira com um sorriso radiante, entregando-me a recém-nascida.

Eu tiro o cobertor rosa da frente do rostinho e fico imóvel.

– Essa não é Kate – digo.

– Claro que não – concorda a enfermeira. – Mas é sua mesmo assim.

O anjo que me aparece veste Armani e está rosnando pelo celular enquanto entra no quarto do hospital.

– Venda – minha irmã ordena. – Nem que você tenha que montar uma barraquinha no Faneuil Hall para distribuir as ações, Peter. Eu disse *venda*.

Ela aperta um botão e abre os braços para mim.

– Ei, ei – Zanne tenta me acalmar ao ver que caí em prantos. – Você achou mesmo que eu ia obedecer quando você me mandou não vir?

– Mas...

– Fax. Telefone. Eu posso trabalhar da sua casa. Quem vai tomar conta do Jesse?

Brian e eu nos entreolhamos; ainda não havíamos pensado nisso. Em resposta à pergunta, ele se levanta e dá um abraço constrangido em Zanne. Jesse corre em disparada para ela.

– Quem é esse menino que vocês adotaram, Sara? Porque o Jesse não pode estar tão grande...

Ela faz Jesse soltar seus joelhos e se inclina sobre a cama de hospital onde Kate está dormindo.

– Aposto que você não lembra de mim... – diz, com os olhos brilhantes. – Mas eu lembro de você.

É tão fácil deixar que ela tome as rédeas. Zanne distrai Jesse com um jogo da velha e obriga um restaurante chinês que não faz entregas a trazer nosso almoço. Fico sentada ao lado de Kate, me deliciando com a competência da minha irmã. E me permito fingir que ela pode consertar o que eu não posso.

Depois que Zanne leva Jesse para passar a noite em casa, Brian e eu nos tornamos apoios de livro no escuro, cada um de um lado de Kate.

– Brian – falo baixinho –, eu estava pensando...
Ele se remexe na cadeira.
– Em quê?
Eu me inclino para frente, para poder olhá-lo nos olhos.
– Em ter outro filho.
Ele aperta os olhos.
– Meu Deus, Sara – e se levanta, virando de costas para mim. – Meu Deus.

Eu também fico de pé.
– Não é o que você está pensando.
Quando ele me encara, a dor retesa cada músculo de seu rosto.
– A gente não pode simplesmente colocar outro filho no lugar da Kate se ela morrer.

Kate se mexe na cama, fazendo os lençóis farfalharem. Eu me forço a imaginá-la com quatro anos, usando uma fantasia de Halloween; com doze, passando batom; com vinte, dançando num dormitório de faculdade.

– Eu sei. E é por isso que a gente precisa ter certeza de que ela não vai morrer.

QUARTA-FEIRA

Eu lerei as cinzas, se você me pedir.
Olharei dentro do fogo e lhe direi do pó cinza
E das línguas e listras vermelhas e negras,
Eu lhe direi como o fogo surge
E como corre até o mar.

— CARL SANDBURG, "Fire Pages"

CAMPBELL

Todos nós, acredito, temos uma dívida de gratidão para com nossos pais – a questão é: de que tamanho? É isso que me passa pela cabeça enquanto minha mãe fala sem parar sobre o último caso extraconjugal do meu pai. Não é a primeira vez que sinto falta de ter irmãos – pelo menos eu receberia telefonemas matinais como este apenas uma ou duas vezes por semana, em vez de sete.

– Mãe – eu interrompo –, duvido que ela tenha mesmo dezesseis anos.
– Você subestima seu pai, Campbell.

Talvez, mas eu também sei que ele é um juiz federal. Pode olhar com malícia para meninas de colégio, mas jamais faria algo ilegal.

– Mãe, estou atrasado para ir ao tribunal. Ligo para você mais tarde – eu digo e desligo antes que ela possa protestar.

Não estou indo para o tribunal, mas mesmo assim me sinto justificado. Respirando fundo, balanço a cabeça e vejo Juiz me encarando.

– Motivo número cento e seis pelo qual os cães são mais inteligentes que os humanos – eu digo. – Quando vocês deixam a ninhada, cortam relações com a mãe.

Vou até a cozinha enquanto dou um nó na gravata. Meu apartamento é uma obra de arte. Elegante e minimalista, mas os poucos móveis são os melhores que o dinheiro pode comprar – um sofá de couro preto de modelo exclusivo; uma televisão de LCD pendurada na parede; um armário de vidro com tranca repleto de primeiras edições de autores como Hemingway e Hawthorne. Minha cafeteira é importada da Itália; minha geladeira é side by side. Eu a abro e encontro uma cebola, um pote de ketchup e três rolos de filme preto e branco.

Isso também não é surpresa – eu raramente como em casa. Juiz está tão acostumado com comida de restaurante que não reconheceria ração nem se lhe enfiassem goela abaixo.

– O que você acha? – pergunto a ele. – Vamos ao Rosie's?

Ele late quando eu ponho sua coleira, própria para cães de assistência. Juiz e eu estamos juntos há sete anos. Eu o comprei de um criador de pastores alemães, e ele foi treinado especialmente para mim. Quanto ao seu nome, bem, que advogado não sonha em colocar um juiz dentro de uma jaula de vez em quando?

O Rosie's é como o Starbucks gostaria de ser: eclético e moderno, cheio de clientes que a qualquer momento podem estar lendo literatura russa no original, fazendo o balanço do orçamento da empresa no laptop ou escrevendo um roteiro enquanto injetam cafeína na veia. Juiz e eu em geral sentamos na nossa mesa de sempre, nos fundos. Pedimos um expresso duplo e dois croissants de chocolate e flertamos descaradamente com Ophelia, a garçonete de vinte anos. Mas hoje, quando chegamos lá, Ophelia não está e há uma mulher na *nossa* mesa, dando pão para uma criança num carrinho. Isso me deixa tão chocado que Juiz tem de me arrastar até o único lugar vazio, uma banqueta no balcão com vista para a rua.

Sete e meia da manhã e este dia já é um fiasco.

Um menino magro como um viciado em heroína e com tantos anéis nas sobrancelhas quanto um varão de cortina se aproxima com um bloquinho. Ele vê Juiz aos meus pés.

– Foi mal, cara. Cachorro não pode entrar.

– Este é um cão de assistência. Onde está Ophelia?

– Sumiu, cara. Fugiu ontem à noite pra casar.

Fugir para casar? Alguém *ainda* faz isso?

– Com quem? – pergunto, embora não seja da minha conta.

– Um artista aí que pega merda de cachorro e usa pra fazer esculturas de líderes mundiais. Diz que quer passar uma *mensagem*.

Sinto pena momentânea da pobre Ophelia. Pode acreditar em mim: o amor é tão perene quanto um arco-íris – é lindo enquanto existe, mas desaparece num piscar de olhos.

O garçom enfia a mão no bolso de trás e me entrega um cartão de plástico.

– Este é o cardápio em braile.

— Eu quero um expresso duplo e dois croissants, e eu não sou cego.
— Então pra que o Fido?
— Eu tenho gripe asiática, e ele está computando quantas pessoas eu infecto.

O garçom não parece entender se estou brincando ou não. Na dúvida, se afasta para ir pegar meu café.

Ao contrário da minha mesa de sempre, aqui tem vista para a rua. Observo uma idosa quase ser atingida por um táxi; vejo um menino passar com um rádio três vezes maior que sua cabeça equilibrado no ombro. Gêmeas usando uniforme de escola católica dão risadinhas atrás de uma revista adolescente. E uma mulher com uma cascata de cabelos negros derrama café na saia, deixando o copo de papel cair na calçada.

Dentro de mim, tudo para. Espero que ela levante a cabeça – para ver se pode ser quem penso que é –, mas ela se vira e se afasta de mim, passando um guardanapo no tecido. Um ônibus corta o mundo ao meio, e meu celular começa a tocar.

Olho para o número que aparece na tela: nenhuma surpresa. Desligo o telefone sem me incomodar em atender minha mãe e olho de novo para a mulher do outro lado da janela. Mas o ônibus já se foi, e ela também.

Abro a porta do escritório já bradando ordens para Kerri:
— Ligue para o Osterlitz e pergunte se ele pode testemunhar no processo do Weiland; arrume uma lista de outros pleiteantes que processaram a New England Power nos últimos cinco anos; tire uma cópia do depoimento do Melbourne; e ligue para o Jerry, do tribunal, e pergunte quem vai ser o juiz da audiência daquela menina, Anna Fitzgerald.

Kerri olha para mim e, no mesmo instante, o telefone começa a tocar.
— Por falar nela...

Ela aponta com a cabeça na direção do meu santuário. Anna Fitzgerald está diante da porta com uma lata de desinfetante industrial em spray e uma flanela, polindo a maçaneta.

— O que você está fazendo? – eu pergunto.
— O que você me mandou fazer – ela responde e olha para o cachorro.
— Oi, Juiz.

— Linha dois para você — Kerri interrompe.

Lanço para ela um olhar calculado — por que ela deixou essa menina entrar aqui está além da minha compreensão — e tento entrar no meu escritório, mas o produto que Anna colocou no metal o deixou melado e não consigo girar a maçaneta. Fico tentando por alguns segundos, até que ela pega a maçaneta com a flanela e abre a porta para mim.

Juiz dá uma volta no chão, procurando o lugar mais confortável. Eu aperto a luzinha que pisca no telefone.

— Campbell Alexander.

— Sr. Alexander, aqui é Sara Fitzgerald. Mãe da Anna Fitzgerald.

Eu absorvo a informação. Olho para a filha dela, polindo a um metro e meio de mim.

— Olá, sra. Fitzgerald — respondo e, como esperava, Anna fica paralisada.

— Estou ligando porque... você sabe, isso tudo é um mal-entendido.

— A senhora respondeu à citação?

— Isso não vai ser necessário. Eu conversei com a Anna ontem à noite e ela não vai levar o processo adiante. Ela quer fazer o possível para ajudar Kate.

— É mesmo? — eu digo e não obtenho resposta. — Infelizmente, se minha cliente está planejando desistir do processo, eu preciso ouvir isso dela em pessoa.

Ergo uma sobrancelha e encaro Anna.

— A senhora por acaso sabe onde ela está?

— Ela foi correr — diz Sara Fitzgerald. — Mas nós vamos ao tribunal esta tarde. Vamos conversar com o juiz e esclarecer as coisas.

— Acho que nos vemos mais tarde, então.

Eu desligo o telefone, cruzo os braços e olho para Anna.

— Você tem alguma coisa para me dizer?

Ela dá de ombros.

— Nada de importante.

— Parece que não é isso que sua mãe pensa. Bom, mas ela também acha que você está na rua treinando para o mundial de atletismo.

Anna olha para a recepção, onde Kerri, naturalmente, está ouvindo com atenção nossa conversa. Ela fecha a porta e se aproxima da minha mesa.

— Eu não podia falar pra ela que vinha pra cá, depois do que aconteceu ontem à noite.

– E o que aconteceu ontem à noite?

Anna fica muda e eu perco a paciência.

– Olhe. Se você vai mesmo desistir do processo... se isso for uma enorme perda de tempo... eu ficaria grato se você tivesse a honestidade de me contar agora, e não mais tarde. Porque não sou psicólogo familiar nem seu melhor amigo, sou seu advogado. E, para ser seu advogado, é preciso haver um processo. Então, vou perguntar mais uma vez: você mudou de ideia?

Espero que essa bronca acabe com o litígio, que reduza Anna a uma massa trêmula de indecisão. Mas, para minha surpresa, ela me olha diretamente nos olhos, calma e controlada.

– Você ainda está disposto a me representar?

Apesar de achar que estou cometendo um erro, eu digo que sim.

– Então, não – ela diz. – Não mudei de ideia.

Eu tinha catorze anos na primeira vez em que participei de uma competição no iate clube com meu pai, e ele não queria que eu fosse de jeito nenhum – eu ainda era muito novo, não era maduro o suficiente, o tempo estava esquisito. O que ele queria dizer, na verdade, era que minha participação em sua equipe diminuiria suas chances de ganhar a taça. Aos olhos do meu pai, se você não fosse perfeito, não era *nada*.

O barco dele era um USA-1, uma maravilha de mogno e teca, que ele comprara do tecladista J. Geils em Marblehead. Ou seja, era um sonho, um símbolo de status e um rito de passagem, tudo embrulhado em um casco cor de mel e uma vela branca cintilante.

Começamos de forma perfeita, cruzando a linha a todo pano assim que o canhão disparou. Fiz de tudo para antever os movimentos que meu pai precisava que eu fizesse – pegando o leme antes que ele mandasse, cambando e cruzando até que meus músculos queimassem. E talvez a história pudesse até ter um final feliz, mas uma tempestade apareceu do norte, trazendo grossas gotas de chuva e ondas que se erguiam a três metros de altura e nos levantavam lá no alto, para depois nos atirar nas profundezas.

Eu observava meu pai se mover em seu impermeável amarelo. Ele não parecia nem perceber a chuva; certamente não queria se enfiar num buraco, colocar a mão sobre o estômago embrulhado e morrer, como eu.

– Campbell! – ele gritou. – Mude de direção!

Mas virar de frente para o vento significaria entrar de novo na montanha-russa.

– Campbell – ele repetiu. – *Agora!*

Um abismo se abriu diante de nós, e o barco despencou tão abruptamente que perdi o equilíbrio. Meu pai passou correndo por mim, tentando agarrar o leme. Por um abençoado segundo, as velas ficaram imóveis. Então a retranca passou voando, e o barco foi levado na direção contrária ao vento.

– Preciso de coordenadas – ordenou meu pai.

Para saber as coordenadas, eu precisaria descer para dentro do barco, onde estavam os mapas, e fazer os cálculos para descobrir que curso deveríamos seguir para chegar à próxima boia da competição. Mas estar lá embaixo, sem ar fresco, só piorou as coisas. Eu abri um mapa e imediatamente vomitei nele todo.

Meu pai veio me procurar, pois eu não voltei com a informação que ele pedira. Ele enfiou a cabeça dentro do barco e me viu sentado numa poça do meu próprio vômito.

– Pelo amor de Deus – murmurou e sumiu de novo.

Precisei de todas as minhas forças para conseguir levantar e ir atrás dele. Ele deu uma virada forte no timão e uma puxada no leme. Fingiu que eu não estava ali. E, quando cambou, não disse em voz alta qual era a nova direção. A vela zuniu de um lado ao outro do barco, cortando o céu. A retranca voou, bateu na minha nuca e me fez perder a consciência.

Eu recuperei os sentidos no momento em que meu pai estava bloqueando o vento e impedindo-o de impulsionar outro barco, a poucos metros da linha de chegada. A chuva virara uma névoa e, quando ele colocou nosso barco entre a corrente de ar e nosso competidor mais próximo, o outro barco ficou para trás. Nós ganhamos por poucos segundos.

Meu pai me mandou limpar minha bagunça e pegar o táxi aquático, enquanto ele ia de bote até o iate clube para comemorar. Só cheguei uma hora depois, e ele já estava muito satisfeito, bebendo uísque na taça de cristal que ganhara.

– Aí vem sua tripulação, Cam – disse um amigo.

Meu pai ergueu a taça da vitória, deu um grande gole e então bateu-a no balcão com tanta força que a haste quebrou.

— Ah — disse outro velejador —, que pena.
Meu pai não tirou os olhos de mim em nenhum momento.
— Não é mesmo? — ele disse.

No para-choque traseiro de um em cada três carros de Rhode Island, você pode ver um adesivo vermelho e branco homenageando as vítimas de alguns dos maiores crimes do estado: "Minha amiga Katie DeCubellis foi morta por um motorista bêbado", "Meu amigo John Sisson foi morto por um motorista bêbado". Esses adesivos são distribuídos em feiras escolares, eventos beneficentes e salões de beleza, e não importa se você nunca nem viu a pessoa que morreu — você coloca o nome dela no seu carro por solidariedade e sente uma alegria secreta por essa tragédia não ter acontecido com você.

No ano passado, surgiram adesivos vermelhos e brancos com o nome de uma nova vítima: Dena DeSalvo. Ao contrário das outras, essa eu conhecia, embora não muito bem. Ela tinha doze anos e era filha de um juiz, que dizem ter caído em prantos no meio de um julgamento em que decidia uma custódia, pouco tempo após o enterro, e depois tirou uma licença de três meses para lidar com o luto. Por coincidência, esse é o juiz que vai cuidar do processo de Anna Fitzgerald.

Conforme entro no Complexo Garrahy, onde fica a vara da família, me pergunto se um homem com esse passado vai conseguir julgar um processo cujo resultado, se minha cliente vencer, causará a morte de sua irmã adolescente.

Há um funcionário novo na entrada, com um pescoço tão largo quanto um tronco de árvore e provavelmente a mesma capacidade mental.

— Desculpe — ele diz. — Não pode entrar com cachorro.

— Este é um cão de assistência.

Confuso, o homem se inclina para frente e me olha bem nos olhos. Faço o mesmo.

— Eu sou míope. Ele me ajuda a ler as placas de trânsito.

Juiz e eu desviamos do cara e descemos o corredor, a caminho do tribunal.

Lá dentro, vejo que o auxiliar do juiz está sendo posto em seu devido lugar pela mãe de Anna Fitzgerald. Pelo menos é o que eu presumo, pois na verdade a mulher não se parece nada com a filha, que está de pé ao lado dela.

— Tenho certeza de que, nesse caso, o juiz entenderia — Sara Fitzgerald argumenta, enquanto seu marido espera atrás dela, a poucos metros de distância.

Quando Anna me vê, uma onda de alívio perpassa seu rosto. Eu me volto para o auxiliar.

— Campbell Alexander. Algum problema?

— Eu estou tentando explicar para a sra. Fitzgerald que ninguém além dos advogados pode entrar no gabinete do juiz.

— Bem, eu sou o advogado da Anna — respondo.

O auxiliar se vira para Sara Fitzgerald.

— Quem está representando a senhora?

A mãe de Anna fica atônita por um segundo. Ela se volta para o marido e diz baixinho:

— É que nem andar de bicicleta.

O marido balança a cabeça.

— Tem certeza que quer fazer isso?

— Não *quero* fazer. *Preciso* fazer.

As palavras se encaixam como peças numa engrenagem.

— Espere aí — eu digo. — Você é *advogada*?

Sara me encara.

— Bom, sou.

Olho para Anna sem poder acreditar.

— E você esqueceu de mencionar isso?

— Você não perguntou — ela sussurra.

O auxiliar dá a cada um de nós uma autorização de entrada no gabinete do juiz e depois chama o xerife.

— Vern — Sara sorri. — Que bom te ver.

Ah, isso está ficando cada vez melhor.

— Oi! — o xerife beija o rosto dela e aperta a mão do marido. — Oi, Brian.

Então ela não só é advogada, mas tem todos os servidores públicos na palma da mão.

— Já acabou a rasgação de seda? — pergunto.

Sara Fitzgerald revira os olhos para o xerife, como quem diz: "Esse cara é um babaca, mas o que a gente pode fazer?"

— Fique aqui — eu digo a Anna e vou com a mãe dela para o gabinete do juiz.

O juiz DeSalvo é um homem baixo que tem monocelha e adora café com leite.

— Bom dia — ele diz, mostrando nossos lugares com um gesto. — Por que esse cachorro?

— É um cão de assistência, meritíssimo.

Antes que ele possa dizer qualquer outra coisa, passo para a conversa amigável que precede qualquer encontro entre juízes e advogados aqui em Rhode Island. Nosso estado é pequeno, e o sistema judiciário é menor ainda. Não é apenas possível que sua assistente jurídica seja sobrinha ou cunhada do juiz com quem você está tratando — é absolutamente provável. Enquanto batemos papo, dou uma espiada em Sara, que precisa entender quem de nós dois faz parte do clube e quem não faz. Talvez ela tenha sido advogada, mas não nos dez anos em que pratico a profissão.

Ela está nervosa, torcendo a barra da blusa. O juiz DeSalvo percebe.

— Eu não sabia que a senhora havia voltado a advogar.

— Eu não estava planejando fazer isso, meritíssimo, mas a pleiteante é minha filha.

Ao ouvir isso, o juiz se vira para mim.

— O que está acontecendo aqui?

— A filha mais nova da sra. Fitzgerald está requerendo emancipação médica.

Sara balança a cabeça.

— Não é verdade, senhor juiz. — Ao ouvir seu nome, meu cachorro levanta a cabeça. — Eu conversei com a Anna, e ela me garantiu que não quer fazer isso. Ela estava tendo um dia ruim e queria um pouco de atenção.

Sara ergue os ombros.

— O senhor sabe como são as meninas de treze anos.

Faz-se um silêncio tão profundo que consigo ouvir as batidas do meu coração. O juiz DeSalvo não sabe como são as meninas de treze anos. A filha dele morreu aos doze.

O rosto de Sara se tinge de vermelho. Como todos os outros habitantes deste estado, ela sabe o que aconteceu com Dena DeSalvo. Talvez até tenha um daqueles adesivos em sua minivan.

– Ah, meu Deus, me desculpe. Eu não quis...

O juiz DeSalvo desvia o rosto.

– Sr. Alexander, quando foi a última vez que conversou com sua cliente?

– Ontem pela manhã, meritíssimo. Ela estava em meu escritório quando sua mãe ligou para dizer que isso era um mal-entendido.

Previsivelmente, Sara fica boquiaberta.

– Impossível. Ela estava correndo.

Eu olho para ela.

– Tem certeza?

– Ela *disse* que ia correr...

– Meritíssimo – eu digo –, é exatamente disso que estou falando, e é por esse motivo que o requerimento de Anna Fitzgerald deve ser levado a sério. Sua própria mãe não sabe onde ela está durante as manhãs, e as decisões médicas relacionadas a Anna são tomadas com a mesma negligência...

– Chega, sr. Alexander. – O juiz se vira para Sara. – Sua filha lhe disse que queria desistir do processo?

– Sim.

Ele me olha.

– E disse ao senhor que gostaria de seguir em frente?

– Correto.

– Então é melhor eu falar diretamente com Anna.

O juiz se levanta e sai do gabinete, e nós dois vamos atrás. Anna está no corredor, sentada num banco ao lado do pai. Um de seus tênis está desamarrado.

– Estou vendo uma coisa... verde – ela diz e olha para cima.

– Anna – eu e Sara Fitzgerald dizemos exatamente no mesmo segundo.

É minha responsabilidade explicar para Anna que o juiz quer conversar a sós com ela por alguns minutos. Eu preciso instruí-la antes, para que ela fale as coisas certas e o juiz não cancele o julgamento antes que ela consiga o que quer. Ela é minha cliente; normalmente, deveria seguir os meus conselhos.

Mas, quando chamo seu nome, ela se vira para a mãe.

ANNA

ACHO QUE NINGUÉM IRIA AO MEU ENTERRO. Meus pais, imagino, a tia Zanne e quem sabe o sr. Ollincott, meu professor de estudos sociais. Eu imagino o mesmo cemitério onde enterramos minha avó, embora ele seja em Chicago, o que não faz nenhum sentido. Haveria colinas cobertas de veludo verde, estátuas de deuses e anjos e aquele enorme buraco marrom no chão, como uma cicatriz aberta, esperando para engolir o corpo que costumava ser eu.

Imagino minha mãe usando um chapéu com véu negro, estilo Jackie O, aos prantos. Meu pai a amparando. Kate e Jesse olhando para o brilho do caixão e tentando fazer um trato com Deus por todas as vezes em que foram malvados comigo. Talvez alguns dos caras do meu time de hóquei aparecessem, levando lírios e tentando manter a compostura.

– Essa Anna... – eles diriam, e não chorariam, apesar de ter vontade.

Haveria um obituário na página vinte e quatro do jornal, e talvez Kyle McFee o lesse e fosse ao enterro, onde contorceria seu lindo rosto ao pensar em todas as possibilidades da menina que nunca conseguiu namorar. Acho que haveria flores, ervilhas-de-cheiro, bocas-de-leão e bolas azuis de hortênsia. Espero que alguém cante "Amazing Grace", não apenas o primeiro e famoso verso, mas todos eles. E depois, quando as folhas amarelassem e a neve caísse, de vez em quando eu surgiria na mente das pessoas, como a maré.

O enterro de Kate vai ser concorrido. Vão vir enfermeiras do hospital que viraram nossas amigas, outros pacientes com câncer, felizes por ainda não ter chegado a hora deles, e pessoas da cidade que ajudaram a arrecadar dinheiro para os tratamentos dela. Vai ser preciso barrar gente na porta do cemitério. Vão mandar tantas flores que algumas terão de ser doadas para caridade. O jornal vai publicar uma matéria sobre sua vida curta e trágica.

Pode apostar que vai estar na primeira página.

O juiz DeSalvo está usando chinelos, do tipo que os jogadores de futebol usam quando tiram a chuteira. Não sei por quê, isso faz com que eu me sinta um pouco melhor. Quer dizer, é horrível eu estar aqui neste tribunal, sendo levada para uma sala privada lá atrás; mas é legal saber que não sou a única que não se encaixa direito no papel.

O juiz pega uma lata no frigobar e pergunta o que eu gostaria de beber.
– Uma Coca seria ótimo.

O juiz abre a lata.
– Sabia que, se você deixar um dente de leite num copo de Coca-Cola, ele desaparece completamente em algumas semanas? Ácido carbônico – ele diz e sorri para mim. – Meu irmão é dentista em Warwick. Ele faz esse truque todo ano para a criançada do jardim de infância.

Dou um gole na Coca e imagino minhas entranhas se dissolvendo. O juiz não senta atrás da mesa, mas numa cadeira bem ao lado da minha.
– O problema é o seguinte, Anna – ele diz. – Sua mãe está me dizendo que você quer fazer uma coisa. E seu advogado, que você quer fazer outra. Em circunstâncias normais, eu esperaria que sua mãe soubesse mais de você do que um cara que você conheceu dois dias atrás. Mas você jamais teria conhecido esse cara se não o tivesse procurado para contratar seus serviços. E isso me fez achar que preciso ouvir o que você pensa disso tudo.

– Posso perguntar uma coisa para o senhor?
– Claro.
– Tem que haver um julgamento?
– Bom... seus pais poderiam simplesmente concordar com a emancipação médica, aí não seria preciso – ele explica.

Como se *isso* fosse acontecer um dia.
– Por outro lado, quando alguém entra com uma ação, como você fez, os réus, nesse caso seus pais, têm que ser julgados. Se seus pais realmente acreditam que você não está preparada para tomar esse tipo de decisão

sozinha, precisam me apresentar os motivos, ou se arriscar a perder o processo por falta de comparecimento.

Faço que sim com a cabeça. Prometi a mim mesma que vou manter a calma, não importa o que aconteça. Se eu me descontrolar, esse juiz nunca vai achar que sou capaz de decidir *qualquer coisa*. Minhas intenções são fantásticas, mas eu me distraio ao ver o juiz erguer sua lata de suco de maçã.

Há não muito tempo, quando Kate estava no hospital para ver como andavam seus rins, uma enfermeira nova lhe entregou um potinho e pediu uma amostra de urina.

– Acho bom estar pronto quando eu vier pegar – ela disse.

Kate – que não é fã de ordens grosseiras – decidiu que a enfermeira precisava baixar a bola. Ela me enviou numa missão até a máquina de vender bebidas para pegar esse mesmo suco que o juiz está bebendo agora. Kate colocou o suco no potinho e, quando a enfermeira voltou, ergueu-o para examiná-lo contra a luz.

– Hmm – ela disse. – Está meio turvo. Melhor filtrar de novo.

Então levou o copo aos lábios e bebeu tudo.

A enfermeira ficou pálida e saiu correndo do quarto. Kate e eu rimos até a barriga doer. Durante o resto do dia, bastava olharmos uma para a outra para nos desmancharmos em gargalhadas.

Como um dente, até que não restasse nada.

– Anna? – o juiz DeSalvo insiste.

Ele coloca aquela lata idiota de suco de maçã na mesa e eu começo a chorar.

– Não posso dar um rim para a minha irmã. Simplesmente não posso.

Sem dizer uma palavra, o juiz me passa uma caixa de lenços de papel. Formo uma bolota com vários deles e enxugo os olhos e o nariz. Ele fica em silêncio por algum tempo, deixando que eu recupere o fôlego. Quando ergo o olhar, vejo que ele está esperando.

– Anna, nenhum hospital neste país vai aceitar um órgão de um doador involuntário.

– Quem você acha que assina a autorização? – eu pergunto. – Não é a criancinha sendo levada para a mesa de operação... são os *pais* dela.

– Você não é uma criancinha. Certamente pode expressar suas objeções.

– Ah, é – eu respondo, com os olhos cheios de lágrimas de novo. – Quando você reclama porque alguém está enfiando uma agulha em você pela décima vez, é considerado normal. Os adultos dão sorrisos falsos e dizem uns aos outros que ninguém *pede* por mais injeções.

Eu assoo o nariz no lenço.

– O rim... é o que eles estão pedindo hoje. Amanhã, vai ser mais alguma coisa. Sempre tem mais alguma coisa.

– Sua mãe me disse que você queria desistir do processo. Ela mentiu?

– Não – confesso, engolindo em seco.

– Então... por que *você* mentiu?

Há um milhão de respostas para essa pergunta; eu escolho a mais fácil.

– Porque eu amo minha mãe – digo, e as lágrimas surgem de novo. – Sinto muito. Muito mesmo.

O juiz me encara.

– Quer saber de uma coisa, Anna? Vou designar uma pessoa que vai ajudar seu advogado a me dizer o que é melhor para você. O que você acha?

Meu cabelo caiu por todo lado; eu o coloco atrás da orelha. Meu rosto está tão vermelho que parece inchado.

– Tudo bem – respondo.

– Certo.

Ele aperta um botão e pede que os outros voltem lá para dentro.

Minha mãe entra no gabinete primeiro e começa a andar na minha direção, até que Campbell e o cachorro se colocam em seu caminho. Ele ergue as sobrancelhas e faz sinal de positivo com os polegares, mas na verdade está me fazendo uma pergunta.

– Não sei bem o que está acontecendo – diz o juiz DeSalvo. – Por isso, vou designar um curador ad litem para passar duas semanas com ela. Nem preciso dizer que espero a cooperação total de vocês dois. Vou esperar pelo relatório do curador, e então teremos uma audiência. Se houver mais alguma coisa que eu precise saber na ocasião, tragam para mim no dia.

– Duas semanas... – minha mãe diz, e eu sei em que ela está pensando. – Meritíssimo, com todo respeito, duas semanas é tempo demais, dada a gravidade da doença da minha outra filha.

Ela parece outra pessoa, alguém que não reconheço. Eu já a vi ser uma tigresa, brigando com um sistema de saúde lento demais para ela. Já a vi ser a pilastra que sustenta todos nós. Já a vi ser uma boxeadora, que dá um golpe antes que o Destino possa bater de novo. Mas nunca a tinha visto ser uma advogada.

O juiz concorda.

— Tudo bem. Vamos marcar a audiência para a próxima segunda, então. Até lá, quero que o prontuário médico de Kate seja trazido até...

— Meritíssimo — Campbell Alexander interrompe. — Como o senhor bem sabe, dadas as circunstâncias incomuns desse caso, minha cliente mora com a advogada da outra parte. É uma clara violação da lei.

Minha mãe respira fundo.

— Você *não pode* estar sugerindo que levem minha filha para longe de mim.

Levar para longe? Para *onde* me levariam?

— Não tenho como me certificar de que a advogada da outra parte não tentará usar o fato de morar com minha cliente para obter vantagens, meritíssimo, e possivelmente pressioná-la — Campbell não pisca nem tira os olhos do juiz.

— Sr. Alexander, eu não vou tirar esta criança de casa de jeito nenhum — diz o juiz, que logo se volta para minha mãe. — No entanto, sra. Fitzgerald, a senhora não pode conversar sobre este processo com sua filha, a não ser que o advogado dela esteja presente. Se a senhora não puder concordar com isso, ou se eu souber de qualquer falha nessa Muralha da China doméstica, serei obrigado a tomar medidas mais drásticas.

— Entendido, meritíssimo — diz minha mãe.

— Bem — o juiz se levanta. — Vejo vocês na semana que vem.

Ele sai do gabinete, com os chinelos batendo no chão de azulejo.

Assim que ele se vai, eu me viro para minha mãe. "Posso explicar", eu quero dizer, mas não consigo enunciar as palavras. De repente, um nariz molhado cutuca minha mão. É o Juiz. Isso faz meu coração, que parecia um trem desembestado, se acalmar.

— Preciso falar com a minha cliente — diz Campbell.

— No momento, ela é minha filha — diz minha mãe.

Ela pega minha mão e me arranca da cadeira. Ao chegar à porta, consigo olhar para trás. Campbell está furioso. Eu poderia ter dito a ele que ia acabar assim. *Filha* ganha de tudo, não importa a circunstância.

A Terceira Guerra Mundial começa imediatamente, e não por causa de um arquiduque assassinado ou de um ditador maluco, mas por causa de um erro de percurso.

– Brian – minha mãe diz, virando o pescoço. – Aquela era a Rua North Park.

Meu pai pisca os olhos, emergindo da névoa em que se encontrava.

– Você podia ter dito isso *antes* de eu passar por ela.

– Eu disse.

Sem parar para pensar nos custos e benefícios de me meter na briga alheia mais uma vez, eu digo:

– *Eu* não escutei.

A cabeça da minha mãe vira para mim num estalo.

– Anna, no momento, a sua opinião é a *última* que eu quero ouvir.

– Eu só...

Ela ergue a mão como a divisória do táxi que separa o motorista dos passageiros e balança a cabeça.

No banco de trás, deito de lado com as pernas dobradas, virada na direção do encosto para não ver nada além de negro.

– Brian – minha mãe diz. – Você passou a rua *de novo*.

Quando chegamos em casa, minha mãe passa fumegando por Kate, que abriu a porta para nós, e por Jesse, que está vendo o que parece ser o canal da Playboy todo embaralhado na televisão. Na cozinha, ela abre os armários e fecha com força. Tira alimentos da geladeira e os joga sobre a mesa.

– Oi – meu pai diz para Kate. – Como está se sentindo?

Ela o ignora e entra na cozinha.

– O que aconteceu? – pergunta.

– O que *aconteceu*? Bom – minha mãe me trespassa com o olhar. – Por que você não pergunta para sua irmã?

Kate se volta para mim com os olhos arregalados.

– Impressionante como você fica quietinha quando não tem um juiz para escutar – diz minha mãe.

Jesse desliga a televisão.

– Ela fez você falar com um juiz? Caramba, Anna.

Minha mãe fecha os olhos.

– Sabe, Jesse, agora seria um bom momento para você sair daqui.

– Não precisa pedir duas vezes – ele diz, com a voz cheia de cacos de vidro.

Ouvimos a porta da frente abrir e fechar, e o barulho conta toda uma história.

– Sara – meu pai entra na cozinha. – Nós todos precisamos nos acalmar um pouco.

– Eu tenho uma filha que acabou de assinar a sentença de morte da irmã, e você quer que eu me acalme?

O silêncio é tão profundo que dá para ouvir o murmúrio da geladeira. As palavras da minha mãe ficam suspensas como frutos maduros demais e, quando caem no chão e arrebentam, ela estremece e acorda.

– Kate – ela diz, correndo para minha irmã com os braços abertos. – Kate, eu não devia ter dito isso. Não foi o que eu quis dizer.

Na minha família, parece que temos um histórico infeliz de não falar o que devíamos e não querer dizer o que dizemos. Kate cobre a boca com a mão. Ela sai de costas pela porta da cozinha, esbarrando em meu pai, que tenta, mas não consegue segurá-la antes que ela corra para o andar de cima. Ouço a porta do nosso quarto fechar com um estrondo. Minha mãe, é claro, vai atrás dela.

Então, eu faço aquilo em que sou especialista. Vou na direção oposta.

Existe algum lugar no planeta que cheire melhor que uma lavanderia? É como um domingo chuvoso, quando você não tem que sair de debaixo da coberta, ou como deitar de costas na grama que seu pai acabou de cortar – um alento para o nariz. Quando eu era pequena, minha mãe pegava as roupas quentinhas da secadora e jogava em cima de mim, cobrindo meu corpo no sofá. Eu costumava fingir que elas eram uma única pele, e que eu estava encolhida embaixo delas como um enorme coração.

A outra coisa que eu gosto é que as lavanderias atraem solitários como o ímã atrai o metal. Tem um cara dormindo sobre uma fileira de cadeiras lá no fundo, com botas do exército e uma camiseta que diz: "Nostradamus era um otimista". Uma mulher diante da mesa usada para dobrar as roupas remexe uma pilha de camisas masculinas, tentando conter as lágrimas. Se você juntar dez pessoas numa lavanderia, é provável que não seja a mais infeliz delas.

Eu me sento diante de diversas máquinas e tento adivinhar que roupas pertencem a que pessoas esperando ali. A calcinha rosa e a camisola de renda são de uma menina que está lendo um romance sentimental. As meias vermelhas de lã e a camisa xadrez são do estudante sujinho que está dormindo. As camisetas de time de futebol e os macaquinhos são da criança que não para de oferecer finas toalhinhas amaciantes brancas para sua mãe, que está falando no celular sem prestar atenção no filho. Que tipo de pessoa tem dinheiro para comprar um celular, mas não para ter uma máquina de lavar em casa?

Eu faço um jogo, às vezes, em que tento imaginar como seria ser a pessoa cujas roupas estão girando diante de mim. Se eu estivesse lavando aquela calça jeans grossa, talvez fosse um operário em Phoenix, com braços fortes e o corpo bronzeado. Se aqueles lençóis floridos fossem meus, talvez eu estivesse dando um tempo em Harvard, onde estudaria perfis criminais. Se aquela capa de cetim fosse minha, talvez eu tivesse ingressos para a temporada de balé. E então tento me imaginar fazendo todas essas coisas, mas não consigo. Tudo que vejo sou eu como doadora de Kate, uma vez levando à próxima.

Kate e eu somos irmãs siamesas, só não dá para ver o ponto pelo qual estamos ligadas. O que torna a separação muito mais difícil.

Quando levanto o rosto, vejo a funcionária da lavanderia parada na minha frente, com seu piercing no lábio e seus dreadlocks com mechas azuis.

– Você precisa de troco? – ela pergunta.

Para dizer a verdade, acho que preciso de uma troca.

JESSE

Eu sou o garoto que brincava com fósforos. Costumava roubá-los da prateleira acima da geladeira e levá-los para o banheiro dos meus pais. A loção pós-banho Jean Naté é inflamável, sabia? Derrame um pouco, acenda um fósforo, e você vai conseguir incendiar o chão. Ela faz uma chama azul e, quando o álcool evapora, apaga.

Certa vez, Anna me surpreendeu quando eu estava no banheiro.

– Ei – eu disse. – Olha só.

Derramei um pouco de Jean Naté no chão, formando as iniciais dela. E acendi. Achei que Anna ia sair correndo e gritando para contar tudo para nossa mãe, mas ela sentou na beirinha da banheira, pegou o vidro de Jean Naté, fez um desenho maluco no piso e me pediu para botar fogo de novo.

Anna é a única prova que eu tenho de que pertenço mesmo a esta família, de que não fui abandonado na porta de casa por um casal fora da lei tipo Bonnie e Clyde que sumiu noite adentro. Na superfície, somos opostos completos. Mas no fundo somos iguais – as pessoas acham que nos entendem, mas estão sempre erradas.

"Foda-se." Eu devia ter essa frase tatuada na testa, já que penso isso tantas vezes. Geralmente estou em trânsito, acelerando meu jipe até meus pulmões não aguentarem mais. Hoje, estou a cento e cinquenta quilômetros por hora na Rodovia 150. Faço zigue-zague entre os carros, costurando uma cicatriz. As pessoas gritam para mim detrás de seus vidros fechados. Eu mostro o dedo para elas.

Se eu capotasse o jipe, mil problemas seriam resolvidos. E eu já pensei nisso, sabe. Na minha carteira de motorista, está indicado que sou doador de órgãos, mas a verdade é que eu pensaria na possibilidade de ser um *mártir* de órgãos. Tenho certeza de que valho muito mais morto do que vivo – a soma das partes dá mais que o todo. Eu me pergunto quem ficaria com meu fígado, meus pulmões, até minhas córneas. E penso no pobre coitado que ia acabar com aquilo que eu tenho no peito, no lugar do coração.

Para minha decepção, no entanto, chego até a saída sem nem um arranhão. Desço a rampa e pego a Avenida Allens. Lá tem uma ponte sob a qual eu sei que vou encontrar Dan Duracell. Ele é morador de rua, veterano da Guerra do Vietnã, e passa a maior parte do tempo recolhendo pilhas que as pessoas jogam no lixo. Não sei que diabo faz com elas, só sei que as abre. Dan diz que a CIA esconde mensagens para todos os seus agentes na Energizer AA, e que o FBI prefere a Eveready.

Dan e eu temos um acordo: eu levo uma promoção do McDonald's para ele algumas vezes na semana e, em troca, ele toma conta das minhas coisas. Eu o encontro lendo atentamente o livro de astrologia que ele considera seu manifesto.

– Oi, Dan – eu digo, saindo do carro e entregando seu Big Mac. – E aí?

Ele me encara, apertando os olhos.

– A lua está na droga do Aquário – ele responde e enfia uma batata frita na boca. – Eu não devia ter levantado da cama.

Eu não sabia que ele tinha cama.

– Que pena – eu digo. – Você está com as minhas coisas?

Dan inclina a cabeça na direção dos barris atrás da pilastra de concreto, que é onde ele guarda meus trecos. O ácido perclórico que roubei do laboratório de química da escola está intacto; a serragem está em outro barril. Coloco a fronha cheia debaixo do braço e a levo até o carro. Encontro Dan esperando diante da porta.

– Valeu.

Ele encosta no carro e não me deixa entrar.

– Eles me deram uma mensagem pra passar pra você.

Embora tudo que sai da boca de Dan seja besteira, meu estômago revira.

– Quem?

Ele olha para a rua, e então me encara de novo.

– Você sabe.

E, se aproximando mais de mim, sussurra:

– Reflita duas vezes.

– Essa era a mensagem?

Ele concorda.

– Era. Era isso ou "Birita duas vezes", não tenho certeza.

– *Esse* conselho eu talvez siga.

Dou um empurrãozinho nele para poder entrar no carro. Dan é mais leve do que parece, como se o que tinha dentro dele tivesse sido gasto há muito tempo. Se fosse assim, eu já teria sido levado pelo vento.

– Até mais tarde – eu digo, então dirijo até o depósito que venho observando.

Procuro lugares como eu: grandes, vazios, esquecidos por quase todo mundo. Esse fica na área de Olneyville. Há tempos, era usado como depósito por uma empresa de exportação. Agora, é apenas o lar de uma grande família de ratos. Estaciono longe o suficiente para ninguém desconfiar de nada se vir meu carro. Escondo a fronha cheia de serragem dentro da jaqueta e sigo em frente.

No fim das contas, acabei aprendendo algo com meu querido pai – bombeiros são especialistas em entrar em lugares onde não deveriam estar. Não é muito difícil arrombar o cadeado, e então eu só preciso decidir por onde quero começar. Faço um buraco no fundo da fronha e deixo que a serragem forme três iniciais gordas, JBF. Depois, pego o ácido e derramo nas letras.

É a primeira vez que faço isso durante o dia.

Tiro um maço de Merit do bolso, dou umas batidinhas e coloco um na boca. Meu Zippo está quase sem fluido; preciso lembrar de arrumar mais. Quando o cigarro está no fim, eu me levanto, dou mais uma tragada e jogo a guimba na serragem. Sei que esse vai ser rápido, por isso já estou correndo quando a parede de fogo se ergue atrás de mim. Assim como em todos os outros, vão procurar pistas. Mas o cigarro e minhas iniciais já vão ter desaparecido há muito tempo. O chão abaixo deles vai derreter. As paredes vão oscilar e cair.

O primeiro caminhão de bombeiro chega ao local no momento em que encontro meu carro e tiro os binóculos do porta-malas. A essa altura, o fogo já fez o que queria – escapar. O vidro das janelas explodiu; a fumaça sobe, negra como um eclipse.

Eu tinha cinco anos na primeira vez em que vi minha mãe chorar. Ela estava de pé diante da janela da cozinha, tentando disfarçar. O sol estava nascendo, uma bola inchada.

– O que você está fazendo? – perguntei.

Só anos mais tarde me dei conta de que não entendi bem sua resposta. Quando ela disse "Me preparando", não estava falando de se aprontar para aquele dia.

O céu agora está escuro e coberto de fumaça. Fagulhas voam quando o teto desaba. Uma segunda equipe de bombeiros chega, composta por aqueles que foram chamados enquanto jantavam, tomavam banho ou sentavam na sala de estar. Com os binóculos, consigo ler o nome dele, brilhando nas costas da jaqueta como se fosse feito de diamantes. Fitzgerald. Meu pai coloca as mãos sobre uma mangueira pronta para funcionar, e eu entro no carro e saio dali.

Em casa, minha mãe está tendo um ataque de nervos. Ela sai voando porta afora no segundo em que paro o carro na garagem.

– Graças a Deus – diz. – Preciso da sua ajuda.

Ela nem olha para trás para ver se estou seguindo, por isso eu sei que o problema é com Kate. A porta do quarto das minhas irmãs foi aberta com um chute, a madeira do batente está quebrada. Minha irmã está imóvel na cama. De repente ela ganha vida, levantando com um tranco e vomitando sangue. Uma mancha se espalha em sua camiseta e seu edredom florido, fazendo surgir papoulas vermelhas onde antes não havia nenhuma.

Minha mãe se ajoelha a seu lado, segurando seu cabelo e pressionando uma toalha sobre sua boca quando Kate vomita de novo, outro jato de sangue.

– Jesse – minha mãe diz com frieza –, seu pai está atendendo um chamado e eu não consigo falar com ele. Você precisa nos levar até o hospital, para que eu possa ficar no banco de trás com a Kate.

Os lábios de Kate estão brilhantes como duas cerejas. Eu a pego nos braços. Ela é um saco de ossos, protuberantes por baixo da camiseta.

– Quando a Anna saiu correndo, a Kate não me deixou entrar no quarto – minha mãe diz, correndo ao meu lado. – Eu lhe dei um tempo para se acalmar. Mas então ouvi que ela tossia. Eu tinha que entrar lá.

Então você arrombou a porta com um chute, eu penso, e isso não me surpreende. Chegamos ao carro, e minha mãe abre a porta para que eu possa colocar Kate lá dentro. Saio da garagem e acelero ainda mais do que o normal, cruzando a cidade e pegando a estrada na direção do hospital.

Hoje, quando meus pais estavam no tribunal com Anna, Kate e eu ficamos vendo televisão. Ela queria ver novela, mas eu a mandei à merda e coloquei no canal embaralhado da Playboy. Agora, enquanto furo sinais vermelhos, me arrependo por não tê-la deixado assistir àquela novela retardada. Tento não olhar para seu rosto pálido e pequeno como uma moeda pelo retrovisor. Depois de todo o tempo que tive para me acostumar, era de esperar que momentos como este não fossem um choque tão grande. A pergunta que não podemos fazer corre pelas minhas veias a cada batida: "É agora? É agora? É agora?"

No segundo em que chegamos ao pronto-socorro, minha mãe pula do carro, apressando-me para que eu pegue Kate. Somos uma imagem e tanto quando passamos pelas portas automáticas, eu com Kate sangrando em meus braços e minha mãe agarrando a primeira enfermeira que passa.

– Ela precisa de plaquetas – minha mãe ordena.

Eles a tiram de mim e, por alguns instantes, mesmo depois que a equipe do pronto-socorro e minha mãe já desapareceram atrás das cortinas com Kate, eu permaneço com os braços dobrados, tentando me acostumar com o fato de que não há mais nada neles.

O dr. Chance, o oncologista que eu conheço, e o dr. Nguyen, um especialista que não conheço, nos dizem o que nós já entendemos: esses são os sinais finais da doença renal que vai levar Kate à morte. Minha mãe está de pé ao lado da cama, apertando com força o suporte do soro de Kate.

– Ainda dá para fazer o transplante? – ela pergunta, como se Anna não tivesse iniciado o processo, como se ele não significasse absolutamente nada.

– A Kate está num estado clínico muito grave – diz o dr. Chance. – Eu já disse a você que não sabia se ela tinha forças suficientes para sobreviver a uma cirurgia tão séria. Agora, as chances são ainda menores.

– Mas, se houvesse um doador, você faria o transplante?

– Espere aí – eu disse, e parecia que minha garganta estava cheia de palha. – O meu rim serve?

O dr. Chance balança a cabeça.

– Num caso comum, o doador de rim não precisa ser perfeitamente compatível. Mas sua irmã não é um caso comum.

Quando os médicos saem, sinto minha mãe me encarando.
– Jesse – ela diz.
– Eu não estava me oferecendo. Só queria, bom, só queria *saber*.

Mas por dentro estou queimando, como queimei quando o fogo começou a destruir o depósito. O que me fez acreditar que eu valeria alguma coisa, a essa altura? O que me fez pensar que eu podia salvar minha irmã, quando não posso nem salvar a mim mesmo?

Kate abre os olhos e me encara. Ela passa a língua nos lábios – ainda cobertos de sangue – e isso a faz parecer uma vampira. Uma morta-viva. Quem nos dera.

Eu me aproximo, porque ela não tem força suficiente no momento para fazer as palavras cruzarem o espaço que há entre nós.

– Fale – ela diz sem emitir nenhum som, para que minha mãe não preste atenção.

Eu repito, também em silêncio.
– Fale?
Quero ter certeza de que entendi bem.
– Fale para a Anna.

Mas a porta se abre num estrondo e meu pai enche o quarto de fumaça. Seu cabelo, suas roupas e sua pele têm um cheiro tão forte que eu espero ver o alarme anti-incêndio soar.

– O que aconteceu? – ele pergunta, indo direto para a cama de Kate.

Saio furtivamente do quarto, porque ninguém precisa mais de mim ali. No elevador, acendo um cigarro diante da placa de "Proibido fumar".

Falar o que para Anna?

SARA

1990-1991

Por pura coincidência, ou talvez por uma questão cármica, as três clientes no salão de beleza estão grávidas. Sentamos debaixo dos secadores, com as mãos sobre a barriga, como uma série de budas.

– Minhas opções preferidas são Freedom, Low e Jack – diz a menina ao meu lado, que está pintando o cabelo de rosa.

– E se não for menino? – pergunta a mulher sentada do meu outro lado.

– Ah, esses nomes servem para os dois sexos.

Eu escondo um sorriso e digo:

– Eu voto em Jack.

A menina aperta os olhos, vendo o tempo horrível do outro lado da janela.

– Saraiva é legal – diz, pensativa, e começa a testar. – Saraiva, arrume seu quarto. Saraiva, ande logo, meu amor, vamos nos atrasar para o show do Uncle Tupelo.

Ela pega um pedaço de papel e um toco de lápis do bolso de seu macacão e anota o nome.

A mulher à minha esquerda sorri para mim.

– É seu primeiro?

– Terceiro.

– O meu também. Tenho dois meninos. Estou torcendo por uma menina.

– Eu tenho um menino e uma menina – conto. – De cinco e três anos.

– Você já sabe o que vai ser dessa vez?

Eu sei tudo sobre esse bebê, desde o sexo até a combinação de cromossomos, incluindo aqueles que fazem dele um doador perfeito para Kate. Sei exatamente o que vai ser: um milagre.

– É menina – respondo.

– Ai, que inveja! Eu e meu marido não quisemos saber no ultrassom. Achei que, se me dissessem que era outro menino, eu não ia ter coragem de ficar mais cinco meses grávida – diz a mulher, desligando o secador e empurrando-o para trás. – Você já escolheu o nome?

Fico espantada ao me dar conta de que não escolhi. Embora eu esteja grávida de nove meses, embora tenha tido bastante tempo para sonhar, não parei para refletir sobre os detalhes dessa criança. Pensei nessa filha apenas em termos do que ela vai poder fazer pela filha que já tenho. Não admiti isso nem para Brian, que à noite deita a cabeça na minha enorme barriga, esperando pelos chutes que anunciam a chegada do que ele acredita ser a primeira kicker mulher dos Patriots. Mas os meus sonhos para ela são tão grandiosos quanto: salvar a vida da irmã.

– Nós decidimos esperar – eu digo à mulher.

Às vezes, sinto que não fazemos outra coisa.

Houve um momento, após os três meses de quimioterapia que Kate fez no ano passado, em que fui idiota o suficiente para achar que havíamos conseguido vencer, apesar do prognóstico. O dr. Chance disse que Kate parecia estar em remissão e que agora íamos apenas observar e ver o que acontecia. Durante algum tempo, minha vida até voltou ao normal: eu levava Jesse de carro ao futebol, ajudava no jardim de infância de Kate e até tomava banhos de banheira para relaxar.

Mas havia uma parte de mim que sabia que outra provação estava por vir. Essa parte examinava o travesseiro de Kate todas as manhãs, mesmo depois que seu cabelo tornou a crescer, com as pontas crespas e queimadas, para ver se ele tinha voltado a cair. Essa parte foi ao geneticista recomendado pelo dr. Chance. Foi ela que encomendou um embrião aprovado pelos cientistas para ser um doador compatível com Kate. E foi ela que tomou os hormônios necessários para fazer a fertilização in vitro e concebeu aquele embrião, só por via das dúvidas.

Durante uma aspiração de medula óssea de rotina, descobrimos que Kate tivera uma recaída molecular. Por fora, ela era como qualquer menina de três anos. Por dentro, o câncer voltara a invadir seu corpo, passando como um rolo compressor sobre o progresso alcançado com a quimioterapia.

Agora, sentada no banco de trás com Jesse, Kate balança os pés e mexe num telefone de brinquedo. Jesse está olhando pela janela.

– Mamãe, os ônibus podem cair em cima das pessoas? – ele pergunta.

– Cair de onde, das árvores?

– Não. Cair... assim – ele faz o gesto de algo virando.

– Só se o tempo estiver muito ruim, ou se o motorista estiver indo muito depressa.

Ele assente, aceitando minha explicação, que servirá para sua segurança neste universo. E então diz:

– Mamãe, você tem um número preferido?

– Trinta e um – eu digo. É o dia em que o bebê vai nascer. – E você?

– Nove. Porque pode ser um número, ou uma idade, ou um seis de cabeça pra baixo – diz Jesse, pausando apenas para respirar. – Mamãe, existe uma tesoura especial para cortar carne?

– Existe.

Eu viro à direita e passo por um cemitério, com lápides inclinadas para frente e para trás como dentes amarelados.

– Mamãe, é aí que a Kate vai? – Jesse diz.

A pergunta, tão inocente quanto todas as outras, deixa minhas pernas bambas. Paro o carro no acostamento e ligo o pisca-alerta. Depois, tiro o cinto de segurança e me viro para trás.

– Não, Jess – respondo. – Ela vai ficar com a gente.

– Sr. e sra. Fitzgerald? – o produtor pergunta. – É aqui que vocês vão ficar.

Sentamos no cenário do estúdio de televisão. Fomos convidados a vir aqui por causa da concepção inortodoxa do nosso bebê. De alguma maneira, no esforço de manter Kate com saúde, sem querer nos tornamos garotos-propaganda do debate científico.

Brian pega minha mão quando Nadya Carter, a apresentadora do programa, se aproxima de nós.

– Estamos quase prontos. Já gravei uma introdução falando sobre a Kate. Eu só vou fazer algumas perguntas para vocês, vai ser rapidinho.

Logo antes de a câmera começar a gravar, Brian limpa as bochechas na manga da camisa. O maquiador, atrás dos refletores, solta um gemido.

– Pelo amor de Deus – meu marido sussurra para mim. – Não vou aparecer em rede nacional usando blush.

A câmera ganha vida com bem menos cerimônia do que eu esperava, emitindo apenas um zumbido que sobe pelas minhas pernas e braços.

– Sr. Fitzgerald – diz Nadya –, você pode nos explicar por que escolheu consultar um geneticista?

Brian me olha.

– Nossa filha de três anos tem uma forma muito agressiva de leucemia. Nosso oncologista sugeriu que encontrássemos um doador de medula óssea, mas nosso filho não é geneticamente compatível. Há um registro nacional, mas, quando surgir o doador ideal para Kate, ela pode não... estar mais aqui. Por isso, achamos que seria uma boa ideia ver se outro irmão de Kate seria compatível.

– Um irmão que não existe – diz Nadya.

– Ainda não – ele responde.

– E o que fez vocês procurarem um geneticista?

– Limitações de tempo – eu digo com franqueza. – Não podíamos ter um filho atrás do outro até que um deles fosse compatível com a Kate. O médico examinou diversos embriões para ver se algum deles seria um doador ideal para ela. De quatro embriões, tivemos a sorte de achar um compatível, e ele foi implantado através de fertilização in vitro.

Nadya lê suas anotações.

– Vocês receberam cartas de pessoas indignadas, não foi?

Brian assente.

– As pessoas acham que estamos fazendo um bebê sob medida.

– E não estão?

– Nós não pedimos um bebê com olhos azuis, ou que vai ter um metro e oitenta de altura, ou com um QI de duzentos. É claro que pedimos características específicas, mas ninguém as consideraria traços ideais para qualquer ser humano. São só os traços de *Kate*. Não queremos um superbebê, só queremos salvar a vida da nossa filha.

Eu aperto a mão de Brian. Meu Deus, como eu amo esse homem.

– Sra. Fitzgerald, o que a senhora vai dizer a este bebê quando ele for maior?

– Se eu tiver sorte, vou poder lhe dizer para parar de implicar com sua irmã – respondo.

Eu entro em trabalho de parto na noite de Ano Novo. A enfermeira que está cuidando de mim tenta me distrair das contrações falando dos signos do zodíaco.

– Essa aqui vai ser de Capricórnio – diz Emelda enquanto massageia meus ombros.

– E isso é bom?

– Ah, os capricornianos sempre resolvem as coisas.

Inspira, expira.

– Bom... saber – eu digo.

Há outros dois bebês nascendo. Emelda me conta que uma das mulheres está com as pernas cruzadas – ela quer esperar até 1991. O bebê do Ano Novo ganha pacotes de fraldas e uma poupança de cem dólares do Banco Citizens para pagar por uma distante faculdade.

Quando Emelda vai para a mesa das enfermeiras, deixando-nos sozinhos, Brian pega minha mão.

– Tudo bem?

Faço uma careta, tendo outra contração.

– Estaria melhor se isso já tivesse terminado.

Ele sorri para mim. Para um paramédico/bombeiro, um parto no hospital não é nada de mais. Se minha bolsa tivesse estourado durante um desastre de trem, ou se eu estivesse parindo no banco de trás de um táxi...

– Eu sei o que você está pensando – ele interrompe, embora eu não tenha dito uma palavra. – E você está errada.

Ele ergue minha mão e beija os nós dos meus dedos.

Subitamente, uma âncora se solta dentro de mim. A corrente, grossa como um punho, se contorce em meu abdômen.

– Brian – digo ofegante –, chame o médico.

Meu obstetra aparece, coloca a mão entre minhas pernas e olha para o relógio.

– Se você esperar só mais um minuto, essa criança vai nascer famosa – ele diz, mas eu balanço a cabeça.

– Tire ela daí. *Agora*.

O médico olha para Brian.

– Vocês estão querendo mais um dependente para deduzir do imposto de renda? – ele chuta.

Mas somos nós que dependemos dessa criança. A cabeça dela escorrega através da minha pele. O médico a segura, desenrola aquele maravilhoso cordão umbilical de seu pescoço e tira um ombro e depois o outro de dentro de mim.

Eu me ergo nos cotovelos com dificuldade para ver o que está acontecendo lá embaixo.

– O cordão umbilical – eu digo. – Cuidado.

Ele corta o cordão, um sangue lindo brota dali, e sai correndo do quarto para um lugar onde ele será criogenicamente preservado até que Kate esteja pronta.

O primeiro dia do regime pré-transplante de Kate começa na manhã seguinte ao nascimento de Anna. Eu desço da ala da maternidade e encontro Kate na radiologia. Nós duas estamos usando camisolas hospitalares amarelas, e ela acha isso engraçado.

– Mamãe, a gente combina.

Ela tomou um coquetel pediátrico de sedativos e, em qualquer outra circunstância, a situação teria sido engraçada. Kate não consegue encontrar os próprios pés. Toda vez que levanta, cai de volta. Penso que é assim que ela vai ficar quando tomar um porre de licor de pêssego pela primeira vez, no segundo grau ou na faculdade, e então rapidamente me obrigo a lembrar que talvez ela jamais chegue a essa idade.

Quando a médica aparece para levá-la para a sala de radioterapia, Kate se agarra à minha perna.

– Não se preocupe, meu amor – diz Brian. – Vai ficar tudo bem.

Ela balança a cabeça e se esconde. Quando eu me agacho, ela se atira em meus braços.

– Não vou tirar os olhos de você – prometo.

A sala é grande, com uma floresta pintada nas paredes. Os aceleradores lineares de partículas são embutidos no teto e numa depressão abaixo da mesa de tratamento, que não é nada além de um catre de lona coberto com um lençol. A médica coloca grossos pedaços de chumbo em formato de feijão no peito de Kate e a manda não se mexer. Ela promete que, quando aquilo acabar, Kate vai ganhar um adesivo.

Eu observo Kate pela parede de vidro. Raios gama, leucemia, maternidade. Aquilo que não se espera é forte o suficiente para matar você.

Há uma lei de Murphy na oncologia, que não está escrita em lugar algum, mas em que a maioria acredita: se você não ficar doente, não vai ficar bom. Portanto, se a quimioterapia deixa você num estado terrível, se a radiação queima sua pele – tudo isso é bom. Por outro lado, se você passa pelo tratamento rapidamente e sente uma quantidade insignificante de náusea ou dor, é provável que os medicamentos tenham de alguma forma sido expelidos pelo seu corpo e não estejam fazendo o efeito desejado.

Por esse critério, Kate certamente já deveria estar curada. Ao contrário da quimioterapia do ano passado, esse tratamento pegou uma menininha que não sofria nem de coriza e a transformou numa ruína. Três dias de radiação causaram diarreia constante e a obrigaram a voltar a usar fralda. Num primeiro momento, isso a deixou constrangida; agora, ela está tão mal que não liga mais. Os cinco dias subsequentes de quimioterapia cobriram sua garganta de muco, o que a faz se agarrar à máscara de ventilação como se fosse um bote salva-vidas. Quando ela está acordada, não faz nada além de chorar.

Desde o sexto dia, quando o número de leucócitos e neutrófilos de Kate começou a despencar, ela está isolada. Qualquer germe no mundo pode matá-la agora, por isso o mundo precisa manter distância. As visitas são controladas, e aqueles que podem entrar parecem astronautas, usando trajes e máscaras especiais. Kate tem de usar luvas de borracha para folhear livrinhos. Não são permitidas plantas ou flores, pois elas contêm bactérias que podem matá-la. Qualquer brinquedo entregue a ela precisa antes ser limpo com uma solução antisséptica. Ela dorme com seu ursinho lacrado num saco plástico, que farfalha a noite toda e, às vezes, a faz acordar.

Brian e eu sentamos do lado de fora da antessala, esperando. Enquanto Kate dorme, fico dando injeções numa laranja para treinar. Após o transplante, ela vai precisar de injeções de fatores de crescimento, e eu é que terei de realizar a tarefa. Enfio a seringa na casca grossa da fruta até sentir a parte mais mole que há embaixo. A injeção que vou dar em Kate é subcutânea, logo abaixo da pele. Preciso me certificar de que o ângulo está certo e que estou fazendo a pressão necessária. A velocidade com que você enfia a agulha pode causar mais ou menos dor. A laranja, obviamente, não chora quando cometo um erro. Mas as enfermeiras ainda assim me dizem que dar injeção em Kate não vai ser muito diferente.

Brian pega uma segunda laranja e começa a descascá-la.

– Largue isso! – eu mando.

– Estou com fome – ele diz e indica a fruta em minhas mãos. – E você já tem um paciente.

– Mas essa pode ter sido paciente de outra pessoa. Só Deus sabe o que tem dentro dela.

De repente, o dr. Chance aparece no corredor e se aproxima de nós. Donna, enfermeira da ala de oncologia, está atrás dele, brandindo uma bolsa de infusão com um líquido escarlate.

– Rufem os tambores – ela diz.

Eu largo a laranja, vou atrás deles para dentro da antessala e coloco a roupa especial para poder chegar a menos de três metros da minha filha. Em minutos, Donna prende a bolsa a um suporte e conecta o líquido ao cateter venoso central de Kate. É tão anticlimático que ela nem acorda. Eu fico de um lado, e Brian vai para o outro. Prendo a respiração. Olho para o quadril de Kate, para a crista ilíaca, onde a medula óssea é fabricada. Por um milagre, as células-tronco de Anna vão entrar na corrente sanguínea de Kate na altura do peito e ir parar no lugar certinho.

– Bom – diz o dr. Chance.

Nós todos observamos o sangue do cordão passar lentamente pelo tubo, uma espiral de possibilidades.

Julia

Após passar duas horas morando com minha irmã de novo, acho difícil acreditar que nós um dia já dividimos um útero. Isobel já organizou meus CDs por ano de lançamento, varreu embaixo do sofá e jogou fora metade da comida que havia na geladeira.

— Os prazos de validade são nossos amigos, Julia — ela suspira. — Tem um iogurte aqui da época em que os Democratas estavam na Casa Branca.

Eu bato a porta e conto até dez. Mas, quando Izzy vai até o forno a gás e começa a procurar a função autolimpante, eu perco a calma.

— A Sylvia não precisa ser limpa.

— E tem mais essa: O fogão se chama Sylvia. A geladeira se chama Smilla. A gente precisa mesmo batizar nossos eletrodomésticos?

Meus eletrodomésticos. *Meus*, não *nossos*, droga.

— Agora entendo por que a Janet terminou com você — eu murmuro.

Ao ouvir isso, Izzy me olha, arrasada.

— Você é horrível — ela diz. — Você é horrível e, depois que eu nasci, devia ter costurado a mamãe.

Ela corre para o banheiro aos prantos.

Isobel é três minutos mais velha, mas sempre fui eu que tomei conta dela. Sou sua bomba nuclear: quando há alguma coisa incomodando Izzy, eu apareço e devasto essa coisa, seja um dos nossos seis irmãos mais velhos implicando com ela, seja a terrível Janet, que decidiu que não era lésbica depois de sete anos num relacionamento sério com Izzy. Quando éramos crianças, ela era a boazinha e eu era a rebelde — brigava, raspava a cabeça para ver a reação dos nossos pais, usava coturnos com o uniforme da escola. Mas, agora que temos trinta e dois anos, sou eu que tem um emprego careta, enquanto Izzy é uma lésbica que faz bijuterias usando clipes de papel e parafusos. Vai entender.

A porta do banheiro não tranca, mas Izzy não sabe disso. Então eu entro, espero que ela acabe de jogar água fria no rosto e lhe entrego uma toalha.

– Desculpe, Iz.

– Tudo bem.

Ela me olha pelo espelho. A maioria das pessoas não consegue nos distinguir, agora que eu tenho um emprego de verdade, que exige roupas convencionais e um corte de cabelo normal.

– Pelo menos você *teve* um relacionamento – pondero. – A última vez que eu saí com alguém foi na época em que comprei aquele iogurte.

Izzy dá um sorrisinho e se vira para me encarar.

– A privada tem nome?

– Eu estava pensando em Janet – digo, e minha irmã cai na gargalhada.

O telefone toca e eu vou para a sala atender.

– Julia? Aqui é o juiz DeSalvo. Estou com um caso que precisa de um curador ad litem e espero que você possa me ajudar.

Eu me tornei curadora ad litem há um ano, quando descobri que trabalhar para instituições sem fins lucrativos estava me impedindo de pagar o aluguel. O curador ad litem é designado pelo juiz para representar uma criança durante um procedimento legal que envolva um menor. Você não precisa ser advogado para ser curador, mas precisa ter coração e saber distinguir o certo do errado. E isso, na verdade, provavelmente faz com que a maioria dos advogados não seja qualificada para o trabalho.

– Julia? Você está me ouvindo?

Eu faria de tudo pelo juiz DeSalvo; ele mexeu alguns pauzinhos para me arrumar um emprego quando eu havia acabado de virar curadora.

– Faço o que você precisar – prometo. – O que está acontecendo?

Ele me dá as informações do caso – frases como "emancipação médica", "treze anos" e "mãe advogada" flutuam na minha cabeça. Só duas coisas ficam claras bem rápido: a palavra "urgente" e o nome do advogado.

Meu Deus, eu não vou conseguir.

– Posso estar aí dentro de uma hora – digo.

– Ótimo. Porque acho que essa menina precisa de alguém para ficar ao seu lado.
– Quem era? – Izzy pergunta.

Ela está tirando de dentro de uma caixa seu material de trabalho: ferramentas, arame e caixinhas cheias de peças de metal, que fazem barulho de dentes rangendo quando ela as move.

– Um juiz – respondo. – Tem uma menina que precisa de ajuda.

Mas eu não digo a minha irmã que essa menina sou eu.

Não tem ninguém na casa dos Fitzgerald. Toco a campainha duas vezes, certa de que deve ser um engano. Pelo que o juiz DeSalvo me disse, essa família está em crise. Mas eu me vejo parada diante de uma bela casa com canteiros bem cuidados ladeando a entrada.

Quando me viro para voltar para o carro, vejo a menina. Ela ainda tem a carinha rechonchuda e infantil de uma pré-adolescente e vem pulando as rachaduras da calçada.

– Oi – eu digo, quando ela está perto o suficiente para me escutar. – Você é a Anna?

Num estalo, a menina ergue o olhar.

– Talvez.

– Meu nome é Julia Romano. O juiz DeSalvo me pediu para ser sua curadora ad litem. Ele explicou para você o que é isso?

Anna aperta os olhos.

– Uma menina em Brockton foi raptada por alguém que disse que estava ali porque sua mãe havia lhe pedido para apanhá-la e levá-la até o trabalho dela.

Eu remexo minha bolsa e tiro minha carteira de motorista e uma pilha de papéis.

– Tome – digo. – Pode olhar.

Ela me olha e então examina a foto horrorosa da minha carteira; depois, lê a cópia da ação de emancipação que peguei na vara da família antes de vir até aqui. Se eu fosse uma psicopata, teria feito uma pesquisa e tanto. Mas parte de mim já está dando crédito a Anna por ser cautelosa – essa não é uma criança que enfrenta as situações de maneira precipitada. Se ela está refletindo tanto antes de vir comigo, deve ter refletido muito antes de decidir se desembaraçar da teia que é sua família.

Anna devolve tudo que lhe dei.

— Cadê todo mundo? — pergunta.

— Não sei. Achei que você saberia me dizer.

O olhar de Anna pousa sobre a porta da frente, nervoso.

— Espero que não tenha acontecido nada com a Kate.

Inclino a cabeça, examinando essa menina, que já conseguiu me surpreender.

— Você tem um tempo para conversar? — pergunto.

As zebras são a primeira parada no Zoológico Roger Williams. De todos os animais na seção africana, elas sempre foram meus preferidos. Para mim, os elefantes não fedem nem cheiram, e eu nunca consigo encontrar o guepardo — mas as zebras me encantam. Se tivéssemos a sorte de viver num mundo em preto e branco, elas seriam uma das poucas coisas que combinariam.

Passamos pelos duikers-azuis, pelos bongos e por uma coisa chamada rato-toupeira-pelado, que não sai de sua caverna. Muitas vezes, quando sou designada para o caso de uma criança, eu a levo ao zoológico. Lá, é mais provável que elas se abram comigo do que quando sentamos frente a frente num tribunal, ou mesmo numa lanchonete. Elas veem os gibões pendurados como se fossem ginastas olímpicos e começam a falar sobre o que acontece em casa, sem nem perceber o que estão fazendo.

Anna, no entanto, é mais velha do que todas as outras crianças com quem já trabalhei, e não parece animada por estar aqui. Pensando bem, eu me dou conta de que essa não foi uma boa escolha. Eu devia ter levado Anna ao shopping, ou para ver um filme.

Passeamos pelos caminhos tortuosos do zoológico, e Anna só fala quando precisa responder a uma pergunta minha. Ela responde educadamente quando pergunto sobre a saúde de sua irmã. Explica que sua mãe é, de fato, a advogada da outra parte. E me agradece quando lhe compro um sorvete.

— Me conte o que você gosta de fazer — eu peço. — Para se divertir.

— Jogar hóquei — ela diz. — Eu era goleira.

— Era?

— Conforme você vai ficando mais velha, o treinador vai ficando mais bravo quando você falta a um jogo — ela dá de ombros. — Eu não gosto de decepcionar um time inteiro.

Jeito interessante de se expressar, penso.

— Seus amigos ainda jogam hóquei?

— Amigos? — Anna balança a cabeça. — Você não pode convidar ninguém para ir à sua casa quando sua irmã precisa descansar. Ninguém chama você de novo para dormir na casa dele se sua mãe vai te buscar às duas da manhã para ir para o hospital. Já deve fazer um tempo que você saiu da escola, mas na minha idade as pessoas acham que bizarrice é contagiosa.

— Então, com quem você conversa?

Anna me encara.

— Com a Kate.

Ela pergunta se eu tenho celular. Pego o meu da bolsa e a observo discar de cabeça o telefone do hospital.

— Estou procurando uma paciente — Anna diz para a atendente. — Kate Fitzgerald.

Ela me dá uma espiada.

— Obrigada de qualquer forma. — Ela desliga o telefone e o devolve para mim. — A Kate não está registrada.

— Isso é bom, não é?

— Pode ser só porque a papelada ainda não chegou até a atendente. Às vezes, leva algumas horas.

Eu me apoio numa grade perto dos elefantes.

— Você parece bastante preocupada com sua irmã — observo. — Tem certeza de que está preparada para encarar o que vai acontecer se você não for mais a doadora dela?

— Eu sei o que vai acontecer — ela diz baixinho. — Mas nunca disse que *gostava* disso.

Ela ergue o rosto e me encara, para ver se vou ter coragem de censurá-la.

Eu a observo por um momento. O que *eu* faria se descobrisse que Izzy precisa de um rim, ou de parte do meu fígado, ou da minha medula? A resposta não é questionável – perguntaria para que lado fica o hospital e faria o que fosse preciso.

Mas seria uma escolha *minha*, uma decisão *minha*.

– Seus pais já lhe perguntaram se você queria ser a doadora da sua irmã?

Anna dá de ombros.

– Mais ou menos. Daquele jeito que os pais fazem perguntas que já responderam sozinhos. "Não foi por sua causa que a segunda série inteira não pôde ir para o recreio, foi?" Ou "Você quer brócolis, né?"

– Você já disse a seus pais que não se sentia confortável com a escolha que eles fizeram para você?

Anna se afasta dos elefantes e começa a subir uma colina.

– Eu devo ter reclamado algumas vezes. Mas eles são os pais da Kate também.

Começo a juntar algumas peças do quebra-cabeça. Tradicionalmente, os pais tomam decisões pela criança, pois presume-se que desejam o melhor para ela. Mas, se eles só conseguem ver o que é melhor para um de seus filhos, o sistema deixa de funcionar. E, em algum lugar sob os destroços, estão vítimas como Anna.

A questão é: ela decidiu processar os pais porque realmente acha que pode tomar decisões melhores do que eles sobre seus cuidados médicos, ou porque quer que eles prestem atenção nela uma vez na vida?

Paramos diante dos ursos polares, Trixie e Norton. Pela primeira vez desde que chegamos aqui, o rosto de Anna se ilumina. Ela observa Kobe, o filhote de Trixie – e o mais novo animal do zoológico. Ele cutuca a mãe, que está deitada nas pedras, tentando convencê-la a brincar.

– Da última vez que nasceu um urso polar, eles deram para outro zoológico – diz Anna.

Ela tem razão; lembranças de artigos sobre o assunto publicados no jornal local surgem em minha mente. Foi uma tremenda jogada de marketing para o estado de Rhode Island.

– Você acha que ele se pergunta o que fez para ser mandado embora desse jeito? – ela pergunta.

Nós, curadores, somos treinados para discernir sinais de depressão. Sabemos interpretar linguagem corporal, detectar embotamento afetivo e variações de humor. As mãos de Anna apertam com força a grade de metal. Seus olhos ficam opacos como ouro velho.

Ou essa menina perde a irmã, ou se perde, penso.

— Julia — ela pergunta —, a gente pode ir para a minha casa?

Conforme vamos nos aproximando da casa dela, Anna vai se distanciando de mim. Um truque e tanto, considerando que o espaço físico entre nós permanece inalterado. Ela se espreme contra a janela do meu carro, olhando fixamente para as ruas que escoam por nós.

— O que vai acontecer agora?

— Eu vou conversar com todos os outros envolvidos. Com sua mãe, seu pai, seu irmão e sua irmã. E com seu advogado.

Agora há um jipe velho estacionado diante da casa, e a porta da frente está aberta. Desligo o motor, mas Anna não se move para tirar o cinto de segurança.

— Você vai comigo até lá dentro? — ela pergunta.

— Por quê?

— Porque minha mãe vai me matar.

Essa Anna — nervosa de verdade — não se parece em quase nada com a menina que passou a última hora comigo. Eu me pergunto como ela pode ser corajosa o suficiente para processar os pais e ao mesmo tempo ter medo de enfrentar a mãe.

— Por quê?

— Eu meio que saí de casa hoje sem dizer a ela para onde estava indo.

— Você faz muito isso?

Anna balança a cabeça.

— Normalmente, eu faço tudo que me mandam.

Bom, eu vou ter que conversar com Sara Fitzgerald mais cedo ou mais tarde. Saio do carro e espero que Anna faça o mesmo. Atravessamos a entrada da casa, passamos pelos canteiros bem cuidados e entramos pela porta da frente.

Ela não é a nêmesis que eu imaginava. Para começar, a mãe de Anna é mais baixa que eu, e mais magra. Tem cabelos escuros e um olhar sofrido, e está andando de um lado para o outro. No segundo em que a porta se abre, ela corre para Anna.

– Pelo amor de Deus! – Sara Fitzgerald exclama, sacudindo a filha pelos ombros. – Onde você estava? Você tem ideia...

– Com licença, sra. Fitzgerald. Gostaria de me apresentar – eu me aproximo e estendo a mão. – Sou Julia Romano, a curadora ad litem designada pelo juiz.

Ela envolve Anna com o braço, num gesto ensaiado de ternura.

– Obrigada por trazer a Anna para casa. Imagino que você tenha muito a conversar com ela, mas agora...

– Na verdade, eu gostaria de conversar com a senhora. O juiz pediu que eu entregasse meu relatório em menos de uma semana, por isso, se a senhora tiver alguns minutos...

– Não tenho – ela diz abruptamente. – Agora não é uma boa hora. Minha outra filha acabou de ser internada de novo.

Ela olha para Anna, parada diante da porta da cozinha. "Está satisfeita?", diz sua expressão.

– Lamento muito – eu digo.

– Eu também – Sara diz e limpa a garganta. – Agradeço por ter vindo aqui falar com a Anna. E sei que só está fazendo seu trabalho. Mas essa situação vai acabar se resolvendo sozinha, mesmo. É um mal-entendido. Tenho certeza de que o juiz DeSalvo vai lhe dizer isso em um ou dois dias.

Ela dá um passo atrás, esperando para ver se eu – ou Anna – ousarei contradizê-la. Olho de relance para Anna, que balança a cabeça quase imperceptivelmente, numa súplica para que eu deixe pra lá por enquanto.

Quem ela está protegendo – a mãe ou a si própria?

Um sinal de alerta se acende em minha mente: Anna tem treze anos e mora com a mãe, que é a advogada da outra parte. Como vai ser possível para Anna viver na mesma casa que Sara Fitzgerald sem ser influenciada por ela?

– Anna, eu ligo para você amanhã.

Sem me despedir de Sara Fitzgerald, eu saio da casa, a caminho do único lugar na terra aonde eu jamais quis ir.

O escritório de Campbell Alexander é exatamente como eu imaginava: no topo de um prédio com fachada de vidro negro, no fim de um corredor coberto por um tapete persa, atrás de duas portas pesadas de mogno que mantêm a ralé do lado de fora. Sentada diante da mesa maciça da recepção, está uma menina com feições de porcelana e um fone de ouvido sem fio escondido sob o cabelo. Eu a ignoro e ando em direção à única porta fechada.

– Ei! – ela grita. – Você não pode entrar aí!

– Ele está me esperando.

Campbell não ergue o olhar do que está escrevendo com grande fúria. As mangas de sua camisa estão arregaçadas até o cotovelo. Ele precisa cortar o cabelo.

– Kerri – ele diz –, veja se você consegue encontrar a transcrição de um programa da Jenny Jones sobre gêmeos idênticos que não sabem que...

– Olá, Campbell.

Primeiro ele para de escrever. Depois levanta a cabeça.

– Julia.

Campbell se levanta, como um menino em idade escolar pego no flagra durante um ato indecente.

Eu entro na sala e fecho a porta atrás de mim.

– Sou a curadora ad litem designada para o caso da Anna Fitzgerald.

Um cachorro que eu não tinha visto até então se posiciona ao seu lado.

– Eu soube que você fez faculdade de direito – ele diz.

Harvard. Com bolsa integral.

– Providence é uma cidade pequena... Eu ficava esperando... – sua voz morre e ele balança a cabeça. – Bem, achei que já teríamos nos encontrado a essa altura.

Ele sorri para mim e de repente tenho dezessete anos de novo – quando me dei conta de que o amor não segue regras, quando entendi que nada é mais valioso do que aquilo que não podemos ter.

– Não é tão difícil evitar alguém quando se quer – eu respondo com frieza. – Você devia ser o primeiro a saber disso.

Campbell

Eu realmente consigo manter a calma, até que o diretor da Escola de Ensino Médio Ponaganset começa a me dar uma aula de correção política pelo telefone.

— Pelo amor de Deus! — ele esbraveja. — Que tipo de mensagem é passada quando um grupo de alunos indígenas batiza o time de basquete de Os Branquelos?

— Imagino que a mesma mensagem passada por vocês quando escolheram um cacique como mascote.

— Nosso time se chama Caciques de Ponaganset desde 1970 — ele argumenta.

— Sim, e eles são membros da tribo Narragansett desde que nasceram.

— É ofensivo. E politicamente incorreto.

— Infelizmente, não se pode processar alguém por ser politicamente incorreto, ou você teria sido réu anos atrás — observo. — Além disso, a Constituição protege vários direitos individuais dos americanos, inclusive dos indígenas. Temos o direito de nos reunir em grupos e o direito de liberdade de expressão, o que sugere que Os Branquelos teriam permissão para existir mesmo se sua ridícula ameaça de processo conseguisse chegar aos tribunais. Aliás, você deveria considerar a hipótese de uma ação popular contra a humanidade, já que certamente gostaria de suprimir o racismo inerente aos nomes Casa Branca, montanhas Brancas e rio Branco.

Silêncio do outro lado da linha.

— Devo presumir, então, que posso dizer ao meu cliente que você não tem intenção de levar o processo adiante?

Depois que ele desliga na minha cara, eu aperto o botão do interfone.

— Kerri, ligue para Ernie Fishkiller e diga a ele que não precisa se preocupar.

Começo a lidar com a pilha de papéis em cima da minha mesa e Juiz solta um suspiro. Ele está dormindo, enroscado como um tapete trançado à esquerda da minha mesa. Sua pata estremece.

— *Isso é que é vida* — *ela me disse enquanto observávamos um cachorrinho perseguir o próprio rabo.* — *É isso que eu quero ser na próxima encarnação.*

Dei risada.

— *Você vai acabar virando gato* — *eu disse.* — *Eles não precisam de ninguém.*

— *Eu preciso de você* — *ela respondeu.*

— *Bom* — *eu disse.* — *Talvez eu volte como um pé de erva dos gatos.*

Aperto os olhos com os dedões. É óbvio que não estou dormindo o suficiente; primeiro teve aquele momento na lanchonete, e agora isso. Faço uma careta para Juiz, como se fosse culpa dele, e então foco a atenção em anotações que fiz num bloquinho. Tenho um cliente novo — um traficante de drogas flagrado por uma câmera escondida pela acusação. Não vai ser possível evitar uma condenação nesse caso, a não ser que o cara tenha um irmão gêmeo idêntico cuja existência sua mãe jamais revelou.

Pensando bem...

A porta se abre e, sem erguer o olhar, dou uma ordem a Kerri:

— Veja se você consegue encontrar a transcrição de um programa da Jenny Jones sobre gêmeos idênticos que não sabem que...

— Olá, Campbell.

Estou ficando maluco, estou definitivamente ficando maluco. Porque a menos de dois metros de mim está Julia Romano, que eu não vejo há quinze anos. Seus cabelos estão mais longos, sua boca é ladeada por duas linhas finas, parênteses em torno de uma vida de palavras que eu não estava ali para escutar.

— Julia — consigo dizer.

Ela fecha a porta e, ao ouvir o barulho, Juiz acorda num salto.

— Eu sou a curadora ad litem designada para o caso da Anna Fitzgerald — ela diz.

— Providence é uma cidade pequena... Eu ficava esperando... Bem, achei que já teríamos nos encontrado a essa altura.

— Não é tão difícil evitar alguém quando se quer — ela responde. — Você devia ser o primeiro a saber disso.

Então, subitamente, a raiva parece evaporar dela.

— Desculpe. Isso foi completamente desnecessário.

— Já faz muito tempo — respondo, mas o que quero mesmo fazer é perguntar o que ela fez nos últimos quinze anos. Se ainda bebe chá com leite *e* limão. Se está feliz.

— Seu cabelo não é mais cor-de-rosa — eu digo, porque sou um idiota.

— Não, não é. Algum problema?

Eu dou de ombros.

— É só que... é...

Onde estão as palavras quando você precisa delas?

— Eu gostava do rosa — confesso.

— Ele tendia a diminuir minha autoridade no tribunal — ela admite.

Isso me faz sorrir.

— Desde quando você se importa com o que os outros pensam?

Ela não responde, mas algo muda. A temperatura da sala, ou talvez a muralha que surge em seus olhos.

— Talvez, em vez de ressuscitar o passado, a gente devesse falar da Anna — Julia sugere diplomaticamente.

Concordo com a cabeça. Mas parece que estamos sentados no banco apertado de um ônibus com um estranho entre nós, alguém que nenhum dos dois quer admitir ou mencionar, por isso acabamos desviando dele para falar um com o outro, conversando como se ele não estivesse ali e lançando olhares furtivos quando o outro não está olhando. Como posso pensar em Anna Fitzgerald quando estou me perguntando se Julia já acordou nos braços de um homem e, por um segundo, antes que sua mente se desanuviasse do sono, pensou que talvez fosse eu?

Sentindo a tensão, Juiz se levanta e se coloca ao meu lado. Julia parece notar somente agora que não estamos sozinhos ali.

— Seu sócio? — ela pergunta.

— Só um colaborador — eu digo. — Mas já saiu até na *Law Review*.

Julia coça atrás da orelha de Juiz — sortudo filho da mãe — e, fazendo uma careta, peço que ela pare.

— Ele é um cão de assistência, não deve ganhar carinho.

Ela me encara, surpresa. Mas, antes que possa perguntar qualquer coisa, eu mudo de assunto:

— Então, a Anna.

Juiz empurra o nariz contra a palma da minha mão.

Julia cruza os braços.

— Eu fui vê-la.

— E?

— Adolescentes de treze anos são altamente influenciados pelos pais. E a mãe da Anna parece estar convencida de que esse julgamento não vai acontecer. Tenho a sensação de que ela está tentando convencer a Anna disso também.

— Vou dar um jeito nisso.

Ela me olha desconfiada.

— Como?

— Vou tirar a Sara Fitzgerald daquela casa.

Julia fica de boca aberta.

— Você está brincando, né?

A essa altura, Juiz começou a puxar minhas roupas com força. Quando eu não reajo, ele late duas vezes.

— Bem, eu certamente não acho que minha cliente deva sair de lá. Não foi *ela* que violou as ordens do juiz. Vou conseguir uma ordem de restrição temporária que impeça Sara Fitzgerald de ter qualquer contato com ela.

— Campbell, ela é a mãe da menina!

— Esta semana ela é a advogada da outra parte e, se estiver influenciando minha cliente de alguma maneira, precisa ser ordenada a parar de fazê-lo.

— Sua *cliente* tem nome, tem idade, e o mundo dela está desmoronando. A última coisa que ela precisa é de mais instabilidade na vida. Você por acaso se deu ao trabalho de conhecê-la melhor?

— É claro que sim — minto, e Juiz começa a gemer.

Julia olha para ele.

— Tem alguma coisa errada com o seu cachorro?

— Não. Escute. Meu trabalho é proteger os direitos legais da Anna e ganhar esse processo, e é exatamente isso que vou fazer.

— É claro que vai. Não necessariamente porque isso é melhor para *Anna*... mas porque é melhor para *você*. Não é irônico que uma menina que quer parar de ser usada em benefício de outra pessoa acabe escolhendo o *seu* nome na lista telefônica?

— Você não sabe nada sobre mim — eu digo, apertando o maxilar.

– E de *quem* será que é a culpa?

E não íamos ressuscitar o passado! Um tremor percorre meu corpo e eu agarro a coleira de Juiz.

– Com licença – digo e saio do escritório, deixando Julia pela segunda vez.

No fundo, a Escola Wheeler era uma fábrica, manufaturando debutantes e futuros banqueiros. Todos tínhamos a mesma aparência e falávamos igual. Para nós, a palavra "férias" era um verbo.

Havia, é claro, alunos que quebravam o padrão. Como os bolsistas, que usavam a gola virada para cima e aprendiam a remar, sem nunca perceber que estávamos muito cientes de que eles não eram um de nós. Havia as estrelas, como Tommy Boudreaux, que foi contratado pelo Detroit Redwings quando estava no segundo colegial. E os malucos, que tentavam cortar os pulsos ou misturar álcool e Valium e então deixavam a escola tão silenciosamente quanto haviam vagado por ela.

Eu estava no último ano quando Julia Romano entrou na Wheeler. Ela usava coturnos e uma camiseta da banda Cheap Trick por baixo do blazer da escola; conseguia memorizar sonetos inteiros sem suar uma gota. Durante o intervalo, enquanto eu e os outros fumávamos pelas costas do diretor, ela subia a escada que dava no telhado do ginásio e sentava com as costas apoiadas num tubo de calefação, lendo Henry Miller e Nietzsche. Ao contrário das outras meninas da escola, com cabelos que eram cascatas macias e louras presas com elásticos coloridos como confeitos, Julia tinha um tornado absoluto de cachos negros, e nunca usava maquiagem – apenas aquelas feições marcadas, pegar ou largar. Ela usava a argola mais fina que já vi, um filamento de prata, atravessada na sobrancelha esquerda. E cheirava a massa de bolo crescendo no forno.

Havia boatos sobre ela: que havia sido expulsa de um reformatório para meninas; que era um gênio e tirava dez em tudo; que era dois anos mais nova que todos os outros alunos da nossa série; que tinha uma tatuagem. Ninguém sabia bem como classificá-la. Eles a chamavam de Bizarra, porque ela não era uma de nós.

Um dia, Julia Romano apareceu na escola com cabelos curtos pintados de cor-de-rosa. Todos imaginamos que ela seria suspensa, mas acontece que, no ca-

lhamaço de regras que ditava o que devíamos usar no colégio, penteados estavam visivelmente ausentes. Aquilo me fez pensar por que não havia um cara sequer com dreadlocks na escola, e percebi que não era porque não podíamos ser diferentes – era porque não queríamos.

Na hora do almoço aquele dia, ela passou pela mesa onde eu estava sentado com os caras da equipe de remo e algumas de suas namoradas.

– Ei, machucou? – uma das meninas perguntou.

Julia desacelerou.

– Machucou o quê?

– Quando você caiu dentro da máquina de algodão-doce?

Ela nem piscou.

– Foi mal, eu não tenho grana pra cortar o cabelo na pet shop, que nem algumas cadelas.

Então ela foi para o canto do refeitório, onde sempre almoçava sozinha, jogando paciência com um baralho que tinha desenhos de santos no verso das cartas.

– Cara, eu não quero me meter com essa menina – disse um dos meus amigos.

Eu ri, porque todo mundo riu. Mas também a vi sentar, empurrar a bandeja cheia de comida e começar a dispor as cartas sobre a mesa. E me perguntei como seria não dar a mínima para o que os outros pensam de você.

Uma tarde, fugi do treino da equipe de remo, da qual era capitão, e a segui. Certifiquei-me de ficar longe o suficiente para que Julia não percebesse minha presença. Ela desceu o Boulevard Blackstone, entrou no Cemitério Swan Point e subiu no ponto mais alto. Abriu a mochila, pegou seus livros e seu fichário e se esparramou diante de um túmulo.

– É melhor você aparecer logo – ela disse, e eu quase engoli a língua esperando um fantasma, até perceber que ela estava falando comigo.

– Por vinte e cinco centavos, você pode até ver de perto – ela continuou.

Saí de trás de um grande carvalho, com as mãos enfiadas nos bolsos. Agora que estava ali, eu não tinha ideia do motivo que me levara a segui-la. Indiquei o túmulo com a cabeça.

– Parente seu?

Julia olhou por cima do ombro.

– É. Minha avó sentou ao lado dele no Mayflower – ela me encarou com todos aqueles ângulos. – Você não tem que jogar críquete ou sei lá o quê?

— Polo — eu disse, abrindo um sorriso. — Estou só esperando meu cavalo chegar.

Ela não entendeu a piada... ou talvez não tenha achado engraçada.

— O que você quer?

Eu não podia admitir que a estava seguindo.

— Ajuda. Com a lição de casa.

A verdade é que eu nem tinha visto qual era a lição de inglês. Peguei um papel no topo da pilha em seu fichário e li em voz alta:

— Você vê um horrível engavetamento de quatro carros. Há pessoas gemendo de dor e corpos espalhados por todo lado. Você tem a obrigação de parar?

— Por que eu deveria ajudar? — Julia perguntou.

— Do ponto de vista legal, não deveria. Se você tirar alguém de dentro de um carro e machucar mais a pessoa, pode acabar sendo processada.

— Eu perguntei por que deveria ajudar você.

O papel flutuou até o chão.

— Você não me acha grande coisa, acha?

— Não acho nada de nenhum de vocês, ponto final. São um bando de idiotas superficiais que preferem morrer do que ser vistos com alguém diferente de vocês.

— Não é isso que você está fazendo também?

Ela me olhou por um longo instante. Então, começou a enfiar as coisas na mochila.

— Você tem uma poupança, não tem? Se precisa de ajuda, pague um professor particular.

Coloquei o pé sobre um dos livros.

— Você faria isso?

— Ser sua professora? Nem morta.

— Ajudar. As pessoas do acidente de carro.

Julia parou de se mover.

— Faria. Mesmo que a lei diga que ninguém é responsável por ninguém, o certo é ajudar quem precisa.

Eu me sentei ao lado dela, tão perto que a pele de seu braço vibrou ao lado da minha.

— Você acha mesmo isso?

Ela olhou para o seu colo.

— *Acho.*
— *Então, como pode me dar as costas?*

Depois que acaba, enxugo o rosto com toalhas de papel e ajeito a gravata. Juiz caminha em pequenos círculos ao meu lado, como sempre faz.

— Você se saiu muito bem — eu digo a ele, acariciando o pelo grosso do pescoço.

Quando volto para o meu escritório, Julia desapareceu. Kerri está digitando diante do computador, num raro momento de produtividade.

— Ela disse que, se você precisar dela, vai ter que correr atrás. Palavras dela, não minhas. E pediu o prontuário médico. — Kerri olha para mim por cima do ombro. — Você está um lixo.

— Muito obrigado.

Um post-it laranja na mesa dela me chama atenção.

— É para esse endereço que ela quer que você mande o prontuário?

— É.

Coloco o papel no bolso.

— Eu cuido disso — digo.

Uma semana mais tarde, diante do mesmo túmulo, desamarrei os coturnos de Julia Romano. Tirei sua jaqueta camuflada. Seus pés eram estreitos e rosados como o interior de uma tulipa. Sua clavícula era um mistério.

— *Eu sabia que, debaixo disso tudo, você era linda* — *eu disse, e aquele foi o primeiro ponto de seu corpo que beijei.*

Os Fitzgerald moram na cidade de Upper Darby, numa casa que poderia pertencer a qualquer família tipicamente americana — garagem para dois carros, revestimento de alumínio nas paredes, adesivos indicando o quarto das crianças para que os bombeiros saibam onde encontrá-las em caso de incêndio. Quando eu chego lá, o sol está se pondo atrás do telhado.

Durante todo o trajeto, tentei me convencer de que o que Julia disse não teve nenhuma influência em minha decisão de visitar minha cliente. Que eu já vinha planejando fazer esse pequeno desvio antes de ir para casa.

Mas a verdade é que, em todos os meus anos como advogado, essa é a primeira vez que visito um cliente em casa.

Anna abre a porta quando toco a campainha.

– O que você está fazendo aqui?

– Vim ver como você está.

– Vai custar algo a mais?

– Não – respondo secamente. – É parte de uma promoção especial que estou fazendo este mês.

– Ah – ela cruza os braços. – Você falou com a minha mãe?

– Estou fazendo de tudo para *não* falar com a sua mãe. Suponho que ela não esteja em casa.

Anna balança a cabeça.

– Está no hospital. A Kate foi internada de novo. Achei que você tivesse ido até lá.

– Minha cliente não é a Kate.

Anna parece ficar desapontada ao ouvir isso. Ela coloca o cabelo atrás da orelha.

– Você quer, sei lá, entrar?

Vou com ela até a sala de estar e sento no sofá, com um estampado alegre de listras azuis. Juiz cheira a quina dos móveis.

– Fiquei sabendo que você conheceu a curadora ad litem.

– A Julia. Ela me levou ao zoológico. Parece legal – diz Anna, me olhando subitamente. – Ela falou alguma coisa de mim?

– Ela teme que sua mãe esteja conversando sobre o processo com você.

– Que outro assunto existe além da Kate? – ela pergunta.

Nós nos olhamos por alguns instantes. Não tenho a menor ideia do que dizer, além das coisas que um advogado diria a seu cliente.

Eu poderia pedir para ver o quarto dela, mas é difícil imaginar um advogado indo para o quarto de uma menina de treze anos sem ninguém mais para acompanhar. Poderia levá-la para jantar, mas duvido que ela vá gostar do Café Nuovo, um dos meus lugares preferidos, e acho que eu não ia conseguir engolir um Big Mac. Poderia perguntar como vai a escola, mas ela está em férias.

– Você tem filhos? – ela pergunta.

Dou risada.

– O que você acha?

– Provavelmente é melhor assim – ela admite. – Sem querer ofender, mas você não tem cara de pai.

Aquilo me fascina.

– Como é ter cara de pai?

Ela parece pensar no assunto.

– Sabe como o cara que anda na corda bamba quer que todo mundo acredite que o que ele faz é arte, mas lá no fundo dá pra ver que ele está torcendo desesperadamente para chegar ao outro lado? É assim. – Ela me encara. – Pode relaxar, sabia? Não vou amarrar você e obrigá-lo a ouvir rap.

– Ah, bom – eu brinco. – Já que é assim...

Solto o nó da gravata e me recosto nas almofadas do sofá, o que faz um sorriso surgir no rosto dela por um segundo.

– Você não precisa fingir que é meu amigo ou algo assim – ela diz.

– Não quero fingir – passo a mão pelos cabelos. – A questão é que isso é novidade para mim.

– O quê?

Faço um gesto que abarca toda a sala.

– Visitar uma cliente. Jogar conversa fora. Não deixar o trabalho no escritório no fim do dia.

– Bom, isso é novidade pra mim também – Anna confessa.

– O quê?

Ela torce uma mecha de cabelo em volta do dedinho.

– Ter esperança – diz.

O apartamento de Julia fica numa parte chique da cidade, conhecida por abrigar pessoas divorciadas que não se casaram de novo, o que me irrita durante todo o tempo que passo procurando uma vaga. Depois, o porteiro vê Juiz e impede minha passagem.

– Não pode entrar com cachorro – ele diz. – Sinto muito.

– Esse é um cão de assistência – eu digo e, quando vejo que ele não entendeu, explico melhor. – Que nem os cães-guias dos cegos.

– Você não *parece* cego.

– Sou um alcoólatra em recuperação – digo. – O cachorro não me deixa beber cerveja.

O apartamento de Julia fica no sétimo andar. Bato na porta e vejo um olho me espiando pelo olho mágico. Ela abre uma fresta, mas não tira a correntinha. Está com um lenço amarrado na cabeça e parece ter chorado.

– Oi – eu digo. – Podemos começar de novo?

Ela limpa o nariz.

– Quem diabos é você?

– Tudo bem. Acho que mereço isso – admito, olhando para a corrente. – Deixe-me entrar, está bem?

Ela me olha como se eu fosse maluco.

– Você está *doido*?

Ouço um barulho dentro do apartamento, outra voz e então a porta se abre por completo e eu penso estupidamente: *Tem* duas *Julias!*

– Campbell – diz a Julia de verdade –, o que você está fazendo aqui?

Eu mostro o prontuário médico, ainda me recuperando do choque. Como é possível que, durante um ano inteiro na Wheeler, ela nunca tenha mencionado uma irmã gêmea?

– Izzy, esse é Campbell Alexander. Campbell, essa é minha irmã.

– Campbell...

Vejo Izzy repetir e repensar meu nome. Olhando melhor, ela não se parece nem um pouco com Julia. Seu nariz é um pouco maior, sua pele não tem aquele tom dourado, nem de longe. Sem contar que ver sua boca se mover não me deixa excitado.

– Não é *aquele* Campbell, é? – ela pergunta, voltando-se para Julia. – Da...

– É – Julia suspira.

Izzy aperta os olhos.

– Eu *sabia* que não devia deixar esse cara entrar.

– Não tem problema – Julia insiste, pegando as pastas da minha mão. – Obrigada por trazer isso.

Izzy sacode a mão no ar.

– Pode ir embora agora.

– Pare com isso – Julia dá um tapinha no braço da irmã. – Campbell é o advogado com quem estou trabalhando esta semana.

– Mas ele não é o cara que...

– Sim, minha memória funciona perfeitamente, obrigada.

— Então — eu interrompo. — Passei na casa da Anna.

Julia se volta para mim.

— E?

— Terra chamando Julia — Izzy diz. — Esse comportamento é autodestrutivo.

— Não quando envolve meu salário, Izzy. Nós estamos trabalhando juntos num processo, só isso. Tá bom? E eu não estou nem um pouco a fim de ouvir um sermão sobre comportamento autodestrutivo vindo de *você*. Quem foi que ligou para a Janet e implorou por uma última trepada um dia depois que ela foi embora?

— Ei — eu me viro para Juiz —, e o Red Sox, hein?

Izzy sai batendo os pés pelo corredor.

— Se você quer se suicidar, vá em frente! — ela grita, e então ouço uma porta bater.

— Acho que ela gostou muito de mim — eu digo, mas Julia não dá nem um sorriso.

— Obrigada pelo prontuário. Tchau.

— Julia...

— Ei, eu só estou poupando seu tempo. Deve ter sido difícil treinar um cachorro para arrastá-lo para fora de um lugar quando você precisa ser resgatado de uma situação emocionalmente volátil, como uma ex-namorada dizendo umas verdades. Como é que isso funciona, Campbell? É um gesto que você faz? Um comando de voz? Um apito de alta frequência?

Olho melancolicamente para o corredor vazio.

— Posso trocar você pela Izzy de novo?

Ela tenta me empurrar porta afora.

— Tudo bem. Desculpe. Eu não quis interromper você aquela hora no meu escritório. Mas... foi uma emergência.

Ela me encara.

— Para que você disse que serve esse cachorro?

— Eu ainda não disse.

Julia vira de costas, e eu e Juiz vamos atrás dela mais para dentro do apartamento, fechando a porta atrás de nós.

— Então, eu fui ver a Anna Fitzgerald. Você tinha razão. Antes de pedir uma ordem de restrição contra a mãe, eu precisava conversar com ela.

– E?

Penso em mim e em Anna, sentados naquele sofá listrado, criando uma rede de confiança entre nós.

– Acho que nos entendemos.

Julia não responde, apenas pega uma taça de vinho branco no balcão da cozinha.

– Sim, eu adoraria uma taça de vinho – digo.

Ela dá de ombros.

– Está na Smilla.

A geladeira, é claro. Por causa de seu sentido da neve. Quando vou até a cozinha e pego a garrafa, sinto que Julia está se esforçando para não sorrir.

– Você esquece que eu conheço você – eu digo.

– Conhecia – ela corrige.

– Então me conte. O que andou fazendo nos últimos quinze anos? – Indico com a cabeça o quarto no fim do corredor. – Quer dizer, além de clonar a si mesma.

Um pensamento me ocorre e, antes que eu possa dizê-lo em voz alta, Julia responde.

– Meus irmãos todos viraram pedreiros, cozinheiros e encanadores. Meus pais queriam que as filhas fizessem faculdade, e imaginaram que fazer o último ano na Wheeler ia ajudar. Minhas notas eram boas o suficiente para conseguir uma bolsa parcial lá, mas as de Izzy, não. Meus pais só tinham dinheiro para mandar uma de nós para um colégio particular.

– E ela fez faculdade?

– Izzy se formou na Escola de Design de Rhode Island. Ela é designer de joias.

– Uma designer de joias cheia de fúria.

– Quando alguém parte seu coração, isso pode acontecer.

Nossos olhos se encontram, e Julia se dá conta do que disse.

– Ela se mudou para cá hoje.

Meus olhos examinam o apartamento, procurando um taco de hóquei, uma edição da *Sports Illustrated*, uma poltrona reclinável, qualquer coisa que indique a presença de um homem.

– É difícil se acostumar com outra pessoa morando com você? – pergunto.

— Eu estava morando sozinha antes de ela vir para cá, Campbell, se é isso que você quer saber — ela me olha por sobre a borda da taça de vinho. — E você?

— Eu tenho seis esposas, quinze filhos e um rebanho de carneiros.

Ela dá um sorrisinho.

— Pessoas como você sempre me fazem sentir que não estou trabalhando o suficiente.

— Ah, é, você é um tremendo desperdício de espaço no planeta. Fez direito em Harvard e agora é uma curadora ad litem com um coração de ouro...

— Como você sabe onde eu fiz faculdade?

— O juiz DeSalvo me contou — minto e ela acredita.

Eu me pergunto se Julia sente que nos separamos há instantes, e não há anos. Se estar sentada neste balcão comigo é tão natural para ela quanto é para mim. É como pegar uma partitura desconhecida e tentar tocá-la, para então perceber que é uma melodia que você conhece de cor, algo que sabe tocar sem nem tentar.

— Eu não achava que você ia virar curadora legal — admito.

— Nem eu — Julia sorri. — De vez em quando ainda fantasio que subo num palanque improvisado no meio de um parque público e começo a protestar contra a sociedade patriarcal. Mas, infelizmente, não é possível pagar aluguel com ideologia.

Ela me olha.

— Bom, eu também me enganei, pois achei que você já teria virado presidente dos Estados Unidos a essa altura.

— Eu traguei quando fumei maconha, ao contrário do Bill Clinton — confesso. — Precisei me contentar com menos. E você... bom, na verdade eu achei que você estaria morando numa casa enorme e sendo mãe de família, com um bando de filhos e um cara sortudo qualquer.

Julia balança a cabeça.

— Você deve estar me confundindo com a Kiki, a Lili ou a Dodó, ou sei lá como era o nome daquelas meninas da Wheeler.

— Não. Eu só achei que... eu podia ser esse cara.

Vem um silêncio pesado e viscoso.

— Você não quis ser esse cara — Julia diz após algum tempo. — Deixou isso bem claro.

Não é verdade, sinto vontade de dizer. Mas é claro que ela achou isso, já que, depois do que aconteceu, eu não quis mais saber dela. Já que, depois, agi como todos os outros.

– Você lembra... – eu começo.

– Eu lembro de tudo, Campbell – ela interrompe. – Se não lembrasse, isso aqui não seria tão difícil.

Meu pulso acelera tanto que Juiz se levanta e empurra o focinho contra o meu quadril, alarmado. Naquela época, eu acreditava que nada podia machucar Julia, que parecia tão livre. E torcia para ter tanta sorte quanto ela.

Mas me enganei em ambos os casos.

ANNA

NA NOSSA SALA DE ESTAR, temos uma prateleira inteira dedicada à história visual da nossa família. Lá estão as fotos de todos nós quando éramos bebês, algumas tiradas para o colégio e várias tiradas em férias, aniversários e datas especiais. Elas me fazem pensar em furos num cinto ou em marcas na parede de uma prisão – provas de que o tempo passou, de que não estamos todos nadando no limbo.

Há porta-retratos duplos e unitários, para fotos de tamanho 20 x 25 e 10 x 15 centímetros. Eles são feitos de madeira clarinha, madeira trabalhada, e um deles de mosaico de vidro, muito chique. Pego uma fotografia de Jesse – ele tem mais ou menos dois anos e usa uma fantasia de caubói. Ao ver essa foto, ninguém diria o que estava por vir.

Tem Kate com cabelo e Kate completamente careca; uma dela bebê, sentada no colo de Jesse; uma da minha mãe segurando os dois na beira de uma piscina. Há fotos minhas também, mas não muitas. Passo de bebê para cerca de dez anos num grande salto.

Talvez seja porque sou a terceira filha, e eles já estavam cansados de catalogar a vida. Talvez seja porque esqueceram.

Não é culpa de ninguém, e não é importante, mas mesmo assim é um pouco deprimente. Fotografias dizem: "Você estava feliz e eu quis guardar esse momento". Dizem: "Você era tão importante para mim que eu parei tudo que estava fazendo para ir observar você".

Meu pai liga às onze da noite para me perguntar se quero que ele venha me buscar.

– Sua mãe vai ficar no hospital – ele explica. – Mas, se você não quiser ficar sozinha em casa, pode dormir no quartel comigo.

– Não, tudo bem – eu digo. – Se eu precisar de alguma coisa, posso chamar o Jesse.

– Certo – diz meu pai. – O Jesse.

Nós dois fingimos que esse é um bom plano B.

– Como está a Kate? – pergunto.

– Ainda está muito confusa. Eles deram um monte de remédios para ela.

Ouço meu pai respirar fundo.

– Sabe, Anna... – ele começa, mas é interrompido por um alarme estridente. – Tenho que ir, meu bem.

Ele me deixa com os ouvidos cheios de silêncio.

Continuo segurando o telefone por um segundo, imaginando meu pai enfiando as botas e erguendo pelos suspensórios as calças esparramadas no chão. Imagino a porta do quartel gemendo como a caverna de Aladim e o caminhão saindo aos berros, com meu pai no banco do passageiro lá da frente. Toda vez que ele vai trabalhar, precisa apagar incêndios.

Pensar nisso era tudo que eu precisava para criar coragem. Pego um suéter, saio de casa e vou até a garagem.

Tinha um menino na minha escola, Jimmy Stredboe, que era o maior esquisito. Seu rosto era cheio de espinhas; ele tinha um rato de estimação chamado Annie, a Órfã; e uma vez, na aula de ciências, ele vomitou dentro do aquário. Ninguém nunca falava com ele, com medo de a esquisitice ser contagiosa. Mas, numa das férias de verão, ele descobriu que tinha esclerose múltipla. Depois disso, ninguém mais era malvado com o Jimmy. Se você passasse por ele no corredor, dava um sorriso. Se sentasse ao lado dele no refeitório, cumprimentava-o com a cabeça. Era como se ser uma tragédia ambulante tivesse anulado a esquisitice.

Desde que nasci, sou a menina com a irmã doente. A vida inteira ganhei pirulitos extras dos caixas do banco; os diretores da escola sempre sabem meu nome. Ninguém é abertamente malvado comigo.

Isso me faz imaginar como seria tratada se fosse igual a todo mundo. Talvez eu seja uma pessoa horrível, mas ninguém tem coragem de dizer isso na minha cara. Talvez todos achem que eu sou grossa, feia ou burra, mas têm que ser legais comigo, porque pode ser que as circunstâncias da minha vida tenham me deixado assim.

Isso me faz imaginar se o que estou fazendo agora mostra minha verdadeira natureza.

O farol de outro carro bate no retrovisor e ilumina como óculos de natação verdes ao redor dos olhos de Jesse. Ele dirige preguiçosamente, com um dos pulsos apoiado no volante. Precisa muito de um corte de cabelo.

– Seu carro está cheirando a fumaça – eu digo.

– É. Mas isso disfarça o cheiro de uísque derramado. – Seus dentes brilham no escuro. – Por quê? Está incomodando você?

– Mais ou menos.

Jesse estica o braço por cima de mim e abre o porta-luvas. Pega um maço de Merit e um Zippo, acende um e sopra fumaça na minha direção.

– Sinto muito – ele diz, mas é mentira.

– Me dá um?

– Um o quê?

– Um cigarro.

Eles são tão brancos que parecem cintilar.

– *Você* quer um cigarro? – Jesse dá uma gargalhada.

– Não estou brincando.

Ele ergue uma sobrancelha, então gira o volante tão bruscamente que eu acho que o jipe vai capotar. Vamos parar no acostamento, envoltos numa nuvem de poeira. Jesse acende a luz de dentro do carro e sacode o maço, fazendo um cigarro pular para fora.

O cigarro parece delicado demais entre os meus dedos, como o osso fino de um passarinho. Eu o seguro como penso que uma diva seguraria, entre o indicador e o dedo médio. Coloco-o nos lábios.

– Você precisa acender o cigarro primeiro – Jesse ri e acende o Zippo.

Não vou me aproximar da chama de jeito nenhum; provavelmente vou acabar incendiando meu cabelo em vez do cigarro.

– Acende pra mim – peço.

– Não. Se quiser aprender, tem que aprender tudo.

Jesse acende o isqueiro de novo. Eu encosto o cigarro na chama e puxo forte, como já vi Jesse fazer. Aquilo faz meu peito explodir, e eu tusso tanto que, por um minuto, chego a acreditar que estou sentindo o pulmão na base da garganta, rosa e esponjoso. Jesse morre de rir e tira o cigarro da minha mão antes que eu o derrube. Ele dá duas longas tragadas e o atira pela janela.

– Boa tentativa – diz.

Minha voz está cheia de areia.

– É que nem lamber uma churrasqueira.

Enquanto tento lembrar como respirar, Jesse volta para a rodovia.

– Por que você quis experimentar?

Dou de ombros.

– Por que não?

– Se quiser uma lista de más ações, posso fazer para você.

Eu não respondo, e Jesse me olha.

– Anna, o que você está fazendo não é errado.

A essa altura, já chegamos ao estacionamento do hospital.

– Mas também não é certo – observo.

Ele desliga o motor, mas não faz menção de sair do carro.

– Já pensou no dragão na entrada da caverna?

Eu aperto os olhos.

– Na minha língua, por favor.

– Bom, imagino que a mamãe esteja dormindo a cerca de um metro da Kate.

Que merda. Não é que eu ache que minha mãe vai me expulsar do quarto, mas certamente não vai me deixar sozinha com Kate, e no momento isso é o que eu mais quero na vida. Jesse me olha.

– Ver a Kate não vai fazer você se sentir melhor.

Não tem como explicar por que eu preciso saber que ela está bem, pelo menos por enquanto, embora eu tenha feito coisas que vão fazer com que isso deixe de ser verdade.

Mas, pelo menos uma vez, alguém parece compreender o que eu sinto. Jesse olha pela janela.

– Deixa comigo – ele diz.

Eu tinha onze anos e ela catorze, e nós estávamos treinando para entrar para o *Guinness*. Com certeza, jamais houvera no mundo duas irmãs que plantavam bananeiras simultaneamente e por tanto tempo que suas bochechas ficavam duras como ameixas e seus olhos não viam nada além de vermelho. Kate parecia uma fada, com longos braços e pernas; quando ela se inclinava no chão e erguia os pés no ar, era um movimento tão delicado quanto o de uma aranha andando na parede. Já eu desafiava a gravidade com bem menos graça.

Nós nos equilibrávamos em silêncio por alguns segundos.

– Queria que minha cabeça fosse mais chata – eu disse, sentindo as sobrancelhas caírem em direção ao chão. – Você acha que vai vir alguém aqui em casa cronometrar nosso tempo? Ou a gente grava uma fita e manda pelo correio?

– Eles devem explicar como é – disse Kate, dobrando os braços sobre o carpete.

– Você acha que a gente vai ficar famosa?

– De repente chamam a gente para ir ao *Today Show*. Eles chamaram aquele menino de onze anos que toca piano com os pés – ela respondeu, refletindo por um segundo. – A mamãe conhecia alguém que morreu esmagado por um piano que caiu de uma janela.

– Não é verdade. Por que alguém empurraria um piano pela janela?

– É verdade, sim. Pergunte para ela. E eles não estavam empurrando para fora, estavam empurrando para *dentro*. – Ela cruzou as pernas contra a parede, o que a fez parecer estar sentada de cabeça para baixo. – Qual você acha que é o melhor jeito de morrer?

– Não quero falar nisso.

– Por quê? Eu estou morrendo. E *você* está morrendo.

Quando franzi as sobrancelhas, Kate insistiu:

– Está, sim – e então sorriu. – Eu só sou melhor do que você nisso.

– Essa é uma conversa idiota – eu disse, já sentindo a pele coçar em lugares que jamais conseguiria alcançar.

– Talvez num acidente de avião – Kate refletiu. – Ia ser uma droga quando você percebesse que estava caindo... mas depois que acontecesse você ia virar pó. Por que será que as pessoas se evaporam, mas eles encontram roupas penduradas nas árvores e a caixa-preta?

Minha cabeça estava começando a latejar.

– Cala a boca, Kate.

Ela rastejou parede abaixo e se sentou, com o rosto vermelho.

– Você pode bater as botas dormindo, mas isso é meio entediante.

– Cala a boca! – repeti, zangada por só termos conseguido ficar ali por vinte e dois segundos, porque agora teríamos de tentar o recorde mundial de novo. Plantei bananeira mais uma vez e tentei tirar um tufo de cabelo do rosto.

– As pessoas normais não ficam pensando na morte, sabia? – eu disse.

– Mentirosa. Todo mundo pensa na morte.

– Todo mundo pensa na *sua* morte.

Ficou tudo tão parado que me perguntei se devíamos tentar outro recorde – quanto tempo duas irmãs conseguem ficar sem respirar?

Então, um sorrisinho torto surgiu no rosto de Kate.

– Bom – ela disse –, pelo menos agora você está falando a verdade.

Jesse me dá uma nota de vinte dólares para que eu pegue um táxi para casa, porque esse é o único problema no plano dele – depois que nós o pusermos em prática, ele não vai poder dirigir de volta. Vamos de escada, e não de elevador, até o oitavo andar, porque assim saímos atrás da mesa das enfermeiras, e não na frente. Jesse me enfia num armário cheio de travesseiros de plástico e lençóis estampados com o nome do hospital.

– Espere – eu digo quando ele está prestes a ir embora. – Como vou saber a hora certa?

Ele dá risada.

– Você vai saber, pode ter certeza.

Jesse tira uma garrafinha prateada do bolso – uma que meu pai ganhou do chefe e acha que perdeu há três anos –, desenrosca a tampa e derrama uísque na camiseta. Depois, começa a andar pelo corredor. Bem, *andar* é modo de dizer – ele bate nas paredes como uma bola de sinuca e derruba um carrinho de limpeza.

– Mãe! – ele grita. – Mãe, cadê você?

Ele não está bêbado, mas sabe fingir bem pra caramba. Aquilo me faz pensar em todas as vezes que olhei pela janela do meu quarto no meio da madrugada e o vi vomitando nas azaleias – vai ver aquilo era fingimento também.

As enfermeiras saem correndo da mesa como abelhas da colmeia, tentando controlar um menino que tem metade da idade delas e três vezes mais força, e que naquele instante agarra a prateleira mais alta de uma estante cheia de lençóis e puxa, fazendo um estrondo tão grande que ecoa em meus ouvidos. Botões começam a acender atrás da mesa das enfermeiras como o painel de uma telefonista, mas as três moças do turno da noite estão fazendo o que podem para segurar Jesse enquanto ele chuta o ar e tenta se soltar.

A porta do quarto de Kate se abre, e minha mãe sai de lá de dentro, sonolenta. Ela vê Jesse e, por um segundo, seu rosto congela com a compreensão de que as coisas *podem* ficar piores. Jesse gira a cabeça na direção dela como um touro e suas feições derretem.

– Oi, mãe – ele cumprimenta com um sorriso mole.

– Eu sinto muito – minha mãe diz para as enfermeiras.

Ela fecha os olhos enquanto Jesse tenta se endireitar e a envolve com seus braços molengos.

– Tem café na lanchonete – sugere uma das enfermeiras.

Minha mãe está constrangida demais para responder. Apenas anda na direção dos elevadores com Jesse agarrado a ela como um mexilhão no casco enferrujado de um barco, e aperta sem parar o botão para descer, na vã esperança de que aquilo faça as portas se abrirem mais rápido.

Quando eles somem dali, fica quase fácil demais. Algumas das enfermeiras correm para ver os pacientes que as chamaram; outras sentam atrás da mesa de novo, falando baixinho sobre Jesse e minha pobre mãe como se aquilo fosse um esporte. Elas nem olham para mim quando saio do armário, atravesso o corredor pé ante pé e entro no quarto da minha irmã.

Houve um Dia de Ação de Graças em que Kate não estava no hospital e nós conseguimos fingir que éramos uma família normal. Vimos o desfile na televisão, em que um balão gigante foi arrastado por um vento inesperado e acabou enroscado num sinal de trânsito de Nova York. Fizemos o molho do peru em vez de comprar pronto. Minha mãe levou o ossinho da sorte para a mesa e disputamos para ver quem teria o direito de quebrá-lo. Kate e eu ganhamos. Antes que eu pudesse agarrar o ossinho, minha mãe se aproximou e sussurrou no meu ouvido:

– Você *sabe* o que desejar.

Então fechei os olhos com força e pensei sem parar em Kate ficando boa, embora tivesse planejado pedir um aparelho de som só para mim, e senti uma satisfação perversa por não ter ficado com a parte maior do osso no fim das contas.

Depois do almoço, meu pai nos levou para o jardim para brincar de dois contra dois no futebol americano, enquanto minha mãe lavava a louça. Quando ela foi lá para fora, eu e Jesse já havíamos feito dois pontos.

– Por favor, me digam que estou tendo uma alucinação – ela disse.

E não precisou dizer mais nada – todos nós já tínhamos visto Kate cair como uma criança normal e acabar sangrando incontrolavelmente como uma criança doente.

– Ah, Sara – meu pai aumentou o brilho do seu sorriso. – A Kate está no meu time. Não vou deixar ninguém machucá-la.

Ele se aproximou da minha mãe como um galã de cinema e a beijou tão devagar e por tanto tempo que minhas bochechas começaram a queimar, porque eu tinha certeza de que os vizinhos iam ver. Quando ele se afastou, os olhos dela estavam com um tom que eu jamais vira antes e acho que nunca mais vi.

– Confie em mim – ele disse, atirando a bola para Kate.

Lembro que, nesse dia, a gente sentava no chão e sentia que ele estava gelado – o primeiro sinal do inverno. Lembro de ser marcada pelo meu pai, que sempre se controlava para não jogar seu peso em cima de mim, mas apenas me esquentar com o calor de seu corpo. Lembro da minha mãe, torcendo com a mesma intensidade por ambos os times.

E lembro que joguei a bola para Jesse, mas Kate se meteu no meio – e da expressão de choque absoluto em seu rosto quando a bola aterrissou em seus braços e o papai gritou para ela fazer o touchdown. Kate saiu correndo e quase chegou lá, mas Jesse deu um salto e a atirou no chão, esmagando seu corpo debaixo do dele.

Naquele instante, tudo parou. Kate ficou com as pernas e os braços esparramados, imóvel. Meu pai chegou lá num segundo e empurrou Jesse.

– Como você foi fazer isso?! – ele gritou.

– Eu esqueci!

– Onde está doendo? Você consegue sentar? – minha mãe perguntou.

Mas, quando Kate se virou, ela estava sorrindo.

– Não está doendo nada. Foi maravilhoso.

Meus pais se entreolharam. Nenhum deles entendeu, apenas eu e Jesse – nós sabíamos que, não importa quem você seja, sempre há uma parte de você que deseja ser outra pessoa; e quando, por um milésimo de segundo, esse desejo se realiza, é como se fosse um milagre.

– Ele esqueceu – Kate disse para ninguém e ficou deitada de costas, sorrindo radiante para o sol frio e redondo.

Quartos de hospital nunca ficam no escuro; sempre há um painel aceso atrás da cama para o caso de uma catástrofe, como um farol para os enfermeiros e os médicos encontrarem o caminho. Já vi Kate em camas como esta centenas de vezes, embora os fios e os tubos mudem. Ela sempre parece menor do que eu me lembro.

Sento na cama o mais devagar que posso. As veias do pescoço e do peito de Kate são como as linhas de um mapa, estradas que não levam a lugar nenhum. Imagino que consigo ver as malditas células da leucemia passando pelo sistema dela como um rumor.

Quando Kate abre os olhos, quase caio da cama. É um momento *O exorcista*.

– Anna? – ela diz, olhando para mim.

Eu não a vejo tão assustada desde que éramos pequenas, quando Jesse nos convenceu de que um velho fantasma indígena aparecera para exigir de volta os ossos que haviam sido enterrados por engano debaixo da nossa casa.

Se você tem uma irmã e ela morre, você para de dizer que tem uma? Ou você sempre será uma irmã, mesmo quando a outra metade da equação desaparecer?

Deito na cama estreita, mas grande o suficiente para nós duas. Pouso a cabeça em seu peito, tão perto do cateter venoso central que posso ver o líquido entrando em seu corpo. Jesse está errado. Eu não vim ver Kate para me sentir melhor – vim porque, sem ela, é difícil lembrar quem eu sou.

QUINTA-FEIRA

Você, se fosse sensato,
Quando eu lhe digo que as estrelas reluzem sinais,
  todos terríveis,
Não se voltaria e diria:
"A noite é maravilhosa".

                   – D. H. Lawrence, "Under the Oak"

Brian

A PRINCÍPIO, NUNCA SABEMOS se o incêndio vai ser do tipo que esquenta muito ou do tipo que faz muita fumaça. Às 2h46 da madrugada de ontem, as luzes do andar de cima se acenderam. O alarme soou também, mas devo confessar que nunca o escuto direito. Em dez segundos eu já estava vestido, saindo do meu dormitório no quartel. Em vinte segundos, estava vestindo a roupa de proteção, puxando os longos suspensórios elásticos e enfiando a jaqueta. Dois minutos depois, César já estava dirigindo o caminhão pelas ruas de Upper Darby; Paulie e Red eram os responsáveis pela mangueira e pelo hidrante e estavam na parte de trás do veículo.

Após algum tempo, a consciência das coisas veio surgindo em pequenos lampejos: lembramos de verificar nosso equipamento de respiração; colocamos as luvas; a atendente ligou para falar que a casa ficava da Rua Hoddington e que parecia ser um incêndio de estrutura ou um incêndio de conteúdo.

– Vire à esquerda aqui – eu disse a César, pois a Hoddington fica a apenas oito quarteirões de onde eu moro.

A casa parecia a boca de um dragão. César fez a volta mais larga que pôde, para permitir que eu visse três dos lados. Depois, saímos do caminhão e ficamos olhando por um segundo, quatro Davis contra um Golias.

– Prepare uma mangueira de seis centímetros de diâmetro – eu disse a César, que estava cuidando dessa parte ontem à noite.

Uma mulher veio correndo na minha direção aos soluços, com três crianças segurando a barra de sua camisola.

– Mi hija! – ela gritou, apontando. – Mi hija!

– Donde está? – perguntei, ficando bem na sua frente, para que ela não pudesse ver nada além do meu rosto. – Cuantos años tiene?

Ela apontou para uma janela no segundo andar.

– Tres – exclamou.

– Capitão, estamos prontos! – César gritou.

Ouvi a sirene de um segundo caminhão se aproximar – eram os caras da reserva, que vieram nos ajudar.

– Red, abra um buraco no lado nordeste do telhado. Paulie, coloque a água no hidrante e jogue lá quando ela tiver um lugar para ir. Tem uma menina no segundo andar. Vou ver se consigo chegar lá.

Não é fácil como no cinema, uma cena para o herói ganhar o Oscar. Se eu entrasse ali e as escadas não existissem mais... se a estrutura ameaçasse desabar... se a temperatura do lugar estivesse tão alta que tudo se tornasse inflamável e houvesse risco de uma explosão súbita... eu teria de me afastar e mandar meus homens se afastarem também. A segurança da equipe de resgate é sempre uma prioridade maior do que a segurança da vítima.

Sempre.

Eu sou um covarde. Às vezes meu turno já acabou, mas eu fico no quartel enrolando as mangueiras, ou fazendo café novo para a equipe que vai chegar, em vez de ir direto para casa. Já me perguntei muitas vezes por que consigo descansar melhor num lugar onde, em geral, sou arrancado da cama duas ou três vezes por noite. Acho que é porque, no quartel dos bombeiros, eu não preciso me preocupar com emergências – elas são normais. No segundo em que passo pela porta de casa, fico temendo o que vai acontecer em seguida.

Quando Kate estava na segunda série, fez um desenho de um bombeiro com uma auréola acima do capacete e disse para a classe que só iam me deixar entrar no paraíso, pois, se eu fosse para o inferno, ia apagar todas as chamas.

Eu ainda tenho esse desenho.

Quebro uma dúzia de ovos numa tigela e começo a batê-los freneticamente. O bacon já está estalando na frigideira; a grelha está esquentando à espera das panquecas. Os bombeiros comem juntos – ou pelo menos tentam, antes que o alarme soe. Esse café da manhã vai ser uma recompensa para os caras da minha equipe, que ainda estão no chuveiro tentando tirar da pele as lembranças da noite de ontem. Ouço passos atrás de mim.

– Puxe uma cadeira – digo por cima do ombro. – Já está quase pronto.

– Ah, obrigada, mas não precisa – diz uma voz feminina. – Não quero incomodar.

Eu me viro, brandindo a espátula. Ver uma mulher aqui é surpreendente; antes das sete da manhã, é mais estranho ainda. Ela é pequena, com cabelos revoltos que me fazem pensar num incêndio na floresta. Seus dedos estão cobertos por anéis de prata brilhantes.

– Capitão Fitzgerald, meu nome é Julia Romano. Sou a curadora ad litem designada para o caso da Anna.

Sara me falou dela – é a mulher que o juiz vai consultar na hora da verdade.

– O cheiro está ótimo – ela diz, sorrindo.

Ela se aproxima e tira a espátula da minha mão.

– Não consigo ver alguém cozinhar sem ajudar, é uma anormalidade genética.

Eu a observo abrir a geladeira e remexer seu conteúdo. Para minha surpresa, ela pega um pote de raiz-forte.

– Espero que você tenha alguns minutos para conversar comigo.

– Claro.

Raiz-forte?

Ela coloca uma boa quantidade daquele troço nos ovos, depois pega raspas de laranja e chili em pó na prateleira dos condimentos e polvilha isso também.

– Como está a Kate?

Coloco uma porção de massa de panqueca na grelha e a observo borbulhar. Quando viro a massa, ela está toda dourada e cremosa. Já falei com Sara esta manhã. Kate passou uma noite tranquila, Sara não. Mas foi por causa de Jesse.

Durante um incêndio de estrutura, há um momento em que você sabe que vai vencer ou ser vencido. Você vê o teto prestes a desabar, a escada se consumindo e o carpete sintético grudado na sola das suas botas. A soma das partes impressiona, e é aí que você retrocede e se força a lembrar que todo incêndio vai acabar apagando sozinho, mesmo sem a sua ajuda.

Ultimamente, ando apagando seis incêndios ao mesmo tempo. Olho para frente e vejo Kate doente. Olho para trás e vejo Anna com seu advogado. Jesse ora está bebendo até cair, ora está doidão. Sara tenta se agarrar com todas as forças, mas vê a corda lhe escapar. E eu estou seguro, com todo o meu equipamento. Tenho dúzias de ganchos, ferros e estacas – ferramentas feitas para destruir. Mas o que preciso é de algo que nos mantenha unidos.

– Capitão Fitzgerald... *Brian!*

A voz de Julia Romano me arranca de dentro da minha cabeça, e me vejo numa cozinha se enchendo rapidamente de fumaça. Ela estica o braço na minha frente e tira da grelha a panqueca que está queimando.

– Meu Deus! – eu exclamo, jogando na pia o disco de carvão que já foi uma panqueca, onde ele chia para mim. – Desculpe.

Assim como "Abre-te, sésamo", essa palavrinha muda o clima.

– Que bom que ainda temos os ovos – diz Julia Romano.

Quando você está dentro de uma casa em chamas, seu sexto sentido aparece. Você não vê nada, por causa da fumaça. Não ouve nada, pois o fogo ruge alto. E não pode encostar em nada, pois isso seria seu fim.

À minha frente, Paulie controlava o esguicho da mangueira. Havia uma fileira de bombeiros ajudando-o; uma mangueira cheia de água é pesada e difícil de erguer. Subimos devagar a escada, que ainda estava intacta, tentando fazer o fogo sair pelo buraco que Red abrira no teto. Como qualquer animal enjaulado, o fogo tem o instinto natural de escapar.

Coloquei as mãos e os joelhos no chão e comecei a engatinhar pelo corredor. A mãe me dissera que era a terceira porta à esquerda. O fogo foi ondulando pelo outro lado do teto, correndo para o buraco. A água começou a atacar, e uma fumaça branca engoliu os outros bombeiros.

A porta do quarto da criança estava aberta. Entrei gritando o seu nome. Uma figura maior perto da janela me atraiu como um ímã, mas era apenas um bicho de pelúcia daqueles grandes. Olhei dentro dos armários e embaixo da cama, mas não havia ninguém lá.

Voltei de ré para o corredor e quase tropecei na mangueira, da espessura de um punho fechado. Um ser humano pensa; um incêndio, não. Um incêndio segue um trajeto específico; uma criança pode não fazer isso. Para onde eu iria se estivesse morrendo de medo?

Sem perder tempo, comecei a enfiar a cabeça dentro dos outros quartos. Um era todo rosa, um quarto de bebê. Outro tinha carrinhos espalhados pelo chão e um beliche. Outro não era um quarto, mas um closet. A suíte ficava do outro lado da escada.

Se eu fosse criança, ia querer minha mãe.

Ao contrário dos outros quartos, neste havia uma fumaça grossa e negra saindo pela fresta de baixo da porta. O fogo abrira um buraco ali. Abri a porta, sabendo que ia deixar o ar entrar, sabendo que era a coisa errada a fazer, e também minha única escolha.

Como eu previra, a linha de fumaça se incendiou e as chamas tomaram o buraco da porta. Eu as atravessei como um touro, sentindo as brasas choverem na parte de trás do meu capacete e da minha jaqueta.

– Luisa! – gritei.

Fui tateando pelo quarto e encontrei o armário. Bati com força e gritei o nome dela de novo.

Foi muito leve, mas alguém definitivamente bateu de volta.

– Nós tivemos sorte – eu digo a Julia Romano, embora essas provavelmente sejam as últimas palavras que ela esperaria ouvir de mim. – A irmã de Sara cuida das crianças quando temos que passar muito tempo no hospital. Nos períodos mais curtos, a gente reveza. A Sara fica com a Kate uma noite e eu fico em casa com os outros dois, ou vice-versa. Está mais fácil agora. Eles já têm idade para se cuidar sozinhos.

Ela anota algo em seu caderninho quando eu digo isso, o que me faz remexer na cadeira. Anna só tem treze anos – será que é nova demais para ficar em casa sozinha? A assistência social pode dizer que sim, mas Anna é diferente. Ela já virou adulta faz tempo.

– Você acha que a Anna está bem? – Julia pergunta.

– Eu acho que ela não teria iniciado esse processo se estivesse – respondo, e então hesito antes de continuar. – A Sara acha que ela quer atenção.

– O que *você* acha?

Pego uma garfada de ovos para ganhar tempo. A raiz-forte ficou surpreendentemente gostosa. Realça o gosto da laranja. Eu digo isso a Julia Romano.

Ela dobra o guardanapo ao lado do prato.

– Você não respondeu minha pergunta, sr. Fitzgerald.

– Não acho que seja tão simples assim. – Coloco os talheres cuidadosamente sobre a mesa. – Você tem irmãos ou irmãs?

– Os dois. Seis irmãos mais velhos e uma irmã gêmea.

Solto um assobio.

– Seus pais devem ter muita paciência.

Ela dá de ombros.

— Eles são bons católicos. Também não sei como conseguiram, mas nenhum de nós foi deixado de lado.

— Você sempre achou isso? – pergunto. – Ou, quando era criança, já sentiu que eles tinham um filho preferido?

O rosto dela se contrai, só um pouquinho, e eu me sinto mal por fazê-la se expor.

— Todo mundo sabe que a gente deve amar os filhos igualmente, mas nem sempre é assim que acontece – eu explico, me levantando. – Você tem mais um tempinho? Gostaria de apresentá-la a alguém.

No inverno passado, recebemos um chamado de emergência num dia congelante, por causa de um cara que vivia numa estrada rural. O homem que ele havia contratado para tirar neve da entrada de sua casa o encontrara e ligara para o resgate. Aparentemente, o cara tinha saído do carro na noite anterior, escorregado e congelado sobre o solo. O homem que viera limpar a entrada quase passou por cima dele, achando que era um monte de neve.

Quando chegamos ao local, ele já estava ali fazia quase oito horas e era um cubo de gelo sem batimentos cardíacos. Seus joelhos estavam dobrados; lembro disso porque, quando finalmente conseguimos desgrudá-lo do chão e colocá-lo na maca, ali ficaram eles, espetados para cima. Aumentamos o aquecimento da ambulância, levamos o cara lá para dentro e começamos a cortar suas roupas. Quando os papéis necessários para transferi-lo para o hospital ficaram prontos, o cara já estava sentado na maca, conversando com a gente.

Estou contando isso para mostrar que, apesar do que se pensa, milagres às vezes acontecem.

É clichê, mas eu virei bombeiro porque queria salvar pessoas. Por isso, no momento em que passei pela porta em chamas com Luisa nos braços, quando a mãe dela nos viu e caiu de joelhos, eu sabia que tinha feito meu trabalho, e bem. A menina se deitou ao lado do paramédico do segundo caminhão, que colocou um soro em seu braço e uma máscara de oxigênio em seu rosto. Luisa estava tossindo, assustada, mas ia ficar bem.

O incêndio estava quase apagado. Os caras estavam lá dentro, salvando o que podiam e extinguindo as últimas chamas. A fumaça fez descer um véu sobre o céu noturno; eu não conseguia distinguir nem uma estrela na constelação de Escorpião. Tirei as luvas e passei as mãos nos olhos, que iam arder por horas.

— Bom trabalho — eu disse a Red enquanto ele enrolava a mangueira.

— Bom salvamento, capitão — ele respondeu.

É claro que teria sido melhor se Luisa estivesse em seu quarto, como sua mãe havia dito. Mas as crianças não ficam onde deveriam estar. Você se vira e a encontra não no quarto, mas escondida num armário; se vira e ela não tem mais três anos, mas treze. Ser pai é apenas uma questão de seguir as pegadas dos filhos, torcendo para que eles não se afastem tanto que você não consiga mais ver seus passos.

Tirei o capacete e alonguei os músculos do pescoço. Olhei para aquela estrutura que já tinha sido uma casa. Subitamente, senti dedos se enroscarem em minha mão. A mulher que morava ali estava na minha frente com lágrimas nos olhos. Sua filha mais nova ainda estava em seus braços; os outros estavam sentados no caminhão, sob a supervisão de Red. Sem dizer nada, ela ergueu os meus dedos até os lábios. Um pouco de fuligem saiu da minha jaqueta e sujou sua bochecha.

— De nada — eu disse.

Quando voltávamos ao quartel, pedi que César pegasse o caminho mais longo, para que pudéssemos passar pela rua onde moro. O jipe de Jesse estava diante da casa; as luzes lá dentro estavam apagadas. Imaginei Anna com as cobertas até o queixo, como sempre, e a cama de Kate vazia.

— Tudo bem, Fitz? — César perguntou.

O caminhão mal se movia, e quase parou bem em frente à minha calçada.

— Tudo bem — eu disse. — Vamos nessa.

Eu virei bombeiro porque queria salvar pessoas. Mas devia ter sido mais específico. Devia ter dado nome aos bois.

Julia

O carro de Brian Fitzgerald é cheio de estrelas. Há cartas celestes no banco do passageiro e tabelas enfiadas no espaço entre nós; o banco de trás está repleto de cópias de nebulosas e planetas.

– Desculpe – ele diz, ficando vermelho. – Não estava esperando visitas.

Eu o ajudo a arrumar um espaço para mim e pego um mapa cheio de pontinhos.

– O que é isso? – pergunto.

– Um atlas celeste. – Ele dá de ombros. – É meio que um hobby meu.

– Quando eu era pequena, tentei batizar cada estrela do céu em homenagem a um dos meus parentes. O assustador é que, quando finalmente caí no sono, os nomes ainda não tinham acabado.

– A Anna foi batizada em homenagem a uma galáxia – ele diz.

– Isso é muito mais legal do que ter nome de santo – eu reflito. – Uma vez, perguntei para minha mãe por que as estrelas brilham. Ela disse que eram faróis para que os anjos encontrassem o caminho no céu. Mas, quando perguntei ao meu pai, ele começou a falar em gases, então eu juntei tudo e concluí que a comida que Deus servia levava os anjos a ir ao banheiro várias vezes no meio da noite.

Brian dá uma gargalhada.

– E eu tentando explicar para os meus filhos o que é fusão atômica.

– Deu certo?

Ele pensa por um instante.

– Eles provavelmente sabem encontrar o Grande Carro de olhos fechados.

– Isso é impressionante. As estrelas todas me parecem iguais.

– Não é tão difícil. Você encontra uma parte de uma constelação, como o cinturão de Órion, e logo fica mais fácil encontrar a Rígel no pé dele e a Betelgeuse no ombro. – Ele hesita. – Mas noventa por cento do universo é feito de coisas que a gente não consegue ver.

– Então como você sabe que elas existem?

Ele desacelera o carro e para no sinal vermelho.

– A matéria escura exerce um efeito gravitacional em outros objetos. Não dá para vê-la, não dá para senti-la, mas dá para observar algo sendo puxado em sua direção.

Ontem à noite, dez segundos depois que Campbell foi embora, Izzy apareceu na sala, onde eu estava prestes a ter um daqueles ataques de choro revigorantes que toda mulher deveria experimentar pelo menos uma vez a cada ciclo lunar.

– É – ela disse secamente. – Estou vendo que essa é uma relação totalmente profissional.

Fiz uma careta para ela.

– Você estava ouvindo atrás da porta?

– Não tenho culpa se você e o Romeu estavam tendo uma conversinha num apartamento com paredes finas.

– Se você tem algo a dizer, diga logo – sugeri.

– Eu? – Izzy franziu o cenho. – Ei, isso não é da minha conta, é?

– Não, não é.

– Pronto. Então eu vou guardar minha opinião para mim.

Revirei os olhos.

– Fale logo, Isobel.

– Achei que você nunca ia pedir – disse Izzy, sentando ao meu lado no sofá. – Sabe, Julia, da primeira vez que um inseto vê aquela luz roxa que dá choque, ele pensa que é Deus. Da segunda vez, ele corre na direção contrária.

– Em primeiro lugar, não me compare com um mosquito. Em segundo lugar, ele *voa* na direção contrária, não corre. Em terceiro lugar, *não tem* segunda vez. O inseto morreu.

Izzy riu.

– Você é uma perfeita advogada mesmo.

– Não vou deixar o Campbell me matar eletrocutada.

– Então peça transferência.

– Eu não estou na Marinha – abracei uma das almofadas do sofá. – E não posso fazer isso, não agora. Ele vai achar que eu sou tão fraca que não consigo conciliar minha vida profissional com um... incidente bobo da minha adolescência.

– E não consegue mesmo – Izzy balançou a cabeça. – Ele é um babaca egoísta que vai triturar você e cuspir fora. E você tem um péssimo histórico de se apaixonar por cafajestes dos quais deveria sair correndo. E eu não estou a fim de ficar parada ouvindo você tentar se convencer de que não sente mais nada pelo Campbell Alexander quando, na verdade, passou os últimos quinze anos tentando preencher o vazio que ele deixou em você.

Encarei minha irmã.

– Uau.

Ela deu de ombros.

– Parece que eu tinha bastante a dizer, no fim das contas.

– Você odeia *todos* os homens ou só o Campbell?

Izzy pareceu ponderar durante algum tempo.

– Só o Campbell – disse finalmente.

O que eu queria, naquele momento, era estar sozinha na minha sala para poder atirar longe coisas como o controle remoto, o vaso de vidro ou de preferência minha irmã. Mas não podia expulsar Izzy de um lugar para onde ela se mudara havia apenas algumas horas. Fiquei de pé e peguei minhas chaves no balcão da cozinha.

– Vou sair – eu disse. – Não me espere.

Eu não sou de sair muito, o que explica por que jamais tinha ido ao Shakespeare's Cat, embora ele fique a apenas quatro quarteirões do meu apartamento. O bar estava escuro e cheio de gente, e cheirava a patchuli e cravo-da-índia. Fui me espremendo entre as pessoas para conseguir entrar, pulei num dos banquinhos do balcão e sorri para o homem sentado ao meu lado.

Eu estava a fim de dar uns amassos na última fileira do cinema com alguém que nem soubesse meu nome. Queria que três caras brigassem pela honra de me pagar um drinque.

Queria mostrar a Campbell Alexander o que ele estava perdendo.

O homem ao meu lado tinha olhos azul-celeste, cabelos negros presos num rabo de cavalo e um sorriso igual ao do Cary Grant. Ele me cumprimentou educadamente com a cabeça, então se virou para o outro lado e começou a beijar um senhor de cabelos brancos. Olhei em volta e percebi o que havia me escapado ao entrar: o bar estava cheio de homens solteiros – mas eles estavam dançando, flertando e beijando uns aos outros.

– O que você quer beber? – perguntou o barman, de cabelos espetados fúcsia e um anel de touro atravessado no nariz.

– Isso aqui é um bar gay?

– Não, é o clube dos oficiais do Exército. Quer beber alguma coisa ou não?

Apontei para a garrafa de tequila acima do ombro dele e ele foi pegar o copo apropriado. Remexi a bolsa e tirei uma nota de cinquenta dólares.

– Pode me dar tudo. – Olhando para a garrafa à minha frente, franzi a testa. – Aposto que o Shakespeare nem tinha gato.

– Nossa, quem pisou no seu calo? – o barman perguntou.

Apertei os olhos e o avaliei melhor.

– Você não é gay.

– Claro que sou.

– Baseado no meu histórico, se você fosse gay, eu provavelmente teria me sentido atraída por você. Mas...

Olhei para o casal ocupado ao meu lado e dei de ombros. O *barman* ficou branco e me devolveu a nota de cinquenta, que enfiei de volta na carteira.

– Quem disse que amigos não se compram? – murmurei.

Três horas depois, eu era a única pessoa ali além do Sete, que era como o barman passara a se chamar desde agosto, após decidir deixar para trás qualquer rótulo sugerido por seu antigo nome, Neil. Sete não significava absolutamente nada, ele me disse, e era assim mesmo que ele gostava.

– Talvez eu devesse virar Seis – eu disse quando cheguei ao fim da garrafa de tequila. – E você podia virar Nove.

Sete terminou de empilhar copos vazios.

– Chega. Você não pode beber mais.

– Ele costumava me chamar de minha joia – eu disse, e aquilo foi o suficiente para me fazer cair em prantos.

Uma joia nada mais é que uma pedra sob intenso calor e enorme pressão. Coisas extraordinárias sempre se escondem em lugares onde as pessoas nunca pensam em procurar.

Mas Campbell havia procurado. E depois me abandonou, me fazendo lembrar que o que encontrara não valia o tempo ou o esforço.

– Eu já tive cabelo rosa – contei a Sete.

– Eu já tive um emprego de verdade – ele respondeu.

– O que aconteceu?

Ele deu de ombros.

– Pintei meu cabelo de rosa. O que aconteceu com você?

– Deixei o meu crescer – respondi.

Sete limpou uns respingos que eu derramara sem notar.

– Ninguém nunca quer o que tem – ele disse.

Anna está sentada sozinha à mesa da cozinha, comendo uma tigela de cereal Golden Grahams. Seus olhos se arregalam, pois ela fica surpresa ao me ver com seu pai, mas isso é tudo que deixa transparecer.

– Teve incêndio ontem, não foi? – ela pergunta, cheirando o ar.

Brian atravessa a cozinha e lhe dá um abraço.

– Um bem grande.

– Foi o incendiário? – ela pergunta.

– Duvido. Ele escolhe lugares vazios, e esse tinha uma criança dentro.

– Que você salvou – ela adivinha.

– Pode crer. – Ele olha para mim. – Pensei em levar a Julia lá no hospital. Quer vir?

Anna olha para sua tigela.

– Não sei.

– Ei – Brian ergue o queixo da filha. – Ninguém vai impedir você de ver a Kate.

– Mas ninguém vai gostar muito de me ver por lá – ela diz.

O telefone toca e Brian atende. Ele ouve por alguns instantes e depois sorri.

– Que ótimo. Isso é muito bom. Sim, claro que eu vou para aí. – Ele entrega o telefone para Anna. – Sua mãe quer falar com você.

Brian pede licença e sobe para trocar de roupa.

Anna hesita, mas logo enrosca a mão no telefone. Seus ombros arqueiam, formando um pequeno cubículo de privacidade.

– Alô? – ela diz, e então sua voz fica mais suave. – É mesmo? Foi?

Algum tempo depois, Anna desliga. Ela senta, come mais uma colherada de cereal e depois afasta a tigela.

– Era sua mãe? – pergunto, sentando à sua frente.

– Era. A Kate acordou.

– Que boa notícia.

– Acho que sim.

Ponho os cotovelos sobre a mesa.

– Por que *não* seria uma boa notícia?

Mas Anna não responde a minha pergunta.

– Ela perguntou onde eu estava.

– Sua mãe?

– Não, a Kate.

– Você já conversou com ela sobre o processo, Anna?

Ignorando-me, Anna pega a caixa de cereal e começa a desenrolar o plástico de dentro.

– Está murcho – ela diz. – Ninguém nunca tira todo o ar de dentro nem fecha o plástico direito.

– *Alguém* já disse a Kate o que está acontecendo?

Anna empurra a tampa da caixa para enfiar a aba de papelão no lugar certo, em vão.

– Eu nem *gosto* de Golden Grahams.

Ela tenta de novo e a caixa cai de suas mãos, esparramando todo o conteúdo pelo chão.

– Droga!

Anna vai para debaixo da mesa e tenta reunir o cereal derramado.

Vou para o chão também e a observo enfiar punhados de volta dentro do plástico. Ela não olha para mim.

– A gente pode comprar mais para Kate antes que ela volte para casa – digo gentilmente.

Anna para e ergue o olhar. Sem o véu daquele segredo, ela parece muito mais nova.

– Julia, e se ela me odiar?

Coloco um tufo de cabelo atrás da orelha de Anna.

– E se não odiar?

– A questão – Sete explicou a noite passada – é que a gente nunca se apaixona pelas pessoas certas.

Fiquei intrigada o suficiente para reunir o esforço necessário para desgrudar o rosto do balcão e olhei para ele.

– Não sou só eu?

– Claro que não. – Ele pousou uma pilha de copos limpos no balcão. – Pense bem: Romeu e Julieta desafiaram o sistema, e olha no que deu. O Super-Homem é a fim da Lois Lane, mas a melhor parceira para ele obviamente seria a Mulher Maravilha. O Dawson e a Joey... preciso dizer mais alguma coisa? E nem me fale do Charlie Brown e daquela menininha ruiva.

– E você?

Sete deu de ombros.

– Como eu falei, acontece com todo mundo. – Ele apoiou os cotovelos no balcão e se aproximou tanto que pude ver as raízes escuras de seu cabelo magenta. – Comigo, foi uma pessoa chamada Tília.

– Eu também terminaria com alguém que tivesse nome de árvore – eu disse, solidária. – Era homem ou mulher?

Sete deu um sorrisinho.

– Você nunca vai saber.

– E o que fez essa pessoa ser errada para você?

Ele suspirou.

– Bom, ela...

– Ahá! Você disse "ela"!

Sete revirou os olhos.

– Sim, detetive Julia. Você me tirou do armário aqui neste estabelecimento gay. Está feliz?

– Não particularmente.
– Mandei a Tília de volta para a Nova Zelândia. O visto dela expirou. Ou ela voltava, ou a gente casava.
– O que havia de errado com ela?
– Absolutamente nada – ele confessou. – Ela limpava a casa como uma fada, nunca me deixava lavar um prato, ouvia tudo que eu tinha a dizer e era um furacão na cama. Ela era louca por mim e, acredite ou não, eu era o homem da vida dela. Era noventa e oito por cento perfeito.
– E os outros dois por cento?
– Nem eu sei – ele começou a empilhar copos limpos na outra ponta do balcão. – Faltava alguma coisa. Não sei dizer o que era, mas algo estava fora de lugar. E, se você pensar num relacionamento como uma entidade viva, acho que é uma coisa se os dois por cento que faltam forem, tipo, uma unha. Mas, quando é o coração, a coisa muda de figura.

Sete me encarou.

– Eu não chorei quando ela entrou no avião. Ela morou comigo por quatro anos e, quando foi embora, eu não senti quase nada.
– Bom, o meu problema foi o contrário – contei. – Eu tinha o coração do relacionamento, mas não tinha um corpo onde ele pudesse crescer.
– E o que aconteceu?
– O que você acha? O coração partiu.

A ridícula ironia é que Campbell se sentiu atraído por mim porque eu me destacava de todos os outros na Escola Wheeler; e eu me senti atraída por ele porque queria desesperadamente um elo com alguém. Eu sabia que as pessoas comentavam e nos encaravam, e os amigos de Campbell tentavam entender por que ele estava perdendo tempo com alguém como eu. Sem dúvida, eles acharam que eu era uma transa fácil.

Mas não era isso que a gente fazia. Nós nos encontrávamos no cemitério depois da escola. Às vezes, recitávamos poemas um para o outro. Certa vez, tentamos ter uma conversa inteira sem usar a letra "s". Eu apoiava as costas nas dele e tentávamos adivinhar os pensamentos do outro, fingindo ser clarividentes, quando era óbvio que a mente dele estava repleta de mim, e a minha dele.

Eu amava o cheiro de Campbell quando ele aproximava a cabeça para ouvir o que eu estava dizendo – era como um raio de sol aquecendo a casca de um tomate, ou sabão secando no capô de um carro. Eu amava a sensação de sua mão em minha coluna. Eu amava.

– E se – eu disse certa noite, roubando a respiração dos lábios dele – a gente fizesse?

Campbell estava deitado de costas, vendo a lua balançar para lá e para cá numa rede de estrelas. Uma de suas mãos estava apoiando a cabeça, e a outra me apertava contra o peito.

– Fizesse o quê?

Não respondi, só me ergui sobre um dos cotovelos e o beijei tão profundamente que o chão afundou.

– Ah – ele disse, com a voz rouca. – Isso.

– Você já fez? – perguntei.

Ele apenas sorriu. Imaginei que ele já tivesse comido a Muffy, ou a Buffy, ou a Puffy, ou as três no meio do campo de beisebol da Wheeler, ou após uma festa na casa de uma delas, quando os dois ainda cheiravam ao uísque do papai. Naquele momento, eu me perguntei por que Campbell não estava tentando transar comigo. Deduzi que era porque eu não era a Muffy, a Buffy ou a Puffy, mas nada além de Julia Romano, e isso não era bom o suficiente.

– Você não quer? – perguntei.

Foi um daqueles momentos em que eu sabia que não estávamos tendo a conversa que precisávamos ter. E, como eu não sabia bem o que dizer, pois jamais atravessara essa ponte específica entre o pensar e o fazer, coloquei a mão na braguilha dele. Campbell se afastou.

– Minha joia, eu não quero que você pense que é por isso que estou aqui – ele disse.

Deixe-me dizer uma coisa: se você algum dia conhecer uma pessoa solitária, não importa o que ela disser, saiba que ela não é assim porque gosta de solidão. Ela é assim porque já tentou se misturar ao mundo, mas os outros insistem em desapontá-la.

– Então *por que* você está aqui?

– Porque você sabe a letra de "American Pie" – ele disse. – Porque, quando você sorri, eu quase vejo aquele dente que é torto. – Ele me encarou. – Porque você é diferente de todo mundo que eu conheço.

– Você me ama? – sussurrei.

– Não foi isso que acabei de dizer?

Dessa vez, quando toquei os botões de seu jeans, Campbell não se afastou. Ele estava tão quente contra a palma das minhas mãos que imaginei que ia deixar uma cicatriz. Ao contrário de mim, ele sabia o que fazer. Ele me beijou, colocou-se em posição, me penetrou e abriu uma fenda em mim. Depois, ficou completamente imóvel.

– Você não disse que era virgem – falou.

– Você não perguntou.

Mas ele havia imaginado. Campbell estremeceu e começou a se mover dentro de mim, numa poesia de gestos. Estiquei o braço para me segurar à lápide atrás de mim, marcada com palavras que eu já sabia de cor: Nora Deane, 1832-1838.

– Minha joia – ele sussurrou, depois que acabou. – Eu achei...

– Eu sei o que você achou.

Eu me perguntei o que acontecia quando você se oferecia a alguém e a pessoa o abria e descobria que você não era o presente que ela estava esperando. Ela teria de sorrir, assentir e dizer muito obrigado de qualquer jeito.

Eu culpo Campbell Alexander completamente por minha má sorte nos relacionamentos. É constrangedor admitir, mas só fiz sexo com outros três homens e meio, e nenhum deles representou uma grande melhora em relação à minha primeira experiência.

– Deixe-me adivinhar – disse Sete a noite passada. – O primeiro foi para se consolar por causa do Campbell. O segundo era casado.

– Como você sabe?

Ele riu.

– Porque você é um clichê.

Girei o mindinho dentro do meu martíni. Era uma ilusão de óptica, fazendo meu dedo parecer rachado e torto.

– O outro era do Club Med, instrutor de windsurfing.

– Esse deve ter valido a pena – Sete disse.

– Ele era incrivelmente lindo – respondi. – E tinha o pau do tamanho de um palito de fósforo.

– Ui.

– Na verdade não doeu nada, nem dava para sentir.

Sete sorriu.

– Então ele foi o meio homem?

Fiquei da cor de uma beterraba.

– Não, esse foi outro cara. Não sei o nome dele – admiti. – Eu meio que acordei com ele em cima de mim depois de uma noite como esta.

– Você é um desastre em matéria de sexo – Sete anunciou.

Mas isso não é verdade. Um desastre é um acidente. Eu pulo de propósito nos trilhos do trem. Até me amarro na frente da locomotiva. Há uma parte irracional de mim que ainda acredita que, se você quiser que o Super-Homem apareça, é preciso haver alguém que valha a pena salvar.

Kate Fitzgerald é um fantasma prestes a acontecer. Sua pele é quase transparente, e o cabelo é tão claro que desaparece sobre a fronha branca do travesseiro.

– Como você está, meu amor? – Brian murmura, debruçando-se para beijá-la na testa.

– Acho que vou ter que deixar a ideia do triatlo pra lá – Kate brinca.

Anna está parada na porta à minha frente, indecisa; Sara estica o braço. Isso era tudo que a menina precisava para subir no colchão de Kate, e eu observo bem esse pequeno gesto de mãe para filha. Então Sara me vê ali sob o batente.

– Brian, o que ela está fazendo aqui? – ela pergunta.

Espero Brian explicar, mas ele não parece inclinado a dizer uma palavra. Então, eu me forço a sorrir e dou um passo à frente.

– Eu soube que a Kate estava se sentindo melhor hoje e achei que seria uma boa ocasião para conversar com ela.

Kate se ergue com dificuldade sobre os cotovelos.

– Quem é você?

Espero Sara protestar, mas é Anna quem diz algo.

– Acho que não é uma boa ideia – ela diz, embora saiba que eu vim até ali só para fazer isso. – A Kate ainda está muito doente.

Leva um segundo, mas então eu compreendo. Na vida de Anna, todos que falam com Kate sempre ficam do lado dela. Anna está fazendo o que pode para me impedir de desertar.

– A Anna tem razão – Sara acrescenta rapidamente. – A Kate acabou de superar uma fase complicada.

Coloco a mão sobre o ombro de Anna e digo:

– Não se preocupe.

Então me viro para mãe dela:

– Eu havia entendido que a senhora queria essa conversa...

Sara me interrompe.

– Srta. Romano, nós podemos conversar lá fora?

Vamos para o corredor, e Sara espera que uma enfermeira passe com uma bandeja de isopor cheia de agulhas.

– Eu sei o que você pensa de mim – ela diz.

– Sra. Fitzgerald...

Ela balança a cabeça.

– Você está defendendo a Anna, e está *certa*. Já fui advogada e sei como é. É o seu trabalho, e parte dele é compreender o que nos faz ser como somos. – Ela esfrega a testa com o punho. – *Meu* trabalho é cuidar das minhas filhas. Uma delas está muito doente, e a outra está muito infeliz. E eu posso não ter encontrado a solução ainda, mas... sei que a Kate não vai ficar boa mais rápido se descobrir que você está aqui porque a Anna ainda não desistiu do processo. Por isso, estou lhe pedindo que não conte isso a ela. Por favor.

Faço que sim com a cabeça, devagar, e Sara se vira para voltar ao quarto de Kate. Ela pousa a mão sobre a porta e hesita.

– Eu amo as *duas* – ela diz, uma equação que eu supostamente deveria conseguir entender.

Eu disse a Sete que o amor verdadeiro é criminoso.

– Não se o cara for maior de dezoito anos – ele disse, fechando a gaveta da caixa registradora.

Àquela altura o bar se tornara um anexo, um segundo torso que mantinha o meu primeiro ereto.

– Você *tira* uma pessoa do sério – enfatizei. – Você *arranca* dela a habilidade de dizer uma palavra – continuei, virando o gargalo da garrafa vazia para ele. – E *rouba* o coração.

Ele limpou com um pano o balcão à minha frente.

– Qualquer juiz diria que esse é um péssimo argumento.

– Você ficaria surpreso.

Sete esticou o pano sobre o tampo de metal para secar.

– Parece mais uma contravenção do que um crime – ele disse.

Descansei a bochecha sobre a madeira fria e úmida.

– Sem essa – eu disse. – Quando alguém te pega, você está condenado para o resto da vida.

Brian e Sara vão com Anna para a lanchonete do hospital. Fico sozinha com Kate, que está morrendo de curiosidade. Imagino que ela pode contar nos dedos o número de vezes em que sua mãe saiu de perto dela por livre e espontânea vontade. Explico que estou ajudando a família a tomar algumas decisões em relação ao tratamento dela.

– Você é do comitê de ética? – ela chuta. – Ou do departamento jurídico do hospital? Você tem cara de advogada.

– Como é que é cara de advogada?

– É meio parecido com cara de médico, quando o médico não quer contar qual foi o resultado dos seus exames.

Sento numa cadeira.

– Bom, fico feliz de saber que você está melhor hoje – digo.

– É. Parece que ontem eu estava pra lá de Marrakesh – diz Kate. – Tão doidona que perto de mim o Ozzy e a Sharon Osbourne pareciam o Ozzie e a Harriet, aquele casal careta do seriado antigo.

– Você sabe como está sua situação médica no momento?

Kate assente com a cabeça.

– Depois do transplante de medula, eu desenvolvi a doença do enxerto contra o hospedeiro. Isso é mais ou menos bom, pois essa doença dá uma porrada na leucemia, mas também faz coisas malucas com sua pele e seus órgãos. Os médicos me passaram esteroides e ciclosporina para controlar a doença, o que funcionou, mas acabou com meus rins. Essa é a emergência do mês. É mais ou menos assim que funciona. A gente conserta um buraco na represa e, logo depois, outro começa a vazar. Sempre tem alguma coisa entrando em colapso dentro de mim.

Ela diz isso casualmente, como se eu tivesse perguntado sobre o tempo ou sobre o cardápio do restaurante do hospital. Eu poderia perguntar se Kate já conversou com os nefrologistas sobre a possibilidade de fazer um transplante de rim, ou sobre como se sente tendo de passar por tantos tratamentos diferentes e dolorosos. Mas isso é exatamente o que ela está esperando, e talvez seja por isso que a pergunta que sai da minha boca é completamente diferente.

– O que você quer ser quando crescer?
– Ninguém *nunca* me pergunta isso – ela me olha espantada. – O que faz você pensar que eu vou crescer?
– O que faz você pensar que não vai? Não é por isso que está fazendo tudo isso?

Quando acho que Kate não vai responder, ela diz:
– Eu sempre quis ser bailarina.

Seu braço se ergue debilmente no ar, formando um arabesco.
– Você sabe o que as bailarinas têm? – ela pergunta.

Distúrbios alimentares, eu penso.
– Controle absoluto. Elas sabem exatamente o que vai acontecer com seu corpo e quando. – Kate dá de ombros e retorna ao momento presente, ao quarto de hospital. – Enfim.
– Fale do seu irmão.

Ela começa a rir.
– Você ainda não teve o prazer de conhecê-lo, imagino.
– Ainda não.
– Dá para entender mais ou menos quem é o Jesse depois de passar trinta segundos com ele. Ele se mete em muita coisa ruim, em coisa que não deveria se meter.
– Tipo drogas, álcool?
– Pode continuar com a lista.
– Tem sido difícil para sua família lidar com isso?
– Tem, claro. Mas acho que ele não faz de propósito. É o único jeito que ele tem de ser notado, entende? Imagine como seria se você fosse um esquilo morando na jaula dos elefantes no zoológico. Alguém chegaria lá e falaria: "Ei, olha aquele esquilo"? Não, porque há algo muito

maior que você nota primeiro. – Kate corre os dedos para cima e para baixo num dos tubos que sai de seu peito. – Às vezes ele rouba coisas das lojas, às vezes toma um porre. Ano passado, ele passou um trote num lugar dizendo que tinha enviado antraz pra lá. Esse é o tipo de coisa que o Jesse faz.

– E a Anna?

Kate começa a fazer dobras no cobertor que protege seu colo.

– Teve um ano em que eu passei todos os feriados, até o Dia de Finados, no hospital. Ninguém planejou isso, é claro, mas foi assim que aconteceu. Nós montamos uma árvore no meu quarto no Natal, procuramos ovos na lanchonete do hospital na Páscoa e pedimos doces na ala ortopédica no Halloween. A Anna tinha uns seis anos e teve um ataque histérico porque não podia trazer fogos de artifício para o hospital no Dia da Independência, por causa dos balões de oxigênio. – Ela me encara. – Então ela fugiu. Não conseguiu ir muito longe; acho que só chegou até o saguão do hospital, até alguém encontrá-la. Ela me disse que queria mudar de família. Como eu falei, ela só tinha seis anos, e ninguém levou aquilo muito a sério. Mas eu costumava me perguntar como é ser normal. Por isso, entendi completamente que ela se perguntasse também.

– Quando você não está doente, se dá bem com a Anna?

– A gente é que nem todas as irmãs do mundo, eu acho. Brigamos para ver quem vai colocar um CD no som, conversamos sobre meninos, roubamos o esmalte caro uma da outra. Ela mexe nas minhas coisas e eu fico puta; eu mexo nas coisas dela e ela sai chorando pela casa. Às vezes é ótimo. Às vezes eu queria que ela nunca tivesse nascido.

Isso me soa tão familiar que eu dou um sorriso.

– Eu tenho uma irmã gêmea. Sempre que eu dizia isso, minha mãe me perguntava se eu conseguia mesmo imaginar como seria ser filha única.

– E conseguia?

Dou risada.

– Ah... havia momentos em que eu definitivamente conseguia pensar na vida sem ela.

Kate não dá nem um sorrisinho.

– Mas é a minha irmã que sempre teve que imaginar como seria a vida sem mim – ela diz.

SARA

1996

Aos oito anos, Kate é um longo emaranhado de pernas e braços, às vezes parecendo mais uma criatura feita de raios de sol e palitos de picolé do que uma garotinha. Enfio a cabeça pela porta de seu quarto pela terceira vez esta manhã e vejo que ela trocou de roupa de novo. Agora, está com um vestido branco estampado de cerejas.

– Você vai se atrasar para sua festa de aniversário – digo a ela.

Espremendo-se para fora da gola frente-única, Kate tira o vestido.

– Estou parecendo um sundae – ela diz.

– Podia ser pior.

– Se você fosse eu, usaria a saia rosa ou a listrada?

Olho para as duas saias amassadas no chão.

– A rosa – respondo.

– Você não gosta da listrada?

– A listrada, então.

– Vou usar o vestido de cereja – ela decide, virando-se para pegá-lo.

Na parte de trás de sua coxa, há uma mancha do tamanho de uma moeda de cinquenta centavos, uma cereja que atravessou o tecido e chegou até a pele.

– Kate, o que é isso? – pergunto.

Torcendo o corpo, ela olha para o lugar que eu apontei.

– Devo ter batido em algum lugar.

O câncer de Kate está em remissão há cinco anos. No início, quando o transplante do sangue do cordão umbilical parecia estar funcionando, eu ficava esperando alguém me dizer que aquilo tudo fora um engano. Quando Kate reclamou que seus pés estavam doendo, corri com ela para o consultório do dr. Chance, certa de que era a dor nos ossos voltando. Descobri que seus pés haviam crescido demais para os tênis. Quando Kate caía, em vez de dar um beijinho no machucado, eu perguntava se suas plaquetas estavam bem.

Uma mancha aparece quando os tecidos abaixo da pele sangram. Em geral, é o resultado de uma pancada – mas nem sempre.

Já faz cinco anos inteiros, eu mencionei isso?

Anna enfia a cabeça pela porta.

– O papai falou que o primeiro carro já chegou e que, se a Kate quiser usar um saco de estopa para a festa, ele não quer nem saber. O que é estopa?

Kate termina de enfiar o vestido pela cabeça, então ergue a bainha e esfrega a mancha.

– Hmm – ela diz.

Lá embaixo estão vinte e cinco crianças de oito anos, um bolo em forma de unicórnio e um jovem que faz faculdade ali perto contratado para dobrar aqueles balões compridos em forma de espadas, ursos e coroas. Kate abre seus presentes – colares feitos de contas reluzentes, estojos de pintura, parafernália da Barbie. Ela deixa a maior caixa por último – é o presente que eu e Brian compramos. Dentro dela, há um aquário de vidro com um peixinho-dourado.

Faz anos que Kate quer ter um bichinho. Mas Brian é alérgico a gatos e cachorros precisam de muita atenção, o que nos levou a isso. Kate fica radiante. Ela carrega o peixinho de um lado para o outro pelo resto da festa. Decide dar a ele o nome de Hércules.

Depois da festa, quando estamos arrumando tudo, eu me pego observando o peixinho. Brilhante como uma moeda, ele nada em círculos, feliz por estar indo a lugar nenhum.

Levamos apenas trinta segundos para compreender que vamos cancelar todos os nossos planos, apagar tudo que havíamos sido arrogantes o suficiente para anotar na agenda. Levamos sessenta segundos para entender que, apesar de termos acreditado nisso, nós não levamos uma vida normal.

O resultado de uma aspiração de medula óssea de rotina – que havíamos marcado muito antes de eu ver aquela mancha roxa – mostrou que há alguns promielócitos anormais flutuando. Depois, um exame de reação em cadeia da polimerase – que permite aos médicos analisar o DNA – mostrou que os cromossomos 15 e 17 de Kate estão translocados.

Tudo isso significa que Kate teve uma recaída molecular e que os sintomas clínicos não vão demorar muito para aparecer. Talvez os exames dela não apresentem blastos pelo próximo mês. Talvez não encontremos sangue em sua urina ou em suas fezes pelo próximo ano. Mas vai acabar acontecendo.

Eles falam essa palavra, "recaída", como falariam "aniversário" ou "declaração do imposto de renda", algo que acontece tantas vezes que se tornou parte de seu calendário interno, quer você queira, quer não.

O dr. Chance explicou que este é um dos grandes temas de debate dos oncologistas – você conserta uma roda que não está quebrada ou espera a carroça tombar? Ele recomenda dar a Kate ácido all-trans retinoico, conhecido como ATRA. Esse ácido vem em pílulas do tamanho de meio polegar meu, e a ideia de usá-lo foi basicamente roubada de médicos chineses, que conhecem seus efeitos há anos. Ao contrário dos quimioterápicos, que entram e matam tudo que encontram pelo caminho, o ATRA vai direto para o cromossomo 17. Já que a translocação dos cromossomos 15 e 17 é em parte o que impede a maturação dos promielócitos de ocorrer corretamente, o ATRA ajuda a desenrolar os genes que se emaranharam... e impede que as anormalidades se espalhem mais.

O dr. Chance diz que o ATRA pode fazer Kate entrar novamente em remissão.

Mas ela também pode desenvolver resistência ao remédio.

– Mãe? – Jesse entra na sala, onde estou sentada no sofá. Já estou ali há horas. Não consigo levantar e fazer as coisas que preciso fazer, pois qual é o sentido de colocar os lanches nas lancheiras, fazer a barra de uma calça ou mesmo pagar a conta de luz?

– Mãe – Jesse diz de novo. – Você não esqueceu, né?

Eu o encaro como se ele estivesse falando grego.

– O quê?

– Você disse que ia me levar para comprar chuteiras novas depois do ortodontista. Você *prometeu*.

Prometi mesmo. Porque as aulas de futebol vão recomeçar daqui a dois dias, e as chuteiras de Jesse estão pequenas no pé dele. Mas agora não sei se vou conseguir me arrastar até o ortodontista, onde a recepcionista vai sorrir para Kate e me dizer, como sempre faz, que meus filhos são lindos. E pensar em ir a uma loja de material esportivo me parece simplesmente obsceno.

– Vou cancelar a consulta com o ortodontista – eu digo.

– Que legal! – Jesse sorri e seus dentes prateados brilham. – A gente pode só comprar as chuteiras?

– Agora não é um bom momento.

– Mas...

– Jesse. Não discuta.

– Eu não vou poder jogar se não tiver chuteiras novas. E você nem está fazendo nada. Está só sentada aí.

– Sua irmã está incrivelmente doente – eu digo, sem alterar o tom de voz. – Sinto muito se isso interfere em sua consulta com o dentista ou em seus planos de ir comprar chuteiras novas. Mas isso não é a coisa mais importante do universo neste momento. Eu acho que, já que você tem dez anos, podia crescer o suficiente para perceber que o mundo nem sempre gira em torno do seu umbigo.

Jesse olha para o quintal, onde Kate está montada no galho de um carvalho, tentando convencer Anna a subir também.

– Estou vendo que ela está doente – ele diz. – Por que *você* não cresce? Por que não percebe que o mundo não gira em torno do umbigo *dela*?

Pela primeira vez na vida, começo a entender como um pai pode bater no filho – é porque você pode olhar nos olhos dele e ver um reflexo de si mesmo que desejava não ter visto. Jesse corre lá para cima e bate a porta do quarto.

Fecho os olhos, respiro fundo algumas vezes. E então me dou conta: nem todo mundo morre de velhice. As pessoas são atropeladas. Sofrem acidentes de avião. Engasgam com amendoins. Nada é garantido, muito menos o futuro.

Dou um suspiro, subo as escadas e bato na porta do quarto do meu filho. Recentemente ele descobriu a música; o som pulsa, saindo pela estreita fresta de luz abaixo da porta. Jesse diminui o volume e o barulho enfraquece abruptamente.

– *Que foi?*
– Quero conversar com você. Quero pedir desculpas.

Ouço ruídos do outro lado da porta, que logo é escancarada. A boca de Jesse está coberta de sangue, como o batom de um vampiro; pedaços de ferro saem dela como alfinetes. Vejo que ele está segurando um garfo e entendo que foi isso que usou para arrancar o aparelho.

– Agora você nunca mais precisa me levar a lugar nenhum – ele diz.

Kate toma ATRA por duas semanas. Certo dia, quando estou pegando uma pílula para dar a ela, Jesse pergunta:

– Você sabia que as tartarugas-gigantes podem viver cento e setenta e sete anos?

Ele está com mania do livro *Acredite se quiser*.

– Alguns moluscos chegam a viver duzentos e vinte anos – ele continua.

Anna está sentada no balcão da cozinha, comendo pasta de amendoim de colher.

– O que é um molusco? – ela pergunta.
– Sei lá – diz Jesse. – Os papagaios podem viver oitenta anos. Os gatos podem viver trinta.
– E o Hércules? – Kate pergunta.
– Meu livro diz que um peixinho-dourado bem cuidado pode chegar a sete anos.

Jesse observa Kate colocar a pílula na boca e dar um gole de água para engoli-la.

– Se você fosse o Hércules – ele diz –, já estaria morta.

Brian e eu sentamos em nossas cadeiras habituais no consultório do dr. Chance. Cinco anos se passaram, mas os lugares encaixam como uma velha luva de beisebol. Nem as fotos sobre a mesa do oncologista mudaram – sua esposa está usando o mesmo chapéu de abas largas num píer cheio de pedras em Newport; seu filho está congelado aos seis anos, segurando uma truta-dos-ribeiros. Tudo isso contribui para a sensação de que, apesar do que eu pensei, nós nunca deixamos realmente este lugar.

O ATRA funcionou. Durante um mês, Kate entrou em remissão molecular. Mas então um hemograma mostrou mais promielócitos em seu sangue.

– Nós podemos insistir com o ATRA – diz o dr. Chance –, mas acho que o fracasso dele já está nos dizendo que esse caminho está esgotado.

– E quanto a um transplante de medula?

– É uma opção arriscada, principalmente para uma criança que ainda não está mostrando sintomas de uma recaída clínica completa. – Ele nos encara. – Há outra coisa que podemos tentar antes. Chama-se infusão de linfócitos do doador, ou ILD. Às vezes, a transfusão de glóbulos brancos de um doador compatível pode ajudar o clone original de células do sangue do cordão umbilical a combater as células leucêmicas. Pense neles como o reforço de um exército, apoiando a linha de frente.

– Isso vai fazer a Kate entrar em remissão? – Brian pergunta.

O dr. Chance balança a cabeça.

– É uma medida de contenção. Provavelmente a Kate vai ter uma recaída completa. Mas isso nos faz ganhar tempo, para que as defesas dela se fortaleçam antes de passarmos para um tratamento mais agressivo.

– E quanto tempo leva para termos os linfócitos? – eu pergunto.

O dr. Chance se vira para mim.

– Depende. Em quanto tempo a Anna pode estar aqui?

Quando a porta do elevador se abre, vejo que só há uma pessoa lá dentro, um mendigo de óculos escuros com lentes azuis cintilantes e seis sacolas plásticas cheias de farrapos.

– Fechem a porta, pô! – ele grita assim que entramos. – Não estão vendo que eu sou cego?

Aperto o botão do saguão.

– Eu posso trazer a Anna depois da escola. A aula do jardim de infância termina ao meio-dia amanhã.

– Não encoste na minha sacola – ruge o mendigo.

– Não encostei – eu digo, distante e educada.

– Acho que você não devia – diz Brian.

– Eu nem estou perto dele!

– Sara, estou falando da ILD. Acho que você não devia trazer a Anna para doar sangue.

Sem motivo algum, o elevador para no décimo primeiro andar e depois continua a descer. O mendigo começa a remexer suas sacolas.

– Quando nós tivemos a Anna, sabíamos que ela ia ser a doadora da Kate – eu digo a Brian.

– Sabíamos que ela ia ser doadora uma vez. E ela nem lembra de quando aquilo foi feito.

Espero até que ele me olhe.

– Você doaria sangue para a Kate? – pergunto.

– Meu Deus, Sara, que tipo de pergunta...

– Eu também doaria. Doaria metade do meu coração para ela, se isso fosse ajudar. Você faz o que for preciso quando as pessoas que ama estão em risco, não é?

Brian abaixa a cabeça e assente.

– O que faz você pensar que a Anna não faria o mesmo? – completo.

A porta do elevador se abre, mas Brian e eu continuamos lá dentro, olhando um para o outro. O mendigo sai de lá de trás e passa por nós com um empurrão, seu tesouro farfalhando em suas mãos.

– Parem de gritar! – ele berra, embora estejamos no mais completo silêncio. – Não estão vendo que eu sou surdo?

Para Anna, aquilo é uma festa. Sua mãe e seu pai estão com ela, sem os irmãos. Ela segura as mãos de nós dois enquanto cruzamos o estacionamento. E daí que estamos indo para um hospital?

Expliquei a ela que sua irmã não está se sentindo bem e que os médicos têm de pegar algo seu para dar a Kate e deixá-la melhor. Achei que essa informação era mais que suficiente.

Esperamos na sala de exames, colorindo figuras de pterodátilos e tiranossauros.

– Hoje na hora do recreio, o Ethan disse que os dinossauros todos morreram porque pegaram um resfriado – diz Anna –, mas ninguém acreditou nele.

Brian sorri.

– Você acha que eles morreram por quê?

– Dã, porque eles tinham um milhão de anos. – Ela ergue o rosto para olhar para ele. – Eles tinham festa de aniversário nessa época?

A porta se abre e a hematologista entra.

– Oi, pessoal. Mamãe, você pode segurar a mocinha no colo?

Sento na mesa de exames e aninho Anna entre os braços. Brian se posiciona atrás de nós para poder segurar o ombro e o cotovelo dela e mantê-los imobilizados.

– Pronta? – a médica pergunta a Anna, que ainda está sorrindo.

E então ela mostra a seringa.

– É só uma picadinha – promete a médica, dizendo exatamente as palavras erradas, e Anna começa a se debater. Seus braços batem no meu rosto e na minha barriga. Brian não consegue agarrá-la. Ele precisa berrar para falar comigo, de tanto que ela grita.

– Achei que você tinha contado para ela!

A médica, que saiu da sala sem que eu tenha notado, retorna trazendo diversas enfermeiras.

– Crianças e flebotomia nunca são uma boa mistura – ela diz, enquanto as enfermeiras tiram Anna do meu colo e a acalmam com suas mãos suaves e palavras mais suaves ainda. – Não se preocupe, nós somos profissionais.

É um déjà-vu, igual ao dia em que Kate foi diagnosticada. *Cuidado com o que você deseja*, eu penso. Anna é *mesmo* igual à irmã.

Estou limpando o quarto das meninas quando a mangueira do aspirador de pó bate no aquário de Hércules e lança o peixe no ar. O vidro não quebra, mas levo um momento para encontrá-lo, debatendo-se no carpete embaixo da escrivaninha de Kate.

– Calma, amigo – sussurro.

Atiro Hércules dentro do aquário e encho-o com água da pia do banheiro. O peixe flutua até a superfície. *Não*, eu penso. *Por favor*.

Sento na beira da cama. Como posso dizer a Kate que matei seu peixe? Se eu for até a loja de animais e comprar um substituto, será que ela vai perceber?

Subitamente vejo Anna ao meu lado, de volta do jardim de infância.

– Mamãe, por que o Hércules não está se mexendo?

Abro a boca, com uma confissão derretendo na língua. Mas, naquele instante, o peixinho estremece, vira, mergulha e volta a nadar.

– Pronto – eu digo. – Ele está bem.

Quando cinco mil linfócitos não dão conta do recado, o dr. Chance pede dez mil. A consulta de Anna para fazer uma segunda coleta de linfócitos cai bem no meio da festa de aniversário de uma menina de sua turma, em que os convidados vão poder brincar de ginástica olímpica. Concordo em deixá-la participar por algum tempo e depois ir direto do ginásio para o hospital.

A menina é uma doce princesinha, com cabelos quase brancos, como os de uma fada, e é uma pequena réplica de sua mãe. Tiro os sapatos para pisar no chão acolchoado enquanto tento desesperadamente lembrar o nome das duas. A menina se chama... Mallory. E a mãe é... Monica? Margaret?

Vejo Anna imediatamente, sentada numa cama elástica enquanto um instrutor a faz pular para cima e para baixo que nem pipoca. A mãe se aproxima de mim, com um sorriso estampado no rosto como um fio de luzinhas de Natal.

– Você deve ser a mãe da Anna. Eu sou a Mittie – ela diz. – É uma pena que ela tenha que ir, mas é claro que nós entendemos. Deve ser incrível ir a um lugar aonde pouquíssimas pessoas já foram.

Que lugar, o hospital?

– Bem, eu só espero que você nunca tenha que fazer o mesmo – digo.

– Ah, nem me *fale*. Eu fico tonta só de andar de elevador. – Ela se vira na direção da cama elástica. – Anna, querida! Sua mãe está aqui!

Anna vem em disparada pelo chão acolchoado. Isso é exatamente o que eu queria fazer com a minha sala de estar quando as crianças eram pequenas: acolchoar as paredes, o chão e o teto para protegê-las. Mas eu podia ter embrulhado Kate em plástico-bolha e não teria adiantado – o perigo estava embaixo da pele dela.

– Como é que se diz? – digo a Anna, que agradece à mãe de Mallory.

– Ah, de nada. – Ela entrega uma sacolinha de doces para Anna. – Olhe, seu marido pode nos ligar a qualquer hora. Adoraríamos cuidar da Anna enquanto você está no Texas.

Anna hesita no meio do laço que está dando no cadarço.

– Mittie, o que exatamente a Anna falou para você? – pergunto.

– Que ela tinha que ir embora mais cedo porque sua família ia levar você ao aeroporto. Pois, quando o treinamento em Houston começar, você só vai poder vê-los após o voo.

– Que voo?

– No ônibus espacial...

Por um segundo, fico atônita – por Anna ter inventado uma história tão ridícula e por essa mulher ter acreditado nela.

– Não sou astronauta – confesso. – Não sei por que a Anna disse isso.

Faço Anna se levantar com um dos cadarços ainda desamarrado. Arrasto-a pelo ginásio e só falo com ela quando chegamos ao carro.

– Por que você mentiu para ela?

Anna faz uma careta.

– Por que eu tinha que sair da festa?

Porque sua irmã é mais importante do que comer bolo e sorvete; porque eu não posso fazer isso por ela; porque eu mandei.

Estou com tanta raiva que tenho de tentar duas vezes antes de conseguir abrir a van.

– Pare de agir como uma criança de cinco anos – eu acuso, antes de lembrar que essa é exatamente a idade de Anna.

– Ficou tão quente que um jogo de chá de prata derreteu – Brian conta. – Lápis se dobraram ao meio.

Ergo os olhos do jornal.

– Como foi que começou?

– Com o cachorro correndo atrás do gato enquanto os donos estavam de férias. Eles acabaram ligando o fogão. – Ele tira a calça jeans e geme de dor. – Tive queimaduras de segundo grau só de ajoelhar no telhado.

A pele de Brian está vermelha e cheia de bolhas. Eu o observo passar uma pomada nas queimaduras e enrolá-las com gaze. Ele continua a falar, me contando sobre um novato chamado César que acabou de entrar para o batalhão. Mas meus olhos são atraídos pela coluna de aconselhamento do jornal.

Cara Abby,

Sempre que minha sogra nos visita, ela insiste em jogar fora tudo que tem na nossa geladeira. Meu marido diz que ela só está tentando ajudar, mas eu encaro isso como uma crítica. Ela tornou minha vida um inferno. Como fazer essa mulher parar com isso sem estragar meu casamento?

Atenciosamente,
Fora do Prazo de Validade
Seattle

Que tipo de mulher considera esse seu maior problema? Eu a imagino escrevendo a cartinha para o jornal em papel de carta bege. E me pergunto se ela já sentiu um bebê se mexer na barriga, minúsculos pés e mãos engatinhando em círculos, como se o interior da mãe fosse um lugar a ser cuidadosamente mapeado.

– No que você está tão interessada? – Brian pergunta, vindo ler a coluna por cima do meu ombro.

Balanço a cabeça, sem acreditar.

– Uma mulher que teve a vida arruinada porque seus potes de geleia mancharam as prateleiras da geladeira.

– E porque o creme estragou – Brian acrescenta, dando risada.

– E porque a alface ficou pegajosa. Meu Deus, como ela consegue viver?

Nós dois começamos a rir. É contagioso – só precisamos nos olhar para gargalhar ainda mais.

E, assim como isso se tornou subitamente engraçado, subitamente deixa de ser. Nem todos nós vivemos num mundo onde o conteúdo da nossa geladeira é o barômetro da nossa felicidade. Algumas pessoas trabalham em lugares que estão pegando fogo. Algumas têm filhinhas que estão morrendo.

– Por causa da merda de uma alface pegajosa – eu digo, com a voz entrecortada. – Não é justo.

Brian atravessa o quarto num segundo e me enlaça em seus braços.

– Nunca é justo, amor – ele responde.

Um mês depois, voltamos ao hospital para uma terceira doação de linfócitos. Anna e eu sentamos na recepção do consultório da médica, esperando que nos chamem. Após alguns minutos, ela puxa a manga da minha camisa.

– Mamãe.

Olho para Anna. Ela está balançando os pés, as unhas pintadas com o esmalte de Kate, que supostamente muda de cor dependendo do humor.

– O que foi?

Ela sorri para mim.

– Se por acaso eu esquecer de dizer isso depois, queria falar que não é tão ruim quanto eu imaginava.

Um dia minha irmã chega sem avisar e, com a permissão de Brian, me carrega para uma suíte na cobertura do Ritz Carlton de Boston.

– A gente pode fazer o que você quiser – ela diz. – Ir a um museu, ver os prédios históricos, jantar num dos restaurantes do porto.

Mas o que eu quero mesmo é *esquecer*, e então, três horas depois, estou sentada no chão ao lado dela terminando de beber nossa segunda garrafa de vinho de cem dólares.

Ergo a garrafa pelo gargalo.

– Eu podia ter comprado um vestido com esse dinheiro.

Zanne solta um ronco pelo nariz.

– Só se fosse numa loja de departamento.

Os pés dela estão sobre a poltrona brocada, o corpo esparramado no carpete branco. Na TV, Oprah nos aconselha a simplificar a vida.

– Além do mais, quando você veste um excelente pinot noir, nunca fica gorda – ela continua.

Olho para ela, sentindo uma pena súbita de mim mesma.

– Não – diz minha irmã. – Você não vai chorar. Chorar não está incluído na diária.

Mas, de repente, só consigo pensar em como as mulheres que estão na Oprah soam idiotas, com suas agendas cheias de anotações e seus closets entupidos de roupas. Eu me pergunto o que Brian fez para o jantar. E se Kate está bem.

– Vou ligar para casa.

Zanne se ergue em um cotovelo.

– Você pode tirar uma folga, sabia? Ninguém precisa ser mártir vinte e quatro horas por dia.

Mas eu ouço a palavra errada.

– Acho que, quando você vira mãe, esse é o único turno que eles oferecem.

– Eu disse *mártir* – Zanne ri. – Não *mãe*.

Dou um sorrisinho.

– Qual é a diferença?

Zanne pega o telefone da minha mão.

– Você quer tirar a coroa de espinhos da mala antes? Ouça o que está dizendo, Sara, e pare de ser tão dramática. Sim, você deu um azar danado. Sim, é uma droga ser você.

Um rubor intenso me sobe às bochechas.

– Você não tem ideia de como é a minha vida.

– Nem você – ela diz. – Você não está vivendo, Sara. Está esperando a Kate morrer.

– Eu não estou...

Mas então eu paro de falar. A verdade é que estou *mesmo*.

Zanne faz carinho no meu cabelo e me deixa chorar.

– Às vezes é tão difícil – eu confesso, algo que não revelei a ninguém, nem mesmo a Brian.

– Contanto que não seja difícil o tempo *todo*, tudo bem – diz Zanne.

– Querida, a Kate não vai morrer mais cedo porque você bebeu mais uma taça de vinho, ou porque passou uma noite num hotel, ou porque se permitiu rir de uma piada ruim. Então sente essa bunda aí, aumente o volume e aja como uma pessoa normal.

Olho ao redor e vejo a opulência do quarto e nossa decadente refeição composta de vinho e morangos cobertos de chocolate.

– Zanne – digo enxugando os olhos –, isso não é o que as pessoas normais fazem.

Ela olha também.

– Você tem completa razão. – Pega o controle remoto e muda de canal até encontrar o programa do Jerry Springer. – Assim está melhor?

Eu começo a rir, ela começa a rir, e logo o quarto está girando ao meu redor e estamos deitadas de costas, olhando para a sanca que debrua o teto. De repente lembro que, quando éramos crianças, Zanne costumava andar na minha frente no trajeto até o ponto de ônibus. Eu poderia ter corrido e a alcançado – mas nunca fiz isso. Só queria seguir os passos dela.

O riso sobe como vapor e entra pelas janelas. Após três dias de chuva torrencial, as crianças estão radiantes por poderem ir lá fora jogar futebol com Brian. Quando a vida é normal, ela é *tão* normal.

Entro no quarto de Jesse, tentando desviar dos pedacinhos de Lego e dos gibis espalhados para deixar suas roupas limpas sobre a cama. Depois vou ao quarto de Kate e Anna e separo as roupas delas.

Ao colocar as camisetas de Kate sobre a cômoda, eu vejo: Hércules está nadando de cabeça para baixo. Enfio a mão no aquário e o viro, segurando seu rabo; ele nada um pouquinho e flutua devagar para a superfície, mostrando a barriga branca e tentando respirar.

Lembro-me de Jesse dizendo que um peixe bem cuidado pode viver sete anos. Este só viveu sete meses.

Após levar o aquário até meu quarto, pego o telefone e ligo para o auxílio à lista.

– Quero o telefone da Petco – digo.

Quando uma mulher atende, pergunto a ela o que devo fazer com Hércules.

– Você quer, tipo, comprar um peixe novo? – ela pergunta.

– Não, quero salvar este.

– Senhora, nós estamos falando de um *peixinho-dourado*, certo?

Ligo para três veterinários, mas nenhum deles trata de peixes. Observo Hércules nos estertores por mais um minuto, então ligo para o departamento de oceanografia da Universidade de Rhode Island e peço para falar com qualquer professor disponível.

O dr. Orestes me conta que estuda marés residuais. Moluscos, mariscos e ouriços-do-mar, não peixes-dourados. Mas acabo falando sobre minha filha, que tem LPA. E sobre Hércules, que já sobreviveu uma vez, contra todas as probabilidades.

O biólogo marinho fica em silêncio por um momento.

– Você trocou a água dele?

– De manhã.

– Choveu muito aí nos últimos dias?

– Choveu.

– Vocês têm um poço em casa?

O que isso tem a ver?

– Temos...

– É só um palpite, mas, com toda a chuva que não foi absorvida pelo solo, talvez a água da sua casa esteja com minerais demais. Encha o aquário com água potável, pode ser que ele se anime.

Então eu esvazio o aquário de Hércules, limpo e encho com dois litros de água mineral Poland Spring. Leva vinte minutos, mas Hércules começa a nadar de um lado para o outro. Ele passa pelos buraquinhos da planta falsa e mordisca a comida.

Meia hora mais tarde, Kate aparece e me vê observando-o.

– Não precisava ter trocado a água – ela diz. – Eu troquei de manhã.

– Ah, eu não sabia – minto.

Kate pressiona o rosto contra o aquário de vidro e seu sorriso se amplia.

– O Jesse disse que os peixinhos-dourados só conseguem prestar atenção por uns nove segundos – ela diz –, mas acho que o Hércules sabe exatamente quem eu sou.

Eu toco seus cabelos. E me pergunto se já gastei o milagre a que tinha direito.

Anna

SE VOCÊ VIR INFOMERCIAIS DEMAIS, começa a acreditar em coisas loucas: que mel brasileiro pode ser usado como cera de depilação, que facas cortam metal, que o poder do pensamento positivo pode funcionar como um par de asas que o levará até onde você precisa chegar. Graças a uma crise de insônia e a doses excessivas de Tony Robbins, o cara da autoajuda, um dia decidi me forçar a imaginar como seria depois que Kate morresse. Assim, jurava Tony, quando acontecesse, eu estaria preparada.

Passei semanas fazendo isso. É mais difícil do que você imagina se manter no futuro, principalmente diante do fato de que minha irmã estava andando para lá e para cá e sendo a chata de sempre. Minha forma de lidar com isso era fingir que Kate já estava me assombrando. Quando parei de falar com ela, Kate deduziu que tinha feito algo de errado, e provavelmente *tinha* mesmo. Houve dias inteiros em que só fiz chorar; outros em que me senti como se tivesse engolido uma placa de chumbo; e outros em que me esforcei para manter a rotina de me vestir, arrumar a cama e estudar as palavras de vocabulário da escola, porque era mais fácil do que fazer qualquer outra coisa.

Mas também teve vezes em que deixei o véu se erguer um pouco e outras ideias surgiram em minha mente. Por exemplo, como seria estudar oceanografia na Universidade do Havaí. Ou saltar de paraquedas. Ou morar em Praga. Ou realizar um milhão de outros sonhos malucos. Eu tentava me visualizar num desses cenários, mas era como usar um tênis trinta e cinco quando seu pé é trinta e sete – você consegue dar alguns passos, mas então senta e tira o tênis, simplesmente porque dói demais. Estou convencida de que há um censor dentro do meu cérebro com um carimbo vermelho, me alertando sobre as coisas nas quais não posso nem *pensar*, não importa quão sedutoras elas sejam.

Provavelmente é melhor assim. Tenho a sensação de que, se eu realmente tentar descobrir quem eu sou sem a Kate na equação, não vou gostar do que vir.

Meus pais e eu estamos juntos, sentados na lanchonete do hospital, mas uso a palavra "juntos" com certa liberdade aqui. É como se fôssemos astronautas, cada um com seu capacete, cada um respirando por uma fonte de oxigênio diferente. O recipiente retangular cheio de pacotinhos de açúcar e adoçante está diante da minha mãe. Ela está organizando os pacotinhos com brutalidade, separando o Equal, o Sweet 'n Low e os pacotes cheios de bolotas de açúcar mascavo. Ela me encara.

– Anna, meu docinho...

Por que chamar alguém de "docinho" é sinal de carinho? Gostar de alguém não é suficiente para sustentar ninguém.

– Eu entendo o que você está tentando fazer – minha mãe continua. – E concordo que talvez eu e seu pai tenhamos que ouvir você um pouco mais. Mas, Anna, nós não precisamos de um juiz para nos ajudar com isso.

Sinto o coração na base da garganta, uma esponja macia.

– Quer dizer que eu posso parar?

Quando minha mãe sorri, parece que é o primeiro dia quente de primavera – após uma eternidade de neve, quando você de repente se lembra da sensação do verão na sua perna nua e na divisão do seu cabelo.

– Isso mesmo – ela diz.

Não vou mais ter que tirar sangue. Chega de granulócitos, linfócitos, células-tronco e rim.

– Se você quiser, eu posso contar para a Kate – ofereço. – Assim você não precisa passar por isso.

– Não se preocupe com isso. Depois que contarmos ao juiz DeSalvo, podemos fingir que isso nunca aconteceu.

Alguma coisa estala no fundo do meu cérebro.

– Mas... a Kate não vai perguntar por que eu não sou mais a doadora dela?

Minha mãe fica imóvel.

– Quando eu disse *parar*, estava falando do processo.

Balanço a cabeça com força, tanto para dar uma resposta a ela quanto para desfazer o nó de palavras emaranhado em minhas entranhas.

– Meu Deus, Anna – minha mãe diz, atônita. – O que nós fizemos com você para merecer isso?

– Não é o que vocês fizeram.

– É o que *não* fizemos, certo?

– Vocês não estão me escutando! – eu grito.

Nesse instante, Vern Stackhouse se aproxima da nossa mesa. O xerife olha para mim, para a minha mãe, para o meu pai e dá um sorriso forçado.

– Acho que este não é o melhor momento para interromper – ele diz. – Sinto muito por isso, Sara. E Brian.

Ele entrega um envelope para minha mãe, nos cumprimenta com a cabeça e vai embora.

Ela tira o papel de dentro, lê e vira para mim.

– O que você disse para ele?

– Para quem?

Meu pai pega a notificação. Está escrita em juridiquês, tão impossível de ler quanto grego.

– O que é isso? – ele pergunta.

– Uma petição de ordem de restrição temporária – diz minha mãe, arrancando o papel das mãos do meu pai. – Você entende que está pedindo que eu seja expulsa de casa e não tenha qualquer contato com você? É isso mesmo que você quer?

Expulsa de casa? Eu não consigo respirar.

– Nunca pedi isso.

– O advogado não teria entrado com a petição por conta própria, Anna. Sabe como às vezes – quando você está andando de bicicleta e começa a derrapar na areia, ou quando não vê um degrau e começa a tropeçar escada abaixo – você tem longos segundos para saber que vai se machucar, e feio?

– Não sei o que está acontecendo – digo.

– Então como pode achar que está qualificada para tomar decisões sozinha? – Minha mãe levanta tão de repente que sua cadeira cai no chão da lanchonete com um estrondo. – Se é isso mesmo que você quer, Anna, nós podemos começar agora mesmo.

Sua voz está tensa e áspera como uma corda no momento em que ela se afasta de mim.

Há mais ou menos três meses, peguei a maquiagem da Kate emprestada. Tudo bem, pegar emprestada não seria a expressão correta: eu roubei. Eu não tinha minha própria maquiagem – só teria permissão para usar depois que fizesse quinze anos. Mas um milagre acontecera, e Kate não estava ali para eu pedir a ela, e momentos de desespero exigem soluções desesperadas.

O milagre tinha um metro e setenta de altura, cabelos da cor de uma espiga de milho e um sorriso que me fazia sentir como se eu estivesse girando no ar. Seu nome era Kyle e ele viera de Idaho diretamente para a carteira atrás da minha na escola. Ele não sabia nada sobre mim ou sobre minha família; por isso, quando perguntou se eu queria ir ao cinema, eu sabia que não era porque estava com pena. Vimos o filme novo do Homem-Aranha, quer dizer, ele viu. Eu passei o tempo todo tentando entender como a eletricidade conseguia atravessar o minúsculo espaço entre o meu braço e o dele.

Quando voltei para casa, ainda estava andando nas nuvens, e foi por isso que Kate conseguiu me pegar de surpresa. Ela me derrubou na cama e me segurou pelos ombros.

– Sua ladra! Você mexeu na minha gaveta do banheiro sem me pedir.

– Você sempre pega minhas coisas. Pegou minha blusa azul dois dias atrás.

– É totalmente diferente. Uma blusa a gente *lava*.

– E por que você pode ter meus germes nas suas artérias, mas não no seu gloss Cherry Bomb da Max Factor? – perguntei, empurrando-a com mais força e conseguindo rolar para cima dela.

Os olhos de Kate se iluminaram.

– Quem era?

– Do que você está falando?

– Você usou maquiagem por um motivo, Anna.

– Vá se ferrar.

– Vá se foder.

Kate sorriu para mim. Ela levou a mão livre para baixo do meu braço e fez cócegas em mim, me pegando tão de surpresa que a soltei. Um minuto depois, nós havíamos caído da cama e estávamos vendo quem fazia a outra desistir da batalha de cócegas primeiro.

– Pare, Anna – Kate pediu, ofegante. – Você está me matando.

Essas palavras bastaram. Tirei as mãos dela como se estivessem em brasa. Ficamos deitadas no chão entre nossas camas com os ombros juntos, olhando para o teto e arfando, ambas fingindo que o que Kate dissera não nos doera até os ossos.

Meus pais brigam no carro.

– Talvez a gente deva contratar um advogado de verdade – meu pai diz.

– Eu *sou* uma advogada de verdade! – minha mãe retruca.

– Mas, Sara, se isso não vai se resolver, só estou dizendo que...

– O que você está dizendo, Brian? – ela desafia. – O que quer dizer com isso? Que um homem de terno a quem você jamais foi apresentado seria capaz de explicar quem é a Anna melhor que a mãe dela?

Meu pai dirige o resto do caminho em silêncio.

Fico chocada ao ver que há câmeras de televisão esperando na escadaria do Complexo Garrahy. Tenho certeza de que devem estar aqui por um motivo muito importante, então imagine minha surpresa quando um microfone é enfiado na minha cara e uma repórter com cabelo de tigela me pergunta por que estou processando meus pais. Minha mãe empurra a mulher.

– Minha filha não tem nada a declarar – ela diz inúmeras vezes.

Quando um cara pergunta se eu sei que fui o primeiro bebê feito sob medida em todo o estado de Rhode Island, por um momento acho que ela vai dar um murro nele.

Eu sei desde os sete anos como fui concebida, e não foi uma coisa tão importante assim para mim. Em primeiro lugar, meus pais me contaram isso numa época em que pensar neles fazendo sexo era bem pior do que pensar em ser criada numa placa de Petri. Em segundo lugar, àquela altura, milhares de pessoas já estavam tomando remédio para aumentar a fertilidade e tendo sétuplos, e minha história já não era tão original assim. Mas um bebê sob medida? Então tá. Se meus pais fossem se dar a todo esse trabalho, acho que iam implantar os genes da obediência, da humildade e da gratidão.

Meu pai senta ao meu lado num banco, com as mãos cruzadas entre os joelhos. Minha mãe e Campbell Alexander estão travando uma batalha verbal no gabinete do juiz. Aqui no corredor, nosso silêncio não é natural, como se eles tivessem levado todas as palavras possíveis consigo e nos deixado sem nada.

Ouço uma mulher falar um palavrão e Julia surge numa ponta do corredor.

– Anna. Desculpe o atraso. Não estava conseguindo passar pela imprensa. Você está bem?

Faço que sim com a cabeça, mas depois faço que não. Julia se ajoelha diante de mim.

– Você quer que sua mãe saia de casa?

– *Não!* – Para meu total constrangimento, meus olhos ficam embaçados de lágrimas. – Mudei de ideia. Não quero mais fazer isso. Nada disso.

Ela me olha por um longo tempo e assente.

– Vou entrar e conversar com o juiz.

Quando ela sai, eu me concentro em sugar ar para dentro dos pulmões. Agora tenho que me esforçar para fazer tantas coisas que costumavam ser instintivas para mim – inalar oxigênio, ficar em silêncio, fazer a coisa certa. O peso dos olhos do meu pai sobre mim me faz virar para ele.

– Você está falando sério? – ele pergunta. – Não quer mesmo fazer mais isso?

Eu não respondo. Não me movo nem um milímetro.

– Porque, se você não tiver certeza, talvez não seja uma ideia tão ruim ter um pouco de espaço para respirar. Tem uma cama extra no meu dormitório lá no quartel. – Meu pai esfrega a nuca. – A gente não ia estar se mudando nem nada, só...

Ele me olha.

– ...respirando – eu completo, e é isso que faço.

Meu pai levanta e oferece a mão para mim. Saímos do Complexo Garrahy lado a lado. Os repórteres atacam como lobos, mas desta vez as perguntas batem em mim e voltam. Meu peito está repleto de purpurina e gás hélio, como acontecia quando eu era pequena e montava nos ombros do meu pai no fim da tarde, e sabia que, se erguesse as mãos e abrisse os dedos como uma rede, conseguiria pegar as estrelas que vinham surgindo.

Campbell

Deve haver um cantinho especial no inferno para advogados fanfarrões, mas você pode ter certeza de que estamos sempre preparados para o nosso close-up. Quando chego à vara da família e encontro uma horda de repórteres, distribuo frases sensatas como se fossem chocolates e me certifico de que as câmeras estejam apontadas para mim. Digo as coisas certas sobre como esse caso é inortodoxo, mas também doloroso para todos os envolvidos. Dou a entender que a decisão do juiz poderá afetar os direitos dos menores no país inteiro, assim como a pesquisa com células-tronco. Então aliso o paletó do meu terno Armani, puxo a coleira de Juiz e explico que preciso falar com minha cliente.

Lá dentro, o olhar de Vern Stackhouse cruza com o meu e ele faz sinal de positivo com o polegar. Encontrei o xerife mais cedo e, com ar de grande inocência, perguntei se sua irmã, repórter do jornal local, ia aparecer hoje.

– Não posso revelar nada – eu disse, dando a dica –, mas a audiência... vai ser muito importante.

Naquele cantinho especial do inferno, deve haver um trono para advogados como eu, que tentam lucrar em cima do trabalho voluntário que fazemos.

Minutos depois, estamos no gabinete do juiz.

– Sr. Alexander – o juiz DeSalvo ergue a petição da ordem de restrição –, pode me explicar por que você entrou com essa ordem de restrição se eu tratei explicitamente desse assunto ontem?

– Tive minha primeira reunião com a curadora ad litem, meritíssimo – respondo. – Na presença da srta. Romano, Sara Fitzgerald disse a minha cliente que esse processo era um mal-entendido que ia se resolver sozinho.

Olho de soslaio para Sara, que não demonstra nenhuma emoção, apenas retesa o maxilar.

— Essa é uma violação direta de sua ordem, meritíssimo — continuo. — Embora este tribunal tenha tentado criar condições para manter a família unida, acho que isso não vai funcionar até que a sra. Fitzgerald consiga separar mentalmente seu papel de mãe de seu papel de advogada da outra parte. Até lá, uma separação física é necessária.

O juiz DeSalvo tamborila os dedos na mesa.

— Sra. Fitzgerald, a senhora disse isso para a Anna?

— É claro que sim! — Sara explode. — Estou tentando entender tudo isso!

Essa confissão é como uma tenda de circo que desaba, deixando todos nós no mais completo silêncio. Julia escolhe este momento para abrir a porta com um estrondo.

— Desculpe o atraso — ela diz, ofegante.

— Srta. Romano — o juiz pergunta —, a senhorita teve chance de conversar com a Anna hoje?

— Tive, há poucos segundos — Julia olha para mim e depois para Sara. — Acho que ela está muito confusa.

— Qual sua opinião sobre a ordem de restrição requerida pelo sr. Alexander?

Julia enfia um cachinho fugitivo atrás da orelha.

— Acho que não tenho informações suficientes para tomar uma decisão formal, mas meu instinto me diz que seria um erro remover a mãe da Anna de casa.

Fico imediatamente tenso. O cachorro reage, pondo-se em pé.

— Meritíssimo, a sra. Fitzgerald acabou de admitir que violou uma ordem sua. No mínimo, ela deveria ser denunciada à Ordem dos Advogados por violações éticas e...

— Sr. Alexander, esse caso não pode ser pensado apenas de acordo com a letra da lei. — O juiz DeSalvo se vira para Sara. — Sra. Fitzgerald, recomendo vivamente que a senhora contrate um advogado independente para representar a senhora e seu marido no julgamento desta petição. Não vou conceder a ordem de restrição hoje, mas vou alertá-la mais uma vez que não pode conversar com sua filha sobre este caso até a audiência da semana que vem. Se no futuro eu souber que a senhora ignorou esta ordem de novo, vou pessoalmente denunciá-la à Ordem dos Advogados e retirá-la de sua casa.

O juiz fecha a pasta do caso com um estalo e se levanta.

— *Não* volte a me incomodar até segunda-feira, sr. Alexander — ele diz.

— Preciso ver minha cliente — anuncio, indo depressa para o corredor, onde sei que Anna está esperando com o pai.

Como previ, Sara Fitzgerald cola em mim. Atrás dela — sem dúvida com a intenção de manter a paz — vem Julia. Nós três paramos abruptamente diante de Vern Stackhouse, dormitando no banco onde Anna estava sentada.

— Vern? — eu digo.

Ele fica de pé num pulo, pigarreando de forma defensiva.

— Tenho um problema na lombar — explica. — Preciso sentar de vez em quando para aliviar a pressão.

— Você sabe onde está a Anna Fitzgerald?

Ele indica a porta da frente do prédio com a cabeça e diz:

— Ela e o pai foram embora faz algum tempo.

Pela expressão de Sara, ela também está surpresa.

— Você precisa de uma carona para o hospital? — Julia pergunta.

Sara balança a cabeça e espia pela porta de vidro, vendo a multidão de repórteres lá fora.

— Tem como sair pelos fundos do prédio?

Juiz, que está ao meu lado, começa a cutucar minha mão com o focinho. *Merda.*

Julia vai levando Sara Fitzgerald para a parte de trás do prédio.

— Preciso falar com você — ela diz para mim por cima do ombro.

Espero até que ela dê as costas para mim. Então, imediatamente agarro a coleira de Juiz e saio correndo com ele pelo corredor.

— Ei!

Um segundo depois, os saltos de Julia estão batendo no piso atrás de mim.

— Eu disse que queria falar com você!

Por um instante, considero seriamente a possibilidade de me atirar por uma das janelas. Então dou uma parada abrupta, me viro e ofereço meu sorriso mais sedutor.

— Tecnicamente, você disse que *precisava* falar comigo. Se tivesse dito que *queria* falar comigo, eu poderia ter esperado. — Juiz abocanha a barra do meu terno, do meu terno Armani *caro*, e me puxa. — Agora, no entanto, tenho que ir para uma reunião.

— O que há de errado com você? — Julia pergunta. — Você me disse que havia conversado com a Anna sobre a mãe dela e que todos nós achávamos a mesma coisa.

— Eu *conversei* com ela, e nós *achávamos* a mesma coisa. A Sara estava coagindo a filha, e a Anna queria que isso parasse de acontecer. Expliquei quais eram as alternativas.

— Alternativas? Ela é uma *menina de treze anos*. Você sabe quantas crianças com quem eu já trabalhei encaravam o processo de forma completamente diferente dos pais? Uma mãe chega e promete que o filho vai testemunhar contra um pedófilo, porque ela quer que o bandido fique na cadeia pelo resto da vida. Mas a criança não quer saber o que vai acontecer com o bandido, só quer nunca mais ter que ver o cara na vida. Ou então ela acha que o bandido merece uma segunda chance, já que os pais *dela* lhe dão uma segunda chance quando *ela* faz alguma coisa errada. Você não pode esperar que a Anna seja como uma cliente adulta normal. Ela não tem a capacidade emocional de tomar decisões de forma independente de sua situação familiar.

— Bom, é em torno dessa questão que gira todo esse processo — eu digo.

— Pois a Anna acabou de me falar, há menos de meia hora, que mudou de ideia em relação a todo esse processo — Julia ergue uma sobrancelha. — Você não sabia disso, sabia?

— Ela não conversou comigo.

— É porque você está abordando as coisas erradas. Você conversou com ela sobre uma forma legal de impedi-la de ser pressionada para desistir do processo. É *claro* que ela adorou essa ideia. Mas você acha mesmo que ela estava pensando no que isso significava? Que sua mãe não estaria em casa para cozinhar, dirigir ou ajudá-la com o dever de casa, que ela não poderia lhe dar um beijo de boa noite, que o resto da família provavelmente ficaria muito chateado? Tudo que a Anna ouviu quando você falou com ela foram as palavras "sem pressão". Ela não ouviu ninguém falar em "separação".

Juiz começa a ganir bem alto.

— Preciso ir.

Julia vem atrás de mim.

— Para onde?

— Já falei que tenho um compromisso.

O corredor está repleto de portas fechadas. Finalmente encontro uma maçaneta que gira na minha mão. Entro na sala e tranco a porta atrás de mim.

— Olá, senhores – digo animadamente.

Julia sacode a maçaneta. Ela bate no pequeno vidro fosco da porta. Sinto o suor brotar na testa.

— Você não vai escapar desta vez! – ela grita do outro lado. – Ainda estou esperando aqui fora!

— E eu ainda estou ocupado! – grito de volta.

Quando Juiz empurra o focinho na minha frente, mergulho os dedos no pelo grosso de seu pescoço.

— Não se preocupe – digo a ele, e então me viro para encarar a sala vazia.

JESSE

DE VEZ EM QUANDO SOU OBRIGADO a me contradizer e acreditar em Deus. Como neste instante, quando chego em casa e encontro um mulherão diante da minha porta. Ela se levanta e me pergunta se conheço Jesse Fitzgerald.
– Quem quer saber? – pergunto.
– Eu.
Dou meu sorriso mais charmoso.
– Então sou eu mesmo.
Vou recuar um segundo para contar que a gata é mais velha que eu, mas a cada olhar isso faz menos diferença – ela tem cabelos nos quais eu poderia me perder e uma boca tão macia e carnuda que é difícil desviar o olhar para avaliar o resto. Estou louco para pôr as mãos em sua pele – mesmo nas partes ordinárias –, só para ver se é tão sedosa quanto parece.
– Meu nome é Julia Romano – ela diz. – Sou curadora ad litem.
Todos os violinos que soavam em minhas veias soltam um guincho e param de tocar.
– Isso é tipo uma policial?
– Não. Sou advogada e estou trabalhando com um juiz para ajudar sua irmã.
– A Kate?
Algo no rosto dela se contrai.
– Não, a Anna. Ela entrou com uma ação de emancipação médica contra seus pais.
– Ah, é. Eu sei.
– É mesmo?
Isso parece surpreendê-la, como se Anna tivesse o monopólio da rebeldia.
– E você por acaso sabe onde a Anna está? – ela pergunta.

Olho para casa, vazia e escura.

– E eu sou o guardião da minha irmã? – retruco, depois sorrio para ela.

– Se você quiser esperar, pode subir e ver minhas gravuras.

Para minha surpresa, ela concorda.

– Na verdade, não é má ideia. Eu gostaria de conversar com você.

Volto a me encostar na porta e cruzo os braços, para que meus bíceps se contraiam. Dou aquele sorriso que paralisou metade da população feminina da Universidade Roger Williams.

– Você tem programa para esta noite?

Ela me encara como se eu tivesse falado grego. Não, ela deve entender grego. Como se tivesse falado marciano. Ou vulcano.

– Você está me chamando para *sair*?

– Estou tentando – eu digo.

– E fracassando – ela responde sem rodeios. – Eu tenho idade para ser sua mãe.

– Você tem olhos fantásticos.

E por "olhos" eu quero dizer "peitos", mas deixa pra lá.

Julia Romano escolhe este momento para abotoar seu paletó, o que me faz dar uma gargalhada.

– Por que a gente não conversa aqui mesmo? – ela diz.

– Tanto faz – eu digo, e a levo até meu apartamento.

Considerando-se a aparência que ele tem normalmente, o lugar até que não está tão bagunçado. A louça só está na pia há um ou dois dias, e é bem melhor chegar em casa depois de um dia inteiro fora e encontrar cereal derramado do que leite derramado. No chão tem um balde, um pano velho e uma embalagem de gás – estou tentando montar um acendedor. Há roupas espalhadas por todo lado, algumas habilmente dispostas para minimizar o efeito de um vazamento no meu alambique.

– O que você acha? – pergunto sorrindo. – A Martha Stewart ia adorar, não ia?

– A Martha Stewart ia encarar você como um projeto de vida – Julia murmura.

Ela senta no sofá, dá um pulo e remove um punhado de batatas chips que, Deus do céu, deixaram uma mancha de gordura em formato de coração em sua linda bundinha.

– Quer beber alguma coisa?

Que ninguém diga que minha mãe não me deu educação.

Julia olha ao redor e balança a cabeça.

– Passo.

Dando de ombros, tiro uma cerveja da geladeira.

– Então quer dizer que teve uma briguinha na família?

– Você já não deveria saber?

– Eu tento não saber.

– Por quê?

– Porque isso é o que eu faço melhor. – Sorrindo, dou um grande gole na cerveja. – Mas essa briga eu teria gostado de ver.

– Fale da Kate e da Anna.

– O que quer que eu fale?

Eu me jogo no sofá ao lado dela, perto demais. De propósito.

– Como é sua relação com elas?

Eu me inclino para frente.

– Ora, srta. Romano. Quer saber se eu sou bonzinho?

Ela nem pisca e eu paro de brincar.

– Elas sobrevivem a mim – respondo. – Assim como todo mundo.

Essa resposta deve interessar a Julia, porque ela anota algo em seu bloquinho branco.

– Como foi sua infância com essa família?

Uma dúzia de respostas desaforadas me vem à garganta, mas a que sai é totalmente inesperada.

– Quando eu tinha doze anos, teve uma vez em que a Kate ficou doente. Não doente pra valer, foi só uma infecção, mas ela não estava conseguindo se livrar dela sozinha. Então eles internaram a Anna para doar granulócitos, que são glóbulos brancos. A Kate não planejou isso nem nada, mas por acaso era véspera de Natal. Nós tínhamos combinado de sair todo mundo junto e comprar uma árvore.

Tiro um maço de cigarros do bolso.

– Posso fumar? – pergunto, mas nem dou a Julia a chance de responder antes de acender um cigarro. – Fui carregado para a casa de um vizinho no último minuto e foi uma droga, porque eles estavam passando uma véspera de Natal bacana entre família e ficaram cochichando sobre mim como se eu fosse um pobre coitado e ainda por cima surdo. Quer dizer, eu cansei daquela história bem rápido, então disse que precisava fazer xixi e saí de fininho. Fui andando pra casa, peguei um dos machados do meu pai e um serrote e derrubei um pinheirinho que ficava no meio do nosso jardim. Quando a vizinha percebeu que eu não estava mais na casa dela, eu já tinha montado a árvore na nossa sala, com pé, guirlanda, enfeites, tudo.

Ainda posso ver aquelas luzes – vermelhas, azuis e amarelas, piscando sem parar numa árvore tão exagerada quanto uma roupa de esquimó em Bali.

– Então, na manhã de Natal, meus pais foram até a casa do vizinho me buscar. Estavam os dois com a cara péssima, mas, quando cheguei em casa, vi que tinha presentes embaixo da árvore. Fiquei superempolgado e encontrei um que tinha o meu nome. Mas era um carrinho de corda, que teria sido um ótimo presente para um menino de três anos, mas não para mim, e que ainda por cima eu sabia que estava em liquidação na lojinha do hospital. Assim como todos os outros presentes que ganhei naquele ano. Por que será?

Apago o cigarro na calça jeans.

– Eles nem falaram nada sobre a árvore – conto a ela. – E foi assim minha infância com essa família.

– Você acha que é assim para a Anna?

– Não. A Anna está no radar deles, porque faz parte do grande plano para salvar a Kate.

– Como seus pais decidem quando a Anna vai ajudar a Kate em termos médicos?

– Do jeito que você fala, parece que tem um processo envolvido. Uma *escolha*.

Ela ergue a cabeça.

– E não tem?

Eu a ignoro, porque essa é a pergunta mais retórica que já ouvi, e olho pela janela. O toco do pinheirinho ainda está no jardim. Nesta família, ninguém nunca esconde seus erros.

Quando eu tinha sete anos, enfiei na cabeça que ia cavar um buraco até a China. Imaginei que não podia ser tão difícil – uma linha reta, um túnel.

Peguei uma pá na garagem e comecei a cavar um buraco largo o suficiente para que eu coubesse. Todas as noites eu colocava em cima dele a lona que antes a gente usava para cobrir o tanque de areia, para proteger o buraco da chuva. Trabalhei nisso durante quatro semanas, com as pedras deixando cicatrizes de guerra nos meus braços e as raízes se agarrando aos meus pés.

Mas esqueci de pensar nas paredes altas que iam se formando ao meu redor, ou nas entranhas do planeta, quentes sob a sola dos meus tênis. Mesmo cavando em linha reta para baixo, eu ficara completamente perdido. Quando se está num túnel, é preciso iluminar o próprio caminho, e eu nunca fui muito bom nisso.

Quando gritei, meu pai me encontrou em segundos, embora eu tenha certeza de que esperei diversas vidas. Ele entrou no buraco, sem saber se ficava mais impressionado com o trabalho que eu tivera ou com o tamanho da minha estupidez.

— Isso podia ter desmoronado em cima de você! — ele gritou, me erguendo e me colocando sobre terra firme.

Daquele ponto de vista, eu me dei conta de que meu buraco não tinha quilômetros de profundidade. Na verdade, quando meu pai ficava de pé lá dentro, só batia em seu peito.

Sabe como é: a escuridão é relativa.

BRIAN

ANNA LEVA MENOS DE DEZ MINUTOS para se mudar para o meu dormitório no quartel. Enquanto ela coloca suas roupas numa gaveta e sua escova de cabelo sobre a cômoda, ao lado da minha, vou até a cozinha, onde Paulie está fazendo o jantar. Os caras estão esperando uma explicação.

— Ela vai ficar aqui comigo por algum tempo — digo. — Nós estamos resolvendo algumas coisas.

César ergue os olhos de uma revista.

— Ela vai com a gente no caminhão?

Eu não tinha pensado nisso. Talvez Anna se distraia se sentir que é uma espécie de aprendiz.

— De repente até vai, quem sabe?

Paulie se vira. Hoje ele está fazendo fajitas de carne.

— Está tudo bem, capitão?

— Está, Paulie. Obrigado por perguntar.

— Se tiver alguém chateando a menina, vai ter que passar por nós quatro agora — diz Red.

Os outros assentem com a cabeça. Eu me pergunto o que eles pensariam se eu contasse que quem está chateando Anna somos Sara e eu.

Deixo os caras terminando de preparar o jantar e volto para o quarto, onde Anna está sentada em uma das camas com as pernas dobradas em forma de pretzel.

— Oi — eu digo, mas ela não responde.

Levo alguns segundos para perceber que ela está usando fones de ouvido, escutando Deus sabe o que a toda altura. Anna me vê, desliga a música e deixa os fones em torno do pescoço, como uma gargantilha.

— Oi.

Sento na beirada da cama e olho para ela.
— Bom. Você, é... quer fazer alguma coisa?
— Tipo o quê?
Dou de ombros.
— Sei lá. Jogar baralho?
— Tipo pôquer?
— Pôquer, rouba-monte, o que você quiser.
Ela me olha atentamente.
— *Rouba-monte?*
— Quer que eu trance seu cabelo?
— Pai — ela pergunta —, você está se sentindo bem?
Eu me sinto mais confortável entrando num prédio que está desabando em cima de mim do que tentando deixá-la à vontade.
— Eu só... eu quero que você saiba que pode fazer o que quiser aqui.
— Posso deixar um pacote de absorventes no banheiro?
Imediatamente meu rosto fica vermelho e, como se fosse contagioso, o dela também. Só há uma bombeira aqui, que trabalha meio período, e o banheiro feminino fica no andar de baixo do quartel. Mas ainda assim...
Os cabelos de Anna lhe cobrem o rosto.
— Eu não quis dizer... Eu posso guardar...
— Pode colocar no banheiro — anuncio. — Se alguém reclamar, a gente diz que são meus.
— Acho que não vão acreditar, pai.
Eu a abraço.
— Talvez eu cometa alguns erros no começo. Nunca dividi um quarto com uma menina de treze anos.
— Eu também nunca dividi um quarto com um cara de quarenta e dois.
— Acho bom, ou eu teria que matá-lo.
Sinto o calor de seu sorriso em meu pescoço. Talvez isso não vá ser tão difícil quanto estou pensando. Talvez eu consiga me convencer de que essa decisão vai acabar mantendo minha família unida, embora o primeiro passo tenha sido separá-la.
— Pai.
— Hã?
— Só para você saber, ninguém joga rouba-monte depois dos dois anos.

Ela me abraça bem apertado, como costumava fazer quando era pequena. Nesse instante, lembro da última vez em que peguei Anna no colo. Nós cinco estávamos fazendo uma caminhada em um campo, e as taboas e margaridas selvagens eram mais altas do que ela. Eu a ergui nos braços e, juntos, cruzamos um mar de juncos. Mas, pela primeira vez, ambos notamos como as pernas dela ficavam perto do chão e como ela estava grande para enganchar no meu quadril. Depois de um tempo, Anna estava se remexendo, pedindo para descer e andar sozinha.

Os peixinhos-dourados crescem de acordo com o tamanho do aquário. Os bonsais se retorcem em miniatura. Eu teria dado tudo para que Anna continuasse pequena. Eles crescem tão rápido que não conseguimos nos acostumar.

Parece incrível que, enquanto uma de nossas filhas está nos levando a uma crise legal, a outra esteja no meio de uma crise médica – mas já sabemos há muito tempo que Kate está nos estágios finais de falência renal. Dessa vez, foi Anna quem nos pegou desprevenidos. No entanto – como sempre – você dá um jeito, consegue lidar com as duas. A capacidade humana de carregar fardos é como a do bambu – muito mais flexível do que você imaginaria à primeira vista.

Enquanto Anna colocava suas coisas na mala essa tarde, fui ao hospital. Kate estava fazendo diálise quando entrei no quarto, dormindo com os fones de ouvido. Sara se levantou da cadeira com um dedo sobre os lábios, num aviso.

Ela me levou até o corredor.

– Como está a Kate? – perguntei.

– Mais ou menos igual – ela disse. – Como está a Anna?

Relatamos o estado de nossas filhas como se fossem figurinhas de um álbum que mostramos rapidamente, mas ainda não queremos trocar. Olhei para Sara, me perguntando como poderia contar a ela o que fizera.

– Para onde vocês dois fugiram enquanto eu estava brigando com o juiz? – ela perguntou.

Bom, se você ficar parado pensando em como o incêndio deve estar quente, nunca terá coragem de entrar no meio dele.

– Eu levei a Anna para o quartel.

– Está acontecendo alguma coisa no seu trabalho?

Respirei fundo e saltei do penhasco que meu casamento havia se tornado.

— Não. A Anna vai ficar lá comigo por alguns dias. Acho que ela precisa de um tempo sozinha.

Sara me encarou.

— Mas ela *não* vai estar sozinha. Vai estar com *você*.

De repente, o corredor me pareceu claro e largo demais.

— E isso é ruim?

— É. Você acha mesmo que fazer as vontades da Anna no meio dessa manha vai ser bom para ela a longo prazo?

— Não estou fazendo as vontades dela, estou lhe dando um pouco de espaço para que ela chegue sozinha às conclusões certas. Não é você que fica lá fora com ela enquanto vocês estão no gabinete do juiz. Estou preocupado com a Anna.

— Bom, é nisso que a gente difere — Sara retrucou. — Eu estou preocupada com nossas duas filhas.

Olhei para ela e, por um milésimo de segundo, vi a mulher que ela já foi um dia — uma que sabia mostrar um sorriso, em vez de ter que procurar por ele; que sempre estragava o fim da piada e mesmo assim fazia todo mundo rir; que me fisgava sem nem tentar. Coloquei as mãos em seu rosto. *Ah, aí está você*, pensei, e me inclinei para beijá-la na testa.

— Você sabe onde nos encontrar — eu disse e me afastei.

Pouco depois da meia-noite, recebemos um chamado médico. Anna pisca na cama quando o alarme soa e a luz se acende automaticamente e invade o quarto.

— Pode ficar aqui — eu digo, mas ela já está de pé, colocando os sapatos.

Dei a Anna a velha roupa de proteção da nossa bombeira: um par de botas, um chapéu. Ela se enfia na jaqueta e sobe na parte de trás da ambulância, prendendo-se ao assento virado para os fundos do veículo, atrás de Red, que está dirigindo.

A sirene vai gritando enquanto descemos as ruas de Upper Darby até a Casa de Repouso Sunshine Gates, uma antessala para quem está prestes a conhecer são Pedro. Red pega a maca enquanto carrego a maleta de paramédico. Uma enfermeira vem nos encontrar na porta da frente.

– Ela caiu e perdeu a consciência durante algum tempo. E seu estado mental está alterado.

Somos levados a um dos quartos. Lá dentro, uma velhinha está deitada no chão, pequenina e frágil como um pássaro, com sangue saindo do topo da cabeça. Pelo cheiro, ela perdeu o controle dos intestinos.

– Oi, querida – eu digo, me debruçando imediatamente e pegando sua mão, a pele fina como crepe. – Você consegue apertar os meus dedos?

Viro para a enfermeira e pergunto:

– Qual o nome dela?

– Eldie Briggs. Ela tem oitenta e sete anos.

– Eldie, nós vamos ajudá-la – digo, continuando a avaliar sua condição. – Ela tem um corte na região occipital. Vou precisar da maca com respiro, para poder colocá-la de bruços.

Red corre até a ambulância para pegar a maca, enquanto meço a pressão e verifico os batimentos cardíacos de Eldie – irregulares.

– Você está sentindo dor no peito? – pergunto.

A mulher geme, mas balança a cabeça e então estremece de dor.

– Vou ter que colocar um colar cervical em você, tudo bem? Parece que você bateu a cabeça com bastante força.

Red volta com a maca. Erguendo a cabeça, olho para a enfermeira de novo.

– Você sabe se a perda de consciência foi resultado da queda ou causou a queda?

Ela balança a cabeça.

– Ninguém viu o que aconteceu.

– É claro – murmuro. – Preciso de um cobertor.

A mão que me entrega a manta é pequena e está tremendo. Até esse instante, esqueci completamente que Anna estava conosco.

– Obrigado, meu amor – digo, parando para sorrir para ela. – Quer me ajudar aqui? Pode ir para perto dos pés da sra. Briggs?

Ela assente, pálida, e se agacha. Red alinha a maca ao corpo da paciente.

– Nós vamos rolar você, Eldie... no três.

Nós contamos, viramos a mulher e a prendemos à maca. O movimento faz o corte em sua cabeça jorrar sangue de novo. Nós a colocamos na ambulância. Red corre para o hospital enquanto me movimento no aperto da cabine, ligando o tanque de oxigênio e colocando a máscara no rosto dela.

– Anna, você pode pegar um kit intravenoso para mim? – eu peço e começo a cortar as roupas de Eldie. – Ainda está acordada, sra. Briggs? A senhora vai sentir uma picadinha.

Posiciono o braço dela e tento encontrar uma veia, mas elas são finas como riscos feitos debilmente a lápis ou os traços de uma planta arquitetônica. O suor brota na minha testa.

– Não consigo pegar a veia dela com a agulha vinte. Anna, você consegue encontrar uma vinte e dois?

O fato de a paciente estar gemendo e chorando não ajuda. Além disso, a ambulância está oscilando de um lado para o outro, virando esquinas, freando, enquanto tento inserir a agulha menor.

– Droga! – digo, atirando a segunda agulha no chão.

Faço um rápido exame cardíaco nela, depois pego o rádio e ligo para o hospital para avisar que estamos chegando.

– Paciente de oitenta e sete anos, sofreu uma queda. Está alerta e respondendo a perguntas, pressão treze por oito, batimentos cardíacos a cento e trinta por minuto e irregulares. Tentei achar a veia, mas não tive muita sorte. Ela tem um corte na parte de trás da cabeça, mas o sangramento está controlado agora. E ela está no oxigênio. Alguma pergunta?

À luz do farol de um caminhão vindo na direção contrária, vejo o rosto de Anna. O caminhão faz uma curva, a luz desaparece e me dou conta de que minha filha está segurando a mão da mulher.

Na entrada do pronto-socorro, tiramos a maca da ambulância e passamos com ela pelas portas automáticas. Uma equipe de médicos e enfermeiros já está esperando.

– Ela ainda está falando – digo.

Um enfermeiro dá tapinhas nos pulsos finos de Eldie.

– Meu Deus – ele diz.

– É, por isso que eu não consegui pegar a veia. Precisei usar o aparelho infantil para medir a pressão – conto.

De repente me lembro de Anna, parada na porta com os olhos arregalados.

– Papai, aquela senhora vai morrer?

– Acho que ela teve um derrame... mas ela não vai morrer. Olhe, por que você não espera ali, sentada numa cadeira? Vou sair daqui a cinco minutos no máximo.

— Pai — ela diz, e eu paro sob o batente da porta —, não ia ser legal se todos fossem assim?

Ela não encara a coisa como eu — que Eldie Briggs é o pesadelo de um paramédico, que suas veias são impossíveis de achar, sua condição é instável e esse chamado não foi nada bom. O que Anna quer dizer é que o que quer que haja de errado com Eldie Briggs pode ser consertado.

Vou lá para dentro e continuo a passar informações para a equipe de emergência conforme eles vão precisando. Cerca de dez minutos depois, termino de preencher o formulário de chamado e vou procurar minha filha na sala de espera, mas ela desapareceu. Encontro Red colocando lençóis limpos na maca e amarrando um travesseiro debaixo do cinto de segurança.

— Cadê a Anna? — pergunto.

— Achei que estava com você.

Olho primeiro num corredor, depois em outro, mas só encontro médicos cansados, outros paramédicos e pequenos grupos de pessoas confusas, bebendo café e torcendo para que tudo dê certo.

— Já volto — digo.

Comparado com o frenesi do pronto-socorro, o oitavo andar é calmo e organizado. As enfermeiras todas me cumprimentam pelo nome quando me encaminho para o quarto de Kate e abro a porta devagar.

Anna é grande demais para o colo de Sara, mas é lá que está sentada. Ela e Kate estão dormindo. Sobre o topo da cabeça de Anna, Sara me olha enquanto me aproximo.

Ajoelho diante de minha esposa e tiro os cabelos de Anna de suas têmporas.

— Meu amor — sussurro —, está na hora de ir para casa.

Anna vai se sentando lentamente. Ela me deixa pegar sua mão e ajudá-la a ficar de pé, com a palma de Sara acariciando suas costas.

— Lá não é nossa casa — Anna diz, mas sai do quarto comigo mesmo assim.

Depois da meia-noite, eu me deito ao lado de Anna e equilibro minhas palavras na beira de seu ouvido.

— Venha ver isso — peço.

Ela se senta na cama, pega um suéter e enfia os pés nos tênis. Juntos, subimos no telhado do quartel.

A noite está caindo ao nosso redor. Meteoros chovem como fogos de artifício, pequenos rasgos na costura da escuridão.

– Uau – Anna exclama, deitando-se para ver melhor.

– São as Perseidas – explico. – É uma chuva de meteoros.

– É incrível.

Estrelas cadentes não são estrelas. São apenas pedras que entram na atmosfera e pegam fogo por causa do atrito. Quando vemos uma estrela cadente e fazemos um desejo, estamos pedindo algo para um rastro de detritos.

No quadrante superior esquerdo do céu, um radiante explode num novo jato de fagulhas.

– É assim toda noite, enquanto a gente dorme? – Anna pergunta.

É uma questão extraordinária – As coisas maravilhosas sempre acontecem quando não estamos vendo? Balanço a cabeça. Tecnicamente, a rota da Terra cruza a cauda pedregosa desse cometa uma vez por ano. Mas um show tão dinâmico quanto este pode acontecer apenas uma vez na vida.

– Não ia ser legal se uma estrela caísse no nosso jardim? – ela diz. – Se a gente achasse a estrela quando o sol nascesse, colocasse num aquário e usasse de abajur ou de lanterna quando fosse acampar?

Quase posso imaginá-la fazendo isso, procurando por sinais de vegetação queimada no nosso gramado.

– Você acha que a Kate consegue ver isso da janela dela? – Anna pergunta.

– Não tenho certeza.

Eu me apoio em um dos cotovelos e a observo com atenção. Mas Anna mantém os olhos grudados na tigela emborcada do firmamento.

– Eu sei que você quer me perguntar por que estou fazendo isso – ela diz.

– Você não precisa dizer nada se não quiser.

Ela se deita com a cabeça apoiada no meu ombro. A cada segundo, outro rastro prateado brilha no céu: parênteses, pontos de exclamação, vírgulas – toda uma gramática feita de luz, no lugar de palavras difíceis demais de dizer.

Sexta-feira

Duvida que as estrelas sejam fogo;
Duvida que o sol tenha calor;
Suspeita que a verdade seja um jogo;
Mas não duvida jamais do meu amor.

– William Shakespeare, *Hamlet*

Campbell

Assim que entro no hospital com Juiz ao meu lado, vejo que arrumei um problema. Uma segurança – pense no Hitler vestido de mulher com um permanente muito malfeito – cruza os braços e bloqueia minha passagem até os elevadores.

– É proibido entrar com cachorro – ela ordena.
– Ele é um cão de assistência.
– Você não é cego.
– Eu tenho batimentos cardíacos irregulares e ele sabe primeiros socorros.

Vou até o consultório do dr. Peter Bergen, psiquiatra que por acaso é presidente do comitê de ética do Hospital de Providence. Estou aqui por falta de opção – não consigo encontrar minha cliente, que talvez nem esteja mais interessada em levar o processo adiante. Francamente, após a audiência de ontem, fiquei puto e queria que *ela* viesse até *mim*. Quando isso não aconteceu, cheguei a ponto de me sentar na soleira da porta da casa dela ontem à noite por uma hora, mas ninguém apareceu lá. Hoje de manhã, concluindo que Anna estava com a irmã, fui ao hospital – mas me disseram que eu não tinha permissão para ver Kate. Também não consigo encontrar Julia, embora acreditasse que fosse dar de cara com ela ainda me esperando do outro lado da porta quando eu e Juiz fomos embora, depois do incidente no tribunal ontem. Pedi o número do seu celular para sua irmã, mas algo me diz que o número 401-dane-se está fora de área.

Por isso, como não tenho nada melhor para fazer, vou trabalhar no meu caso, se é que ele ainda existe.

A secretária de Bergen parece ser do tipo de mulher que tem o número do sutiã maior que o do QI.

– Oooh, um cachorrinho! – ela guincha, esticando a mão para fazer carinho em Juiz.

– Por favor. Não.

Começo a inventar uma das minhas desculpas, mas por que desperdiçá-la com ela? Vou até a porta nos fundos da sala.

Lá dentro, encontro um homem baixo e gorducho com uma bandana com a bandeira americana cobrindo seus cachos grisalhos, usando roupa de ioga e fazendo tai chi chuan.

– Estou ocupado – Bergen grunhe.

– Então temos algo em comum, doutor. Meu nome é Campbell Alexander, sou o advogado que solicitou o histórico da menina Fitzgerald.

Com os braços estendidos para frente, o psiquiatra expira.

– Eu mandei o que o senhor pediu.

– O senhor mandou o histórico da Kate Fitzgerald. Preciso do da Anna Fitzgerald.

– Sabe, agora não é uma hora muito boa...

– Por favor, não quero interromper sua ginástica. – Eu me sento e Juiz deita aos meus pés. – Como eu estava dizendo... e em relação à Anna Fitzgerald? Você tem algum registro do comitê de ética sobre ela?

– O comitê de ética jamais se reuniu para tratar de Anna Fitzgerald. A paciente é a irmã dela.

Eu o observo arquear as costas e se inclinar para frente.

– O senhor tem alguma ideia de quantas vezes a Anna passou por procedimentos neste hospital, alguns deles com internação?

– Não – diz Bergen.

– Eu já contei oito.

– Mas esses procedimentos não passariam necessariamente pelo comitê de ética. Quando os médicos concordam com o que o paciente quer e vice-versa, não há conflito. A gente nem precisa ficar sabendo. – O dr. Bergen abaixa o pé que havia erguido no ar e pega uma toalha para secar embaixo dos braços. – Nós todos trabalhamos muito, sr. Alexander. Somos psiquiatras, enfermeiros, médicos, cientistas e capelães. Não saímos por aí procurando problemas.

Julia e eu nos recostamos no meu armário da escola, tendo uma discussão sobre a Virgem Maria. Eu havia mexido na medalhinha milagrosa dela – na verdade queria tocar sua clavícula, e a medalhinha se intrometeu no caminho.

— E se ela tiver sido apenas uma menina que fez besteira e inventou um jeito engenhoso de se livrar do problema? – perguntei.
Julia quase engasgou.
— Acho que você pode até ser expulso da Igreja Episcopal por isso, Campbell.
— Pense bem. Você tem treze anos, ou sei lá quantos anos eles tinham quando começavam a transar naquela época, tem um rala e rola com o José e, de repente, seu teste de gravidez dá positivo. Você pode encarar a ira do seu pai ou inventar uma boa história. Quem vai negar se você disser que foi Deus quem te engravidou? Você não acha que o pai da Maria pensou: Eu podia colocar a menina de castigo, mas e se isso causar uma peste?

Naquele momento, eu abri meu armário e centenas de camisinhas cascatearam para fora. Um bando de caras da equipe de iatismo saiu de seus esconderijos, rindo como hienas.
— A gente achou que você devia estar precisando de um novo estoque – disse um deles.

O que eu podia fazer? Apenas sorri.

Antes que eu me desse conta do que estava acontecendo, Julia já tinha se mandado. Para uma menina, ela corria rápido pra caramba. Só a alcancei quando a escola já se tornara um borrão distante atrás de nós.
— Minha joia – eu disse.

Mas não sabia o que dizer depois disso. Aquela não foi a primeira vez que fiz uma menina chorar, mas foi a primeira vez que doeu em mim também.
— Você queria que eu desse porrada em todos eles? É isso?
Ela se virou para mim.
— O que você fala sobre a gente quando vocês estão no vestiário?
— Não falo nada.
— E o que fala para os seus pais?
— Não contei para eles – admiti.
— Vá se foder – ela disse e começou a correr de novo.

A porta do elevador se abre no terceiro andar e lá está Julia Romano. Nós nos encaramos por um instante, então Juiz se levanta e começa a abanar o rabo.
— Vai descer? – pergunto.

Ela entra e aperta o botão do saguão, que já está aceso. Isso a faz se inclinar diante de mim, e consigo sentir o cheiro de seus cabelos – baunilha e canela.

– O que você está fazendo aqui? – Julia pergunta.

– Ficando incrivelmente decepcionado com o estado do sistema de saúde americano. E você?

– Tenho uma reunião com o oncologista da Kate, dr. Chance.

– Presumo que isso signifique que ainda há um processo.

Ela balança a cabeça.

– Não sei. Nenhum membro daquela família retorna meus telefonemas, com exceção do Jesse, e os motivos dele são estritamente hormonais.

– Você subiu até o...

– Quarto da Kate? Subi. Eles não me deixaram entrar. Algo a ver com a diálise.

– Disseram a mesma coisa para mim.

– Bom, se você conversar com ela...

– Olhe – eu interrompo. – Preciso presumir que ainda temos uma audiência daqui a três dias, até que a Anna me diga o contrário. Se for isso mesmo, você e eu precisamos muito sentar e tentar entender que diabos está acontecendo na vida dessa menina. Quer tomar um café?

– Não – ela diz, fazendo menção de ir embora.

– Pare. – Quando agarro seu braço, ela congela. – Eu sei que isso é chato para você. É chato para mim também. Mas só porque nós dois aparentemente não conseguimos virar adultos, não significa que a Anna não deva ter uma chance de fazer isso.

Meu discurso é acompanhado por um olhar de arrependimento particularmente pungente. Julia cruza os braços.

– Quer anotar essa para poder usar de novo depois?

Eu caio na gargalhada.

– Cara, como você é durona...

– Ah, vá se catar, Campbell. Você é tão falso que deve passar óleo na boca todos os dias de manhã, para engolir mais fácil o que diz.

Essa frase faz surgir diversas imagens na minha mente, todas envolvendo partes do corpo *dela*.

– Você tem razão – ela diz depois.

— *Isso* eu quero anotar...

Ela se afasta de novo, mas desta vez eu e Juiz vamos atrás.

Julia sai do hospital e desce uma rua lateral, pega uma viela e passa por um prédio vagabundo, até que nos encontramos sob a luz do sol de novo, na Avenida Mineral Spring, no norte de Providence. A essa altura, fico feliz por minha mão esquerda estar segurando firme a coleira de um cachorro com uma quantidade excessiva de dentes.

— O dr. Chance me disse que não há mais nada a fazer pela Kate – ela me conta.

— Você quer dizer além do transplante de rim.

— Não. Isso é que é o mais incrível. — Ela para de andar e se posta diante de mim. — O dr. Chance não acha que a Kate tenha forças para passar pelo transplante.

— E a Sara Fitzgerald está insistindo para que ele seja feito – digo.

— Se você parar para pensar, Campbell, não dá para culpá-la por isso. Se a Kate vai morrer de qualquer jeito sem o transplante, por que não tentar?

Desviamos cuidadosamente de um mendigo e de sua coleção de garrafas.

— Porque fazer o transplante envolve fazer sua outra filha passar por uma cirurgia complicada — observo. — E pôr a saúde da Anna em risco por um procedimento que não é necessário para ela me parece um pouco egoísta.

De repente, Julia para diante de uma pequena espelunca com uma placa escrita à mão: Luigi Ravioli. Parece o tipo de lugar que os donos mantêm na penumbra para que você não perceba os ratos.

— Não tem um Starbucks por aqui? – pergunto, e nesse momento um careca gigantesco de avental branco abre a porta e quase derruba Julia.

— Isobella! – ele exclama, beijando-a nas duas bochechas.

— Não, tio Luigi, é a Julia.

— Julia? — Ele se afasta e franze a testa. — Tem certeza? Você devia cortar o cabelo ou algo assim, para facilitar.

— Vocês implicavam com o meu cabelo quando era curto.

— A gente implicava com o seu cabelo porque era *rosa*. — Ele olha para mim. — Estão com fome?

— Estávamos querendo tomar um café numa mesa tranquila.

Luigi sorri.

— Uma mesa tranquila?

Julia suspira.

– Não é o que você está pensando.

– Está bem, está bem, tudo é segredo. Entrem, podem sentar na mesa dos fundos. – Ele olha para Juiz. – O cachorro fica aqui.

– O cachorro entra – retruco.

– Não no meu restaurante – ele insiste.

– É um cão de assistência, não pode ficar aqui fora.

Luigi se aproxima e fica a dois dedos do meu rosto.

– Você é cego?

– Sou daltônico. Ele me avisa quando o semáforo muda de cor.

Os cantos da boca de Luigi viram para baixo.

– Está todo mundo respondão hoje – ele diz e então nos leva para dentro.

Durante semanas, minha mãe tentou adivinhar a identidade da minha namorada.

– É a Bitsy, não é? Aquela que a gente conheceu em Martha's Vineyard? Ah, não, espere, não é a filha da Sheila, aquela ruiva, é?

Respondi um milhão de vezes que não era ninguém que ela conhecia, mas o que queria dizer era que Julia não era ninguém que ela reconheceria.

– Eu sei o que é melhor para a Anna – Julia me conta –, mas não tenho certeza de que ela é madura o suficiente para tomar suas próprias decisões.

Pego outra garfada do antepasto.

– Se você acha que ela teve razão ao entrar com a ação, qual é o conflito?

– Comprometimento – Julia diz secamente. – Você gostaria que eu definisse para você o que é isso?

– Sabia que é falta de educação mostrar as garras na mesa?

– Toda vez que a mãe da Anna a confronta, ela recua. Toda vez que algo acontece com a Kate, ela recua. E, apesar do que ela pensa ser capaz, nunca tomou uma decisão dessa magnitude antes, considerando-se as consequências que isso terá para sua irmã.

– E se eu lhe disser que, quando chegar a hora da audiência, ela será capaz de tomar essa decisão?

Julia ergue o olhar.
– Por que você tem tanta certeza de que isso vai acontecer?
– Eu nunca duvido de mim mesmo.
Ela tira uma azeitona da bandeja entre nós.
– É – diz baixinho. – Eu lembro.

Embora Julia deva ter suspeitado, não falei para ela dos meus pais, da minha casa. Quando entramos em Newport com meu jipe, parei diante de uma imensa mansão de tijolinhos.
– Campbell – ela disse. – Você está brincando comigo.
Fiz o caminho circular na frente da mansão e segui para o outro lado.
– É, estou.
Assim, quando parei na frente da casa dois quarteirões abaixo, a grande casa em estilo georgiano, com suas fileiras de faias e a colina com vista para a baía, ela não pareceu tão imponente. Pelo menos era menor que a primeira.
Julia balançou a cabeça.
– Assim que seus pais me virem, vão separar a gente nem que seja com um pé de cabra.
– Eles vão adorar você – eu disse a ela.
Foi a primeira vez que menti para Julia, mas não a última.

Julia se curva embaixo da mesa com um prato cheio de macarrão.
– Tome, Juiz – ela diz. – Então, para que o cachorro?
– Ele faz a tradução quando tenho algum cliente que só fala espanhol.
– Sei.
Eu sorrio.
– Juro.
Ela se inclina para frente e aperta os olhos.
– Eu tenho seis irmãos, sabia? Sei como vocês, homens, funcionam.
– Por favor, me conte.
– E entregar meus segredos de mão beijada? Nem morta – ela diz, balançando a cabeça. – Acho que a Anna contratou você porque é tão evasivo quanto ela.

– Ela me contratou porque viu meu nome no jornal – explico. – Esse é o único motivo.

– Mas por que você pegou o caso *dela*? Você não costuma trabalhar com esse tipo de coisa.

– Como você sabe com que tipo de coisa eu costumo trabalhar?

Falei isso brincando, foi uma piada, mas Julia fica muda, e eis a resposta: durante todos esses anos, ela vem acompanhando minha carreira.

Assim como venho acompanhando a dela.

Limpo a garganta, constrangido, e aponto para o rosto dela.

– Você está com um pouco de molho... aí.

Ela ergue o guardanapo e limpa o canto da boca, mas erra completamente.

– Saiu?

Inclinando-me com meu próprio guardanapo na mão, limpo a manchinha – mas então não me afasto. Minha mão fica sobre o rosto dela. O olhar dela se prende ao meu e, nesse instante, voltamos a ser jovens aprendendo o formato um do outro.

– Campbell, não faça isso comigo – diz Julia.

– O quê?

– Não me empurre do mesmo precipício duas vezes.

Quando o celular no bolso do meu casaco toca, nós dois damos um pulo. Julia derruba sem querer sua taça de chianti enquanto eu atendo.

– Não, fique calma. Fique calma. Onde você está? Tudo bem, estou indo para aí.

Ela para de enxugar a mesa quando desligo.

– Preciso ir – digo.

– Está tudo bem?

– Era a Anna. Ela está na delegacia de Upper Darby.

Na volta para Providence, tentei pensar em pelo menos uma morte horrível por quilômetro para os meus pais. Espancamento, escalpamento. Esfolar os dois vivos e passar no sal. Afogá-los no gim, embora eu não tenha certeza se eles considerariam isso uma tortura ou simplesmente o nirvana.

É possível que eles tenham me visto entrar sorrateiramente no quarto de hóspedes e levar Julia pela escadaria da criadagem até a porta dos fundos da casa.

É possível que tenham discernido nossas silhuetas quando tiramos as roupas e fomos nadar na baía. Talvez tenham visto quando as pernas dela me envolveram e eu a deitei numa cama feita de suéteres e toalhas.

A desculpa deles, dada na manhã seguinte diante dos ovos benedict, foi um convite para uma festa no clube aquela noite — traje de gala, só para a família. Um convite que, é claro, não incluía Julia.

Estava tão quente quando paramos diante da casa dela que um menino audacioso abriu um hidrante, e as crianças pulavam como pipocas ao passar pelo jato de água.

— Julia, eu não devia ter arrastado você até minha casa para conhecer meus pais.

— Há muitas coisas que você não devia fazer — ela admitiu. — E a maioria me envolve.

— Eu ligo para você antes da festa de formatura — eu disse, e ela me beijou e saiu do jipe.

Mas eu não liguei. E não fui encontrá-la na festa de formatura. E ela acha que sabe por quê, mas não sabe.

O curioso em Rhode Island é que absolutamente nenhum feng shui foi aplicado ao estado. O que quero dizer com isso é que há uma cidade chamada Little Compton, mas nenhuma chamada Big Compton. Há uma Upper Darby, mas nenhuma Lower Darby. Há um monte de lugares definidos em termos de outra coisa que na verdade não existe.

Julia me segue em seu carro. Juiz e eu provavelmente quebramos o recorde de velocidade de qualquer veículo terrestre, porque a sensação que tenho é que menos de cinco minutos se passam entre o telefonema e o momento em que entramos na delegacia e encontramos Anna histérica ao lado do sargento de plantão. Ela voa na minha direção, nervosíssima.

— Você precisa nos ajudar! — ela exclama. — O Jesse foi preso!

— O quê?

Encaro Anna, que me arrancou de uma refeição muito boa, sem falar de uma conversa que eu teria gostado muito de concluir.

— Por que isso é problema meu?

— Porque eu preciso que você tire o Jesse daqui — ela explica devagar, como se eu fosse retardado. — Você é advogado.

– Não sou advogado *dele*.

– E não pode passar a ser?

– Por que você não liga para sua mãe? – sugiro. – Ouvi dizer que ela está aceitando novos clientes.

Julia dá um tapa no meu braço.

– Cale a boca. – Ela se vira para Anna. – O que aconteceu?

– O Jesse roubou um carro e foi pego.

– Preciso de mais detalhes – digo, já me arrependendo.

– Acho que era um Hummer. Um grandão, amarelo.

Só existe um Hummer amarelo no estado inteiro, e pertence ao juiz Newbell. Uma dor de cabeça surge entre meus olhos.

– Seu irmão roubou o carro de um juiz e você quer que eu o tire da cadeia?

Anna pisca para mim.

– Ué, *lógico*.

Jesus Cristo.

– Vou falar com o policial.

Deixo Anna com Julia e me aproximo do sargento, que – juro – já está rindo de mim.

– Sou o advogado do Jesse Fitzgerald – suspiro.

– Meus pêsames.

– Foi o carro do juiz Newbell, não foi?

O sargento sorri.

– Foi, sim.

Respiro fundo.

– O menino é réu primário.

– Só porque ele acabou de fazer dezoito anos. Mas a ficha dele como menor tem dois quilômetros de comprimento.

– Olhe, a família dele está passando por um período muito difícil. Uma irmã está morrendo, a outra está processando os pais. Você não pode quebrar meu galho?

O sargento olha para Anna.

– Eu falo com o promotor, mas é melhor você dar a menina como desculpa, porque tenho certeza de que o juiz Newbell não quer vir testemunhar.

Após um pouco mais de negociação, eu me aproximo de Anna, que dá um pulo assim que me vê.

– Você deu um jeito?

– Dei. Mas nunca mais vou fazer isso, e ainda quero conversar com você.

Furioso, vou até os fundos da delegacia, onde ficam as celas. Jesse Fitzgerald está deitado de costas sobre a cama de metal, com o braço sobre os olhos. Paro diante de sua cela por um momento.

– Você é o melhor argumento que já vi a favor da seleção natural – digo afinal.

Ele se senta.

– Quem diabos é você?

– Sua fada madrinha. Seu merdinha idiota... Sabia que você roubou o carro de um juiz?

– Bom, como eu podia saber de quem era o carro?

– Talvez por causa da placa personalizada que diz MERITÍSSIMO? – respondo. – Eu sou advogado. Sua irmã pediu que eu representasse você. Contra todo bom senso, concordei.

– Sério mesmo? Você tem como me tirar daqui?

– Você vai poder sair depois de pagar a fiança. Vai ter que entregar a eles sua carteira de motorista e concordar em morar em casa, o que você já faz, então não vai ter problema.

Jesse analisa o que eu disse.

– Vou ter que entregar meu carro?

– Não.

Dá para ver as engrenagens do cérebro dele girando. Um moleque como Jesse não liga a mínima para um pedaço de papel que lhe permite dirigir, contanto que tenha um carro.

– Beleza, então – ele diz.

Faço um gesto para o policial que está esperando ali perto e ele destranca a cela para que Jesse saia. Caminhamos lado a lado até a sala de espera. Ele é tão alto quanto eu, mas ainda tem um ar inacabado. O rosto de Jesse se ilumina quando dobramos o corredor, e por um segundo acho que ele é capaz de redenção, que talvez goste o suficiente de Anna para ser seu aliado.

Mas ele ignora a irmã e vai na direção de Julia.

– Oi. Estava preocupada comigo?

Neste instante, sinto vontade de trancá-lo de volta na cela. *Depois* de matá-lo.

– Cai fora – Julia suspira. – Venha, Anna. Vamos comer alguma coisa.

Jesse se anima.

– Ótimo, estou morrendo de fome.

– Você, não – digo. – A gente vai para o tribunal.

No dia em que me formei na Wheeler, os gafanhotos apareceram. Eles surgiram como uma tempestade pesada de verão, emaranhando-se nos galhos das árvores e emitindo baques secos ao cair no chão. Os meteorologistas se divertiram tentando explicar o fenômeno. Mencionaram pragas bíblicas, o El Niño e a seca prolongada. Recomendaram o uso de guarda-chuvas e chapéus de abas largas e nos mandaram não sair na rua.

A cerimônia de formatura, no entanto, foi feita ao ar livre, sob uma grande tenda de lona branca. Enquanto o orador falava, seu discurso era pontuado pelo som da queda suicida dos insetos. Gafanhotos rolavam do teto inclinado da tenda e caíam no colo dos espectadores.

Eu não queria ir, mas meus pais me obrigaram. Julia me encontrou quando eu estava colocando o capelo. Ela envolveu minha cintura com os braços e tentou me beijar.

– Oi – ela disse. – Onde você estava se escondendo?

Eu me lembro de pensar que, em nossas becas brancas, parecíamos fantasmas. Eu a empurrei para longe.

– Não faça isso. Tá? Eu não quero.

Em todas as fotos que meus pais tiraram na formatura, estou sorrindo como se aquele novo mundo fosse um lugar onde eu realmente quisesse viver, enquanto à minha volta insetos do tamanho de punhos cerrados caíam do céu.

Aquilo que é ético para um advogado é diferente do que é ético para o resto do mundo. Na verdade, existe um código escrito – o Código de Ética e Disciplina – e temos que lê-lo, fazer um teste sobre ele e segui-lo para poder exercer a profissão. Mas esses mesmos padrões exigem que façamos coisas que a maioria das pessoas consideraria imorais. Por exemplo, se você entrasse no meu escritório e dissesse: "Eu matei o bebê do Charles Lindbergh", talvez eu lhe perguntasse onde está o corpo. "Enterrado no chão do meu quarto", você diria, "um metro abaixo dos alicerces da casa." Se for para fazer meu trabalho corretamente, eu não poderia dizer a ninguém onde está o bebê. Na verdade, se fizesse isso, poderia ser expulso da Ordem dos Advogados.

O que isso tudo significa é que fui ensinado a acreditar que a moral e a ética não andam necessariamente juntas.

– Bruce – digo ao promotor –, meu cliente vai se declarar culpado. E, se você o livrar de algumas dessas infrações de trânsito, juro que ele vai se manter a uma distância mínima de quinze metros do juiz e do carro dele pelo resto da vida.

Eu me pergunto até que ponto a população do país sabe que o sistema judiciário tem muito mais a ver com saber jogar pôquer do que com justiça.

Bruce é um cara legal. Além disso, eu por acaso sei que ele acabou de ser designado para um caso que envolve duplo homicídio; não vai querer perder tempo com a condenação de Jesse Fitzgerald.

– Você sabe que a gente está falando do Hummer do juiz Newbell, Campbell – ele diz.

– Sim, eu sei – respondo gravemente, mas o que estou pensando é que qualquer pessoa vaidosa o suficiente para ter um Hummer está praticamente pedindo para ter o carro roubado.

– Vou falar com o juiz – Bruce suspira. – Ele provavelmente vai querer me estripar só por sugerir isso, mas vou dizer que a polícia não vai se importar se a gente quebrar o galho do garoto.

Vinte minutos depois, assinamos todos os documentos e Jesse está parado ao meu lado na frente da sala do tribunal. Vinte e cinco minutos depois, ele está oficialmente em liberdade condicional e descemos as escadas do tribunal.

É um daqueles dias de verão que trazem a sensação de uma memória subindo à garganta. Em dias como este, eu estaria velejando com meu pai.

Jesse inclina a cabeça para trás.

– A gente costumava pescar girinos – ele diz do nada. – Pegá-los com um balde e ficar observando as caudas virarem pernas. Mas nem unzinho virou sapo, juro por Deus.

Ele se vira para mim e tira um maço de cigarros do bolso da camisa.

– Quer um?

Não fumo desde que estava na faculdade. Mas acabo pegando um cigarro e acendendo. Juiz observa a vida acontecer com a língua pendendo da boca. Ao meu lado, Jesse acende um fósforo.

– Obrigado – ele diz. – Pelo que está fazendo pela Anna.

Um carro passa, o rádio toca uma daquelas músicas que as estações nunca tocam no inverno. Um jato azul de fumaça sai da boca de Jesse. Eu me pergunto se ele já velejou alguma vez. Se tem alguma memória que guarda há todos esses anos – sentar no jardim da frente da casa e sentir a grama esfriar depois do pôr do sol, segurar um fogo de artifício até o pavio queimar sua mão no Dia da Independência. Todo mundo tem alguma coisa.

Julia deixou o bilhete embaixo do limpador de para-brisa do jipe, dezessete dias depois da formatura. Antes de abri-lo, eu me perguntei como ela chegara a Newport, como voltara para casa. Levei o bilhete até a baía para lê-lo sentado sobre as pedras. Quando terminei, eu o cheirei, para ver se tinha o cheiro dela.

Tecnicamente, eu não tinha permissão para dirigir, mas isso não importava. Nós nos encontramos, como pedido no bilhete, no cemitério.

Julia estava sentada diante da lápide com os braços em volta dos joelhos. Ela ergueu o olhar quando me viu.

– Eu queria que você tivesse sido diferente – ela disse.

– Julia, o problema não é você.

– Não? – Ela se levantou. – Eu não vou receber milhões de herança, Campbell. Meu pai não tem um iate. Se você estava cruzando os dedos e esperando que eu fosse virar a Cinderela um dia desses, se enganou muito.

– Eu não ligo para nada disso.

– Mentira. – Ela apertou os olhos. – O que você achou, que ia ser divertido se meter com uma pobretona? Fez isso só para irritar seus pais? E agora pode me limpar da sola do sapato, como se eu fosse algo em que você pisou sem querer?

Ela me deu um soco no peito.

– Eu não preciso de você – disse. – Nunca precisei.

– Mas eu precisava de você, porra! – gritei de volta.

Quando ela se virou, eu a agarrei pelos ombros e a beijei. Peguei as coisas que não conseguia dizer e derramei dentro dela.

Existem coisas que fazemos porque nos convencemos de que será melhor para todos os envolvidos. Dizemos a nós mesmos que é a coisa certa a fazer, a opção mais altruísta. É bem mais fácil do que admitir a verdade.

Empurrei Julia para longe. Desci a colina do cemitério. Nem olhei para trás.

Anna está sentada no banco do passageiro, e Juiz não gosta muito. Ele enfia a cara tristonha entre os dois bancos e ofega sem parar.

— O que aconteceu hoje não foi um bom prenúncio do que está por vir — digo a ela.

— Como assim?

— Se você quer ter o direito de tomar decisões importantes, Anna, precisa começar a tomá-las agora. Não pode esperar que o resto do mundo conserte suas bagunças.

Ela faz uma careta para mim.

— Isso tudo é só porque eu pedi para você ajudar o meu irmão? Achei que você era meu *amigo*.

— Já falei uma vez que não sou seu amigo, sou seu advogado. Há uma diferença crucial.

— Tudo bem — ela diz, tentando destrancar a porta. — Vou voltar para a delegacia e mandar prenderem o Jesse de novo.

Anna quase consegue abrir a porta do passageiro, embora estejamos numa rodovia de alta velocidade. Agarro a maçaneta e a fecho com força.

— Você está maluca?

— Sei lá. Gostaria de perguntar o que você acha, mas não deve fazer parte do seu trabalho.

Girando abruptamente o volante, paro o carro no acostamento.

— Quer saber o que eu acho? Ninguém nunca pede a sua opinião sobre nada importante porque você muda de ideia com tanta frequência que ninguém sabe *o que* pensar. Eu, por exemplo. Nem sei se ainda vamos entrar com uma ação de emancipação médica.

— E por que não entraríamos?

— Pergunte para a sua mãe. Pergunte à Julia. Toda vez que eu me viro, alguém me informa que você não quer mais levar isso adiante. — Olho para o apoio sobre o qual está o braço dela e vejo o esmalte roxo cintilante nas unhas roídas até a carne. – Se você quiser ser tratada como adulta pelo juiz, precisa começar a agir como adulta. Anna, eu só posso brigar por você se você provar para todo mundo que vai poder brigar sozinha depois que eu me afastar.

Volto para a rodovia e olho para Anna de soslaio, mas ela está com as mãos enfiadas entre as coxas, olhando para frente com uma expressão furiosa.

– Já estamos quase chegando na sua casa – digo secamente. – Aí você vai poder sair e bater a porta na minha cara.

– A gente não vai para a minha casa. Preciso ir para o quartel dos bombeiros. Meu pai e eu vamos ficar lá por um tempo.

– É minha imaginação ou eu passei duas horas na vara da família ontem discutindo justamente sobre isso? Além do mais, achei que você tinha dito à Julia que *não* queria ficar longe da sua mãe. É exatamente disso que estou falando, Anna – digo, batendo a mão no volante. – O que você quer, afinal de contas?

Ela explode, e é uma coisa extraordinária de se ver.

– Você quer saber o que eu quero? Ser cobaia me deixa doente. Ninguém me pergunta o que eu acho de nada disso, e isso me deixa doente. Eu estou doente, mas nunca fico doente o suficiente para essa família, porra!

Anna abre a porta do carro antes que eu estacione e sai correndo para o quartel dos bombeiros, a uns cem metros de distância.

Muito bem. Lá no fundo da minha jovem cliente, há o potencial de fazer os outros escutarem. Isso significa que, quando eu colocá-la para testemunhar, ela vai se sair melhor do que imaginei.

E, na esteira desse pensamento, Anna pode ser capaz de testemunhar, mas o que ela acabou de dizer a faz parecer antipática. Até imatura. Ou, em outras palavras, com poucas chances de convencer o juiz a tomar uma decisão a seu favor.

BRIAN

O FOGO E A ESPERANÇA ESTÃO LIGADOS, fique sabendo. Os gregos diziam que Zeus deu a Prometeu e Epimeteu a tarefa de criar a vida na terra. Epimeteu criou os animais, distribuindo bônus como rapidez, força, pelos e asas. Quando Prometeu fez o homem, todas as melhores qualidades já haviam sido usadas. Ele se contentou em fazê-los andar com o corpo ereto e lhes deu o fogo.

Zeus zangou-se e tomou o fogo de volta. Mas Prometeu viu sua criação, o orgulho de sua vida, tremendo de frio e sem poder cozinhar. Ele acendeu uma tocha no sol e a levou para os homens. Para punir Prometeu, Zeus o acorrentou a uma rocha, onde uma águia comia seu fígado. Para punir o homem, ele criou a primeira mulher – Pandora – e lhe deu um presente, uma caixa que ela estava proibida de abrir.

A curiosidade de Pandora foi mais forte que ela, e um dia ela abriu a caixa. De lá saíram pragas, miséria e maldade. Pandora conseguiu fechar a tampa com força antes que a esperança escapasse. Essa é a única arma que temos para lutar contra todas as outras coisas.

Pergunte a qualquer bombeiro, ele confirmará. Mentira. Pergunte a qualquer pai.

— Entre – digo a Campbell Alexander quando ele chega com Anna. – Tem café fresquinho.

Ele vai comigo lá para cima, e seu pastor alemão vem atrás. Encho duas xícaras.

— Para que o cachorro?

— As mulheres adoram – diz o advogado. – Tem leite?

Passo a ele a caixa de leite que estava na geladeira e sento com minha xícara à frente. Está silencioso aqui. Os rapazes estão lá embaixo, lavando os motores e fazendo a manutenção diária.

– Então – Alexander dá um gole no café. – Anna me contou que vocês dois saíram de casa.

– É. Eu imaginei que você ia querer falar disso.

– Você sabe que sua mulher é a advogada da outra parte, certo? – ele diz cuidadosamente.

Eu o encaro.

– Acho que com isso você quer perguntar se eu entendo que não devia estar aqui falando com você.

– Isso só é um problema se sua mulher ainda estiver representando você.

– Eu jamais pedi que a Sara me representasse.

Alexander franze a testa.

– Não tenho certeza se ela sabe disso.

– Olhe, com todo respeito, isso aqui pode parecer uma coisa muito importante, e é, mas nós temos outra coisa muito importante acontecendo ao mesmo tempo. Nossa filha mais velha foi hospitalizada e... bom, a Sara está batalhando em duas frentes.

– Eu sei. E lamento muito pela Kate, sr. Fitzgerald – ele diz.

– Pode me chamar de Brian – digo, envolvendo a xícara com as mãos. – E eu gostaria de conversar com você... sem a Sara por perto.

Ele se recosta na cadeira dobrável.

– Que tal agora?

Agora não é um bom momento, mas jamais haverá um bom momento para isso.

– Tudo bem – concordo e respiro fundo. – Acho que a Anna está certa.

Num primeiro momento, nem tenho certeza se Campbell Alexander me ouviu. Mas depois ele pergunta:

– Está disposto a dizer isso para o juiz na audiência?

Olho para o meu café.

– Acho que tenho que fazer isso.

Quando Paulie e eu chegamos ao endereço de onde chamaram o resgate hoje de manhã, o namorado já tinha enfiado a menina debaixo do chuveiro.

Ela estava sentada no chão com as pernas esparramadas em volta do ralo, completamente vestida. Seus cabelos estavam grudados no rosto, mas, mesmo sem isso, daria para saber que ela estava inconsciente.

Paulie entrou imediatamente no chuveiro e começou a tirar a menina dali.

– O nome dela é Magda – disse o namorado. – Ela vai ficar bem, né?

– Ela é diabética?

– Isso importa?

Pelo amor de Deus.

– Diga o que vocês estavam usando – exigi.

– A gente estava só bebendo – ele disse. – Tequila.

Ele não tinha mais de dezessete anos. Idade suficiente para ter ouvido o mito de que uma chuveirada faz alguém acordar de uma overdose de heroína.

– Vou explicar uma coisa para você. Meu parceiro e eu queremos ajudar a Magda, salvar a vida dela. Mas se você me disser que ela ingeriu álcool, e na verdade for uma droga, o remédio que vamos dar a ela pode ter o efeito contrário e deixá-la ainda pior. Entendeu?

Àquela altura, Paulie já estava com Magda do lado de fora do chuveiro e conseguira tirar a blusa dela com algum esforço. Havia marcas de agulha em ambos os braços.

– Se era tequila, eles estavam injetando. Pego o coquetel de coma?

Peguei o Narcan da maleta de paramédico e entreguei a Paulie o equipamento necessário para a aplicação intravenosa.

– Então, é... vocês não vão falar com a polícia, vão? – o menino perguntou.

Com um gesto rápido, eu o agarrei pela gola da camisa e o empurrei contra a parede.

– Você é burro assim mesmo?

– É que meus pais vão me matar.

– Você não parecia muito preocupado se ia se matar. Ou matar a menina – eu disse, obrigando-o a olhar para ela, que àquela altura estava vomitando pelo chão todo. – Você acha que a vida é uma coisa que pode ser descartada que nem lixo? Acha que, depois de uma overdose, você tem uma segunda chance?

Eu estava gritando na cara dele. Senti uma mão sobre o meu ombro – era Paulie.

– Calma, capitão – ele murmurou.

Devagar, eu me dei conta de que o moleque estava tremendo, de que ele na verdade não tinha nada a ver com o motivo dos meus gritos. Eu me afastei para me acalmar. Paulie terminou de cuidar da paciente e veio para o meu lado.

– Se for demais para você, a gente pode fazer a sua parte – ele ofereceu. – O chefe lhe dá a folga que você precisar.

– Eu preciso trabalhar.

Sobre o ombro de Paulie, vi a cor voltar às faces da menina. O garoto estava ao lado dela, soluçando com as mãos sobre o rosto. Encarei Paulie.

– Quando não estou aqui – expliquei –, tenho que estar lá.

O advogado e eu terminamos nosso café.

– Mais uma xícara? – ofereço.

– Melhor não. Tenho que voltar para o escritório.

Nós nos cumprimentamos com a cabeça, mas não há mais nada a dizer.

– Não se preocupe com a Anna – acrescento. – Pode deixar que ela vai ter tudo que precisar.

– Talvez você devesse ver como andam as coisas em casa também – diz Alexander. – Acabei de tirar seu filho da cadeia em condicional, pois ele roubou o Hummer de um juiz.

Ele coloca a xícara na pia e me deixa com essa informação, sabendo que, cedo ou tarde, ela me fará cair de joelhos.

SARA

1997

NÃO IMPORTA QUANTAS VEZES você vá até o pronto-socorro, isso nunca vira rotina. Brian leva nossa filha nos braços, e o sangue escorre pelo rosto dela. A enfermeira de plantão nos manda entrar com um gesto, levando nossos outros dois filhos até a fileira de cadeiras de plástico, onde eles poderão esperar. Um residente entra no cubículo, com tempo apenas para o que interessa.

– O que aconteceu?

– Ela voou por cima do guidão da bicicleta – eu digo. – Caiu no concreto. Não parece ter nenhum sinal de concussão, mas tem um corte na cabeça, na raiz do cabelo, com mais ou menos quatro centímetros.

O médico a deita gentilmente sobre a mesa, coloca suas luvas com um estalo e examina a testa dela.

– Você é médica ou enfermeira?

Tento sorrir.

– Só estou acostumada com isso.

São necessários oitenta e dois pontos para costurar o corte. Depois, com uma gaze branca colada em sua testa e uma dose considerável de Tylenol pediátrico nadando em suas veias, vamos para a sala de espera de mãos dadas.

Jesse pergunta quantos pontos ela levou. Brian diz que ela foi corajosa como um bombeiro. Kate olha para o curativo de Anna.

– Gosto mais quando eu fico aqui fora – ela diz.

Começa quando Kate solta um grito no banheiro. Corro lá para cima e arrombo a fechadura, encontrando minha filha de nove anos de pé diante da privada, salpicada de sangue. O sangue escorre pelas pernas dela também, e encharcou sua calcinha. Esse é o cartão de visita da LPA – hemorragia, com todo tipo de máscaras e disfarces. Kate já teve sangramento retal antes, mas ela tinha dois anos, não teria como se lembrar.

– Não se preocupe – digo calmamente.

Pego uma toalha morna para limpá-la e lhe dou um absorvente para colocar na calcinha. Vejo-a tentando posicionar a massa do absorvente entre as pernas. Este é o momento que eu teria com Kate quando ela ficasse menstruada pela primeira vez. Será que ela viverá tempo suficiente para que isso aconteça?

– Mãe – diz Kate –, voltou.

– Recaída clínica. – O dr. Chance tira os óculos e pressiona o canto dos olhos com os polegares. – Acho que um transplante de medula óssea é a melhor saída.

Minha mente salta até a lembrança de um joão-bobo em forma de Bozo que eu tinha na idade de Anna. Ele tinha areia no fundo e, quando eu lhe dava um soco, voltava imediatamente.

– Mas há poucos meses você disse que esse transplante era perigoso – diz Brian.

– E é. Cinquenta por cento dos pacientes que passam pelo transplante de medula óssea ficam curados. A outra metade não sobrevive à quimioterapia e à radiação que têm de ser feitas antes da cirurgia. Alguns morrem por complicações após o transplante.

Brian me olha, então expressa o medo que reverbera entre nós.

– E por que deixaríamos a Kate correr esse risco?

– Porque, se não fizerem isso – o dr. Chance explica –, ela vai morrer com certeza.

Na primeira vez que ligo para o plano de saúde, eles desligam na minha cara por engano. Na segunda vez, fico ouvindo aquela musiquinha por vinte e dois minutos antes de conseguir falar com uma atendente do serviço de atendimento ao cliente.

– Pode me dar o número do seu plano?

Dou o número que todos os funcionários da prefeitura recebem, além do número da previdência social de Brian.

– Como posso ajudá-la?

– Falei com uma pessoa daí faz uma semana – explico. – Minha filha tem leucemia e precisa de um transplante de medula óssea. O hospital explicou que nosso plano de saúde precisa autorizar a cirurgia.

Um transplante de medula custa pelo menos cem mil dólares. Nem preciso dizer que não temos essa quantia sobrando. Mas, só porque o médico recomendou o transplante, não significa que nosso plano de saúde vai concordar.

– Esse tipo de procedimento tem que passar por uma avaliação especial...

– Eu sei. Foi isso que me disseram há uma semana. Estou ligando porque ninguém me retornou ainda.

Ela me deixa na espera para poder examinar meu histórico. Ouço um clique sutil e depois o som da linha que caiu.

– Merda! – digo, batendo o telefone.

Anna estava prestando atenção e enfia a cabeça pelo buraco da porta.

– Você falou um palavrão.

– Eu sei.

Pego o telefone e aperto o botão de rediscagem. Aperto de novo todos os números do menu. Finalmente, consigo falar com um ser humano.

– Caiu a linha. De novo.

Essa atendente leva mais cinco minutos para anotar os mesmos números, nomes e histórico que já dei a todos os seus predecessores.

– Na verdade nós *já* avaliamos o caso da sua filha – diz a mulher. – Infelizmente, neste momento, não acreditamos que o procedimento seja o melhor para ela.

Sinto um calor me subir ao rosto.

– E morrer é?

Para preparar Anna para a doação de medula, preciso lhe dar injeções de fatores de crescimento, iguais àquelas que dei em Kate após o transplante de sangue do cordão umbilical. A intenção é abarrotar a medula de Anna, porque assim, quando for o momento de retirar as células, haverá bastante para Kate.

Isso foi explicado para Anna também, mas só o que ela sabe é que, duas vezes por dia, sua mãe tem que lhe dar uma injeção.

A gente passa uma pomada chamada Emla, um anestésico tópico. A pomada deveria impedi-la de sentir a picada, mas ela grita mesmo assim. Eu me pergunto se aquilo dói tanto quanto ver sua filha de seis anos olhar nos seus olhos e dizer que a odeia.

— Sra. Fitzgerald — diz a supervisora do serviço de atendimento ao cliente do plano de saúde –, nós entendemos a sua situação. De verdade.

— Por incrível que pareça, acho isso muito difícil de acreditar — eu digo. — Duvido que você tenha uma filha entre a vida e a morte, e que seu conselho consultivo não esteja avaliando apenas o custo do transplante.

Eu havia prometido a mim mesma que não ia perder a cabeça, mas, depois de trinta segundos de conversa com o plano de saúde, já desisti da promessa.

— A AmeriLife pagará noventa por cento do que é considerado razoável e habitual para uma infusão de linfócitos do doador. No entanto, se a senhora insistir em fazer um transplante de medula óssea, estamos dispostos a pagar dez por cento dos custos.

Respiro fundo.

— Os médicos do seu conselho que recomendaram isso... qual é a especialidade deles?

— Eu não...

— Não é leucemia promielocítica aguda, é? Porque até um oncologista que era o pior aluno da turma de uma faculdade de medicina fajuta em Guam poderia lhe dizer que a ILD não vai funcionar como cura. Que daqui a três meses nós teremos esta mesma discussão. Além disso, se você perguntasse a um médico que tem alguma familiaridade com a doença da minha filha, ele lhe diria que repetir um tratamento que já foi tentado tem pouquíssimas chances de dar resultados num paciente com LPA, porque eles desenvolvem resistência. O que significa que a AmeriLife está basicamente concordando em jogar dinheiro pelo ralo, mas não em gastá-lo na única coisa que talvez consiga salvar a vida da minha filha.

Faz-se um silêncio pesado do outro lado da linha.

– Sra. Fitzgerald, acredito que, se a senhora seguir esse protocolo, o plano de saúde não fará objeção a pagar pelo transplante no futuro.

– Só que, no futuro, minha filha talvez não esteja viva para fazer o transplante. Não estamos falando de um carro, em que podemos tentar colocar uma peça usada primeiro e, se não funcionar, encomendar uma nova. Estamos falando de um ser humano. Será que autômatos como vocês sabem o que é isso?

Desta vez, estou esperando ouvir o clique quando eles desligam na minha cara.

Zanne aparece na noite anterior à nossa ida ao hospital para que Kate inicie o regime preparatório para o transplante. Ela deixa que Jesse a ajude a montar seu escritório portátil, atende um telefonema da Austrália e entra na cozinha para que eu e Brian possamos lhe dizer como é a rotina da casa.

– A Anna tem ginástica olímpica na terça – eu digo. – Às três. E estou esperando o caminhão de óleo passar aqui em algum momento esta semana, para reabastecer os aquecedores.

– O caminhão de lixo passa na quarta – Brian acrescenta.

– *Não* leve o Jesse até a escola. Aparentemente, isso é um pecado mortal para meninos de onze anos.

Ela assente, ouve, até anota coisas, depois diz que tem algumas perguntas.

– O peixe...

– Tem que ser alimentado duas vezes por dia. O Jesse pode fazer isso, mas você tem que lembrá-lo.

– Eles têm hora certa de ir para a cama? – Zanne pergunta.

– Têm – respondo. – Você quer saber a hora de verdade, ou a hora que você pode usar se for dar um bônus?

– O horário da Anna é às oito, do Jesse é às dez – Brian responde.
– Mais alguma coisa?
– Sim – diz Zanne.

Ela enfia a mão no bolso e tira um cheque nominal a nós no valor de cem mil dólares.

– Suzanne – digo, atônita. – Nós não podemos aceitar.
– Eu sei quanto custa a operação. Vocês não podem cobrir essa despesa. Eu posso. Deixem que eu faça isso.

Brian pega o cheque e devolve para ela.

– Obrigado – ele diz. – Mas na verdade a gente conseguiu o dinheiro para o transplante.

Isso é novidade para mim.

– Conseguimos? – pergunto.
– Os caras do quartel enviaram um chamado às armas por todo o país e conseguiram um monte de doações de outros bombeiros. – Brian me olha. – Só fiquei sabendo hoje.
– Jura?

O peso que havia dentro de mim desaparece. Brian dá de ombros.

– Eles são meus irmãos – ele explica.

Eu me viro para Zanne e lhe dou um abraço.

– Obrigada por oferecer.
– Está aqui se precisarem.

Mas não precisamos. Pelo menos isso nós podemos fazer.

– Kate! – chamo na manhã seguinte. – Está na hora de ir!

Anna está enroscada no colo de Zanne no sofá. Ela tira o polegar da boca, mas não se despede.

– Kate! – grito de novo. – A gente já está saindo!

Jesse sorri sobre o controle do Nintendo.

– Até parece que vocês vão sem ela.
– Mas *ela* não sabe disso. Kate!

Suspirando, subo correndo as escadas e vou até o quarto dela.

A porta está fechada. Dou uma batida leve e abro, e encontro Kate acabando de fazer a cama. A colcha está tão esticada que daria para jogar uma moeda no meio e fazê-la pular; os travesseiros foram afofados e colocados bem no centro. Seus bichinhos de pelúcia, que já viraram relíquias a essa altura, estão organizados no parapeito da janela por tamanho, do maior para o menor. Até seus sapatos foram muito bem organizados no armário, e a bagunça da escrivaninha desapareceu.

– Então tá. – Eu nem *pedi* que ela arrumasse o quarto. – Obviamente estou no quarto errado.

Kate se vira.

– É para o caso de eu não voltar – ela diz.

Quando fui mãe pela primeira vez, eu costumava me deitar à noite e imaginar a mais horrível sequência de infortúnios: a queimadura de uma água-viva, o sabor de uma planta venenosa, o sorriso de um estranho perigoso, o mergulho numa piscina rasa demais. Há tantas formas de uma criança se machucar que parece quase impossível uma pessoa sozinha conseguir mantê-la a salvo. Quando meus filhos foram ficando mais velhos, os perigos só mudaram: ingerir cola, brincar com fósforos, pequenas pílulas cor-de-rosa vendidas atrás das arquibancadas da escola. Você pode ficar acordado a noite toda e nem assim conseguir pensar em todas as formas que existem de perder as pessoas que ama.

Agora que isso não é mais uma situação hipotética, me parece que um pai ou uma mãe só pode fazer duas coisas quando lhe dizem que seu filho tem uma doença fatal. Ou você se desmancha e vira uma poça, ou leva aquele tapa na cara e se força a erguer o rosto de novo para levar mais. Nesse ponto, nós provavelmente parecemos bastante com os pacientes.

Kate está semiconsciente na cama, com os tubos do cateter venoso central parecendo um chafariz em seu peito. A quimioterapia a fez vomitar trinta e duas vezes e causou aftas e uma mucosite oral tão horrível que, quando ela fala, parece um paciente com fibrose cística.

Kate vira para mim e tenta dizer algo, mas só consegue cuspir catarro.

– Afogar – ela diz com a voz estrangulada.

Erguendo o tubo de sucção que ela está segurando, limpo sua boca e sua garganta.

– Eu faço isso enquanto você descansa – prometo.

E é assim que eu respiro pela minha filha.

A ala de oncologia é um campo de batalha, e existem hierarquias de comando bem definidas. Os pacientes estão fazendo o serviço militar. Os médicos andam para lá e para cá como se fossem heróis, mas precisam ler o boletim médico do seu filho para lembrar como estavam as coisas na última visita. Os sargentos experientes são os enfermeiros – são eles que estão por perto quando seu bebê está tremendo com uma febre tão alta que precisa ser banhado em gelo, são eles que sabem lhe ensinar a limpar o cateter venoso central, ou indicar que cozinha do hospital talvez ainda tenha sorvetes que possam ser roubados, ou lhe dizer que lavanderias sabem tirar as manchas de sangue e de quimioterapia das roupas. Os enfermeiros sabem o nome da morsa de pelúcia de sua filha e mostram a ela como fazer flores com lenços de papel para enroscar no suporte do soro. Os médicos podem ser quem decide em que frente atacar, mas são os enfermeiros que tornam o conflito suportável.

Você acaba conhecendo-os tão bem quanto eles conhecem você, pois eles substituem os amigos que você tinha numa vida pregressa, aquela anterior ao diagnóstico. A filha de Donna, por exemplo, está estudando para ser veterinária. Ludmilla, que faz o plantão da madrugada, tem fotos plastificadas da ilha Sanibel presas em seu estetoscópio como se fossem amuletos, porque é para lá que quer ir quando se aposentar. Willie, o único enfermeiro homem, tem uma fraqueza por chocolate e sua esposa está esperando trigêmeos.

Certa noite, na fase de indução do tratamento de Kate, quando estou acordada há tanto tempo que meu corpo esqueceu como passar da vigília para o sono, ligo a televisão enquanto ela dorme. Deixo no mudo, para que o som não a incomode. Robin Leach está passeando pela casa palaciana de alguém que é Rico e Famoso. Há bidês folheados a ouro, camas de teca trabalhada, uma piscina em forma de borboleta. Garagem para dez carros, quadras de tênis de saibro vermelho e onze pavões. É um mundo que não consigo nem compreender – uma vida em que eu jamais poderia me imaginar.

Mais ou menos como a minha vida costumava ser.

Não consigo nem lembrar como era ouvir uma história sobre uma mãe com câncer de mama, ou sobre um bebê nascido com uma doença cardíaca congênita, ou sobre qualquer outra desgraça médica, e me sentir dividida: metade sentindo compaixão, e a outra metade feliz por minha família estar a salvo. Nós nos *tornamos* essa história para os outros.

Só percebo que estou chorando quando Donna se ajoelha diante de mim e tira o controle remoto da minha mão.

– Sara, você está precisando de alguma coisa? – a enfermeira pergunta.

Balanço a cabeça, constrangida por ter perdido o controle e mais envergonhada ainda por ter sido flagrada.

– Estou bem – garanto.

– Tá, e eu sou a Hillary Clinton – ela diz.

Donna pega minha mão, me obriga a levantar e me arrasta porta afora.

– A Kate...

– ...nem vai perceber que você saiu do quarto – ela termina a frase.

Na pequena cozinha, onde há café fresco vinte e quatro horas por dia, Donna serve uma xícara para mim e outra para ela.

– Sinto muito – eu digo.

– Por quê? Por não ser feita de granito?

Balanço a cabeça.

– É que não acaba nunca.

Donna assente e, como eu sei que ela entende perfeitamente, acabo falando. E falando. Após revelar todos os meus segredos, respiro fundo e me dou conta de que estou falando sem parar há uma hora.

– Meu Deus – eu digo. – Não acredito que fiz você desperdiçar tanto tempo.

– Não foi um desperdício – ela responde. – Além do mais, meu turno acabou há meia hora.

Minhas faces ficam vermelhas.

— Você devia ir. Aposto que preferiria estar em outro lugar.

Mas, em vez de ir embora, Donna me enlaça em seus enormes braços.

— Aposto que todos nós preferiríamos — ela diz.

A porta da sala de cirurgia ambulatória abre devagar, revelando uma saleta cheia de instrumentos prateados que cintilam — uma boca ornada com um aparelho odontológico. Os médicos e enfermeiros, que ela já conhece, estão usando máscaras e aventais, e só são reconhecíveis pelos olhos. Anna puxa minha roupa até que eu me ajoelhe a seu lado.

— E se eu mudar de ideia? — ela pergunta.

Ponho as mãos em seus ombros.

— Você não precisa fazer isso se não quiser, mas sei que a Kate está contando com você. E o papai e eu também.

Ela assente uma vez e então coloca a mão na minha.

— Não solte — pede.

Uma enfermeira mostra a Anna que ela precisa subir na mesa.

— Você vai ver só o que temos aqui para você, Anna — ela diz, cobrindo-a com um cobertor aquecido.

O anestesista passa uma gaze tingida de vermelho numa máscara de oxigênio.

— Você já caiu no sono no meio de uma plantação de morangos? — ele pergunta.

Eles vão descendo pelo corpo de Anna, grudando nela pequenos círculos cheios de gel que serão ligados a monitores e mostrarão como estão seus batimentos cardíacos e sua respiração. Fazem isso com Anna deitada de costas, embora eu saiba que vão virá-la para extrair a medula do osso de sua bacia.

O anestesista mostra a Anna o mecanismo de seu equipamento, que parece uma sanfona.

— Você pode soprar esse balão? — ele pergunta, colocando a máscara sobre o rosto dela.

Durante todo esse tempo, ela não larga minha mão. Finalmente, seus dedos perdem a força. Ela luta no último minuto, com o corpo já adormecido, mas uma tensão nos ombros a faz se erguer um pouco. Uma enfermeira segura Anna; a outra me segura.

– É só a maneira como o remédio afeta o corpo dela – a enfermeira explica. – Você pode dar um beijo nela agora.

Beijo Anna através da minha máscara. E lhe agradeço também, num sussurro. Saio pela porta vaivém e tiro a touca e as botinhas de papel que estava usando. Fico observando pela minúscula janela enquanto eles viram Anna de lado e erguem uma agulha absurdamente longa da bandeja esterilizada.

E então vou lá para cima esperar com Kate.

Brian enfia a cabeça pela porta do quarto de Kate.

– Sara – ele diz, exausto. – A Anna está chamando você.

Mas eu não posso estar em dois lugares ao mesmo tempo. Seguro a cuba hospitalar rosa diante da boca de Kate enquanto ela vomita de novo. Donna, que está ao meu lado, me ajuda a deitá-la de volta sobre o travesseiro.

– Estou um pouco ocupada agora – digo.

– A Anna está chamando você – ele repete simplesmente.

Donna olha para ele e depois para mim.

– A gente vai ficar bem até você voltar – ela promete e, após um segundo de hesitação, concordo com a cabeça.

Anna está na ala pediátrica, que não tem os quartos hermeticamente fechados necessários para a isolação protetora. Eu a ouço chorar antes mesmo de entrar no quarto.

– Mamãe – ela diz, aos soluços. – Está doendo.

Sento na beirada da cama e a abraço.

– Eu sei, meu amor.

– Você pode ficar aqui?

Balanço a cabeça.

– A Kate está doente. Vou ter que voltar.

Anna se afasta.

– Mas *eu* estou no hospital – ela diz. – No hospital!

Olho para Brian por cima da cabeça dela.

– O que eles estão dando a ela para diminuir a dor?

– Quase nada. A enfermeira disse que eles não gostam de dar remédio demais para crianças.

– Isso é ridículo. – Quando me levanto, Anna geme e tenta me segurar. – Já volto, meu amor.

Confronto a primeira enfermeira que vejo. Ao contrário das enfermeiras da oncologia, as que trabalham aqui não me são familiares.

– Ela tomou Tylenol há uma hora – a mulher explica. – Sei que ela está com um pouco de dor...

– Oxicodona. Tylenol com codeína. Naproxeno. E, se isso não estiver na receita do médico, ligue para ele e pergunte se dá para colocar.

A enfermeira fica furiosa.

– Com todo respeito, sra. Fitzgerald, eu faço isso todos os dias e...

– *Eu também.*

Quando volto para o quarto de Anna, estou levando comigo uma dose pediátrica de oxicodona, que ou vai aliviar a dor ou vai fazê-la apagar e impedi-la de sentir qualquer coisa. Ao entrar, vejo as mãos grandes de Brian tentando mexer num fecho liliputiano na parte de trás de um colar com um pingente que ele colocou no pescoço de Anna.

– Achei que você merecia um presente, já que está dando um para sua irmã – ele diz.

É claro que Anna deve ser elogiada por doar sua medula. É claro que merece reconhecimento. Mas, francamente, a ideia de compensar alguém por seu sofrimento nem me passou pela cabeça. Nós todos estamos fazendo isso há tanto tempo.

Os dois me olham quando passo pela porta.

– Olhe o que o papai me deu! – Anna exclama.

Mostro o copinho de plástico com o remédio, que não chega nem aos pés da oferta de Brian.

Pouco depois das dez, Brian leva Anna até o quarto de Kate. Ela se move lentamente, como uma velhinha, apoiando-se no pai. As enfermeiras a ajudam a colocar uma máscara, avental, luvas e botinhas para que ela possa entrar – uma piedosa quebra de protocolo, já que crianças em geral são proibidas de visitar pacientes em isolamento.

O dr. Chance está ao lado do soro, segurando uma bolsa com a medula. Viro Anna para que ela possa ver.

– Foi isso que você deu para a gente – digo.

Ela faz uma careta.

– Que nojo. Podem ficar.

– Que ótimo – diz o dr. Chance, e a medula vermelho-rubi começa a passar pelo cateter venoso central de Kate.

Coloco Anna na cama. As duas cabem ali, ombro com ombro.

– Doeu? – Kate pergunta.

– Mais ou menos. – Anna aponta para o sangue que corre pelos tubos de plástico e entra no peito de Kate. – E isso, dói?

– Não muito. – Kate se ergue um pouco na cama. – Ei, Anna.

– O quê?

– Que bom que isso veio de você.

Kate pega a mão de Anna e a coloca logo abaixo do cateter, num ponto bem perto do seu coração.

Vinte e um dias após o transplante de medula óssea, o nível de leucócitos de Kate começa a aumentar, o que prova que as células se fixaram em sua medula. Para celebrar, Brian insiste em me levar para jantar. Ele contrata uma enfermeira para Kate, faz uma reserva no XO Café e até traz um vestido preto do meu closet. Mas esquece de trazer sapatos, e eu acabo tendo que usar meus tamancos velhos mesmo.

O restaurante está quase cheio. Logo depois que nos sentamos, o sommelier vem perguntar se queremos vinho. Brian pede um cabernet sauvignon.

– Você por acaso sabe se isso é vinho tinto ou branco? – pergunto, pois em todos esses anos acho que nunca vi Brian beber outra coisa além de cerveja.

– Sei que contém álcool, e sei que estamos comemorando – ele diz, erguendo a taça após o sommelier ter servido o vinho. – À nossa família.

Nós brindamos e bebericamos o vinho.

– O que você vai pedir? – pergunto.

– O que você quer que eu peça?

– O filé. Assim eu posso provar um pouco se pedir o linguado – digo, fechando o cardápio. – Você soube qual foi o resultado do último hemograma?

Brian baixa o olhar para a mesa.

– Eu estava esperando que a gente pudesse fugir um pouco de tudo isso. Sabe? E só conversar.

– Conversar seria bom – admito.

Mas, quando olho para Brian, as informações que chegam à minha boca são sobre Kate, não sobre nós. Não posso nem perguntar a ele como foi seu dia – ele tirou três semanas de folga do trabalho. Nós só estamos ligados pela doença.

Acabamos ficando em silêncio. Olho ao redor do XO Café e vejo que a conversa acontece mais nas mesas em que os comensais são jovens e modernos. Os casais mais velhos, com alianças que brilham ao lado dos talheres, comem sem temperar a refeição com palavras. Será que é porque eles se sentem tão confortáveis juntos que sabem o que o outro está pensando? Ou será que é porque, depois de algum tempo, não sobra mais nada para dizer?

Quando o garçom chega para anotar nosso pedido, viramos para ele ansiosamente, gratos porque alguém veio nos impedir de ter de reconhecer os estranhos que nos tornamos.

Saímos do hospital com uma criança diferente daquela que trouxemos. Kate se move com cuidado, olhando nas gavetas da cômoda para ver se não esqueceu nada. Ela perdeu tanto peso que o jeans que eu trouxe está largo demais; precisamos usar dois lenços amarrados para fazer um cinto improvisado.

Brian desceu antes de nós para pegar o carro. Enfio a última edição da *Tiger Beat* e o último CD na mala de Kate. Ela coloca uma touca de lã sobre a cabeça lisa e careca e enrola um cachecol apertado em volta do pescoço. Veste também uma máscara cirúrgica e luvas – agora que vamos nos aventurar para fora do hospital, é *ela* que vai precisar de proteção.

Passamos pela porta e recebemos uma salva de palmas dos enfermeiros que passamos a conhecer tão bem.

– A gente *não* se vê, tá bem? – Willie brinca.

Um por um, eles vêm se despedir. Quando todos dispersaram, sorrio para Kate.

– Pronta?

Ela assente, mas não dá um passo. Fica paralisada, completamente consciente de que, quando botar o pé para fora, tudo vai mudar.

– Mãe?

Cubro sua mão com a minha.

– A gente vai junto – prometo.

E, lado a lado, damos o primeiro passo.

O correio traz uma montanha de contas do hospital. Nós já aprendemos que o plano de saúde não conversa com o departamento de cobrança do hospital e vice-versa, mas nenhum dos dois acha que as contas estão corretas – o que os leva a *nos* cobrar por procedimentos que não deveríamos ter que pagar, esperando que sejamos idiotas o suficiente para não perceber. Gerenciar o aspecto financeiro do tratamento de Kate é um trabalho integral, que nem eu nem Brian podemos fazer.

Dou uma olhada no folheto de um supermercado, numa revista de viagens e num anúncio de desconto para ligações de longa distância antes de abrir a carta do banco sobre a poupança. Não presto muita atenção nessas coisas; em geral é Brian quem lida com as finanças mais complicadas do que o pagamento das contas do mês. Além disso, as três poupanças que temos são para pagar a faculdade das crianças. Não somos o tipo de família que tem dinheiro sobrando para investir em ações.

Prezado sr. Fitzgerald,

Esta carta é para confirmar sua recente retirada da poupança nº 323456, aberta por Brian D. Fitzgerald em nome de Katherine S. Fitzgerald, no valor de 8.369,56 dólares. Essa retirada determinará o fechamento da poupança.

É um erro bem grande do banco. Alguns centavos já sumiram da nossa conta antes, mas nunca perdi oito mil dólares. Vou da cozinha para o jardim, onde Brian está enrolando uma mangueira extra.

– Bom, ou alguém do banco fez besteira ou a segunda esposa que você está sustentando não é mais segredo – digo, lhe entregando a carta.

Ele leva um segundo a mais do que deveria para ler, o mesmo segundo em que me dou conta de que não é um erro. Ele limpa o suor da testa com o dorso da mão.

– Eu tirei esse dinheiro – diz.

– Sem falar comigo antes?

Não consigo imaginar Brian fazendo algo assim. Nós já pegamos dinheiro da poupança das crianças no passado, mas só porque o mês estava apertado demais para pagar o supermercado e a prestação da casa, ou porque precisávamos dar entrada num carro novo quando o velho finalmente foi aposentado. Deitávamos na cama à noite sentindo a culpa nos pressionar como um cobertor extra, prometendo um para o outro que devolveríamos aquele dinheiro para o seu devido lugar assim que fosse humanamente possível.

– Os caras do quartel tentaram arrecadar algum dinheiro, como eu disse. Conseguiram dez mil dólares. Com mais esse valor, o hospital disse que está disposto a nos oferecer uma forma de irmos pagando aos poucos.

– Mas você disse...

– Eu sei o que eu disse, Sara.

Balanço a cabeça, perplexa.

– Você *mentiu* para mim?

– Eu não...

– A Zanne ofereceu...

– Não vou deixar sua irmã cuidar da Kate – Brian diz. – *Eu* é que tenho que cuidar dela.

A mangueira cai no chão e espirra um pouco de água em nossos pés.

– Sara, ela não vai viver o suficiente para precisar de dinheiro para a faculdade.

O sol está forte, o irrigador gira sobre a grama, borrifando arco-íris. O dia está lindo demais para palavras como essas. Eu me viro e corro para dentro de casa. E me tranco no banheiro.

Um segundo depois, Brian bate na porta.

– Sara? Sara, me desculpe.

Finjo que não escuto. Finjo que não escutei nada do que ele disse.

Em casa, todos nós usamos máscara para Kate não precisar usar. Eu me pego observando suas unhas enquanto ela escova os dentes ou se serve de cereal, para ver se as marcas escuras deixadas pela quimioterapia desapareceram – um sinal de que o transplante de medula foi bem-sucedido. Dou injeções de fatores de crescimento em Kate duas vezes por dia, o que será necessário até que sua contagem de neutrófilos passe de mil. Quando isso acontecer, as células da medula óssea de Kate terão voltado a se multiplicar.

Ela ainda não pode voltar para a escola, por isso pedimos que seus deveres sejam mandados para casa. Ela foi buscar Anna no jardim de infância comigo uma ou duas vezes, mas se recusou a sair do carro. Kate vai ao hospital para fazer seu hemograma de rotina, mas se sugiro uma visitinha posterior a uma locadora de vídeo ou a uma lanchonete, ela recusa.

Certa manhã de sábado, a porta do quarto das meninas está aberta. Bato de leve.

– Quer ir ao shopping?

Kate dá de ombros.

– Agora não.

Eu me recosto no batente da porta.

– Vai ser bom sair um pouco de casa.

– Eu não quero.

Embora eu tenha certeza de que ela nem se dá conta do que está fazendo, Kate passa a mão na cabeça antes de enfiá-la no bolso de trás.

– Kate – começo.

– Não fale nada. Não diga que ninguém vai ficar olhando para mim, porque eles vão. Não diga que isso não tem importância, porque tem. E não diga que não tem nada de errado com a minha aparência, porque é mentira.

Os olhos dela, sem um único cílio, se enchem de lágrimas.

– Eu sou uma aberração, mãe. Olhe só para mim.

Eu olho, e vejo as manchas no lugar onde ficavam suas sobrancelhas, a colina lisa de sua cabeça e as pequenas falhas e protuberâncias que em geral são escondidas pelo cabelo.

– Bom – digo, muito calmamente. – Vamos dar um jeito nisso.

Sem mais uma palavra, saio do quarto, sabendo que Kate vai vir atrás. Passo por Anna, que abandona seu livro de colorir para seguir a irmã. No porão, pego uma máquina de raspar cabelo muito antiga, que encontramos quando compramos a casa, e a enfio na tomada. Então, raspo um pedaço enorme bem no meio do meu couro cabeludo.

– Mãe! – Kate exclama.

– O que foi? – Um cacho de cabelo castanho cai no ombro de Anna, que o pega delicadamente. – É só cabelo.

Com mais uma raspada, Kate começa a sorrir. Ela aponta um pedaço que não peguei, onde um pequeno tufo ainda se ergue como uma floresta. Eu me sento num engradado de leite que está de cabeça para baixo e deixo que ela raspe o outro lado da minha cabeça. Anna sobe no meu colo.

– Eu sou a próxima – ela implora.

Uma hora depois, passeamos pelo shopping de mãos dadas, um trio de meninas carecas. Ficamos lá por horas. Por onde passamos, as pessoas viram a cabeça para nos olhar e cochicham. Nós somos lindas, vezes três.

FIM DE SEMANA

Não existe fogo sem um pouco de fumaça.
– JOHN HEYWOOD, *Proverbs*

JESSE

Não negue: você já passou de madrugada por uma escavadeira ou carregadora parada no acostamento de uma rodovia e se perguntou por que a equipe de manutenção deixa o equipamento ali, onde qualquer pessoa – quer dizer, alguém como eu – pode roubá-lo. Meu primeiro roubo do tipo foi anos atrás. Soltei o freio de mão de uma betoneira, coloquei-a na parte alta de uma colina e fiquei olhando enquanto ela descia até o trailer-base de uma construtora. Agora mesmo há um tombador a um quilômetro e meio da minha casa; eu o vi, dormindo como um elefante bebê ao lado de uma pilha de barreiras de segurança, na I-195. Não teria sido minha primeira opção, mas não posso ficar escolhendo; depois do meu probleminha com a polícia, meu pai sequestrou meu carro e está guardando-o no quartel dos bombeiros.

Dirigir um tombador se revela muito diferente de dirigir meu carro. Em primeiro lugar, você ocupa a droga da rua toda. Em segundo lugar, dirigir esse caminhão é que nem dirigir um tanque, ou pelo menos como eu imagino que um tanque seria se não fosse preciso entrar num exército cheio de babacas certinhos e obcecados por poder para dirigir um. Em terceiro lugar – e a maior desvantagem –, as pessoas veem você se aproximando. Quando chego perto da ponte onde Dan Duracell montou sua casa de papelão, ele se esconde atrás da fileira de barris de cento e vinte e cinco litros.

– Ei – digo, saltando da boleia do tombador. – Sou eu.

Mesmo assim, Dan leva um minuto para espiar por entre os dedos e se certificar de que estou falando a verdade.

– Gostou do carango? – pergunto.

Ele se levanta devagar e toca a lateral imunda do caminhão. Então ri.

– O seu jipe andou tomando bomba, menino.

Coloco os materiais que vou precisar na parte de trás da cabine. Não seria legal se eu simplesmente estacionasse o caminhão em frente a uma janela, jogasse diversas garrafas do meu Preparado Incendiário por ela e fosse embora enquanto o lugar se consome em chamas? Dan fica parado ao lado da porta do motorista. "Me lave", ele escreve na poeira.

– Ei – digo e, apenas porque jamais fiz isso antes, pergunto se Dan não quer vir junto.

– Sério?

– É. Mas tem uma regra. Você não pode contar para ninguém nada do que vir ou fizer.

Ele faz a mímica de quem tranca os lábios e joga a chave fora. Cinco minutos depois, estamos a caminho de um velho galpão onde costumavam guardar os barcos de uma das faculdades. Dan mexe nos controles, fazendo a caçamba do caminhão subir e descer ao longo do trajeto. Digo a mim mesmo que só o convidei porque isso acrescenta emoção ao processo – ter uma pessoa a mais que sabe de tudo torna a coisa mais excitante. Mas, na verdade, é porque certas noites você precisa saber que tem mais alguém além de você neste mundo enorme.

Quando eu tinha onze anos, ganhei um skate. Eu não tinha pedido; ele foi resultado da culpa que os meus pais sentiam. Ao longo dos anos, ganhei vários presentes caros, geralmente em conjunto com um dos episódios de Kate. Meus pais a enchiam de um monte de coisa legal sempre que ela precisava passar por algum procedimento; e, como Anna normalmente estava envolvida, ela também ganhava presentes incríveis. Aí, uma semana depois, meus pais se sentiam mal pela injustiça e me compravam algum brinquedo para eu não me sentir esquecido.

Enfim, nem sei explicar como aquele skate era incrível. Na parte de baixo, havia uma caveira que brilhava no escuro e tinha sangue verde nos dentes. As rodinhas eram amarelo-fosforescentes e, quando eu pisava na parte áspera de cima, o barulho parecia o de um roqueiro limpando a garganta. Andei com ele para cima e para baixo no caminho de entrada da nossa casa e nas calçadas, aprendendo a fazer wheelies, flips e ollies. Só havia uma regra: eu não podia andar de skate na rua, pois os carros podiam aparecer a qualquer minuto; num instante, uma criança podia ser atropelada.

Bem, nem preciso dizer que futuros delinquentes de onze anos e regras ditadas pelos pais são como óleo e água. Depois de ter aquele skate por uma semana, comecei a achar que preferiria escorregar por uma lâmina e cair no álcool a andar mais uma vez pela calçada repleta de criancinhas e seus triciclos.

Implorei que meu pai me levasse ao estacionamento do supermercado, à quadra de basquete da escola ou a qualquer lugar, qualquer lugar mesmo, onde eu pudesse me soltar um pouco mais. Ele prometeu que na sexta, depois que Kate fizesse uma aspiração de medula óssea de rotina, nós todos iríamos até a escola. Eu poderia levar meu skate, Anna poderia levar sua bicicleta e, se Kate se sentisse disposta, poderia andar de patins.

Meu Deus, como esperei por esse dia. Passei óleo nas rodinhas, poli a parte de baixo do skate e pratiquei uma pirueta dupla na rampa que fizera diante da casa, usando pedaços de madeira velha e um tronco gordo de árvore. No minuto em que vi o carro – com minha mãe e Kate voltando do hematologista –, corri para a varanda da frente, pois assim a gente não ia perder tempo.

Acabei descobrindo que minha mãe estava com muita pressa também. Porque a porta da van se abriu e lá estava Kate, coberta de sangue.

– Vá chamar seu pai – minha mãe ordenou, segurando um monte de lenços de papel diante do rosto de Kate.

Não era a primeira vez que o nariz dela sangrava. E, sempre que o sangue me deixava assustado, minha mãe me falava que parecia pior do que era na verdade. Mas fui chamar meu pai, e os dois levaram Kate correndo para o banheiro e ficaram tentando impedi-la de chorar, porque isso só tornaria as coisas mais difíceis.

– Pai – eu disse –, quando a gente vai?

Mas ele estava concentrado em juntar papel higiênico e enfiá-lo debaixo do nariz de Kate.

– Pai? – repeti.

Ele olhou diretamente para mim, mas não respondeu. Seu olhar estava sem foco, me atravessando, como se eu fosse feito de fumaça.

Essa foi a primeira vez que achei que talvez fosse mesmo.

O problema da chama é que ela é traiçoeira – vem furtivamente, lambe tudo, olha por cima do ombro e ri. E, cara, como é linda. Feito um pôr do sol comendo tudo pelo caminho. Pela primeira vez, tem alguém para admirar meu trabalho. Ao meu lado, Dan emite um som curto do fundo da garganta – respeito, sem dúvida. Mas quando olho para ele, orgulhoso, vejo que está com a cabeça escondida debaixo da gola imunda de seu casaco camuflado. Lágrimas escorrem por seu rosto.

– Dan, o que está rolando?

Tudo bem que o cara é maluco, mas mesmo assim coloco a mão no ombro dele e, por sua reação, parece até que um escorpião parou ali.

– Está com medo do fogo, Danny? Não precisa ficar. A gente está bem longe. Estamos a salvo.

Eu lhe dou o que espero ser um sorriso encorajador. E se Dan ficar nervoso, começar a gritar e for chamar algum policial que estiver por aí?

– O galpão – ele diz.

– É. Ninguém vai sentir falta dele.

– É lá que o rato mora.

– Não mais.

– Mas o rato...

– Os animais sabem escapar de um incêndio. Pode ter certeza. O rato vai ficar bem. Tá tranquilo.

– Mas e os jornais dele? Ele tem um com o assassinato do presidente Kennedy...

Eu me dou conta de que o rato provavelmente não é um roedor, mas outro mendigo. Que estava usando o galpão como abrigo.

– Dan, você está dizendo que alguém mora ali?

Ele olha para as chamas tremulantes e seus olhos se enchem de lágrimas. Depois, repete minhas palavras.

– Não mais.

Como disse, eu tinha onze anos, então até hoje não sei como consegui ir da nossa casa em Upper Darby até o centro de Providence. Acho que levei algumas horas; acho que acreditava que, com minha nova capa de invisibilidade de super-herói, talvez eu conseguisse desaparecer e reaparecer num lugar totalmente diferente.

Fiz um teste. Caminhei pelo distrito comercial e deu certo: as pessoas passavam por mim sem me ver, com os olhos nas rachaduras das calçadas ou focados no nada, como zumbis corporativos. Passei por uma longa parede de espelhos na lateral de um prédio, onde pude ver meu reflexo. Mas, por mais caretas que eu fizesse, por mais que me demorasse ali, nenhuma das pessoas que desviavam de mim tinha algo a dizer.

Naquele dia, acabei no meio de um cruzamento, bem embaixo do semáforo, com táxis buzinando, carros desviando para a esquerda e dois policiais correndo para impedir minha morte. Na delegacia, quando meu pai veio me buscar, ele me perguntou que diabos eu estava pensando.

Eu não estava pensando, na verdade. Só estava tentando chegar a algum lugar onde seria notado.

Primeiro tiro a camiseta e enfio numa poça que há no acostamento; depois, enrolo-a na cabeça e no rosto. A fumaça já está alta, formando furiosas nuvens negras. Ao longe, ouço o som das sirenes. Mas fiz uma promessa a Dan.

O que me atinge primeiro é o calor, uma parede muito mais sólida do que parece. A estrutura do prédio fica destacada, um raio x laranja. Lá dentro, não consigo ver nem um palmo diante do nariz.

– Rato! – eu chamo, já me arrependendo de engolir a fumaça que me deixa rouco, com a garganta em carne viva. – Rato!

Nenhuma resposta. Mas o galpão não é tão grande assim. Fico de cócoras e começo a tatear ao redor para tentar me achar.

Só tenho um mau momento, quando coloco sem querer a mão em algo que costumava ser de metal, mas que se tornou um ferro de marcar gado. Minha pele gruda no objeto e forma bolhas imediatamente. Quando tropeço num pé calçando uma bota, já estou aos soluços, certo de que jamais sairei dali. Tateando, percebo que encontrei Rato, jogo seu corpo inerte sobre o ombro e volto cambaleando por onde entrei.

Graças a uma piadinha qualquer de Deus, conseguimos sair do galpão. A essa altura, os caminhões dos bombeiros estão chegando e preparando as mangueiras. Talvez meu pai até esteja aqui. Eu me escondo sob a cortina de fumaça e deixo Rato no chão. Com o coração aos pulos, corro na direção contrária, deixando o restante do resgate para os homens que realmente querem ser heróis.

ANNA

Você já se perguntou como viemos parar aqui? Estou querendo dizer na terra. Esqueça aquela história de Adão e Eva, que eu sei que é um monte de besteira. Meu pai gosta do mito dos índios Pawnee, que dizem que deidades-estrelas povoaram o mundo: a Estrela da Manhã e a Estrela da Noite se apaixonaram e deram à luz a primeira fêmea. O primeiro macho veio do Sol e da Lua. Os seres humanos vieram cavalgando um tornado.

O sr. Hume, meu professor de ciências, nos ensinou que havia uma sopa primordial cheia de gases naturais, meleca lamacenta e matéria de carbono que de alguma forma se solidificaram e viraram organismos unicelulares chamados coanoflagelados... que, na minha opinião, soa muito mais como uma doença sexualmente transmissível do que como o começo da cadeia evolucionária. Mas, mesmo quando você fica sabendo disso, é um salto enorme de ameba para macaco e daí para um ser humano pensante.

O mais incrível disso tudo é que, não importa em que você acredita, deu bastante trabalho ir de um ponto em que não havia nada até um ponto em que todos os neurônios certos se acendem para que a gente possa tomar decisões.

E mais incrível ainda é que, embora isso já seja natural, nós ainda conseguimos errar tanto.

Na manhã de sábado, estou no hospital com Kate e minha mãe, as três fazendo de tudo para fingir que daqui a dois dias minha ação não vai começar a ser julgada. Eu imaginava que isso seria difícil, mas, na verdade, é bem mais fácil que a alternativa. Minha família é conhecida por mentir a si mesma por omissão: se a gente não fala num assunto – abracadabra! –, não tem mais processo, não tem mais falência renal, não tem mais nenhuma preocupação.

Estou assistindo à série *Happy Days* no canal TVLand. A família Cunningham não é tão diferente da nossa. Eles só se preocupam em saber se a banda do Richie vai ser contratada para tocar na lanchonete do Al e se o Fonzie vai ganhar o concurso de beijo, quando até eu sei que, nos anos 50, uma menina como a Joanie teria de praticar proteção de ataques aéreos na escola, a Marion provavelmente estaria tomando Valium e o Howard morreria de medo dos comunistas. Se você passar a vida achando que está num set de filmagem, talvez jamais tenha que admitir que as paredes são de papel, a comida é de plástico e as palavras que saem da sua boca não vieram de você.

Kate está tentando fazer palavras cruzadas.

– Alguém sabe uma palavra de quatro letras para recipiente? – ela pergunta.

Hoje é um bom dia. Quero dizer que ela está disposta o suficiente para gritar comigo por pegar dois CDs seus sem pedir (pelo amor de Deus, ela estava praticamente em coma; não ia poder me dar permissão nem se quisesse) e disposta o suficiente para fazer palavras cruzadas.

– Jarra – eu sugiro. – Caixa.

– *Quatro* letras.

– Vaso – minha mãe diz.

– Vasilha – diz o dr. Chance, entrando no quarto.

– Vasilha tem sete letras – Kate responde, num tom bem mais agradável do que o que usou comigo.

Nós todos gostamos do dr. Chance; a essa altura, ele já é o sexto membro da família.

– De zero a dez – ele diz a Kate, se referindo à escala de dor. – Cinco?

– Três.

O dr. Chance senta na beirada da cama.

– Daqui a uma hora, pode virar cinco – ele avisa. – Ou nove.

O rosto da minha mãe fica da cor de uma berinjela.

– Mas a Kate está se sentindo ótima agora! – ela diz, com o entusiasmo de uma animadora de torcida.

– Eu sei. Mas os momentos de lucidez vão ficar menores e mais espaçados – ele explica. – Isso não é a LPA. É a falência renal.

– Mas depois do transplante... – diz minha mãe.

Juro por Deus que todo o oxigênio do quarto vira uma esponja. Seria possível ouvir o bater das asas de um beija-flor, tamanho é o silêncio. Quero me transformar numa névoa e escapulir dali; não quero que isso seja culpa minha.

O dr. Chance é o único corajoso o suficiente para olhar para mim.

– Pelo que entendo, Sara, nós não sabemos se haverá um órgão disponível.

– Mas...

– Mãe – Kate interrompe, virando-se para o dr. Chance. – Quanto tempo?

– Uma semana, talvez.

– Uau – ela diz baixinho. – Uau.

Kate toca o canto do jornal e esfrega o dedão sobre o ponto que há ali.

– Vai doer?

– Não – o dr. Chance promete. – Eu não vou deixar.

Kate pousa o jornal no colo e toca o braço dele.

– Obrigada. Por me dizer a verdade.

Quando o dr. Chance ergue o rosto, seus olhos estão vermelhos.

– Não me agradeça.

Ele se levanta tão pesadamente que parece feito de pedra e sai do quarto sem dizer nem mais uma palavra.

Minha mãe se dobra dentro de si mesma, esse é o único jeito de descrever. Como papel que você coloca numa lareira e, em vez de queimar, ele parece simplesmente desaparecer.

Kate olha para mim e depois para os tubos que a prendem à cama. Com isso, eu me levanto e me aproximo da minha mãe. Coloco a mão em seu ombro.

– Mãe – digo. – Pare com isso.

Ela ergue a cabeça e me olha com desespero.

– Não, Anna. Pare *você*.

Levo algum tempo, mas consigo me afastar.

– Anna – murmuro.

Minha mãe se vira.

– O quê?

– Um sinônimo de recipiente com quatro letras – digo, saindo do quarto de Kate.

Mais tarde, estou girando na cadeira de rodinhas que há no escritório do meu pai no quartel dos bombeiros, com Julia sentada à minha frente. Sobre a mesa há meia dúzia de fotografias da minha família. Tem uma de Kate bebê, usando um gorrinho de lã que parece um morango. Outra de mim e de Jesse, os dois com um sorriso tão grande quanto a anchova que estamos segurando. Eu costumava ficar intrigada com as fotos falsas que vêm com os porta-retratos que a gente compra nas lojas: mulheres com cabelos castanhos macios e sorrisos convidativos, bebês com cabecinhas redondas sentados no colo do irmão – pessoas que, na vida real, provavelmente eram estranhos reunidos por uma agência de modelos para ser uma família de mentira.

Talvez, no fim das contas, não seja tão diferente das fotos reais.

Pego uma foto que mostra minha mãe e meu pai bronzeados e mais jovens do que consigo lembrar.

– Você tem namorado? – pergunto a Julia.

– Não! – ela responde, rápido demais.

Eu a encaro, e ela meio que dá de ombros.

– E você?

– Tem um cara chamado Kyle de quem eu achava que gostava, mas agora não tenho mais certeza.

Pego uma caneta e começo a desenroscar o bico, tirando de dentro o tubo fininho de tinta azul. Ia ser muito legal ter um desses dentro da gente, que nem uma lula. A gente ia poder apontar o dedo e deixar uma marca no que quisesse.

– O que aconteceu? – Julia pergunta.

– Eu fui ao cinema com ele, tipo num encontro, e quando acabou a gente levantou e ele estava...

Fico vermelha como um pimentão.

– Bom, você sabe. – Mostro mais ou menos a minha virilha.

– Ah – ela diz.

– Ele me perguntou se eu já tinha feito aula de marcenaria na escola... pelo amor de Deus, *marcenaria*? Fui dizer que não e pimba, acabei olhando *direto pra lá*.

Coloco a caneta decapitada sobre o risque-rasbique do meu pai.

– Quando vejo Kyle por aí agora, só consigo pensar nisso. – Olho para ela e algo me ocorre. – Eu sou uma pervertida?

– Não, você tem treze anos. E Kyle também. Ele não podia evitar o que aconteceu, assim como você não pode evitar pensar nisso quando o vê. Meu irmão Anthony dizia que só há dois momentos em que um cara consegue ficar excitado: durante o dia e durante a noite.

– Seu irmão conversava com você sobre essas coisas?
Ela ri.
– Sei lá, acho que sim. Por quê, o Jesse não conversa?
Solto uma risada espremida pelo nariz.
– Se eu perguntasse alguma coisa sobre sexo para o Jesse, ele ia quebrar uma costela de tanto rir, depois ia me dar uma pilha de *Playboys* e me mandar fazer uma pesquisa.
– E os seus pais?
Balanço a cabeça. Meu pai está fora de questão – pois ele é meu pai. Minha mãe tem coisas demais na cabeça. E Kate sabe tanto, ou tão pouco, quanto eu.
– Você e sua irmã já brigaram por um cara? – pergunto.
– Não, a gente não gosta do mesmo tipo.
– Qual é o seu tipo?
Julia pensa antes de responder.
– Sei lá. Moreno. Alto. Vivo.
– Você acha o Campbell bonito?
Ela quase cai da cadeira.
– O quê?
– Tipo, para um cara *velho*.
– Imagino que algumas mulheres... devem achá-lo atraente.
– Ele parece um personagem das novelas que a Kate gosta. – Passo o dedão sobre uma rachadura na madeira da mesa. – É estranho. Eu vou poder virar adulta, beijar alguém e me casar.
Mas Kate não.
Julia se inclina para frente.
– O que vai acontecer se a sua irmã morrer, Anna?
Uma das fotos sobre a mesa é de mim e de Kate. Estamos bem novinhas – talvez com cinco e dois anos. É antes da primeira recaída dela, depois de seu cabelo já ter crescido. Estamos na beira do mar, usando maiôs iguais e brincando de adoleta. Você poderia dobrar essa foto ao meio e imaginar

que é uma menina diante do espelho – Kate pequena para a idade, e eu, alta demais; o cabelo dela de outra cor, mas com a mesma divisão natural e a mesma curva nas pontas; suas mãos pressionadas contra as minhas. Até agora, acho que não tinha me dado conta de como somos parecidas.

O telefone toca pouco antes das dez da noite e, para minha surpresa, meu nome é chamado pelo alto-falante do quartel. Atendo na cozinha, que já foi toda limpa e esfregada.
– Alô?
– Anna – é minha mãe.
Imediatamente presumo que ela está ligando por causa de Kate. Não há muito mais que minha mãe possa me dizer, considerando o que aconteceu no hospital mais cedo.
– Está tudo bem? – pergunto.
– A Kate está dormindo.
– Que bom – respondo, e então me pergunto se é bom mesmo.
– Eu liguei por dois motivos. O primeiro é dizer que sinto muito por hoje de manhã.
Eu me sinto muito pequena.
– Eu também – admito.
Nesse instante, lembro como ela costumava me colocar na cama à noite. Ia primeiro para a cama de Kate, se debruçava e anunciava que estava dando um beijo em Anna. Depois vinha até minha cama e dizia que estava ali para dar um abraço em Kate. A gente ria toda vez. Ela apagava a luz e, por um longo momento depois de ir embora, o quarto ainda ficava com o cheiro do creme que ela passava na pele, para mantê-la tão macia quanto o lado de dentro de uma fronha de flanela.
– O segundo motivo – diz minha mãe – é só para dizer boa noite.
– Só isso?
Ouço um sorriso em sua voz.
– Não é suficiente?
– Claro – eu digo, embora não seja.

Não consigo dormir, por isso me levanto silenciosamente e passo por meu pai, que está roncando. Roubo o *Livro Guinness dos recordes* do banheiro dos homens e deito no telhado do quartel para ler à luz da lua. Um bebê de dezoito meses chamado Alejandro caiu de uma altura de vinte metros, da janela do apartamento de seus pais em Múrcia, na Espanha, e tornou-se a criança que sobreviveu à queda mais alta. Roy Sullivan, da Virgínia, sobreviveu após ser atingido sete vezes por raios, mas cometeu suicídio depois de ser rejeitado pela namorada. Um gato foi encontrado entre os destroços oitenta dias após um terremoto em Taiwan que matou duas mil pessoas. O bichinho ficou completamente recuperado. Acabo lendo e relendo a seção chamada "Sobreviventes e salva-vidas" e acrescentando recordes na minha imaginação. "Paciente com LPA que sobreviveu por mais tempo", diria um deles. "Irmã mais feliz do mundo", diria outro.

Meu pai me encontra quando já deixei o livro de lado e comecei a procurar pela Vega.

– Não dá para ver muita coisa hoje, né? – ele pergunta, sentando ao meu lado.

A noite está embrulhada em nuvens. Até a lua parece coberta de algodão.

– Não – respondo. – Está tudo embaçado.

– Você tentou com o telescópio?

Eu o observo mexer no telescópio um pouco e então decidir que não vale mesmo a pena esta noite. De repente me lembro de quando tinha sete anos e estava ao lado dele no carro, perguntando como os adultos sabiam que caminho seguir para chegar aos lugares. Afinal, eu jamais o vira pegar um mapa.

– Acho que a gente se acostuma a dobrar as mesmas esquinas – ele disse, mas eu não me dei por satisfeita.

– E quando é a primeira vez que você vai num lugar?

– Bom, a gente se informa sobre o caminho.

Mas o que eu queria saber era quem encontrou o caminho pela primeira vez de todas. E se ninguém nunca tiver ido ao lugar para onde você está indo?

– Pai, é verdade que a gente pode usar as estrelas como mapa? – perguntei.

– É, se você entender de navegação astronômica.

– É difícil?

Eu estava pensando que talvez devesse aprender aquilo. Seria um bom plano B para todas as vezes que sentia estar andando em círculos.

– É uma matemática bem complicada... Você tem que medir a altitude de uma estrela, descobrir a posição dela usando um almanaque náutico, calcular qual você *acha* que tem que ser a altitude e em que direção acha que a estrela deve estar, com base em onde você acha que está, depois comparar a altitude que você mediu com aquela que calculou. Aí você delineia uma linha de posição num mapa. Depois que várias linhas de posição se cruzarem, é para lá que você deve ir.

Meu pai viu a cara que eu estava fazendo e riu.

– Pois é – ele disse. – Nunca saia de casa sem um GPS.

Mas eu aposto que conseguiria calcular; não é tão confuso assim. Você vai para o lugar onde todas aquelas posições se cruzam e torce para tudo dar certo.

Se houvesse uma religião chamada annaísmo e eu tivesse que explicar como os humanos chegaram à terra, minha explicação seria assim: no começo, havia apenas a lua e o sol. A lua queria sair durante o dia, mas já havia algo muito mais brilhante que ocupava todas aquelas horas. Ela foi ficando com fome, cada vez mais magra, até que virou uma fatia de si mesma e suas pontas ficaram afiadas como uma faca. Por acidente, já que é assim que a maioria das coisas acontece, ela fez um buraco na noite e derramou um milhão de estrelas, como um rio de lágrimas.

Horrorizada, a lua tentou engolir as estrelas. E às vezes dava certo, por isso ela foi ficando cada vez mais gorda e redonda. Mas quase nunca dava, porque havia muitas estrelas. E elas continuavam surgindo, e deixavam o céu tão brilhante que o sol ficou com ciúmes. Ele convidou as estrelas para o seu lado do mundo, onde era sempre brilhante. Mas não disse a elas que, durante o dia, elas jamais seriam vistas. E as estrelas mais burras pularam do céu para o chão e congelaram sob o peso de sua própria tolice.

A lua fez o que pôde. Pegou cada um desses blocos de tristeza e os esculpiu na forma de um homem ou de uma mulher. Passou o resto da vida tomando cuidado para que outras estrelas não caíssem. Passou o resto da vida se agarrando às migalhas que ainda possuía.

Brian

Pouco antes das sete horas da manhã de domingo, um polvo entra no quartel. Bom, na verdade é uma mulher vestida de polvo, mas, quando você vê algo assim, esses detalhes pouco importam. Lágrimas escorrem por seu rosto, e ela segura um pequinês nos braços.

— Você tem que me ajudar — ela diz.

É então que eu me lembro: essa é a sra. Zegna, cuja casa foi arrasada há alguns dias por um incêndio iniciado na cozinha. Ela mostra os tentáculos.

— Essa é a única roupa que me sobrou. Uma fantasia de Halloween. A Úrsula, da *Pequena sereia*. Estava apodrecendo num depósito em Taunton, junto com a minha coleção de discos do Peter, Paul and Mary.

Gentilmente a faço sentar na cadeira diante da minha mesa.

— Sra. Zegna, eu sei que sua casa está inabitável...

— Inabitável? Ela está *destruída*!

— Eu posso dar à senhora o telefone de um abrigo. E, se quiser, posso falar com sua seguradora para acelerar o processo.

Ela ergue o braço para secar os olhos e outros oito, presos por barbantes, se levantam também.

— Eu não tinha seguro contra incêndio. Não acredito em viver a vida esperando pelo pior.

Fico olhando para ela por um instante. Tento lembrar como é ser pego de surpresa pela simples possibilidade do desastre.

Quando chego ao hospital, Kate está deitada de costas, segurando firme um urso de pelúcia que tem desde os sete anos. Ela tem um tubo de morfina ligado na veia, daqueles que o próprio paciente controla, e seu polegar aperta o botão de vez em quando, apesar de ela estar dormindo.

Uma das cadeiras do quarto vira um catre com um colchão fino como uma hóstia. É lá que Sara está deitada.

– Oi – ela diz, tirando o cabelo dos olhos. – Cadê a Anna?

– Ainda está dormindo, daquele jeito que só as crianças conseguem. Como a Kate passou a noite?

– Não foi ruim. Ela sentiu um pouco de dor entre as duas e as quatro da manhã.

Sento na beirada do catre.

– Você ter ligado ontem à noite foi muito importante para a Anna.

Quando olho nos olhos de Sara, vejo Jesse – eles têm os mesmos traços, a mesma cor de pele. Eu me pergunto se Sara me olha e pensa em Kate. E se isso a machuca.

É difícil acreditar que, uma vez, ela e eu entramos num carro, dirigimos pela Rota 66 inteira e nunca ficamos sem ter o que dizer. Nossas conversas agora são uma economia de fatos, cheias de detalhes e informações que só os iniciados conhecem.

– Lembra daquela bruxa que a gente encontrou? – pergunto e, quando Sara me olha sem entender, continuo a falar. – Estávamos no meio de Nevada e o Chevrolet ficou sem gasolina... e você não quis ficar no carro enquanto eu procurava um posto.

– Daqui a dez dias, quando você ainda estiver andando em círculos, vão me encontrar com abutres comendo minhas entranhas – ela disse e se apressou a me seguir.

Andamos quase sete quilômetros até o barracão que havíamos passado, sem perceber que era um posto de gasolina. Quem cuidava do posto era um cara e sua irmã, que se dizia médium.

– Vamos deixar a mulher ler nossa sorte! – Sara implorou, mas uma consulta custava cinco pratas, e eu só tinha dez. – A gente compra metade em gasolina e pergunta para a médium quando vai acabar de novo – ela disse e, como sempre, conseguiu me convencer.

Madame Agnes era o tipo de cega que assusta as crianças, com os olhos cobertos por catarata, um céu azul sem nuvens. Ela pôs as mãos cheias de calos no rosto de Sara para ler os ossos dela, e disse que via três filhos e uma vida longa, mas que não seria boa o suficiente.

– O que isso significa? – Sara perguntou, irritada, e madame Agnes explicou que o destino é como argila e pode ser remodulado a qualquer instante.

Mas você só pode mudar a sua fortuna, não a dos outros, e para algumas pessoas isso não é bom o suficiente.

Madame Agnes então pôs as mãos no meu rosto e disse só uma coisa:

– Salve-se.

Ela disse que nossa gasolina ia acabar de novo logo após a fronteira com o Colorado, e foi isso mesmo que aconteceu.

Agora, no hospital, Sara me olha sem entender.

– Quando a gente esteve em Nevada? – ela pergunta, logo balançando a cabeça. – A gente precisa conversar. Se a Anna quer mesmo a audiência na segunda, preciso checar seu depoimento.

– Na verdade – olho para as minhas mãos –, eu vou testemunhar a favor da Anna.

– *O quê?*

Após uma olhada rápida sobre o ombro para ver se Kate ainda está dormindo, tento me explicar da melhor maneira possível.

– Sara, pode acreditar, eu pensei muito nesse assunto. E se a Anna cansou de ser doadora da Kate, nós temos que respeitar.

– Se você testemunhar a favor da Anna, o juiz vai dizer que pelo menos um dos pais dela é capaz de apoiar a petição, e a sentença vai ser favorável a ela.

– Eu sei. Por que você acha que vou fazer isso?

Nós nos olhamos sem conseguir dizer nada, sem poder admitir o que há no fim de cada um desses caminhos.

– Sara – pergunto afinal –, o que você quer de mim?

– Quero olhar para você e lembrar de como era antigamente – ela diz, com a voz cheia de lágrimas. – Quero voltar, Brian. Quero que você me leve de volta.

Mas ela não é a mulher que eu conheci, a mulher que cruzou o país inteiro contando buracos de cães-de-pradaria, que lia em voz alta os classificados de caubóis solitários procurando mulheres e que me disse, no canto mais escuro da noite, que ia me amar até que a lua tropeçasse e caísse do céu.

Justiça seja feita, eu também não sou o mesmo homem. Aquele que ouvia. Aquele que acreditava nela.

SARA

2001

BRIAN E EU ESTAMOS SENTADOS NO SOFÁ lendo juntos o jornal quando Anna entra na sala.

– Se eu cortar a grama até, sei lá, estar casada – ela diz –, vocês me dão seiscentos e catorze dólares e noventa e seis centavos agora?

– Para quê? – perguntamos ao mesmo tempo.

Ela esfrega o tênis no carpete.

– Preciso de um pouco de dinheiro.

Brian dobra o caderno de notícias nacionais.

– Eu não sabia que o jeans da Gap andava tão caro – ele diz.

– Eu *sabia* que vocês iam reagir assim – ela diz, já indo embora irritada.

– Calma aí – eu digo, sentando direito e apoiando os cotovelos nos joelhos. – O que você quer comprar?

– Que diferença faz?

– Anna, a gente não vai lhe dar mais de seiscentos dólares sem saber para quê – Brian explica.

Anna pondera isso por um instante.

– É uma coisa no eBay.

Minha filha de dez anos entra no eBay?

– Tudo bem – ela suspira. – É um equipamento de goleiro, uma proteção para as pernas.

Olho para Brian, mas ele também não parece ter entendido.

– Para jogar hóquei? – ele pergunta.

– *Lógico*.

– Anna, você não joga hóquei – observo, mas, quando ela fica vermelha, me dou conta de que isso talvez não seja verdade.

Brian a pressiona por uma explicação.

– Alguns meses atrás, a correia da minha bicicleta caiu bem na frente do rinque de hóquei no gelo. Tinha um monte de caras treinando, mas o goleiro deles tinha pegado mononucleose e o técnico disse que me dava cinco pratas se eu ficasse na frente do gol e bloqueasse o disco. Peguei emprestado o equipamento do menino que estava doente, e o que aconteceu foi... que eu fui bem. E *gostei*. Acabei voltando lá várias vezes. – Anna sorri timidamente. – O técnico me convidou para entrar no time pra valer antes do campeonato. Eu sou a primeira menina da equipe, de todos os tempos. Mas preciso ter meu próprio equipamento.

– E custa seiscentos e catorze dólares?

– E noventa e seis centavos. Mas isso é só a proteção para as pernas. Eu ainda preciso de proteção para o peito, de luvas e de uma máscara. – Ela olha para nós, ansiosa.

– A gente precisa conversar antes – eu digo a ela.

Anna murmura algo do tipo "Como sempre" e sai da sala.

– Você sabia que ela estava jogando hóquei? – Brian me pergunta.

Balanço a cabeça. E me pergunto o que mais minha filha anda escondendo de nós.

Estamos prestes a sair de casa para ver Anna jogar hóquei pela primeira vez quando Kate anuncia que não vai.

– Por favor, mãe – ela implora. – Olhe como eu estou.

Há uma erupção bem vermelha espalhada por suas bochechas, palma das mãos, sola dos pés e peito, e o rosto dela parece uma lua cheia, graças aos esteroides que ela está tomando para tratar a irritação cutânea. Sua pele está áspera e grossa.

Esses são os primeiros sintomas da doença do enxerto contra o hospedeiro, que Kate desenvolveu após o transplante de medula óssea. Nos últimos quatro anos, ela vai e volta, surgindo quando menos esperamos. A medula óssea é um órgão, assim como o coração e o fígado, e o corpo também pode rejeitá-la. Mas às vezes é a medula transplantada que começa a rejeitar o corpo em que foi colocada.

A boa notícia é que, se isso acontecer, todas as células cancerosas estão sob ataque também – algo que o dr. Chance chama de doença do enxerto contra a leucemia. A má notícia são os sintomas: diarreia crônica, icterícia, perda de alguns movimentos das juntas. Cicatrizes e esclerose onde há tecido conjuntivo. Estou tão acostumada com isso que não fico mais perturbada, mas, quando a doença do enxerto contra o hospedeiro fica grave como está agora, não exijo que Kate vá para a escola. Ela tem treze anos, e sua aparência é vital. Eu respeito sua vaidade, porque ela tem tão pouca.

Mas não posso deixá-la sozinha em casa, e prometemos a Anna que íamos vê-la jogar.

– Isso é muito importante para a sua irmã.

Em resposta, Kate se atira no sofá e coloca uma almofada sobre o rosto.

Sem dizer mais nem uma palavra, vou até o armário do corredor e tiro diversos itens de diversas gavetas. Entrego as luvas a Kate, enfio o boné em sua cabeça e enrolo o cachecol em seu pescoço, deixando apenas seus olhos visíveis.

– Vai estar frio no rinque – digo, num tom de voz que não deixa espaço para nada além de aceitação.

Eu mal reconheço Anna, enfiada no equipamento que acabamos pegando emprestado do sobrinho do técnico. Não dá para saber, por exemplo, que ela é a única menina no rinque. Não dá para saber que ela é dois anos mais nova que todos os outros jogadores.

Eu me pergunto se Anna consegue ouvir os gritos da torcida com aquele capacete, ou se está tão focada no que vem em sua direção que bloqueia todos os sons, concentrando-se apenas no arranhão do disco no gelo e no barulho dos tacos batendo.

Jesse e Brian acompanham o jogo empolgados; até Kate – tão relutante em vir – acaba se envolvendo. O goleiro do outro time parece se mover em câmera lenta se comparado a Anna. A ação muda de curso como a correnteza, com o disco se movendo do outro gol para o de Anna. O centro passa para o ala direita, que vem patinando com tudo, o som de seus patins rasgando o rugido da arquibancada. Anna se adianta, sabendo para onde o disco vai antes mesmo de ele chegar, com os joelhos dobrados e os cotovelos apontados para fora.

– Inacreditável – Brian diz para mim após o segundo tempo. – Ela tem um talento natural para ser goleira.

Mas isso eu já sabia. Anna sempre salva.

À noite, Kate acorda com sangue escorrendo do nariz, do reto e das órbitas dos olhos. Jamais vi tanto sangue antes e, enquanto tento conter o fluxo, me pergunto quanto o corpo dela suportará perder. Quando chegamos ao hospital, ela está desorientada e agitada, e acaba perdendo a consciência. A equipe médica lhe dá plasma, sangue e plaquetas para repor o sangue perdido, que parece vazar dela com a mesma rapidez com que é reposto. Eles a colocam no soro para prevenir o choque hipovolêmico e a entubam. Fazem uma tomografia computadorizada de seu cérebro e seus pulmões para ver a que ponto a hemorragia chegou.

Apesar de todas as vezes que já corremos para o pronto-socorro no meio da noite, de todas as vezes que Kate já teve uma recaída súbita, Brian e eu sabemos que nunca foi tão grave assim antes. Um nariz sangrando é uma coisa; uma falência generalizada é outra. Ela já teve arritmia cardíaca duas vezes. A hemorragia impede que o cérebro, o coração, o fígado, os pulmões e os rins recebam o fluxo de sangue necessário para funcionar.

O dr. Chance nos leva até uma saleta numa das pontas da UTI pediátrica. As paredes estão cobertas de margaridas com carinhas sorridentes. Numa delas, há o desenho de uma régua em forma de lagarta e os dizeres: "Quanto será que eu vou crescer?"

Brian e eu sentamos e permanecemos quase imóveis, como se pudéssemos receber uma recompensa por bom comportamento.

– Arsênio? – Brian repete. – Veneno?

– É um tratamento muito novo – explica o dr. Chance. – É administrado de forma intravenosa, durante vinte e cinco a sessenta dias. Até agora, ninguém conseguiu uma cura com isso. Não quer dizer que não vai acontecer no futuro, mas no momento não temos nem uma taxa de cinco anos de sobrevivência, de tão nova que é a droga. A situação atual é que a Kate já recebeu sangue de cordão umbilical, transplante alogênico, radiação, quimioterapia e ATRA. Ela viveu dez anos a mais do que qualquer um de nós esperava.

Sem nem perceber, já estou assentindo.

– Pode fazer – digo, e Brian olha para suas botas.

– A gente pode tentar. Mas é provável que a hemorragia acabe ganhando do arsênio – diz o dr. Chance.

Olho para a régua na parede. Será que eu disse a Kate que a amava antes de colocá-la na cama ontem à noite? Não consigo lembrar. Não consigo lembrar de jeito nenhum.

Pouco depois das duas da manhã, eu perco Brian. Ele sai de mansinho do quarto quando estou sentada ao lado da cama de Kate, caindo de sono, e demora mais de uma hora para voltar. Pergunto por ele na mesa das enfermeiras, procuro na lanchonete e no banheiro masculino, todos vazios. Finalmente o encontro no fim do corredor, num minúsculo átrio batizado em homenagem a uma pobre criança que morreu. É um cômodo cheio de luz, ar e plantas de plástico, que um paciente com neutropenia poderia usufruir. Ele está sentado num sofá feio de veludo cotelê marrom, escrevendo furiosamente num pedaço de papel com um giz de cera azul.

– Oi – digo baixinho, lembrando que as crianças costumavam deitar juntas no chão da cozinha para colorir desenhos, com gizes de cera espalhados em volta como flores do campo. – Dou um giz amarelo em troca desse azul.

Brian ergue a cabeça, assustado.

– Está...

– Kate está bem. Quer dizer, está na mesma.

Steph, a enfermeira, já lhe deu a primeira dose de arsênio. Ela também recebeu duas transfusões de sangue, para compensar o que está perdendo.

– Talvez a gente devesse levar a Kate para casa – diz Brian.

– Bom, é claro que...

– Eu quis dizer agora. – Ele une as pontas dos dedos. – Acho que ela ia querer morrer em sua própria cama.

A palavra explode como granada entre nós.

– Ela não vai...

– Vai sim, Sara. – Ele me olha com o rosto fundo de dor. – Ela está *morrendo*, Sara. Ela vai morrer, hoje, amanhã ou quem sabe daqui a um ano, se a gente tiver muita sorte. Você ouviu o que o dr. Chance disse. O arsênio não cura nada. Só adia o que está vindo.

Meus olhos se enchem de lágrimas.

– Mas eu amo a Kate – digo, porque isso é motivo suficiente.

– Eu também. Amo demais para continuar fazendo isso.

O papel em que ele estava escrevendo cai de suas mãos e aterrissa em meus pés; eu o apanho antes que ele possa fazer isso. Está repleto de marcas de lágrimas e de frases rabiscadas. "Ela amava o cheiro da primavera. Conseguia ganhar de qualquer pessoa no buraco. Sabia dançar mesmo quando não havia música." E tem mais coisa escrita do outro lado: "Cor preferida: rosa. Momento preferido do dia: crepúsculo. Lia *Onde vivem os monstros* sem parar e sabia o livro de cor".

Todos os pelos da minha nuca se arrepiam.

– Isso aqui é para... o *velório* dela?

Agora Brian está chorando também.

– Se eu não escrever isso agora, não vou conseguir escrever quando estiver na hora.

Balanço a cabeça.

– Não está na hora.

Ligo para minha irmã às três e meia da madrugada.

– Eu acordei você – digo, percebendo no instante em que Zanne atende que para ela, e para todo mundo que é normal, está muito tarde.

– É a Kate?

Faço que sim com a cabeça, embora ela não possa ouvir isso.

– Zanne?

– Diga.

Fecho os olhos, sentindo as lágrimas se espremerem para fora.

– Sara, o que foi? Você quer que eu vá para aí?

É difícil falar com a enorme pressão que há em minha garganta. A verdade se expande até sufocar. Quando éramos crianças, o meu quarto e o de Zanne davam para o mesmo corredor, e costumávamos brigar por causa da luz. Eu queria deixá-la acesa durante a noite, ela não. "Coloque um travesseiro em cima da cabeça", eu dizia. "Você pode fazer ficar escuro, mas eu não posso fazer ficar claro."

– Sim – eu digo, desatando a soluçar. – Por favor.

Contra todas as expectativas, Kate sobrevive por dez dias graças a muitas transfusões de sangue e ao tratamento com o arsênio. No décimo primeiro dia de internação, ela entra em coma. Decido que vou ficar em vigília ao lado de sua cama até ela acordar. Faço isso por quarenta e cinco minutos, até que recebo um telefonema do diretor da escola de Jesse.

Parece que o sódio metálico é guardado no laboratório de ciências da escola em pequenos potes de óleo, pois fica volátil se entrar em contato com o ar. Além disso, ele também reage em contato com a água, formando hidrogênio e calor. Meu filho de quinze anos foi inteligente o suficiente para deduzir isso, e assim roubou a amostra, jogou-a na privada e deu descarga, explodindo a fossa séptica da escola.

Depois que ele é suspenso por três semanas pelo diretor, um homem gentil o suficiente para perguntar como está Kate enquanto basicamente me diz que o destino do meu filho é a penitenciária, Jesse e eu voltamos de carro para o hospital.

– Nem preciso dizer que você está de castigo.

– Dane-se.

– Até os quarenta anos.

Jesse se afunda no banco e, incrivelmente, suas sobrancelhas se juntam ainda mais. Eu me pergunto quando foi exatamente que desisti dele. E por que fiz isso, considerando-se que o histórico de Jesse não é nem de longe tão decepcionante quanto o de sua irmã.

– O diretor é um babaca.

– Quer saber, Jesse? O mundo está cheio de babacas. Você sempre vai ter que brigar com alguém. Ou com *alguma coisa*.

Ele me olha, furioso.

– Se a gente estivesse falando sobre a droga do Red Sox, mesmo assim você ia conseguir colocar a Kate no meio.

Paramos no estacionamento do hospital, mas não faço menção de desligar o motor. A chuva golpeia o para-brisa.

– Nós todos somos bons nisso – retruco. – Ou você por acaso explodiu a fossa séptica da escola por algum outro motivo?

– Você não sabe como é ser o menino que tem uma irmã que está morrendo de câncer.

– Eu tenho alguma ideia. Já que sou *mãe* da menina que está morrendo de câncer. Você tem toda razão, é um saco mesmo. E às vezes também tenho vontade de explodir alguma coisa, só para me livrar da sensação de que *eu* vou acabar explodindo a qualquer minuto.

Olho para baixo e vejo uma mancha do tamanho de uma moeda na dobra do braço dele. Há uma igual do outro lado. Deve ser significativo o fato de que imediatamente penso em heroína e não em leucemia, como pensaria se visse isso em suas irmãs.

– O que é isso?

Jesse dobra os braços.

– Nada.

– O que é?

– Não é da sua conta.

– É da minha conta, *sim* – eu digo, abaixando o antebraço dele. – É de uma agulha?

Ele ergue a cabeça com ódio nos olhos.

– É, mãe. Eu me injeto a cada três dias. Mas não estou injetando heroína, estou tirando sangue no terceiro andar desse hospital. – Jesse me encara. – Você nunca se perguntou quem mais estava arrumando plaquetas para a Kate?

Ele sai do carro antes que eu possa fazer qualquer coisa e me deixa olhando pelo vidro embaçado, sem conseguir ver nada direito.

Duas semanas após Kate ser internada, os enfermeiros me convencem a tirar um dia de folga. Volto para casa e tomo um banho no meu próprio banheiro, em vez de naquele usado pela equipe médica do hospital. Pago contas atrasadas. Zanne, que ainda está conosco, faz café para mim; ele está pronto e fresquinho quando eu desço, com o cabelo molhado e penteado.

– Alguém ligou?
– Se com "alguém" você quer dizer o hospital, a resposta é não – ela diz, folheando um livro de receitas. – Isso aqui é a maior enganação. Não *existe* prazer em cozinhar.

A porta da frente abre e fecha com um estrondo. Anna entra correndo na cozinha e para abruptamente ao me ver.
– O que você está fazendo aqui? – ela pergunta.
– Eu moro aqui – respondo.

Zanne pigarreia.
– Não é o que parece.

Mas Anna não escuta, ou não quer escutar. Ela tem um sorriso maior que um cânion no rosto e um bilhete nas mãos.
– Mandaram isso para o nosso técnico, o sr. Urlicht. Leia, leia, leia!

Cara Anna Fitzgerald,
Parabéns por ter sido aceita na Colônia de Férias Goleiras do Hóquei. Este ano o acampamento vai ser em Minneapolis, entre os dias 3 e 17 de julho. Por favor, preencha os formulários e o histórico médico em anexo e nos mande de volta até 30/04/2001. A gente se vê no gelo!
Sarah Teuting, técnica

Termino de ler a carta.
– Você deixou a Kate ir para um acampamento quando ela tinha a minha idade, aquele para crianças com leucemia – diz Anna. – Você tem ideia de quem é Sarah Teuting? É a goleira da seleção feminina de hóquei! E eu não vou só *conhecê-la*, ela vai me dizer tudo que estou fazendo de errado. O técnico conseguiu uma bolsa integral para mim, então vocês não têm que pagar nada. Eles vão me dar uma passagem e um quarto e tudo mais. É uma chance única...
– Meu amor – digo devagar –, você não pode fazer isso.

Anna balança a cabeça, como se estivesse tentando fazer minhas palavras encaixarem.
– Mas não é agora, é só no verão.

E, a essa altura, a Kate talvez já esteja morta.

É a primeira vez que vejo Anna indicando que vislumbra o fim desse processo, um momento em que talvez finalmente se veja livre de obrigações para com a irmã. Até esse momento, ir para Minnesota não é uma opção. Não porque eu tenha medo do que pode acontecer com Anna lá, mas porque tenho medo do que pode acontecer com Kate enquanto sua irmã não está por perto. Se Kate sobreviver a essa última recaída, quem sabe quanto tempo vai passar antes que outra crise ocorra? E, quando isso acontecer, vamos precisar que Anna – e seu sangue, suas células-tronco, seus tecidos – esteja bem aqui.

Os fatos se estendem entre nós como uma cortina transparente. Zanne se levanta e enlaça Anna.

– Sabe de uma coisa, bonitinha? Talvez a gente deva conversar sobre isso outra hora...

– Não. – Anna se recusa a sair dali. – Eu quero saber por que não posso ir.

Esfrego o rosto com a mão.

– Anna, não me faça fazer isso.

– Fazer *o quê*, mãe? – ela pergunta, furiosa. – *Eu* não faço *você* fazer nada.

Ela amassa a carta e sai correndo da cozinha. Zanne me dá um sorriso amarelo.

– Seja bem-vinda – ela diz.

Lá fora, Anna pega o taco de hóquei e começa a bater contra a parede da garagem. Faz isso por quase uma hora, num ritmo constante, até que esqueço que ela está ali e começo a achar que a casa tem um pulso próprio.

Dezessete dias depois de Kate ser internada, ela desenvolve uma infecção. Tem uma febre altíssima. Os médicos fazem exames de sangue, urina, fezes e escarro para tentar isolar o micro-organismo e ministram imediatamente um antibiótico de uso geral, esperando combater o que quer que a esteja deixando doente.

Steph, nossa enfermeira preferida, fica até mais tarde algumas noites só para que eu não tenha que enfrentar isso sozinha. Ela me traz edições da *People* que roubou das salas de espera e tem alegres conversas sem resposta com minha filha inconsciente. Na superfície, Steph é um modelo de determinação e otimismo, mas já vi seus olhos se encherem de lágrimas quando estava dando banho de esponja em Kate e achou que eu não podia ver.

Certa manhã, o dr. Chance vem ver como Kate está. Ele coloca o estetoscópio em volta do pescoço e senta numa cadeira diante de mim.

– Eu queria ter visto o casamento dela – ele diz.

– Você *vai* ver – eu insisto, mas o dr. Chance balança a cabeça.

Meu coração bate um pouco mais rápido.

– Você pode dar uma poncheira – sugiro. – Ou um porta-retratos. E pode fazer um brinde.

– Sara – ele diz –, é hora de se despedir.

Jesse passa quinze minutos no quarto de Kate com a porta fechada e sai pronto para acabar com o mundo, como uma bomba prestes a explodir. Ele sai correndo pelos corredores da UTI pediátrica.

– Vou falar com ele – diz Brian, descendo o corredor na direção em que Jesse foi.

Anna está sentada de costas para a parede. Ela também está com raiva.

– Eu não vou fazer isso – diz.

Eu me agacho a seu lado.

– Eu preferiria obrigar você a fazer qualquer outra coisa nesse mundo, pode acreditar em mim. Mas se você não fizer isso, Anna, um dia vai se arrepender.

Furiosa, ela entra no quarto de Kate e senta numa cadeira. O peito de Kate levanta e abaixa, graças ao respirador. Toda a raiva evapora de Anna quando ela estica o braço para tocar a bochecha da irmã.

– Ela ouve o que a gente diz?

– Claro – respondo, mais para mim mesma do que para ela.

– Eu não vou para Minnesota – Anna sussurra. – Não vou para lugar nenhum, nunca.

Ela se inclina até ficar bem pertinho.

– Acorde, Kate.

Nós duas prendemos a respiração, mas nada acontece.

Nunca entendi por que a expressão é "perder um filho". Nenhum pai é tão descuidado. Nós sabemos exatamente onde nossos filhos e filhas estão, só não queremos que estejam lá.

Brian, Kate e eu formamos um circuito. Nós sentamos um de cada lado da cama e pegamos a mão um do outro e uma das mãos de Kate.

– Você tinha razão – eu digo a ele. – Nós devíamos ter levado a Kate para casa.

Ele balança a cabeça.

– Se não tivéssemos tentado o arsênio, íamos passar o resto da vida nos perguntando por quê.

Ele faz um carinho no cabelo claro que cerca o rosto de Kate.

– Ela é uma menina tão boa. Sempre fez o que você pediu – diz Brian.

Faço que sim com a cabeça, sem conseguir falar.

– É por isso que ela ainda está aqui. Ela quer sua permissão para ir embora.

Ele se inclina sobre Kate, chorando tanto que não consegue respirar. Ponho a mão sobre sua cabeça. Não somos os primeiros pais a perder uma filha. Mas somos os primeiros pais a perder a *nossa* filha. E isso faz toda diferença.

Quando Brian adormece, debruçado sobre o pé da cama, pego a mão cheia de cicatrizes de Kate entre as minhas. Traço a meia-lua de suas unhas e me lembro da primeira vez em que as pintei, quando Brian não acreditou que eu ia fazer aquilo com uma menina de um ano. Agora, doze anos depois, viro a palma de sua mão e lamento não poder lê-la, ou melhor, não poder editar sua linha da vida.

Aproximo a cadeira da cama de hospital.

– Lembra daquele verão em que a gente inscreveu você na colônia de férias? E que, na noite antes de ir embora, você disse que tinha mudado de ideia e queria ficar em casa? Eu lhe disse para sentar do lado esquerdo do ônibus, pois assim, quando ele se afastasse, você ia poder olhar para trás e me ver ali, esperando por você.

Pressiono sua mão contra o meu rosto com tanta força que deixo uma marca.

– Quando você for para o céu, sente do mesmo lado. Assim vai poder me ver olhando você.

Afundo o rosto nos cobertores e digo a esta minha filha quanto a amo. Aperto sua mão uma última vez.

E sinto o pulsar mais fraco de seu coração, o último fio de vida, o aperto mais suave de seus dedos, enquanto Kate se agarra a este mundo com unhas e dentes.

ANNA

TENHO UMA PERGUNTA: Que idade você tem quando está no paraíso? Bom, já que lá é o paraíso, você deve estar na flor da idade, e duvido que todas as pessoas que morrem de velhice fiquem andando por lá carecas e sem dente. E isso traz mais um monte de perguntas. Se você se enforca, fica para sempre todo nojento e azulado, com a língua saindo para fora da boca? Se você morre numa guerra, passa a eternidade sem a perna que foi arrancada por uma mina?

Acho que talvez nos deixem escolher. Você preenche o formulário dizendo se prefere ter vista para uma estrela ou para uma nuvem, se gosta de comer frango, peixe ou maná no almoço, que idade quer ter aos olhos dos outros. Eu, por exemplo, talvez escolhesse dezessete, pois quem sabe já vou ter peito até lá. Mesmo se eu for uma velhinha centenária que mais parece uma uva-passa quando morrer, vou ser jovem e bonita quando chegar ao paraíso.

Certa vez, durante uma festa, ouvi meu pai dizer que, embora já fosse velho, tinha vinte e um anos no coração. Então talvez haja um momento na vida que vire rotina para nós, ou, melhor ainda, que fique familiar como aquela parte macia do sofá. Assim, não importa o que aconteça, você acaba voltando para lá.

O problema, imagino, é que todo mundo vai estar diferente. O que acontece no paraíso quando as pessoas tentam se encontrar após tantos anos sem se ver? Digamos que você morra e comece a procurar pelo seu marido, que morreu cinco anos antes. E se você estiver pensando nele com setenta anos, mas a parte macia dele seja aos dezesseis e ele esteja andando por lá com a maior pinta de garotão?

E se você é a Kate e morre aos dezesseis anos, mas quando chega ao paraíso decide ter trinta e cinco, uma idade que jamais atingiu aqui na terra? Como *alguém* ia conseguir te encontrar?

Campbell liga para o quartel para falar com meu pai quando estamos almoçando e diz que a advogada da outra parte quer conversar sobre o processo. É um jeito bem idiota de dizer isso, já que todo mundo sabe que ele está falando da minha mãe. Ele diz que temos que estar às três no escritório dele, e não importa que seja domingo.

Sento no chão com a cabeça de Juiz no colo. Campbell está tão ocupado que nem me manda não fazer isso. Minha mãe não se atrasa nem um minuto e (como Kerri, a secretária, está de folga) entra sozinha. Ela fez um esforço especial para prender o cabelo num coque benfeito. E passou um pouco de maquiagem. Mas, ao contrário de Campbell, que se sente tão confortável neste escritório quanto num casaco velho, minha mãe parece completamente fora de lugar numa firma de advocacia. É difícil acreditar que ela já fez isso da vida. Acho que ela já foi uma pessoa diferente. Acho que todos nós já fomos.

– Olá – ela diz baixinho.

– Sra. Fitzgerald – Campbell responde, frio como gelo.

Os olhos da minha mãe vão do meu pai, que está sentado à mesa de reunião, para mim, no chão.

– Oi – ela diz de novo.

Ela dá um passo à frente como se fosse me abraçar, mas então para.

– Foi a senhora quem marcou esta reunião – diz Campbell.

Minha mãe se senta.

– Eu sei. Eu estava... bem, gostaria que a gente pudesse resolver isso. Quero que tomemos uma decisão em conjunto.

Campbell tamborila os dedos na mesa.

– Está sugerindo um acordo?

Ele faz tudo parecer tão sério. Minha mãe pisca para ele.

– É, acho que estou. – Ela vira a cadeira na minha direção, como se só nós duas estivéssemos ali. – Anna, eu sei quanto você já fez pela Kate. E também sei que ela não tem mais muitas chances... mas talvez tenha esta.

– Minha cliente não vai ser coagida...

– Tudo bem, Campbell – eu digo. – Deixe a minha mãe falar.

– Se o câncer voltar, se o transplante de rim não funcionar, se nada do que desejamos acontecer com a Kate... eu nunca mais lhe peço para ajudar sua irmã de novo. Mas, Anna, você faz só mais isso?

Ela parece muito pequena, menor ainda que eu, como se eu fosse a mãe e ela a filha. Eu me pergunto como essa ilusão de óptica pôde acontecer, se nenhuma de nós duas se moveu.

Olho para o meu pai, mas ele está imóvel como uma pedra, prestando uma atenção enorme na madeira da mesa para não precisar se envolver.

– A senhora está dizendo que, se a minha cliente doar um rim por vontade própria, ela não precisará tomar parte em quaisquer procedimentos médicos que possam ser necessários no futuro para prolongar a vida de Kate? – Campbell esclarece.

Minha mãe respira fundo.

– Sim.

– Precisamos discutir isso, é claro.

Quando eu tinha sete anos, Jesse fez questão de me dizer que eu não podia ser idiota o suficiente para acreditar em Papai Noel.

– É o papai e a mamãe – ele explicou, mas me recusei a acreditar até o último segundo.

Decidi fazer um teste. Naquele Natal, escrevi para o Papai Noel e pedi um hamster, que era o que eu mais queria no mundo. Eu mesma coloquei a carta na caixa de correio da secretaria da escola. E não disse nada aos meus pais, embora tenha mencionado outras coisas que queria ganhar aquele ano.

Na manhã de Natal, ganhei o trenó, o joguinho de computador e o edredom tie-dye que havia mencionado para minha mãe, mas não ganhei o hamster, porque ela não sabia que eu queria um. Aprendi duas coisas naquele ano: que nem o Papai Noel nem os meus pais eram como eu queria que fossem.

Talvez Campbell pense que isso tem a ver com a justiça, mas na verdade tem a ver com a minha mãe. Eu me levanto do chão e corro para os braços dela, que são um pouco como aquele pedaço da vida do qual eu estava falando antes, tão familiar que você cabe ali sem fazer nenhum esforço. Isso machuca minha garganta, e todas as lágrimas que eu vinha segurando saem de seus esconderijos.

— Ah, Anna — minha mãe chora com o rosto afundado em meus cabelos. — Graças a Deus. Graças a Deus.

Eu a abraço duas vezes mais forte que o normal, tentando me agarrar a esse momento do mesmo jeito que tento guardar a luz enviesada do verão no fundo da mente, como um mural pintado que eu possa olhar durante o inverno. Coloco os lábios perto de sua orelha e falo, já lamentando o que vou dizer:

— Eu não posso.

O corpo da minha mãe fica rígido. Ela se afasta de mim e me encara. Então se esforça para dar um sorriso, trincado em várias partes. E toca o topo da minha cabeça. É isso. Ela levanta, ajeita o paletó e sai do escritório.

Campbell levanta também. Ele se agacha diante de mim, no local onde minha mãe estava. Olhos nos olhos, com a expressão mais séria que já vi nele.

— Anna — ele diz —, tem certeza de que é isso que você quer?

Eu abro a boca. E encontro uma resposta.

Julia

– Você acha que eu gosto do Campbell *porque* ele é um babaca ou *apesar* disso? – pergunto para a minha irmã.

Izzy faz psiu do sofá. Ela está assistindo a *Nosso amor de ontem*, um filme que já viu vinte mil vezes. Ele faz parte de sua lista de filmes que precisam ser vistos sempre que estão passando na TV, que também inclui *Uma linda mulher*, *Ghost* e *Dirty Dancing*.

– Julia, se você me fizer perder o fim, eu te mato.

– "Até mais, Katie" – cito as últimas falas do filme. – "Até mais, Hubbell."

Izzy atira uma almofada em mim e enxuga os olhos enquanto a música-tema aumenta.

– A Barbra Streisand é tudo de bom – ela diz.

– Achei que só os *homens* gays achavam isso.

Olho para Izzy por sobre a pilha de papéis que estou lendo para me preparar para a audiência de amanhã. Vou apresentar minha decisão ao juiz, com base no que é melhor para Anna Fitzgerald. O problema é que, não importa se eu decidir a favor dela ou não, vou arruinar sua vida de qualquer jeito.

– Achei que estávamos falando do Campbell – Izzy diz.

– Não, *eu* estava falando do Campbell. Você estava suspirando pelo filme – digo, massageando as têmporas. – Achei que você ia ser mais compreensiva.

– Em relação a Campbell Alexander? Eu não compreendo nada. Na verdade, sou completamente apática.

– Você não é apática, é patética.

– Olhe, Julia. Talvez seja hereditário. – Ela se levanta e massageia o meu pescoço. – Talvez você tenha um gene que a faça gostar de gente mau-caráter.

– Então você tem esse gene também.
– Bom – ela ri. – Isso só ajuda a provar minha teoria.
– Eu *quero* odiá-lo, sabia? Só queria deixar isso claro.

Passando a mão por cima do meu ombro, Izzy pega a Coca-Cola que eu estava bebendo e toma o último gole.

– Achei que esse caso era estritamente profissional.
– E é. Mas na minha cabeça há uma minoria oposicionista muito insistente que queria que fosse outra coisa.

Izzy se senta de novo no sofá.

– O problema é que a gente nunca esquece o primeiro. E, mesmo que seu cérebro seja esperto, seu corpo tem o QI de uma mosca.
– É que é tão fácil com ele, Iz. É como se a gente estivesse voltando exatamente ao ponto onde parou. Já sei tudo que preciso saber sobre ele, e ele sobre mim. – Olho para ela. – É possível se apaixonar por uma pessoa só por preguiça?
– Por que você não dá logo para ele e resolve o assunto?
– Porque, assim que terminar, vai ser mais um pedaço do passado do qual não vou conseguir me livrar.
– Posso te arrumar um encontro com um dos meus amigos – Izzy sugere.
– Todos os seus amigos têm vagina.
– Está vendo? Você se concentra nas coisas erradas, Julia. Você devia se sentir atraída pelo que a pessoa tem por dentro, não pelo pacote. Campbell Alexander pode ser lindo, mas é como uma cobertura de marzipã numa sardinha.
– Você acha que ele é lindo?

Izzy revira os olhos.

– Você está perdida.

Quando a campainha toca, ela vai espiar pelo olho mágico.

– Falando no diabo.
– É Campbell? – eu sussurro. – Diga que não estou.

Izzy abre a porta apenas alguns centímetros.

– Julia disse que não está.
– Eu vou matar você – murmuro, me levantando.

Empurrando minha irmã para o lado, tiro a correntinha da porta e deixo Campbell e seu cachorro entrarem.

– Cada vez que eu venho aqui, a recepção fica mais calorosa – ele diz.
Cruzo os braços.
– O que você quer? Estou trabalhando.
– Ótimo. Sara Fitzgerald acabou de nos oferecer um acordo. Venha jantar comigo e eu lhe conto tudo.
– Eu *não* vou jantar com você.
– Vai, sim. – Ele dá de ombros. – Eu conheço você e sei que vai acabar aceitando, pois, por mais que não queira jantar comigo, quer saber o que a mãe da Anna disse. Por que a gente não pula essa parte?
Izzy começa a rir.
– Ele conhece *mesmo* você, Julia.
– Se você não for por livre e espontânea vontade, eu uso a força bruta sem problemas – Campbell acrescenta. – Mas vai ser bem mais difícil para você cortar seu filé mignon se suas mãos estiverem amarradas.
Viro para minha irmã.
– Faça algo. Por favor.
Ela acena para mim.
– Até mais, Katie.
– Até mais, Hubbell – Campbell responde. – *Ótimo* filme.
Izzy olha para ele, ponderando.
– Talvez haja esperança – ela diz.

– Regra número um – digo a Campbell. – Nós falamos do processo e nada além do processo.
– Eu juro – ele diz. – E posso lhe dizer que você está linda?
– Está vendo, você já quebrou a regra.
Ele entra num estacionamento à beira-mar e desliga o motor. Depois sai do carro e vem até o meu lado abrir a porta para mim. Olho ao redor, mas não vejo nada que se pareça com um restaurante. Estamos numa marina repleta de veleiros e iates, com seus deques cor de mel bronzeando-se ao sol do fim de tarde.
– Tire o tênis – Campbell pede.
– Não.
– Pelo amor de Deus, Julia. A gente não está na era vitoriana. Não vou atacar você só porque vi seu tornozelo. Tire logo o tênis, tá bom?

– Por quê?

– Porque no momento você está com um enorme cabo de vassoura enfiado na bunda, e essa é a única maneira não imoral que me ocorreu de fazê-la relaxar.

Campbell tira seu dockside e afunda os pés na grama que cresce ao redor do estacionamento.

– Ahhh – ele diz, abrindo bastante os braços. – Vamos lá, minha joia. Carpe diem. O verão já está quase acabando. Aproveite enquanto pode.

– E quanto ao acordo...

– O que a Sara disse não vai mudar se você ficar descalça.

Ainda não sei se Campbell aceitou pegar esse caso por achar que ele vai cobri-lo de glória, porque quer a publicidade que vai gerar, ou apenas porque quis ajudar Anna. Quero acreditar na última hipótese, sendo a idiota que sou. Campbell espera pacientemente com o cachorro ao seu lado. Finalmente desamarro os cadarços do tênis e tiro as meias. E piso naquele pedaço de grama.

Acho que o verão é um inconsciente coletivo. Nós todos nos lembramos das notas que compunham a musiquinha do sorveteiro; conhecemos a sensação de queimar as coxas num escorregador tão quente quanto uma faca aquecida no fogo; já deitamos de costas com os olhos fechados e o coração batendo nas pálpebras, torcendo para que o dia se estique um pouquinho mais que o anterior, quando na verdade está tudo indo na direção oposta. Campbell se senta na grama.

– Qual é a regra número dois?

– Que eu invento todas as regras – respondo.

Ele sorri para mim, e eu me perco.

Ontem à noite, Sete colocou um martíni em minhas mãos ansiosas e me perguntou do que eu estava me escondendo.

Dei um gole antes de responder e lembrei por que odeio martíni – é álcool puro, o que obviamente é a razão de se beber martíni, mas também tem gosto de álcool puro, o que é sempre um pouco decepcionante.

– Não estou me escondendo – afirmei. – Estou aqui, não estou?

Era cedo para a clientela do bar – hora do jantar. Parei ali ao voltar do quartel dos bombeiros, onde estivera conversando com Anna. Dois caras estavam se beijando na mesa do canto; um homem solitário estava sentado na outra ponta do balcão.

– A gente pode mudar de canal? – Ele indicou a televisão, que exibia o jornal da noite. – Peter Jennings é tão mais gostoso que Tom Brokaw.

Sete mudou o canal no controle remoto e voltou a me encarar.

– Você não está se escondendo, mas está sentada num bar gay na hora do jantar. Não está se escondendo, mas está usando este terninho como se fosse uma armadura.

– Ah, eu definitivamente preciso de dicas de moda do cara com um piercing na língua.

Sete ergueu uma sobrancelha.

– Mais um martíni e eu convenço você a furar sua língua com meu amigo Johnston. Você pode tirar a tinta rosa do cabelo da menina, mas a raiz continua lá.

Dei mais um gole.

– Você não me conhece.

Na ponta oposta do balcão, o homem ergueu o rosto para Peter Jennings e sorriu.

– Talvez – disse Sete –, mas você também não.

O jantar acaba sendo pão com queijo – bom, uma baguete com queijo gruyère – dentro de um veleiro de trinta pés. Campbell dobra a bainha da calça como se fosse um náufrago e puxa as cordas, remexe nas velas e pega o vento, até que ficamos tão longe da costa de Providence que ela é apenas uma linha de luz, um distante colar de contas.

Após algum tempo, quando fica claro que qualquer informação que Campbell for me passar só será revelada depois da sobremesa, eu me rendo. Deito de costas com o braço sobre Juiz, que está dormindo. Observo a vela, solta agora, bater como a asa de um pelicano. Campbell surge de dentro do barco, onde estava procurando por um saca-rolhas, segurando duas taças de vinho tinto. Ele se senta do outro lado de Juiz e coça atrás da orelha do pastor alemão.

– Já pensou em ser um animal? – Campbell pergunta.

– No sentido figurado? Ou literal?

– Retórico. Se você não tivesse nascido como ser humano.

Reflito por algum tempo.

– Essa pergunta tem algum significado? Tipo, se eu disser que queria ser uma orca assassina, você vai me dizer que eu sou um peixe cruel, implacável e predador?

– As orcas são mamíferos – ele diz. – E não, não tem significado. Só estou sendo educado e tentando puxar assunto.

Viro a cabeça.

– O que você seria? – pergunto.

– Eu perguntei primeiro.

Bom, um pássaro está fora de questão – tenho medo demais de altura. Acho que não tenho a atitude certa para ser um gato. E sou solitária demais para funcionar numa matilha, tipo um lobo ou um cachorro. Penso em dizer algo com "társio", só para me mostrar, mas aí ele vai perguntar que diabo é isso e eu não lembro se é um roedor ou um lagarto.

– Uma gansa – decido.

Campbell cai na gargalhada.

– Para ser que nem a Mamãe Gansa? Ou é para afogar o ganso?

Quis ser uma gansa porque eles têm apenas um companheiro pela vida toda, mas preferiria me atirar em alto-mar a contar isso a ele.

– E você? – pergunto.

Mas ele não me dá uma resposta direta.

– Quando fiz essa pergunta a Anna, ela me disse que queria ser uma fênix.

A imagem da criatura mítica ressurgindo das cinzas brilha em minha mente.

– Mas elas não existem.

Campbell acaricia a cabeça do cão.

– Ela disse que isso depende de ter ou não alguém para vê-las. – Ele me encara. – Como você vê a Anna, Julia?

O vinho subitamente se torna amargo. Tudo isso – o charme, o piquenique, o veleiro deslizando sob o pôr do sol – foi um jeito de me fazer decidir a favor dele na audiência de amanhã? O que eu, como curadora ad litem, recomendar vai ter um peso enorme na decisão do juiz DeSalvo, e Campbell sabe muito bem disso.

Até esse momento, eu não tinha me dado conta de que alguém pode partir seu coração duas vezes, fazendo as mesmas falhas geológicas se abrirem de novo.

– Eu não vou lhe contar qual é a minha decisão – digo friamente. – Você pode esperar até o meu testemunho.

Agarro a âncora e tento erguê-la.

– Quero voltar agora, por favor – digo.

Campbell arranca a corrente das minhas mãos.

– Você já me disse que não acha que doar um rim para a Kate seja o melhor para a Anna.

– E também disse que ela não é capaz de tomar essa decisão sozinha.

– O pai dela a tirou de casa. Ele pode ajudá-la com isso.

– E quanto tempo isso vai durar? E quanto à próxima vez?

Estou furiosa comigo mesma por ter caído nessa. Por ter concordado em sair para jantar, por ter me permitido acreditar que Campbell queria *estar* comigo, e não me *usar*. Tudo – desde o elogio que ele me fez até as taças de vinho entre nós – foi friamente calculado para ajudá-lo a ganhar o processo.

– Sara Fitzgerald nos ofereceu um acordo – Campbell diz. – Ela disse que, se a Anna doasse o rim, ela jamais voltaria a lhe pedir para fazer alguma coisa pela irmã. A Anna recusou.

– Sabia que eu podia mandar o juiz atirar você na cadeia por causa disso? É completamente antiético tentar me seduzir só para eu mudar de ideia.

– *Seduzir?* Eu apenas coloquei as cartas na mesa para você. Deixei *seu* trabalho mais fácil.

– Ah, tá. Desculpe – digo com sarcasmo. – Isso não tem nada a ver com *você*. Não tem nada a ver comigo escrevendo um relatório favorável à sua cliente. Se você fosse um animal, Campbell, sabe o que seria? Um porco. Não, na verdade você seria um parasita no estômago de um porco. Algo que pega tudo que precisa sem nunca dar nada em troca.

Uma veia azul pulsa na têmpora dele.

– Já acabou? – ele pergunta.

– Na verdade, não. Alguma coisa que sai da sua boca é verdade?

– Eu não menti para você.

– Não? Para que serve esse cachorro, Campbell?

– Pelo amor de Deus, será que dá para você calar a boca?

Campbell me puxa para perto e me beija.

Seus lábios se movem como uma história silenciosa; ele tem gosto de sal e vinho. Não há um momento de reaprendizado, de ajustar os moldes dos últimos quinze anos; nossos corpos sabem para onde ir. Ele lambe o meu nome sobre a minha garganta. Pressiona o corpo com tanta força contra o meu que toda dor que havia entre nós se espalha, virando algo que nos une em vez de nos separar.

Quando nos afastamos para respirar, Campbell me encara.

– Eu continuo com a razão – sussurro.

É a coisa mais natural do mundo quando Campbell tira meu velho suéter e abre o fecho do meu sutiã. Quando ele se ajoelha diante de mim com a cabeça sobre o meu coração, quando sinto as ondas balançarem o casco do barco, acho que talvez este seja o nosso lugar. Talvez existam mundos inteiros sem cerca, onde o sentimento leva você como a maré.

SEGUNDA-FEIRA

Vede quão grande bosque um pequeno fogo incendeia!

– Tiago 3,5

Campbell

Nós dormimos na minúscula cabine do veleiro, ancorado na marina. É bem apertado, mas isso não importa nem um pouco: durante toda a noite, ela se encaixa em mim. Ela ronca, só um pouquinho. Seu dente da frente é torto. Seus cílios são longos como a unha do meu polegar.

Esses são os detalhes que provam, mais do que qualquer outra coisa, as diferenças que existem entre nós agora, depois de quinze anos. Quando você tem dezessete anos, não pensa em que apartamento vocês vão passar a noite. Quando você tem dezessete anos, não repara no tom rosa perolado do sutiã dela nem na renda que brota entre suas pernas. Quando você tem dezessete anos, só pensa no agora, nunca no depois.

O que eu amei em Julia – pronto, falei – foi que ela não precisava de ninguém. Na Wheeler, ela se destacava com seus cabelos cor-de-rosa, sua jaqueta almofadada do exército e seus coturnos, e fazia isso sem pedir desculpas. Foi uma grande ironia que o próprio relacionamento com ela diminuísse seu encanto, que, no momento em que ela passasse a retribuir meu amor e a depender de mim tanto quanto eu dependia dela, não seria mais um espírito verdadeiramente independente.

Eu nunca quis ser a pessoa que roubaria isso dela.

Depois de Julia, não saí com muitas mulheres. Pelo menos não muitas de cujo nome ainda me lembro. Era complicado demais manter a fachada; em vez de fazer isso, escolhi o caminho covarde de passar só uma noite com elas. Por necessidade – tanto médica quanto emocional – aprendi a escapar muito bem.

Houve meia dúzia de vezes esta noite em que tive a oportunidade de ir embora. Enquanto Julia dormia, até pensei em como fazê-lo: um bilhete preso ao travesseiro, uma mensagem escrita no deque do barco com seu batom cor de cereja. Mas a vontade de fazer isso não foi nem de longe tão forte quanto a necessidade de esperar só mais um minuto, só mais uma hora.

Juiz está dormindo sobre a mesa da pequena cozinha, enrolado como uma rosquinha de canela. Ele ergue a cabeça e solta um gemido, e eu entendo perfeitamente. Desembaraçando-me da espessa floresta dos cabelos de Julia, saio da cama sem fazer barulho. Ela se estica até o lugar que deixei quente.

Juro que fico excitado de novo.

Mas, em vez de fazer o que seria natural – ou seja, ligar para o tribunal dizendo que subitamente peguei catapora e obrigar o assistente a reagendar a audiência para que eu possa passar o dia transando –, visto as calças e vou para o deque lá em cima. Quero estar no tribunal antes de Anna chegar, e preciso tomar um banho e trocar de roupa. Deixo a chave do meu carro para Julia – meu apartamento é perto, posso andar até lá. Somente quando eu e Juiz estamos a caminho de casa me dou conta de que, ao contrário de todas as outras manhãs em que abandonei uma mulher, dessa vez não construí um símbolo encantador de minha escapulida para Julia, algo para diminuir a dor do abandono quando ela acordar.

Eu me pergunto se isso foi um deslize. Ou se eu estava esperando esses anos todos pela volta dela, para assim poder crescer.

Quando eu e Juiz chegamos ao Complexo Garrahy para a audiência, temos que abrir caminho entre os repórteres que estão ali para o Grande Dia. Eles enfiam microfones na minha cara e acabam pisando nas patas de Juiz. Quando Anna vir esse corredor polonês, vai sair correndo na hora.

Ao entrar, chamo Vern.

– Peça para os seguranças virem aqui para fora – digo a ele. – Esses caras vão comer as testemunhas vivas.

Então vejo Sara Fitzgerald, que já está ali esperando. Ela usa um terninho que não devia sair do saco plástico da lavanderia há uma década, e seus cabelos estão firmemente presos num coque. Ela não tem uma pasta, mas uma mochila.

– Bom dia – digo calmamente.

A porta abre com um estrondo e Brian entra, olhando para Sara e depois para mim.

— Cadê a Anna? — ele pergunta.

Sara dá um passo à frente.

— Ela não veio com você?

— Ela já tinha saído quando voltei de um chamado às cinco da manhã. Deixou um bilhete dizendo que ia me encontrar aqui. — Brian olha para os chacais lá fora. — Aposto que ela se mandou.

Ouço de novo o som de um selo sendo aberto e então Julia aparece, seguida por uma onda de gritos e perguntas. Ela alisa o cabelo, se ajeita, mas então me vê e fica desconcertada de novo.

— Eu vou encontrá-la — digo.

Sara se enfurece.

— Não, eu vou.

Julia olha de um para o outro.

— Encontrar quem?

— Anna está temporariamente ausente — explico.

— Ausente? — diz Julia. — Ou seja, desaparecida?

— De jeito nenhum.

Isso não é nenhuma mentira. Para Anna desaparecer, ela teria que ter aparecido primeiro.

Eu me dou conta de que até sei para onde devo ir — no mesmo momento em que Sara também compreende. Ela deixa que eu tome a dianteira. Julia agarra meu braço quando estou a caminho da porta e enfia a chave do meu carro na minha mão.

— Agora você entendeu por que isso não vai dar certo? — ela pergunta.

— Ouça, Julia. Eu também quero conversar sobre o que está acontecendo entre nós. Mas agora não é o momento.

— Eu estava falando da *Anna*. Campbell, ela está indecisa. Não conseguiu nem aparecer em sua própria audiência. O que você acha que isso significa?

— Que todo mundo sente medo às vezes — respondo finalmente, dando um bom aviso para todos nós.

As persianas do quarto estão fechadas, mas isso não me impede de ver a palidez mortal no rosto de Kate Fitzgerald, a teia de veias azuis mapeando o trajeto dos remédios que correm por elas, sua última chance. Enroscada ao pé da cama está Anna.

Com uma ordem minha, Juiz fica esperando na porta. Eu me agacho.

– Anna, está na hora de ir.

Quando a porta do quarto se abre, espero ver Sara Fitzgerald ou um médico com um carrinho de emergência. Fico chocado ao ver Jesse sob o batente.

– Oi – ele diz, como se fôssemos velhos amigos.

Como você chegou até aqui?, eu quase pergunto, mas então me dou conta de que não quero ouvir a resposta.

– Nós vamos para o tribunal. Quer uma carona? – pergunto secamente.

– Não, valeu. Já que todo mundo vai estar lá, achei melhor ficar aqui – ele responde, sem tirar os olhos de Kate. – Ela está um lixo.

– O que você esperava? – responde Anna, bem acordada. – Ela está morrendo.

Mais uma vez, olho atônito para minha cliente. Eu devia saber, melhor que a maioria das pessoas, que as motivações nunca são o que parecem, mas ainda assim não consigo entender essa menina.

– A gente tem que ir – aviso.

No carro, Anna senta no banco do passageiro e Juiz fica no banco de trás. Ela começa a me falar de um precedente jurídico maluco que achou na internet, um caso de 1876 em que um cara de Montana foi legalmente proibido de usar a água de um rio cuja origem ficava nas terras de seu irmão, apesar de isso significar que sua plantação toda ia secar.

– O que você está fazendo? – ela pergunta, quando deliberadamente pego o caminho errado.

Paro o carro ao lado de um parque. Uma garota com uma bunda linda passa correndo, segurando a coleira de um desses cachorrinhos de madame que mais parecem um gato.

– A gente vai se atrasar – Anna diz após um instante.

– A gente já está atrasado. Anna, o que está acontecendo aqui?

Ela me dá um daqueles olhares típicos de adolescente, como quem diz que não é possível que nós dois venhamos da mesma cadeia evolucionária.

– A gente está a caminho do tribunal – ela responde.

– Não é isso que estou perguntando. Quero saber *por que* nós vamos para o tribunal.

— Bom, Campbell, acho que você deve ter matado a primeira aula da faculdade de direito, mas é isso que acontece quando alguém entra com uma ação.

Olho para ela, me recusando a deixá-la ganhar a discussão.

— Anna, por que nós estamos indo para o tribunal?

Ela nem pisca.

— Por que você precisa de um cão de assistência?

Tamborilo os dedos no volante e olho para o parque ali em frente. Uma mulher está empurrando um carrinho de bebê no mesmo ponto onde a corredora estava antes, sem perceber que seu filho está tentando pular dali. O trinado de pássaros explode de uma das árvores.

— Não falo sobre isso com ninguém — digo.

— Eu não sou uma pessoa qualquer.

Respiro fundo.

— Há muito tempo, fiquei doente e acabei tendo uma infecção no ouvido. Mas, sei lá por quê, o remédio não funcionou e fiquei com um dano no nervo. Sou completamente surdo do ouvido esquerdo. O que não é tão mau assim no fim das contas, mas me impede de lidar com certas questões. Como ouvir um carro se aproximando e não saber de que lado ele vem. Ou ter alguém atrás de mim no supermercado me pedindo licença, mas não escutar o que a pessoa está dizendo. Juiz foi treinado para que, nessas circunstâncias, possa ouvir por mim. — Eu hesito. — Não gosto que as pessoas tenham pena de mim. Por isso esse segredo todo.

Anna me olha com desconfiança.

— Fui até o seu escritório porque, pelo menos uma vez na vida, quis que algo girasse em torno de mim, e não de Kate.

Mas essa confissão egoísta sai da boca de Anna de maneira enviesada; simplesmente não encaixa. O processo foi iniciado não porque Anna quer que a irmã morra, mas simplesmente porque *ela* quer uma chance de *viver*.

— Você está mentindo.

Ela cruza os braços.

— Bom, você mentiu primeiro. Sua audição é ótima.

— E você é uma pentelha — começo a rir. — Você me lembra de mim mesmo na sua idade.

— E isso por acaso é bom? — Anna pergunta, mas está sorrindo.

O parque está ficando mais cheio. Uma excursão escolar inteira anda pelo caminho, com crianças pequenas presas umas às outras como os cães de um trenó e duas professoras atrás. Uma pessoa com o uniforme dos correios passa voando numa bicicleta de corrida.

— Vamos, eu convido você para o café da manhã.
— Mas a gente está atrasado.
Dou de ombros.
— E daí?

O juiz DeSalvo não está feliz. A escapulida de Anna fez a audiência atrasar uma hora e meia. Ele me olha com irritação quando Juiz e eu entramos às pressas no gabinete para a reunião pré-julgamento.

— Meritíssimo, peço desculpas. Nós tivemos uma emergência veterinária.
Eu mais sinto do que vejo o queixo de Sara cair.
— Não foi isso que a advogada da outra parte insinuou — ele diz.
Olho bem nos olhos de DeSalvo.
— Bem, foi o que aconteceu. A Anna foi gentil de me ajudar a manter o cachorro calmo enquanto o caco de vidro era removido de sua pata.

O juiz desconfia. Mas existem leis contra a discriminação de deficientes, e estou me aproveitando delas ao máximo. A última coisa que eu quero é que ele culpe Anna pelo atraso.

— Existe alguma forma de resolver este caso sem a audiência? — ele pergunta.
— Lamento, mas não — respondo.

Anna pode não querer revelar seus segredos, o que posso apenas respeitar, mas ela tem certeza de que quer levar isso adiante. O juiz aceita minha resposta.

— Sra. Fitzgerald, presumo que a senhora ainda esteja representando a si mesma.
— Sim, meritíssimo.
— Muito bem. — O juiz DeSalvo olha primeiro para um, depois para o outro. — Esta é a vara da família, advogados. Na vara da família, e especialmente em audiências como esta, tenho a tendência a relaxar as regras para a apresentação de provas, porque não quero uma audiência em que as par-

tes se exaltem. Sou capaz de filtrar o que é admissível e o que não é e, se houver algo verdadeiramente censurável, ouvirei a objeção da outra parte, mas prefiro que essa audiência seja rápida, sem preocupações com a forma.

Ele me encara.

– Quero que isso seja o menos doloroso possível para todos os envolvidos.

Passamos para o tribunal – menor que os tribunais criminais, mas intimida mesmo assim. Vou ao saguão buscar Anna. Quando passamos pela porta, ela estaca. Olha para as vastas paredes cobertas por painéis de madeira, para as fileiras de cadeiras, para a imponente tribuna do juiz.

– Campbell – ela sussurra –, eu não vou ter que subir ali e falar, vou?

A verdade é que é muito provável que o juiz queira ouvir o que ela tem a dizer. Mesmo que Julia apoie a ação, mesmo que Brian diga que vai ajudar Anna, o juiz DeSalvo pode querer que ela testemunhe. Mas revelar isso agora só vai deixá-la nervosa – e essa não é uma boa forma de começar uma audiência.

Penso em nossa conversa no carro, quando Anna me chamou de mentiroso. Uma pessoa mente por dois motivos – porque a mentira vai ajudá--la a conseguir o que quer ou porque vai evitar que alguém fique magoado. É pelas duas razões que dou esta resposta a Anna:

– Acho difícil.

– Meritíssimo, sei que isso não é usual, mas gostaria de dizer algo antes de começarmos a chamar as testemunhas – peço.

O juiz DeSalvo suspira.

– Esse não é justamente o tipo de cerimônia que lhe pedi para *não* fazer?

– Meritíssimo, eu não pediria se não achasse importante.

– Seja breve.

Eu me levanto e me aproximo da tribuna.

– Meritíssimo, durante toda a vida de Anna Fitzgerald, ela passou por tratamentos médicos que visavam o bem de sua irmã, não o seu próprio. Ninguém duvida do amor de Sara Fitzgerald por todos os seus filhos, ou das decisões que ela tomou para prolongar a vida de Kate. Mas hoje temos que duvidar das decisões que ela tomou em relação a *esta* filha.

Eu me viro e vejo Julia me olhando desconfiada. Subitamente, me lembro de uma antiga aula de ética e sei o que preciso dizer.

– Talvez o senhor se lembre do caso recente dos bombeiros da cidade de Worcester, em Massachusetts, que morreram num incêndio iniciado por uma mendiga. Ela sabia que o incêndio havia começado e deixou o prédio, mas não ligou para o resgate porque achou que pudesse ter problemas. Seis homens morreram naquela noite, mas o Estado não pôde responsabilizar a mulher, pois aqui nos Estados Unidos, mesmo que as consequências sejam trágicas, você não é responsável pela segurança de outra pessoa. Não é obrigado a ajudar ninguém que esteja em perigo. Nem se tiver iniciado o incêndio, nem se passar por um acidente de carro, nem se for um doador compatível.

Olho para Julia de novo.

– Estamos aqui hoje porque, em nosso sistema judiciário, há uma diferença entre o que é legal e o que é moral. Às vezes é fácil separar as duas coisas. Mas de vez em quando, principalmente quando elas se tocam, o certo às vezes parece errado, e o errado às vezes parece certo.

Volto para o meu lugar, mas fico em pé diante dele.

– Nós estamos aqui hoje – concluo – para que este tribunal nos ajude a ver a questão com mais clareza.

Minha primeira testemunha é a advogada da outra parte. Observo Sara caminhar até o banco das testemunhas insegura, como um marinheiro reaprendendo a navegar. Ela consegue se sentar e, sem jamais tirar os olhos de Anna, jura dizer a verdade.

– Meritíssimo, gostaria de ter permissão para tratar a sra. Fitzgerald como uma testemunha hostil.

O juiz franze as sobrancelhas.

– Sr. Alexander, eu realmente espero que tanto o senhor quanto a sra. Fitzgerald consigam ser civilizados aqui.

– Sim, meritíssimo. – Eu me aproximo de Sara. – A senhora pode dizer seu nome?

Ela ergue o queixo um milímetro.

– Sara Crofton Fitzgerald.

— A senhora é mãe da menor Anna Fitzgerald?
— Sou. E de Kate e Jesse.
— É verdade que sua filha Kate foi diagnosticada com leucemia promielocítica aguda aos dois anos de idade?
— Sim.
— Nessa ocasião, a senhora e seu marido decidiram conceber uma criança geneticamente programada para ser uma doadora de órgãos para Kate, para que assim ela fosse curada?

O rosto de Sara enrijece.

— Não são as palavras que eu escolheria, mas essa é a história por trás do nascimento da Anna, sim – ela admite. – Nós estávamos planejando usar o sangue do cordão umbilical da Anna num transplante.
— Por que não tentaram encontrar um doador que não fosse da família?
— Porque é muito mais perigoso. O risco de morte teria sido bem maior com alguém que não fosse parente da Kate.
— Então, quantos anos a Anna tinha quando doou um órgão ou um tecido para a irmã pela primeira vez?
— A Kate fez o transplante um mês depois que a Anna nasceu.

Balanço a cabeça.

— Eu não perguntei quando a Kate recebeu o sangue, e sim quando a Anna fez a doação. O sangue do cordão umbilical foi retirado instantes após ela nascer, certo?
— Sim – ela diz –, mas a Anna nem se deu conta disso.
— Quantos anos Anna tinha na próxima vez em que doou uma parte de seu corpo a Kate?

Sara estremece, como eu esperava.

— Ela tinha cinco anos quando doou linfócitos.
— O que isso envolve?
— Tirar sangue das veias dos braços dela.
— A Anna permitiu que você furasse o braço dela com uma agulha?
— Ela tinha cinco anos – Sara responde.
— Você perguntou se podia furar o braço dela com uma agulha?
— Eu pedi que ela ajudasse a irmã.
— Não é verdade que a Anna teve de ser contida à força para que a agulha pudesse perfurar seu braço?

Sara olha para Anna e fecha os olhos.
– Sim.
– A senhora chama isso de participação voluntária, sra. Fitzgerald? – Pelo canto do olho, vejo as sobrancelhas do juiz DeSalvo se unirem. – Na primeira vez em que os linfócitos foram retirados de Anna, houve algum efeito colateral?
– Ela ficou com hematomas. E dolorida.
– Quanto tempo depois ela precisou doar sangue de novo?
– Um mês.
– Ela teve que ser contida nessa ocasião também?
– Teve, mas...
– Quais foram os efeitos colaterais?
– Os mesmos. – Sara balança a cabeça. – Você não entende. Não é que eu não tenha visto o que estava acontecendo com a Anna toda vez que ela passava por algum procedimento. Não importa qual filho seu você veja nessa situação... aquilo te destrói toda vez.
– No entanto, sra. Fitzgerald, a senhora conseguiu superar esse sentimento, pois Anna teve que doar sangue uma terceira vez.
– Foram necessárias todas essas vezes para conseguir os linfócitos que a Kate precisava – ela diz. – Não é um procedimento exato.
– Quantos anos tinha Anna na próxima vez em que teve que passar por um tratamento médico pelo bem-estar da irmã?
– Quando a Kate tinha nove anos, ela pegou uma infecção terrível e...
– Mais uma vez, não foi isso que eu perguntei. Quero saber o que aconteceu com a *Anna* quando ela tinha seis anos.
– Ela doou granulócitos para combater a infecção da Kate. É um processo muito parecido com a doação de linfócitos.
– Outra retirada de sangue com agulha?
– Isso mesmo.
– A senhora perguntou se ela estava disposta a doar os granulócitos? Sara não responde.
– Sra. Fitzgerald – o juiz insiste.
Ela se vira para a filha, suplicante.
– Anna, você sabe que nunca fizemos nada disso para machucar você. Nós *todos* nos machucamos. Você ficou com hematomas do lado de fora, e nós do lado de dentro.

— Sra. Fitzgerald – digo, me colocando entre ela e Anna. – *A senhora perguntou?*

— Por favor, não faça isso – ela diz. – Todos nós conhecemos essa história. Eu concordo com o que quer que você esteja tentando fazer ao longo deste processo para me crucificar. Mas preferiria pular esta parte.

— Porque é difícil ouvir tudo isso sendo enumerado, não é?

Sei que estou abusando, mas Anna está atrás de mim, e quero que ela saiba que uma pessoa aqui dentro está disposta a ir até o fim por ela.

— Quando juntamos tudo, não parece tão inócuo assim, não é? – continuo.

— Sr. Alexander, *qual* é o objetivo disso? – o juiz DeSalvo pergunta. – Estou perfeitamente consciente do número de procedimentos pelos quais Anna passou.

— Porque nós temos o histórico médico de Kate, meritíssimo, não o de Anna.

Ele olha para mim e depois para Sara.

— Seja breve, advogado.

Eu me viro para Sara.

— Medula óssea – ela diz gelidamente, antes que eu possa fazer a pergunta. – Ela teve que ficar sob anestesia geral, por ser muito nova, e agulhas perfuraram seu quadril para retirar a medula.

— A agulha perfurou uma vez só, como nos outros procedimentos?

— Não – ela diz baixinho. – Foram umas quinze vezes.

— A agulha perfurou o osso?

— Sim.

— Quais foram os efeitos colaterais para Anna dessa vez?

— Ela sentiu um pouco de dor e teve que tomar analgésicos.

— Então dessa vez Anna teve que passar a noite no hospital... e também teve que tomar medicamentos?

Sara espera um instante para se recompor.

— Fui informada de que doar medula óssea não era um procedimento particularmente invasivo para o doador. Talvez eu estivesse esperando ouvir essas palavras; talvez precisasse ouvi-las na época. E talvez não estivesse pensando tanto na Anna quanto deveria, porque estava tão concentrada na Kate. Mas eu não tenho dúvida nenhuma de que a Anna, assim como todos os outros membros da nossa família, desejava a cura da irmã acima de tudo.

— É claro — respondo. — Assim você ia parar de perfurá-la com agulhas.

— Chega, sr. Alexander — o juiz interrompe.

— Espere — pede Sara. — Quero dizer algo.

Ela se vira para mim.

— O senhor acha que pode colocar tudo na mesa, preto no branco, como se fosse fácil. Mas o senhor só representa uma das minhas filhas, sr. Alexander, e só a representa aqui neste tribunal. Eu represento ambas igualmente, em todo lugar. *Amo* ambas igualmente, em todo lugar.

— Mas a senhora admitiu que sempre levou em consideração a saúde de Kate, não a de Anna, ao fazer essas escolhas — argumento. — Então, como pode afirmar que ama as duas igualmente? Como pode dizer que não favoreceu uma de suas filhas com suas decisões?

— Não é exatamente isso que o senhor está me pedindo para fazer? — Sara pergunta. — Só que desta vez para favorecer a outra filha?

ANNA

Quando a gente é criança, temos nossa própria linguagem e, ao contrário de francês, espanhol ou seja lá o que você começou a aprender na quinta série, essa linguagem nasce com a gente, mas acaba sumindo. Todas as pessoas com menos de sete anos são fluentes em "essês"; passe um tempo com alguém com menos de um metro de altura e verá. E se uma aranha-caranguejeira gigante saísse de dentro desse buraco acima da sua cabeça e mordesse seu pescoço? E se o único antídoto para o veneno estivesse trancado num cofre no topo de uma montanha? E se você sobrevivesse, mas só conseguisse mover os olhos e tivesse que dar uma piscada para cada letra do alfabeto? Não importa até que ponto você vai, existe um mundo de possibilidades. As crianças têm o cérebro aberto. Já concluí que virar adulto é ir costurando a abertura aos poucos.

Durante o primeiro recesso, Campbell me leva até uma saleta para que possamos ficar sozinhos e me compra uma Coca-Cola, que não está gelada.

– E aí? – ele pergunta. – O que está achando até agora?

Estar no tribunal é estranho. É como se eu tivesse virado fantasma – posso observar o que está acontecendo, mas, mesmo que quisesse dizer alguma coisa, ninguém ia conseguir ouvir. Acrescente a isso o jeito bizarro como eu tenho que ouvir todo mundo falar da minha vida como se não pudessem me ver sentada bem ali e você terá chegado ao meu cantinho surreal na terra.

Campbell abre sua latinha de 7Up e senta à minha frente. Ele coloca um pouco do refrigerante num copo de papel para Juiz e dá um grande gole na lata.

– Tem algum comentário? – ele diz. – Alguma pergunta? Elogios rasgados à minha habilidosa atuação?

Dou de ombros.

– Não é como eu esperava.

– Como assim?

– Achei que, quando começasse, eu ia ter certeza de que estava fazendo a coisa certa. Mas quando minha mãe estava sentada no banco das testemunhas e você estava fazendo todas aquelas perguntas... – Eu o encaro. – Não é tão simples. Ela tem razão.

E se a doente fosse eu? E se tivessem pedido a Kate que ela fizesse as coisas que fiz? E se um dia desses a medula, o sangue ou sei lá o que funcionasse e isso tudo acabasse? E se eu pudesse olhar para trás um dia e me sentisse bem em relação ao que fiz, em vez de me sentir culpada? E se o juiz não achar que eu estou certa?

E se achar?

Não consigo responder a nenhuma dessas perguntas, e é assim que sei que, mesmo sem estar pronta, estou virando adulta.

– Anna – Campbell levanta e vem para o meu lado da mesa. – Agora não é o momento de mudar de ideia.

– Não vou mudar de ideia – garanto, rolando a latinha entre uma palma e outra. – Acho que só estou dizendo que, mesmo se a gente ganhar, a gente perde.

Quando fiz doze anos, comecei a trabalhar como babá, cuidando de dois gêmeos que moram na minha rua. Eles só têm seis anos e têm medo do escuro, por isso normalmente acabo sentada entre as duas camas num banquinho em forma de um pé gorducho de elefante, com unha e tudo. Eu sempre me espanto com o jeito como as crianças desligam o botão da energia – eles estão escalando as cortinas e, bum, cinco minutos depois estão desmaiados na cama. Será que eu já fui assim? Não consigo lembrar, e isso me faz sentir muito velha.

De vez em quando, um dos gêmeos cai no sono antes do outro.

– Anna – diz o acordado –, quantos anos até eu poder dirigir?

– Dez.

— E quantos anos até você poder dirigir?

— Três.

Aí a conversa se ramifica como uma teia de aranha — que tipo de carro eu vou comprar, o que vou ser quando crescer, se é muito ruim ter dever de casa para fazer todos os dias no ensino fundamental. É tudo um plano para poder ficar acordado mais um pouquinho. Às vezes eu caio nessa, mas quase sempre mando o menino dormir. Eu fico com um buraco na barriga por saber que poderia dizer a ele o que vem por aí, mas que o que eu diria ia soar como um aviso.

A segunda testemunha que Campbell chama é o dr. Bergen, presidente do comitê de ética médica do Hospital de Providence. Ele tem cabelos grisalhos e um rosto sulcado como uma batata. É menor do que seria de esperar, considerando que ele leva quase um milênio para listar todas as suas credenciais.

— Dr. Bergen — Campbell começa —, o que é um comitê de ética?

— Um grupo diverso composto por médicos, enfermeiros, membros do clero, eticistas e cientistas, com a função de revisar casos individuais para proteger os direitos dos pacientes. Na bioética ocidental, há seis princípios que tentamos seguir. — Ele vai contando nos dedos. — Autonomia, ou a ideia de que qualquer paciente com mais de dezoito anos tem o direito de recusar o tratamento; veracidade, que é basicamente o consentimento informado; fidelidade, ou seja, um profissional de medicina cumprindo seus deveres; beneficência, ou fazer o que é melhor para o paciente; não maleficência, ou seja, quando não se pode mais fazer o bem, não se deve fazer o mal... como fazer uma cirurgia complicada num paciente terminal de cento e dois anos; e, finalmente, justiça, a ideia de que nenhum paciente deve sofrer discriminação na hora de receber o tratamento.

— O que um comitê de ética faz?

— Em geral, somos chamados a nos reunir quando há uma discrepância em relação aos cuidados com o paciente. Por exemplo, quando o médico acredita que o melhor para o paciente é a tomada de medidas extraordinárias, mas a família discorda... ou vice-versa.

— Então o senhor não examina cada caso que passa pelo hospital?

– Não. Apenas quando há reclamações, ou quando o médico encarregado solicita uma consulta conosco. Nós revisamos a situação e fazemos recomendações.

– Mas não tomam decisões?

– Não.

– E se o paciente que estiver reclamando for menor de idade? – Campbell pergunta.

– O consentimento não é necessário até os treze anos. Até lá, contamos com os pais para fazer escolhas bem fundamentadas.

– E se os pais não puderem fazer isso?

Ele pisca.

– Como assim, se não estiverem fisicamente presentes?

– Não. Se tiverem outros interesses que de alguma forma os impeçam de fazer escolhas tendo em mente o que é melhor para a criança.

Minha mãe levanta.

– Protesto! – ela diz. – Ele está especulando.

– Deferido – diz o juiz DeSalvo.

Sem hesitar um segundo, Campbell se volta novamente para a testemunha.

– Os pais controlam as decisões médicas dos filhos até que façam dezoito anos?

Até eu sei responder isso. Os pais controlam tudo, a não ser que você seja como Jesse e os deixe tão irritados que eles prefiram ignorá-lo a admitir que você existe.

– Legalmente, sim – diz o dr. Bergen. – No entanto, quando uma criança chega à adolescência, embora não possa dar o consentimento formal, ela tem que concordar com o procedimento médico, mesmo que seus pais já tenham consentido.

Para mim, essa regra é que nem aquela lei que manda a gente não atravessar a rua fora da faixa. Todo mundo sabe que não é para fazer isso, mas faz mesmo assim.

O dr. Bergen ainda está falando.

– Nas raras ocasiões em que o paciente adolescente e o responsável discordam, o comitê de ética pesa diversos fatores: se o procedimento é de fato o melhor tratamento para o paciente, a relação risco-benefício, a idade e o nível de maturidade do adolescente e o argumento apresentado por ele.

— O comitê de ética do Hospital de Providence já se reuniu para tratar do caso de Kate Fitzgerald? — Campbell pergunta.

— Em duas ocasiões — responde o dr. Bergen. — Uma delas envolveu permitir que ela participasse de um experimento com transplante de células-tronco do sangue venoso, em 2002, quando seu transplante de medula óssea e diversas outras opções haviam falhado. A segunda, mais recente, foi sobre se seria melhor para ela receber o rim de um doador.

— E qual foi o resultado, dr. Bergen?

— Nós recomendamos que Kate Fitzgerald recebesse o transplante de células-tronco do sangue venoso. Quanto ao rim, nosso grupo ficou dividido.

— O senhor pode explicar?

— Diversos de nós sentiram que a saúde da paciente está deteriorada a um ponto em que uma cirurgia tão invasiva seria mais maléfica que benéfica. Outros acreditaram que, já que sem o transplante ela vai morrer, os benefícios são maiores que os riscos.

— Se a equipe ficou dividida, quem decide o que vai acontecer?

— No caso de Kate, como ela ainda é menor de idade, seus pais.

— Nas duas vezes em que o comitê se reuniu para falar do tratamento de Kate, vocês discutiram os riscos e os benefícios para a doadora?

— Essa não era a questão a ser examinada...

— E quanto ao consentimento da doadora, Anna Fitzgerald?

O dr. Bergen olha direto para mim com uma expressão solidária, o que é ainda pior do que se ele achasse que eu sou uma pessoa horrível por entrar com essa ação. Ele balança a cabeça.

— Nem preciso dizer que nenhum hospital neste país vai tirar um rim de uma criança que não quer doá-lo.

— Então, teoricamente, se Anna fosse contrária a essa decisão, a questão teria que ser examinada pelo comitê de ética?

— Bem...

— A questão de Anna foi examinada pelo comitê de ética, dr. Bergen?

— Não.

Campbell se aproxima dele.

– Pode nos dizer por quê?

– Porque ela não é paciente nossa.

– É mesmo?

Campbell tira uma pilha de papéis de sua pasta, entrega-a para o juiz e depois para o dr. Bergen.

– Esse é o prontuário médico de Anna Fitzgerald no Hospital de Providence, cobrindo os últimos treze anos. Por que haveria um prontuário dela, se ela não fosse paciente?

O dr. Bergen folheia o documento.

– Ela já passou por diversos procedimentos invasivos – ele admite.

É isso aí, Campbell, penso. Não sou o tipo de garota que acredita em cavaleiros que chegam num cavalo branco para salvar a donzela em perigo, mas aposto que a sensação é bem parecida com esta.

– O senhor não acha estranho que, em treze anos, dado o tamanho desse prontuário e o simples fato de que ele existe, o comitê de ética médica jamais tenha se reunido para discutir o que está sendo feito com Anna?

– Tínhamos a impressão de que ela desejava ser doadora.

– O senhor está me dizendo que, se Anna tivesse dito antes que não queria doar linfócitos, granulócitos, sangue do cordão umbilical ou mesmo um kit para tratamento de picada de abelha que ela tivesse na mochila, o comitê de ética teria agido de outra forma?

– Sei aonde o senhor quer chegar com isso, sr. Alexander – o psiquiatra diz friamente. – O problema é que uma situação médica desse tipo jamais existiu antes. *Não há* precedentes. Nós estamos tateando no escuro, prosseguindo da melhor forma possível.

– Não é sua função, como membro do comitê de ética, examinar situações que jamais existiram antes?

– Bem, é.

– Dr. Bergen, em sua opinião de especialista, é eticamente correto que Anna Fitzgerald tenha sido repetidamente solicitada a doar partes de seu corpo nos últimos treze anos?

– Protesto! – minha mãe exclama.

O juiz acaricia o próprio queixo.

– Quero ouvir a resposta – ele decide.

O dr. Bergen me olha de novo.

— Para ser franco, mesmo antes de saber que Anna não desejava ser doadora, eu votei *contra* o transplante de rim. Não acredito que Kate tenha chance de sobreviver à cirurgia, portanto Anna passaria por uma operação séria sem motivo algum. Até este ponto, no entanto, achei que o risco dos procedimentos era pequeno se comparado aos benefícios que a família como um todo recebeu, e apoio as escolhas que o senhor e a senhora Fitzgerald fizeram por Anna.

Campbell finge refletir sobre o que ele disse.

— Dr. Bergen, que carro o senhor dirige?

— Um Porsche.

— Aposto que o senhor gosta desse carro.

— Gosto — ele diz, desconfiado.

— E se eu dissesse que o senhor precisa abrir mão do Porsche antes de sair deste tribunal porque isso vai salvar a vida do juiz DeSalvo?

— Isso é ridículo. Você...

Campbell se inclina para frente.

— E se o senhor não tivesse escolha? E se, no dia de hoje, os psiquiatras simplesmente tivessem que fazer o que os advogados decidirem ser melhor para os outros?

O dr. Bergen revira os olhos.

— Apesar de todo esse drama que o senhor está descrevendo, sr. Alexander, existem os direitos básicos dos doadores, medidas de segurança impostas à medicina para que o bem maior não atropele os pioneiros que ajudam a criá-la. Os Estados Unidos têm uma longa e tenebrosa história de abuso do consentimento informado, o que resultou na criação de leis relacionadas à pesquisa com seres humanos. Elas impedem que as pessoas sejam usadas como ratos de laboratório.

— Então nos diga: como foi que Anna Fitzgerald passou despercebida?

Quando eu tinha apenas sete meses, o pessoal da nossa rua organizou uma festa. Foi tão ruim quanto você está imaginando: forminhas de gelatina, torres de cubinhos de queijo e gente dançando na rua ao som da música saída do aparelho da sala de alguém. Eu, é claro, não tenho nenhuma lembrança disso — estava enfiada num desses andadores que existiam antes de os bebês começarem a cair com eles e rachar a cabeça.

Enfim, eu estava no meu andador, caminhando por entre as mesas e observando as outras crianças, ou pelo menos é isso que contam. De repente, eu meio que perdi o equilíbrio. Nosso quarteirão é um pouco inclinado, e subitamente minhas rodinhas estavam se movendo mais rápido e eu não conseguia parar. Passei voando pelos adultos e por baixo da barreira que os policiais haviam colocado no fim da rua para impedir o tráfego, e estava a caminho de uma rua grande cheia de carros.

Mas Kate surgiu do nada e correu atrás de mim. De alguma maneira, ela conseguiu agarrar as costas da minha camiseta segundos antes de um Toyota me atingir.

De vez em quando alguém da nossa rua fala nisso. Já eu me lembro dessa ocasião como a vez em que ela me salvou, em vez de ser o contrário.

Minha mãe tem sua primeira chance de brincar de advogada.

– Dr. Bergen – ela pergunta –, há quanto tempo o senhor conhece minha família?

– Eu trabalho no Hospital de Providence há dez anos.

– Nesses dez anos, quando algum aspecto do tratamento de Kate lhe foi apresentado, como o senhor procedeu?

– Pensei num plano de ação, que foi recomendado aos interessados – ele diz. – Ou numa alternativa, quando possível.

– Quando o senhor fez essas recomendações, em algum ponto de seu relatório mencionou que Anna não deveria fazer parte dos procedimentos?

– Não.

– Alguma vez disse que Anna sofreria de dor considerável ao passar por eles?

– Não.

– Ou que ela estaria correndo um grave risco?

– Não.

No fim das contas, talvez não seja Campbell que vai acabar sendo meu cavaleiro. Talvez seja minha mãe.

– Dr. Bergen – ela pergunta –, o senhor tem filhos?

O médico ergue o olhar.

– Tenho um filho de treze anos.

– O senhor já analisou esses casos que são apresentados ao comitê de ética médica e tentou se pôr no lugar do paciente? Ou, melhor ainda, no lugar dos pais do paciente?

– Já – ele admite.

– Se o senhor estivesse no meu lugar e o comitê de ética médica lhe entregasse um pedaço de papel sugerindo um procedimento que salvaria a vida do seu filho, o senhor questionaria essa recomendação... ou simplesmente agarraria essa chance?

Ele não responde. Nem precisa.

O juiz DeSalvo ordena um segundo recesso depois desse depoimento. Campbell diz vagamente que quer levantar e esticar as pernas. Então eu me preparo para segui-lo, passando direto pela minha mãe. Quando passo por ela, sinto sua mão em minha cintura, esticando para baixo minha camiseta, que estava subindo nas costas. Ela detesta as meninas de blusa de alcinha, as que vão para a escola de frente-única e calça de cintura baixa, como se estivessem a caminho de uma audição para dançar num clipe da Britney Spears, em vez de indo para a aula de matemática. Quase posso ouvi-la dizer: "Por favor, me diga que essa blusa *encolheu na secadora*".

No meio da puxada, ela parece se dar conta de que talvez não devesse ter feito isso. Eu paro, Campbell também, e o rosto dela fica vermelho-vivo.

– Desculpe – ela diz.

Coloco a mão sobre a dela e enfio a camiseta dentro da calça jeans, onde ela deveria estar. Olho para Campbell.

– Encontro você lá fora, tá?

Ele me olha com cara de quem está pensando *Má ideia*, mas assente e segue pelo corredor. Então eu e minha mãe ficamos quase sozinhas no tribunal. Eu me inclino e beijo sua bochecha.

– Você foi muito bem – digo, porque não sei como dizer o que quero: que as pessoas que você ama podem te surpreender todos os dias. Que talvez o que somos não seja definido pelo que fazemos, mas pelo que somos capazes de fazer quando menos esperamos.

Sara

2002

Kate conhece Taylor Ambrose quando eles estão sentados um ao lado do outro, com tubos intravenosos presos no braço.

– Por que você está aqui? – ela pergunta.

Imediatamente ergo os olhos do meu livro, pois, em todos os anos de tratamento neste hospital, não me lembro de Kate ter iniciado uma conversa.

O menino com quem ela está falando não é muito mais velho, talvez tenha dezesseis anos, enquanto Kate tem catorze. Ele tem olhos castanhos que dançam e está usando um boné dos Boston Bruins para cobrir a careca.

– Pelos coquetéis grátis – ele responde, e as covinhas de suas bochechas ficam mais marcadas.

Kate sorri.

– Happy hour – ela diz, olhando para a bolsa de plaquetas sendo injetadas em seu corpo.

– Meu nome é Taylor – o menino diz e estende a mão. – Tenho LMA.

– Kate. LPA.

Ele assobia e ergue as sobrancelhas.

– Uau, uma raridade.

Kate joga os cabelos curtos para trás.

– Não somos todos?

Eu observo tudo, perplexa. Quem é essa garota atirada e o que ela fez com a minha filhinha?

– Plaquetas – ele diz, lendo o rótulo da bolsa dela. – Você está em remissão?

– Por hoje, pelo menos. – Kate olha para o suporte de soro dele, com o saco preto que sempre cobre o Citoxan. – Você está fazendo quimioterapia?

– Estou. Por hoje, pelo menos. Então, Kate...

Ele tem aquele ar desamparado dos meninos de dezesseis anos, joelhos ossudos, dedos grossos e maçãs do rosto ainda grandes demais para o resto. Quando cruza os braços, seus músculos ficam marcados. Eu me dou conta de que ele está fazendo isso de propósito e abaixo a cabeça para esconder o sorriso.

– O que você faz quando não está no Hospital de Providence? – Taylor pergunta.

Kate pensa e então um sorriso lento a ilumina de dentro para fora.

– Fico esperando pelo que vai me obrigar a voltar.

Essa frase faz Taylor dar uma gargalhada.

– De repente um dia desses a gente pode esperar juntos – ele diz, passando-lhe uma embalagem de gaze. – Você me dá seu telefone?

Kate anota o número e algo começa a apitar ao lado de Taylor. A enfermeira aparece e retira o tubo do braço dele.

– Pode ir, Taylor – ela diz. – Cadê sua carona?

– Esperando lá embaixo. Pode deixar.

Ele levanta devagar da cadeira acolchoada, de maneira quase débil, o primeiro lembrete de que aquela não foi uma conversa casual qualquer. Coloca no bolso o pedaço de papel com nosso telefone.

– Eu ligo para você, Kate.

Quando ele vai embora, Kate expira dramaticamente, inclinando a cabeça para continuar a vê-lo.

– Ai, meu Deus – ela diz. – Ele é lindo.

A enfermeira, verificando se as plaquetas estão fluindo bem, sorri.

– Nem me fale, meu bem. Ah, se eu fosse trinta anos mais nova...

Kate vira para mim, radiante.

– Você acha que ele vai me ligar?

– Talvez.

– Onde você acha que vai ser nosso encontro?

Penso em Brian, que sempre disse que Kate pode namorar, sim... quando completar quarenta anos.

– Vamos dar um passo de cada vez – sugiro.
Mas, por dentro, estou cantando.

O arsênio, que acabou fazendo Kate entrar em remissão, realizou sua mágica arrasando minha filha. Taylor Ambrose, um remédio completamente diferente, realiza sua mágica levando-a às nuvens. Aquilo se torna um hábito: quando o telefone toca às sete da noite, Kate voa da mesa de jantar e se esconde no closet com o telefone sem fio. Os restantes tiram a mesa, ficam conversando na sala e se preparam para deitar, ouvindo apenas sussurros e risadinhas. E então Kate surge de seu casulo, corada e radiante, com o primeiro amor batendo como a asa de um beija-flor na pulsação de sua garganta. Toda vez que isso acontece, não consigo parar de olhar para ela. Não é por achá-la tão linda, embora ela seja; é porque jamais me permiti acreditar que a veria tão adulta.

Certa noite, após uma de suas maratonas ao telefone, Kate entra no banheiro e eu vou atrás. Ela está se olhando no espelho, fazendo biquinho e erguendo as sobrancelhas com uma pose sedutora. Ela passa a mão no cabelo curto – após a quimioterapia, ele nunca mais voltou a ser ondulado, crescendo em tufos grossos e retos nos quais ela em geral passa mousse para ficar com uma aparência despenteada. Ela estende a mão, como se ainda esperasse ver cabelo cair.

– O que você acha que ele vê quando me olha? – Kate pergunta.

Paro atrás dela. Ela não é a criança que puxou a mim – Jesse é –, mas, quando ficamos lado a lado, é possível ver semelhanças marcadas. Não é o formato da boca, mas sua expressão, a determinação absoluta que empresta um brilho prateado aos nossos olhos.

– Acho que ele vê uma menina que sabe pelo que ele está passando – respondo honestamente.

– Eu entrei na internet e li sobre LMA – ela conta. – A leucemia dele tem uma taxa de cura bem alta.

Kate se vira para mim.

– Quando você se importa mais com a vida de outra pessoa do que com a sua... isso é amor?

De repente, é difícil arrancar uma resposta do túnel apertado da minha garganta.

– Exatamente – digo.

Kate abre a torneira e lava o rosto com a espuma do sabonete. Passo uma toalha para ela, que surge do meio daquela nuvem e diz:

– Alguma coisa ruim vai acontecer.

Em alerta, eu a examino, procurando os sinais.

– O que houve?

– Nada. Mas é assim que funciona. Se tem algo tão bom quanto Taylor na minha vida, eu vou ter que pagar um preço.

– Esta é a coisa mais idiota que já ouvi – digo por hábito, mas sei que há verdade no que ela disse.

Quem acredita que as pessoas têm controle absoluto sobre o que a vida faz com elas precisa passar um dia no lugar de uma criança com leucemia. Ou no lugar da mãe dela.

– Talvez você finalmente tenha dado sorte – insisto.

Três dias depois, após um hemograma de rotina, o hematologista me diz que Kate mais uma vez está com uma taxa alta de promielócitos, primeira escorregada na ladeira da recaída.

Eu nunca tinha ouvido as conversas dos meus filhos, pelo menos não intencionalmente, até a noite em que Kate voltou de seu primeiro encontro com Taylor, no qual eles foram ver um filme. Ela entra pé ante pé no quarto e senta na cama de Anna.

– Você está acordada? – pergunta.

Anna se vira na cama, soltando um suspiro.

– Agora estou. – O sono a abandona como um xale caindo no chão. – Como foi?

– Uau – diz Kate, rindo. – Uau.

– Como assim, uau? Tipo língua com língua?

– Você é tão nojenta – Kate sussurra, mas há um sorriso por trás do que ela diz. – Mas ele beija bem mesmo.

Ela sacode a isca como um pescador.

– Não! – A voz de Anna brilha. – E como foi?

– Foi que nem voar – Kate responde. – Aposto que voar é igualzinho.
– Não consigo entender o que voar tem a ver com alguém babando em você.
– Nossa, Anna, o cara não cospe em você nem nada assim.
– Taylor tem gosto de quê?
– De pipoca – ela ri. – E de menino.
– Como é que você sabia o que fazer?
– Eu não sabia. A coisa meio que aconteceu. É tipo você jogando hóquei.

Isso, finalmente, faz sentido para Anna.
– Bom, eu realmente gosto muito de jogar hóquei – ela diz.
– Você não tem ideia – Kate suspira.

Alguém se move dentro do quarto; imagino Kate tirando a roupa. E me pergunto se, em algum lugar, Taylor está imaginando o mesmo.

O travesseiro é afofado, a coberta é afastada, os lençóis farfalham quando Kate deita na cama e se vira de lado.
– Anna.
– Hã?
– Ele tem cicatrizes na palma das mãos, por causa do enxerto contra hospedeiro – ela murmura. – Deu para sentir quando a gente deu as mãos.
– Foi nojento?
– Não. A gente é igual.

A princípio, não consigo convencer Kate a fazer o transplante de células-tronco do sangue venoso. Ela recusa, pois não quer se internar para fazer a quimioterapia, não quer ficar em isolamento por seis semanas quando poderia sair com Taylor Ambrose.
– É a sua vida – eu observo, e ela me olha como se eu fosse louca.
– Exatamente – diz.

No fim das contas, chegamos a um acordo. A equipe de oncologia concorda em deixar que ela comece a fazer quimioterapia sem se internar, em preparação para o transplante que vai receber de Anna. Ela concorda em usar a máscara quando estiver em casa. Ao primeiro sinal de que suas taxas começaram a cair, ela vai para o hospital. Os médicos não estão contentes, pois temem que isso vá afetar o tratamento. Mas, assim como eu, eles entendem que Kate chegou a uma idade em que pode barganhar.

No fim, toda essa ansiedade diante da separação não tem razão de ser, pois Taylor aparece no hospital para acompanhar a primeira sessão de quimioterapia de Kate.

– O que você está fazendo aqui? – ela pergunta.

– Não consigo ficar longe – ele brinca. – Oi, sra. Fitzgerald.

Taylor senta ao lado de Kate numa cadeira grudada na dela.

– Cara, como é bom sentar aqui sem ter nada entrando na veia.

– Não esnobe – Kate murmura.

Ele coloca a mão no braço dela.

– Há quanto tempo você está fazendo?

– Acabei de começar.

Taylor fica de pé e senta no braço largo da cadeira de Kate, pegando a cuba hospitalar de seu colo.

– Aposto cem dólares que você não chega até as três da tarde sem botar as tripas pra fora.

Kate olha para o relógio. São 14h50.

– Eu topo.

– O que você comeu no almoço? – ele pergunta com um sorriso perverso. – Ou você quer que eu adivinhe pelas cores?

– Você é nojento.

Mas o sorriso de Kate é do tamanho do mar. Taylor põe a mão em seu ombro e ela se aproxima, sentindo melhor o contato.

Quando Brian me tocou pela primeira vez, ele estava salvando a minha vida. Providence havia sido assolada por chuvas cataclísmicas, uma tempestade que veio do nordeste e inchou as marés, fazendo com que o estacionamento do tribunal ficasse inteiramente debaixo d'água. Eu estava trabalhando quando fomos evacuados. O departamento de Brian estava comandando a operação. Pisei na escada de pedras do edifício e vi carros flutuando, bolsas abandonadas e até um cachorro nadando, apavorado. Enquanto eu estava arquivando depoimentos, o mundo que eu conhecia era submergido.

– Você precisa de ajuda? – Brian perguntou.

Ele estava usando o traje completo dos bombeiros e estendeu os braços para mim. Foi nadando comigo até um ponto que não estava alagado, enquanto a chuva açoitava meu rosto e minhas costas. Eu me perguntei como era possível que, no meio de um dilúvio, eu sentisse como se estivesse queimando viva.

– Quanto tempo você já conseguiu ficar sem vomitar? – Kate pergunta a Taylor.

– Dois dias.

– Fala sério!

A enfermeira ergue os olhos de sua papelada.

– É verdade – ela diz. – Eu vi com meus próprios olhos.

Taylor sorri para Kate.

– Eu falei para você que sou mestre nisso.

Ele olha para o relógio: 14h57.

– Você não tem outro lugar para ir? – Kate pergunta.

– Está tentando desistir da aposta?

– Estou tentando poupar você. Se bem que...

Ela fica verde antes de conseguir terminar a frase. A enfermeira e eu ficamos de pé, mas é Taylor quem chega até Kate primeiro. Ele segura a cuba hospitalar debaixo do queixo dela e, quando ela começa a colocar tudo para fora, massageia a parte superior de suas costas, fazendo círculos lentos com a mão.

– Tudo bem – ele diz, falando bem perto da têmpora dela.

Eu e a enfermeira nos olhamos.

– Parece que ela está em boas mãos – a enfermeira diz e vai cuidar de outro paciente.

Quando Kate termina, Taylor coloca a bacia ali do lado e limpa sua boca com um lenço de papel. Ela olha para ele, com os olhos cheios d'água, o rosto corado e o nariz escorrendo.

– Foi mal – ela murmura.

– O quê? – ele diz. – Amanhã pode ser eu.

Eu me pergunto se todas as mães se sentem assim no momento em que se dão conta de que suas filhas estão crescendo – como se fosse impossível acreditar que as roupas que já lavei para ela eram do tamanho de roupinhas de boneca; como se eu ainda pudesse vê-la dando piruetas preguiçosas dentro do tanque de areia do jardim. Ontem mesmo a mão da minha filha não era do tamanho da bolacha-da-praia que ela encontrou na areia? A mesma mão que segura a mão de um menino não estava agora mesmo segurando a minha, me puxando para que eu parasse e visse a teia de aranha, o botão de algodãozinho-do-campo, um dos mil momentos que ela quis que eu guardasse para sempre? O tempo é uma ilusão de óptica – nunca tão sólido ou rígido quanto pensamos. Seria de esperar que, diante de tudo que aconteceu, isso não me surpreendesse. Mas, ao ver Kate olhando para esse menino, vejo que ainda tenho mil coisas para aprender.

– Eu sou uma ótima companhia – Kate murmura.

Taylor sorri para ela.

– Você comeu batata frita no almoço.

Ela bate no ombro dele.

– Como você é nojento!

Ele ergue uma sobrancelha.

– Você perdeu a aposta, sabia?

– Acho que deixei minha herança em casa.

Taylor finge que a está avaliando.

– Muito bem, já sei como você pode me pagar.

– Favores sexuais? – Kate sugere, esquecendo que estou ali.

– Cara, não sei – ele ri. – Quer perguntar para a sua mãe?

Ela fica vermelha como uma ameixa madura.

– Ops.

– Continue assim e seu próximo encontro vai ser durante uma aspiração de medula óssea – eu aviso.

– Você sabe que no hospital tem uma festa, não sabe? – De repente Taylor fica nervoso, o joelho sacudindo para cima e para baixo. – É para as crianças que estão doentes. Tem médicos e enfermeiras, para o caso de alguém passar mal, e vai ser numa das salas de conferência do hospital. Mas de resto é igualzinho a um baile da escola. Tipo, banda ruim, ternos horríveis, ponche turbinado com plaquetas.

Ele engole em seco e continua.

– Não, a última parte é brincadeira. Bom, eu fui no ano passado, sozinho, e foi bem idiota. Mas pensei que, como eu sou paciente daqui e você também, quem sabe este ano a gente não pode, sei lá, ir junto?

Com um desembaraço que jamais imaginei que ela tivesse, Kate pensa no pedido.

– Quando é?

– Sábado.

– Olha que sorte, eu não tinha planejado bater as botas nesse dia. – Ela sorri radiante para ele. – Eu adoraria.

– Legal – ele diz, sorrindo. – Muito legal.

Ele pega uma cuba limpa tomando cuidado para não esbarrar no tubo intravenoso de Kate, que se estende entre os dois como uma cobra. Eu me pergunto se o coração dela está batendo mais rápido e se isso vai afetar o tratamento. Se ela vai piorar mais rápido que o normal.

Taylor enlaça Kate, que se aninha nos braços dele. Juntos, eles esperam pelo que está por vir.

– É decotado demais – eu digo, enquanto Kate segura abaixo do pescoço um vestido amarelo-claro.

Anna, que está sentada no chão da loja, oferece sua opinião também:

– Você vai ficar parecendo uma banana.

Estamos há horas tentando encontrar um vestido. Kate só tem dois dias para se preparar para a festa, que se tornou uma obsessão: o que vai vestir, como vai ser sua maquiagem, se a banda vai tocar alguma coisa minimamente decente. Seu cabelo, é claro, não entra na lista de preocupações; após a quimioterapia, ele voltou a cair todo. Kate detesta perucas – parece que tem insetos em sua cabeça, ela diz –, mas é envergonhada demais para sair careca. Hoje ela enrolou na cabeça uma echarpe batique, como uma orgulhosa rainha branca da África.

A realidade dessa situação não ficou à altura dos sonhos de Kate. Os vestidos que as meninas normais usam nos bailes deixam a barriga ou os ombros de fora, mas Kate tem ambos cobertos de cicatrizes. E eles apertam nos lugares errados. Foram feitos para mostrar um corpo saudável e viçoso, não para esconder a falta dele.

A vendedora, que nos rodeia como um beija-flor, pega o vestido das mãos de Kate.

– Na verdade ele é bem discreto – ela insiste. – Cobre bem o colo.

– Será que cobre isso? – Kate se irrita, abrindo os botões de sua bata e revelando o cateter de Hickman que acabou de recolocar e que sai do centro de seu peito.

A vendedora deixa escapar uma exclamação antes de conseguir se controlar.

– Ah – a mulher diz baixinho.

– Kate! – repreendo.

Ela balança a cabeça.

– Vamos embora daqui.

Assim que saímos da loja, caio em cima dela.

– Não é porque você está com raiva que precisa descontar no resto do mundo.

– Ela é uma vaca – Kate retruca. – Você viu o jeito como ela ficou olhando para a minha echarpe?

– Talvez ela tenha gostado da estampa – respondo secamente.

– É, e talvez eu acorde amanhã e esteja boa. – Suas palavras caem como rochas entre nós, abrindo rachaduras na calçada. – Eu nunca vou encontrar uma droga de vestido. Nem sei por que disse ao Taylor que iria nessa festa.

– Você não acha que todas as outras meninas que vão a essa festa estão no mesmo barco? Tentando encontrar vestidos que cubram tubos, hematomas, fios, bolsas de colostomia e Deus sabe o que mais?

– Eu não quero saber das outras – Kate diz. – Eu queria ficar bonita. Bonita de verdade, só por uma noite.

– Taylor já acha que você é linda.

– Mas eu não! – ela grita. – Eu não, mãe, e queria achar, só uma vez!

O dia está quente e o chão abaixo de nossos pés parece respirar. O sol castiga minha cabeça e minha nuca. O que posso responder? Nunca fui Kate. Já rezei, implorei, quis muito estar doente no lugar dela, tentando fazer um trato faustiano com o demônio. Mas não foi assim que aconteceu.

– A gente costura alguma coisa – sugiro. – Você pode desenhar o modelo.

– Você não sabe costurar – Kate suspira.

– Eu aprendo.

– Em um dia? – Ela balança a cabeça. – Você não pode consertar tudo, mãe. Como é que eu sei disso e você não?

Ela me larga na calçada e vai embora, furiosa. Anna corre atrás dela, lhe dá o braço e a arrasta até uma vitrine a alguns metros da primeira loja, enquanto corro para alcançá-las.

É um salão, cheio de cabeleireiros mascando chiclete. Kate está tentando se livrar de Anna, mas a caçula é forte quando quer.

– Oi – Anna diz, chamando a atenção da recepcionista. – Você trabalha aqui?

– Quando sou obrigada.

– Vocês fazem penteados para bailes de escola?

– Claro – diz uma cabeleireira. – Tipo com o cabelo preso para cima?

– É. É para a minha irmã.

Anna olha para Kate, que parou de tentar se afastar. Um sorriso brilha lentamente em seu rosto, como um vaga-lume preso num vidro de geleia.

– É. Para mim – Kate diz travessa, tirando a echarpe da cabeça nua.

Todo mundo no salão para de falar. Kate se mantém aristocraticamente ereta.

– A gente estava pensando em tranças embutidas – Anna continua.

– Ou num permanente – Kate acrescenta.

Anna dá uma risadinha.

– Quem sabe um coque bonito.

A cabeleireira engole em seco, pega entre o choque, a compaixão e o politicamente correto.

– Bom, é... talvez a gente consiga fazer alguma coisa com você. – Ela pigarreia. – A gente pode, sei lá, colocar uns apliques.

– Apliques – Anna repete, e Kate dá uma gargalhada.

A cabeleireira olha para um ponto no teto atrás das meninas.

– Isso é uma pegadinha?

Com isso, minhas filhas caem nos braços uma da outra, rindo histericamente. Elas riem até ficar sem fôlego. Riem até chorar.

Sou um dos adultos tomando conta da festa no Hospital de Providence, e estou a cargo do ponche. Como qualquer outro alimento disponível para os convidados, ele é neutropênico. As enfermeiras – fadas madrinhas da noite – transformaram uma sala de conferências num salão de baile de sonho, com serpentinas penduradas no teto, uma bola de espelhos que nem aquela das discotecas e iluminação romântica.

Kate é uma vinha enroscada em Taylor. Eles se movem a uma melodia completamente diferente daquela que está tocando. Ela usa sua obrigatória máscara cirúrgica azul. Taylor deu a ela um buquê para colocar no vestido feito de flores de seda, pois as de verdade carregam doenças que pacientes com imunodeficiência não conseguem combater. No fim das contas, eu não costurei o vestido, encontrei um no site bluefly.com – dourado, justinho e com decote em V, por causa do cateter de Kate. Por cima, ela colocou uma blusa transparente de manga comprida que amarra na cintura e cintila quando ela se vira para lá e para cá. Assim, quando você nota aquele estranho tubo de três pontas saindo do peito dela, se pergunta se foi apenas um truque da luz.

Tiramos umas mil fotos antes de sair de casa. Quando Kate e Taylor conseguiram escapar e foram esperar por mim no carro, fui guardar a câmera e encontrei Brian na cozinha, de costas para mim.

– Ei – eu disse. – Você vai acenar para a gente lá fora? Jogar arroz?

Foi só quando ele se virou que me dei conta de que ele tinha ido até lá para chorar escondido.

– Eu não esperava ver isso – ele disse. – Achei que não guardaria essa lembrança dela.

Eu me amoldei ao corpo dele, apertando-o com tanta força que parecia que havíamos sido esculpidos da mesma pedra.

– Espere acordado – sussurrei e fui embora.

Agora, entrego um copo de ponche a um menino cujo cabelo está começando a cair em pequenos tufos. Os fios pendem da lapela negra de seu smoking.

– Obrigado – ele diz, e vejo que ele tem olhos lindos, escuros e intensos como os de uma pantera.

Desvio o olhar e percebo que Kate e Taylor sumiram.

E se ela estiver passando mal? E se ele estiver passando mal? Prometi a mim mesma que não seria superprotetora, mas tem jovens demais aqui para os funcionários do hospital conseguirem prestar atenção em todos. Peço que outra mãe tome conta do ponche e vou olhar no banheiro das meninas. Procuro no almoxarifado. Passo pelos saguões vazios, corredores escuros e até pela capela.

Finalmente, ouço a voz de Kate pela fresta de uma porta. Ela e Taylor estão parados sob o luar brilhante, de mãos dadas. O pátio que encontraram é um dos lugares preferidos dos residentes durante o dia. Muitos médicos vêm almoçar aqui; se não fosse por esse lugar, eles mal veriam a luz do sol.

Estou prestes a perguntar se está tudo bem quando Kate diz:

– Você tem medo de morrer?

Taylor balança a cabeça.

– Não muito. Mas às vezes penso no meu enterro. Se as pessoas vão dizer coisas legais, sabe, sobre mim. Se alguém vai chorar. – Ele hesita. – Se alguém vai vir.

– Eu vou – ela promete.

Taylor inclina a cabeça sobre a de Kate, ela chega mais perto, e me dou conta de que foi por isso que vim atrás deles. Eu sabia que era isso que ia encontrar e, como Brian, queria mais uma imagem da nossa filha, que pudesse revirar entre os dedos como um pedaço de vidro achado na beira do mar. Taylor levanta a máscara cirúrgica de Kate e eu sei que deveria impedi-lo, sei que preciso fazê-lo, mas não faço. Quero que ela tenha pelo menos isso.

Quando eles se beijam, é lindo: duas cabeças de alabastro unidas, lisas como estátuas – uma ilusão de óptica, uma imagem refletida no espelho.

Kate está completamente fora de si quando é internada para o transplante de células-tronco. Ela está bem menos preocupada com o líquido sendo injetado em seu cateter do que com o fato de que Taylor não telefona há três dias nem retorna suas ligações.

– Vocês brigaram? – pergunto.

Ela balança a cabeça.

– Ele comentou se ia viajar? Talvez tenha sido uma emergência. Talvez não tenha nada a ver com você.

– Talvez tenha – ela argumenta.

– Então, a melhor vingança é ficar saudável o suficiente para dar uma tremenda bronca nele – observo. – Já volto.

No corredor, abordo Steph, uma enfermeira cujo plantão acabou de começar e que conhece Kate há anos. A verdade é que estou tão surpresa quanto Kate pelo sumiço de Taylor. Ele sabia que ela seria internada aqui.

– Taylor Ambrose – pergunto a Steph. – Ele esteve aqui hoje?

Ela olha para mim e pisca.

– Um menino alto, legal. Apaixonado pela minha filha – brinco.

– Ah, Sara... Eu tinha certeza que alguém já tinha lhe contado – ela diz. – Ele morreu esta manhã.

Levo um mês para contar a Kate. Só conto quando o dr. Chance diz que ela já está bem o suficiente para receber alta, quando ela já se convenceu de que estava melhor sem ele. Não tenho mais ideia de que palavras usei; nenhuma é grande o suficiente para suportar o peso por trás delas. Menciono que fui à casa de Taylor e conversei com a mãe dele; que ela começou a chorar abraçada comigo e disse que quis me ligar, mas que parte dela sentia tanta inveja de mim que engoliu tudo que ela ia dizer. Ela me contou que Taylor voltara da festa andando nas nuvens, depois entrara no quarto dela de madrugada com uma febre de quarenta graus. Talvez tenha sido um vírus, talvez tenha sido um fungo, mas ele teve insuficiência respiratória e depois uma parada cardíaca e, após trinta minutos de tentativas, os médicos decidiram deixá-lo partir.

Não conto a Kate outra coisa que Jenna Ambrose me disse – que, depois, ela entrou e olhou longamente para o filho, que não era mais seu filho. Que ficou ali por cinco horas, na certeza de que ele ia acordar. Que até agora ela ouve ruídos no segundo andar da casa e pensa que Taylor está andando no quarto, e que aquele meio segundo de dádiva antes que ela se lembre da verdade é o único motivo que a faz sair da cama a cada manhã.

– Kate – digo. – Eu lamento tanto.

O rosto dela se contorce.

– Mas eu o amava – ela responde, como se isso bastasse.

– Eu sei.

– E você não me contou.

– Eu não podia. Achei que isso pudesse fazer você parar de lutar.

Ela fecha os olhos e vira de lado na cama, chorando tanto que os monitores aos quais ainda está ligada começam a bipar, trazendo enfermeiras para o quarto.

Estico o braço para tocá-la.

– Kate, meu amor, eu fiz o que era melhor para você.

Ela se recusa a olhar para mim.

– Não fale comigo – murmura. – Você sabe fazer isso muito bem.

Kate se recusa a me dirigir a palavra por sete dias e onze horas. Nós voltamos para casa, fazemos de tudo para protegê-la de qualquer doença, seguimos nossa rotina, pois já fizemos tudo isso antes. À noite, deito ao lado de Brian e me pergunto como ele consegue dormir. Olho para o teto e penso que perdi minha filha antes mesmo de ela ir embora.

Até que, um dia, passo por seu quarto e a encontro sentada no chão, cercada por fotografias. São, como eu esperava, as fotos dela e de Taylor que tiramos antes da festa – Kate toda arrumada e com a reveladora máscara cirúrgica cobrindo a boca. Taylor desenhou um sorriso com batom na máscara para que ela pudesse sair bem nas fotos, ou pelo menos foi o que ele disse.

Aquilo fez Kate rir. Parece impossível que esse garoto, que era uma presença tão sólida quando o flash piscou há apenas algumas semanas, simplesmente não esteja mais aqui. Uma dor me perpassa e, atrás dela, imediatamente surge uma única palavra: acostume-se.

Mas há outras fotos também, de quando Kate era mais nova. Uma dela e de Anna na praia, agachadas olhando para um caranguejo-ermitão. Uma de Kate fantasiada de amendoim no Halloween. Uma dela com cream cheese espalhado no rosto todo, usando duas metades de um bagel como se fossem óculos.

Em outra pilha, estão as fotos dela quando bebê – todas tiradas quando tinha três anos ou menos. Com uma janelinha no sorriso, iluminada por um sol negro que se ergue atrás dela, sem saber o que estava por vir.

– Eu não lembro de ser ela – Kate diz baixinho, e essas primeiras palavras formam uma ponte de vidro, que estala sob meus pés quando entro no quarto.

Ponho a mão ao lado da dela, na borda de uma das fotos. Dobrada no canto, mostra Kate bebê sendo atirada no ar por Brian, com os cabelos voando ao vento, braços e pernas abertos como uma estrela-do--mar, com a certeza absoluta de que, ao cair, ela seria pega em segurança, certa de que não merecia nada menos que isso.

– Ela era linda – Kate acrescenta e, com o dedinho, acaricia a face brilhante e vívida da menina que nenhum de nós chegou a conhecer direito.

JESSE

Quando eu tinha catorze anos, meus pais me mandaram para um centro de treinamento numa fazenda. Era uma daquelas colônias de férias que colocam garotos-problema para trabalhar, sabe? Porque, se você levantar às quatro da matina para ordenhar vacas, quanta confusão vai conseguir arrumar? (A resposta, se você estiver interessado, é: arrume maconha com um dos empregados da fazenda. Fique doidão. Solte todas as vacas.) Enfim, um dia me colocaram na Patrulha Moisés, que era como chamávamos o pobre coitado que tinha a tarefa de levar as ovelhas para pastar. Eu tinha que ficar atrás de mais ou menos cem ovelhas, num pasto que não tinha nem uma merda de árvore para fazer uma mínima sombrinha.

Dizer que as ovelhas são o bicho mais imbecil da porra do planeta provavelmente é generosidade demais. Elas se enroscam em cercas. Elas se perdem em currais de meio metro quadrado. Esquecem onde está a comida, embora tenha sido colocada no mesmo lugar nos últimos mil dias. E não são aquele bichinho bonzinho e fofinho que você conta antes de dormir. São fedidas. Barulhentas. E chatas pra cacete.

Enfim, no dia em que tive que cuidar das ovelhas, eu tinha afanado uma cópia de *Trópico de câncer* e estava dobrando os cantos das páginas que se aproximavam mais de uma boa revista pornô quando ouvi alguém gritar. Tive certeza absoluta de que não era um animal, porque nunca tinha ouvido nada parecido em toda minha vida. Corri em direção ao som, certo de que ia encontrar alguém que tinha caído do cavalo e estava com a perna dobrada que nem um pretzel, ou algum caipira que tinha disparado o revólver sem querer contra a própria barriga. Mas, deitada ao lado do riacho e cercada de ovelhinhas, estava uma ovelha em trabalho de parto.

Eu não era veterinário nem nada, mas sou inteligente o suficiente para saber que, quando qualquer criatura faz um barulho daqueles, as coisas não estão saindo conforme o planejado. E lá estava aquela pobre ovelha com duas patinhas saindo de suas partes pudendas. Estava deitada de lado, ofegante. Ela chegou a me olhar com um olho negro e chato, mas então simplesmente desistiu.

Eu não ia deixar nenhuma ovelha morrer no meu turno, até porque sabia que os nazistas que tomavam conta da colônia iam me obrigar a enterrar a droga do bicho. Então espantei as outras ovelhas para longe, me ajoelhei, agarrei as patas salientes e pegajosas e puxei, enquanto a ovelha gritava como qualquer mãe grita quando seu filho é arrancado dela.

O carneirinho saiu, com os membros dobrados como as diversas partes de um canivete suíço. Sobre sua cabeça havia um saco prateado que, ao toque, parecia a parte de dentro da bochecha quando você passa a língua nela. Ele não estava respirando.

Lógico que eu não ia colocar a boca na boca de um carneiro e fazer respiração artificial, mas usei as unhas para rasgar aquele saco de pele e arrancá-lo do pescoço dele. Acabou que só precisei fazer isso. Um minuto depois, ele esticou as perninhas de prendedor de roupa e começou a balir pela mãe.

Acho que vinte carneiros nasceram durante aquele verão. Sempre que eu passava pelo curral, sabia identificar qual era o meu. Ele parecia com todos os outros, mas se movia com um pouco mais de animação, e sua lã sempre parecia refletir a luz do sol. E, se por acaso você o encontrasse calmo o suficiente para olhá-lo nos olhos, via que as pupilas tinham ficado brancas como leite, sinal certeiro de que ele tinha caminhado pelo outro lado por tempo suficiente para saber o que estava perdendo.

Estou falando nisso agora porque, quando Kate finalmente começa a se mexer na cama do hospital e abre os olhos, sei que ela já está com um pé no outro lado também.

– Ai, meu Deus – Kate diz debilmente quando me vê. – Acabei indo para o inferno no fim das contas.

Sentado numa cadeira, me inclino para frente e cruzo os braços.

– Pô, irmãzinha, você sabe que eu não morro assim tão fácil.

Eu me levanto e dou-lhe um beijo na testa, deixando que meus lábios permaneçam ali por um segundo a mais. Como será que as mães conseguem sentir a temperatura dos filhos assim? Eu só consigo sentir minha perda iminente.

– Como você está? – pergunto.

Ela sorri, mas é como ver o desenho malfeito de um quadro após tê-lo visto ao vivo no Louvre.

– Ótima – ela diz. – A que devo a honra de sua presença?

Você não vai estar aqui por muito mais tempo, penso, mas não digo isso a ela.

– Eu estava na vizinhança. Além do mais, tem uma enfermeira muito gostosa neste plantão.

Isso faz Kate dar uma gargalhada.

– Caramba, Jess, eu vou sentir sua falta.

Ela diz isso com tanta facilidade que acho que nós dois ficamos surpresos. Sento na beirada da cama e passo o dedo sobre os furinhos do cobertor elétrico.

– Sabe... – começo uma conversa para tentar animar Kate, mas ela põe a mão no meu braço.

– Não faça isso. – Então seus olhos ganham vida, por apenas um segundo. – De repente eu reencarno.

– Tipo como a Maria Antonieta?

– Não, tem que ser como alguma coisa do futuro. Você acha que isso é maluquice?

– Não – admito. – Provavelmente, ficamos todos andando em círculos sem parar.

– E aí, você vai voltar como o quê?

– Carniça.

Kate estremece, um dos aparelhos apita e eu entro em pânico.

– Quer que eu chame alguém?

– Não, vai ficar tudo bem – ela responde.

Tenho certeza de que ela não quer dizer o que estou pensando, mas me sinto como se tivesse acabado de engolir um raio.

De repente, me lembro de uma velha brincadeira que eu costumava fazer quando tinha nove ou dez anos e meus pais me deixavam andar de bicicleta na rua até escurecer. Eu apostava comigo mesmo enquanto via o sol descer cada vez mais no horizonte: se eu prender a respiração por vinte segundos, a noite não vai vir. Se eu não piscar. Se ficar tão imóvel que uma mosca pouse na minha bochecha. Agora, me flagro fazendo a mesma coisa, barganhando para Kate não precisar ir embora, embora não seja assim que funciona.

– Você está com medo? – pergunto sem pensar. – De morrer?

Kate se vira para mim, um sorriso se abrindo devagar em seu rosto.

– Quando eu souber, te conto. – Ela fecha os olhos. – Vou descansar só um segundo – consegue dizer, e então volta a dormir.

Não é justo, mas Kate sabe disso. Não é preciso uma vida longa para saber que raramente conseguimos o que merecemos. Eu me levanto com aquele raio queimando a garganta e não consigo engolir, e tudo vai se acumulando como num rio represado. Saio correndo do quarto de Kate e me afasto o suficiente no corredor para não perturbá-la. Ergo o punho e abro um buraco na parede grossa e branca, mas mesmo assim não é suficiente.

Brian

Esta é a receita para explodir algo: um recipiente de vidro borossilicato; cloreto de potássio – que pode ser encontrado em lojas de produtos naturais, como substituto para o sal; um densímetro; água sanitária. Coloque a água sanitária no recipiente e ponha-o sobre a boca de um fogão. Meça o cloreto de potássio e acrescente à água sanitária. Ferva a mistura, checando com o densímetro até que ele marque 1,3. Deixe esfriar à temperatura ambiente e filtre os cristais que vão se formar. São eles que você vai guardar.

    É difícil ser aquele que está sempre esperando. Quer dizer, todo mundo fala do herói que vai para a batalha, mas, quando você para pra pensar, há toda uma história em torno de quem fica para trás.
    Estou naquele que deve ser o tribunal mais feio da costa leste, sentado numa cadeira, esperando a minha vez, quando subitamente meu pager toca. Vejo o número, solto um gemido e tento decidir o que fazer. Tenho que testemunhar mais tarde, mas o corpo de bombeiros precisa de mim agora.
    Preciso conversar com algumas pessoas, mas acabo obtendo permissão do juiz para me retirar do recinto. Saio pela porta da frente e sou imediatamente atacado com perguntas, câmeras e luzes. Faço o que posso para não socar esses abutres, que querem dilacerar os ossos frágeis da minha família.

    Quando não encontrei Anna no quartel na manhã da audiência, fui para casa. Procurei em todos os lugares onde ela costuma ficar – a cozinha, o quarto, a rede no quintal –, mas ela não estava. Numa última tentativa, subi a escadaria que dá para o apartamento acima da garagem, onde Jesse mora.

Ele também não estava em casa, embora a essa altura isso não seja nenhuma surpresa. Houve uma época em que Jesse me desapontava regularmente; acabei dizendo a mim mesmo que não devia esperar nada dele, e o resultado foi que ficou mais fácil aceitar o que vier. Bati na porta e chamei Anna e Jesse, mas ninguém respondeu. Embora eu tenha a chave desse apartamento no meu chaveiro, achei melhor não entrar. Ao me virar na escadaria, derrubei a lata vermelha para lixo reciclável que eu mesmo esvazio toda terça-feira, já que Jesse é incapaz de levá-la até a calçada. Dez garrafas de cerveja, de um verde reluzente, saíram rolando. Assim como uma embalagem de água sanitária, um vidro de azeitonas e um galão de suco de laranja.

Coloquei tudo de volta lá dentro, com exceção do galão de suco de laranja, que eu já disse ao Jesse que não é reciclável e que mesmo assim ele põe na lata toda droga de semana.

A diferença entre esse incêndio e os outros é que agora os riscos ficaram maiores. Em vez de um depósito abandonado ou de um barracão ao lado do mar, é uma escola de ensino fundamental. Como estamos no verão, não havia ninguém lá dentro quando o incêndio começou. Mas não tenho dúvida de que ele não ocorreu por causas naturais.

Quando chego lá, os caminhões estão se preparando para partir depois de os bombeiros terem salvado o que podiam e avaliado o estrago. Paulie se aproxima imediatamente de mim.

– Como está a Kate?

– Bem – digo a ele e indico a bagunça com a cabeça. – O que vocês acharam?

– Ele conseguiu destruir praticamente todo o lado norte do prédio – diz Paulie. – Você vai dar uma olhada?

– Vou.

O incêndio começou na sala dos professores; o desenho das marcas de queimado aponta como uma flecha para a origem. Uma coleção de material sintético que não queimou completamente ainda está visível. Quem queimou este lugar foi esperto o suficiente para acender o fogo no meio de uma pilha de almofadas e folhas de papel. Ainda dá para sentir o cheiro do combustível; desta vez, foi a coisa mais simples: gasolina. Pedaços de vidro do coquetel molotov se espalham sobre as cinzas.

Vou até o outro lado do prédio e olho por uma janela quebrada. Os caras devem ter ventilado o incêndio por aqui.

– Você acha que a gente vai pegar esse merdinha, capitão? – César pergunta, entrando no cômodo.

Ainda com a roupa de proteção e um pouco de fuligem na bochecha direita, ele olha para os escombros no caminho que o fogo percorreu. Então se abaixa e, com sua luva enorme, apanha uma guimba de cigarro.

– Inacreditável. A mesa da secretária derreteu até virar uma poça, mas a ponta de uma merda de cigarro sobrevive.

Pego a guimba da mão dele e viro-a em minha palma.

– É porque ela não estava aqui quando o incêndio começou. Alguém fumou um cigarrinho enquanto observava e depois foi embora.

Viro a guimba de lado e, no lugar onde o amarelo encontra o filtro, vejo a marca.

Paulie enfia a cabeça pela janela quebrada, procurando por César.

– A gente está indo embora. Entre no caminhão. – Então ele se vira para mim. – Ei, fique sabendo que a gente não quebrou esta aqui.

– Eu não ia obrigar vocês a pagarem por ela, Paulie.

– Não, estou querendo dizer que a gente ventilou pelo telhado. A janela já estava quebrada quando chegamos aqui.

Ele e César vão embora e, alguns instantes depois, ouço o barulho pesado do caminhão se afastando.

Pode ter sido uma bola de beisebol que foi para o lado errado, ou um Frisbee. Mas, mesmo durante as férias, os zeladores ficam de olho nos prédios públicos. Uma janela quebrada é um problema grande demais para ser ignorado; alguém teria passado fita crepe nela, ou fechado com tábuas.

A não ser que o mesmo cara que iniciou o incêndio soubesse por onde o oxigênio deveria entrar para que as chamas corressem pelo túnel de vento criado pelo vácuo.

Olho para o cigarro na minha mão e o amasso.

Você vai precisar de 56 g daqueles cristais que reservou. Misture-os com água destilada. Aqueça até ferver e esfrie de novo, reservando mais uma vez os cristais, clorato de potássio puro. Moa os cristais até virarem um pó fino e aqueça-o em fogo brando para secá-lo. Derreta cinco partes de vaselina para cinco partes de cera. Dissolva em gasolina e derrame o líquido em noventa partes de cristais de clorato de potássio numa tigela de plástico. Sove bem. Deixe a gasolina evaporar.

Faça um cubo com a mistura e mergulhe-o em cera para torná-lo à prova d'água. Esse explosivo requer um detonador no mínimo de classe A3.

Quando Jesse abre a porta do apartamento, estou esperando no sofá.

– O que você está fazendo aqui? – ele pergunta.

– O que *você* está fazendo aqui?

– Eu moro aqui. Lembra?

– Mora? Ou está usando este lugar para se esconder?

Ele tira um cigarro do maço no bolso da frente e o acende. Merit.

– Não sei de que merda você está falando. Por que não está no tribunal?

– Por que tem ácido muriático debaixo da sua pia? – pergunto. – Considerando-se que não temos piscina?

– Que é isso? A inquisição? – Jesse faz uma careta. – Eu usei quando estava colocando aqueles azulejos no verão passado. Dá para tirar argamassa com ele. Para falar a verdade, nem sabia que ainda estava aí.

– Então você provavelmente não sabe que, quando você coloca ácido muriático numa garrafa com um pedaço de papel-alumínio e um pano enfiado na tampa, ele explode direitinho.

Jesse fica paralisado.

– Você está me acusando de alguma coisa? Porque se estiver é melhor dizer logo, seu desgraçado.

Eu me levanto do sofá.

– Tudo bem. Eu quero saber se você fez um entalhe nas garrafas antes de fazer os coquetéis, para elas quebrarem mais fácil. Quero saber se você se deu conta de como aquele mendigo chegou perto da morte quando você incendiou o depósito só para se divertir.

Esticando o braço atrás do corpo, pego a embalagem vazia de água sanitária que achei em sua lata de lixo.

– Quero saber por que essa merda está no seu lixo, se você não lava suas roupas e Deus sabe que não limpa sua casa, mas tem uma escola a dez quilômetros daqui que foi destruída por um explosivo feito com água sanitária e fluido de freio.

Nesse momento já agarrei seus ombros e, embora Jesse seja forte o suficiente para se livrar de mim se tentar, ele me deixa sacudi-lo até sua cabeça pular para trás.

– Pelo amor de Deus, Jesse!

Ele me encara sem expressão.

– Já acabou?

Eu o solto e ele se afasta, com os dentes à mostra.

– Então me diga que estou errado – desafio.

– Digo mais ainda – ele grita. – Olha, já saquei que você passou a vida acreditando que eu sou a causa de tudo que há de errado no universo, mas quer saber, pai, dessa vez você errou feio.

Devagar, tiro algo do bolso e coloco-o na mão de Jesse. A guimba do Merit se aninha na palma em concha dele.

– Então você não devia ter deixado seu cartão de visita – digo.

Às vezes o incêndio chega a um ponto em que as chamas estão completamente descontroladas, e você tem que simplesmente se afastar para que ele queime até acabar. Então você vai para um lugar seguro, como uma colina que não esteja na direção do vento, e observa o prédio se consumir vivo.

Jesse ergue a mão trêmula e o cigarro rola para o chão, aos nossos pés. Ele põe as mãos no rosto e pressiona os polegares no canto dos olhos.

– Eu não pude salvá-la – diz.

Essas palavras são arrancadas de suas entranhas. Ele curva os ombros, voltando a ter o corpo de um menino.

– Para quem... para quem você contou?

Percebo que Jesse quer saber se a polícia vai vir atrás dele. Se eu falei disso com Sara.

Ele está pedindo para ser punido.

Por isso, faço aquilo que sei que vai destruí-lo: puxo-o entre meus braços enquanto ele soluça. As costas do meu filho são mais largas que as minhas. Ele é meia cabeça mais alto que eu. Eu não me lembro de vê-lo se transformar daquele menino de cinco anos que não era um doador compatível neste homem que é agora, e acho que é esse o problema. Como alguém passa a pensar que, já que não pode salvar, precisa destruir? E você deve culpá-lo, ou deve culpar os pais, que deveriam tê-lo ensinado que não é assim?

Vou me certificar de que a piromania do meu filho termine aqui, mas não vou contar nada para a polícia ou para o chefe dos bombeiros. Talvez isso seja nepotismo, talvez seja estupidez. Mas talvez seja porque Jesse não é tão diferente de mim, escolhendo o fogo como seu meio, precisando saber que ele pode comandar pelo menos uma coisa incontrolável.

A respiração de Jesse fica mais calma contra o meu corpo, do jeito que acontecia quando ele era pequeno, quando eu o carregava para o andar de cima após ele cair no sono no meu colo. Ele costumava me bombardear de perguntas: "Para que serve uma mangueira de cinco centímetros? E uma de dois e meio? Por que vocês lavam os caminhões? O cara que cuida do hidrante pode dirigir o caminhão de vez em quando?" Percebo que não consigo lembrar exatamente quando ele parou de perguntar. Mas lembro de sentir falta de algo, como se a perda da admiração de um menino pudesse doer como um membro amputado.

CAMPBELL

Os médicos fazem uma coisa quando são intimados a depor: deixam claro, com cada sílaba de cada palavra, que nada naquele testemunho vai compensar o fato de que, enquanto eles estão no tribunal contra sua vontade, pacientes estão esperando, pessoas estão morrendo. Francamente, isso me deixa puto. E, antes que eu pense no que estou fazendo, não consigo me controlar e começo a pedir ao juiz um intervalo para ir ao banheiro, a me abaixar para amarrar o cadarço do sapato, a ordenar os pensamentos e a encher as frases de pausas significativas – o que for preciso para deixá-los presos ali por mais alguns segundos.

O dr. Chance não é nenhuma exceção. Desde o primeiro instante, ele está ansioso para ir embora. Olha para o relógio com tanta frequência que parece prestes a perder o trem. A diferença, desta vez, é que Sara Fitzgerald está tão ansiosa quanto ele para vê-lo fora do tribunal. Pois o paciente que está esperando, a pessoa que está morrendo, é Kate.

Mas, ao meu lado, o corpo de Anna irradia calor. Eu me levanto e continuo com as perguntas. Devagar.

– Dr. Chance, algum dos tratamentos que envolveram doações vindas do corpo de Anna tinha sucesso garantido?

– Nada em relação ao câncer é garantido, sr. Alexander.

– Isso foi explicado para os Fitzgerald?

– Nós explicamos cuidadosamente os riscos de todos os procedimentos, pois, depois que você inicia os tratamentos, pode comprometer outros sistemas do corpo. O que fazemos de forma bem-sucedida num tratamento pode nos causar problemas no seguinte. – Ele sorri para Sara. – Isso dito, Kate é uma jovem incrível. Ninguém esperava que ela passasse dos cinco anos, e aqui está ela, com dezesseis.

— Graças à sua irmã — observo.

O dr. Chance assente.

— Não são muitos os pacientes que têm tanto força física quanto a boa sorte de ter um doador perfeitamente compatível e disponível.

Eu me levanto com as mãos nos bolsos.

— O senhor pode nos contar como foi que os Fitzgerald tiveram a ideia de se consultar com a equipe de diagnóstico genético pré-implantação do Hospital de Providence para conceber Anna?

— Depois que o filho deles foi testado e descobrimos que ele não era um doador compatível com Kate, contei aos Fitzgerald sobre outra família que atendi. Eles testaram todos os irmãos do paciente e nenhum era compatível, mas então a mãe ficou grávida durante o tratamento e a criança acabou sendo um doador perfeito.

— O senhor mandou que os Fitzgerald concebessem uma criança geneticamente programada para servir de doadora para Kate?

— É claro que não — diz o dr. Chance, indignado. — Só expliquei que, mesmo que o irmão não fosse compatível, não significaria que uma criança futura não poderia ser.

— O senhor explicou aos Fitzgerald que essa criança, como doadora geneticamente programada perfeitamente compatível, teria que se manter disponível para participar de todos esses tratamentos de Kate ao longo de toda sua vida?

— Nós estávamos falando apenas de um tratamento com sangue do cordão umbilical naquela época — conta o dr. Chance. — As doações subsequentes surgiram porque Kate não respondeu à primeira. E porque elas ofereciam resultados mais promissores.

— Então, se amanhã os cientistas inventassem um procedimento que curaria o câncer de Kate se Anna cortasse a própria cabeça e desse para a irmã, o senhor o recomendaria?

— Obviamente, não. Eu jamais recomendaria um tratamento que arriscasse a vida de outra criança.

— Não foi isso que o senhor fez nos últimos treze anos?

O rosto dele fica tenso.

— Nenhum dos tratamentos causou danos significativos e duradouros a Anna.

Tiro um pedaço de papel da minha pasta e o entrego primeiro ao juiz e depois ao dr. Chance.

– O senhor pode ler o trecho sublinhado?

Ele coloca um par de óculos e pigarreia.

– Estou ciente de que a anestesia envolve riscos em potencial. Esses riscos incluem, mas não se limitam a: reações adversas a medicamentos, dor de garganta, danos aos dentes e a obturações, lesão nas cordas vocais, problemas respiratórios, dor leve e desconforto, perda de sensibilidade, dor de cabeça, infecções, reações alérgicas, consciência durante a anestesia geral, icterícia, sangramento, lesão nos nervos, coágulos sanguíneos, ataque cardíaco, lesão cerebral, perda de funções fisiológicas e até risco de morte.

– O senhor conhece este formulário, doutor?

– Sim. É um formulário padrão de consentimento para cirurgia.

– O senhor pode nos dizer qual era o paciente que ia passar pela cirurgia?

– Anna Fitzgerald.

– E quem assinou o formulário de consentimento?

– Sara Fitzgerald.

Balanço para trás sobre os calcanhares.

– Dr. Chance, a anestesia acarreta o risco de deficiências e até de morte. Esses são efeitos duradouros bastante significativos.

– É exatamente por isso que temos este formulário de consentimento. Para nos proteger de pessoas como você. Mas, falando de maneira realista, o risco é bem pequeno. E o procedimento de doação de medula óssea é relativamente simples.

– Por que Anna teve que ser anestesiada para passar por um procedimento tão simples?

– É menos traumático para a criança e diminui a possibilidade de ela se mexer.

– Após o procedimento, Anna sentiu alguma dor?

– Talvez um pouco.

– O senhor não se lembra?

– Faz muito tempo. Acho que até a Anna já esqueceu.

– O senhor acha? – Eu me viro para Anna. – Será que a gente deve perguntar a ela?

O juiz DeSalvo cruza os braços.

– Falando em riscos – continuo calmamente –, o senhor pode nos falar da pesquisa feita sobre os efeitos de longo prazo das injeções de fatores de crescimento, que Anna já tomou em duas ocasiões, antes de doar partes do corpo para transplante?

– Teoricamente, não deve haver qualquer sequela a longo prazo.

– Teoricamente – repito. – Por que teoricamente?

– Porque a pesquisa foi feita em animais – o dr. Chance admite. – Os efeitos em humanos ainda estão sendo monitorados.

– Isso é muito reconfortante.

Ele dá de ombros.

– Os médicos não têm a tendência de receitar medicamentos com potencial para causar estragos.

– O senhor já ouviu falar de talidomida, doutor?

– É claro. Na verdade, recentemente a talidomida ressurgiu na pesquisa de tratamentos contra o câncer.

– E foi um marco quando lançada – observo. – Mas teve efeitos catastróficos. Falando nisso... esse transplante de rim... quais são os riscos associados a esse procedimento?

– Ele não apresenta mais riscos do que a maioria das cirurgias.

– Anna poderia morrer por complicações decorrentes dessa cirurgia?

– É muito pouco provável, sr. Alexander.

– Bem, então vamos imaginar que Anna passe pelo procedimento sem qualquer problema. De que forma ter apenas um rim vai afetá-la pelo resto da vida?

– Não vai, na verdade – diz o médico. – Essa é a beleza da coisa.

Entrego a ele um folheto distribuído pelo departamento de nefrologia do hospital em que ele trabalha.

– O senhor pode ler o trecho sublinhado?

O dr. Chance coloca os óculos de novo.

– Aumento do risco de hipertensão. Possíveis complicações durante a gravidez. – Ele ergue os olhos. – Os doadores são aconselhados a não praticar esportes que incluam contato corporal, para eliminar o risco de lesão ao rim restante.

Uno as mãos atrás das costas.

– O senhor sabia que Anna joga hóquei?

O dr. Chance se volta para ela.

– Não, não sabia.

– Ela é goleira. Há anos – revelo, esperando um instante para a frase ser absorvida. – Mas, como essa doação é hipotética, vamos nos concentrar naquelas que já aconteceram. As injeções de fatores de crescimento, a infusão de linfócitos do doador, as células-tronco, as doações de linfócitos, a medula óssea, toda essa miríade de tratamentos pelos quais Anna passou... Em sua opinião de especialista, doutor, o senhor afirma que Anna não sofreu nenhum dano significativo como resultado desses procedimentos?

– Significativo? – Ele hesita. – Não, não sofreu.

– E ela obteve algum benefício significativo com eles?

O dr. Chance me observa por um longo momento.

– É claro – ele diz. – Ela está salvando a vida da irmã.

Anna e eu estamos almoçando no segundo andar do prédio quando Julia entra.

– Essa festa é privada?

Anna faz um gesto indicando que ela deve entrar, e Julia se senta sem nem olhar para mim.

– Como você está? – ela pergunta.

– Bem – responde Anna. – Só quero que acabe logo.

Julia abre um pacotinho de molho de salada e derrama no almoço que trouxe.

– Quando você vir, já vai ter acabado.

Ela me olha quando diz isso, só por um instante.

Isso é tudo que preciso para me lembrar do cheiro de sua pele e do ponto abaixo do seio onde ela tem uma marquinha de nascença no formato de uma lua crescente.

De repente, Anna se levanta.

– Vou levar Juiz para passear – ela anuncia.

– Não vai mesmo. Ainda tem repórteres lá fora.

– Vou passear com ele no corredor, então.

– Não pode. Ele só pode ser levado por mim, faz parte do treinamento dele.

— Então vou fazer xixi – ela diz. – Isso eu ainda posso fazer sozinha, certo?

Ela sai da sala, deixando para trás a mim, Julia e tudo que não devia ter acontecido, mas aconteceu.

— Ela nos deixou sozinhos de propósito – me dou conta.

Julia assente.

— É uma menina esperta. Sabe avaliar as pessoas muito bem – ela afirma, pousando o garfo de plástico sobre o prato. – Seu carro está cheio de pelo de cachorro.

— Eu sei. Sempre mando Juiz fazer um rabo de cavalo, mas ele nunca me ouve.

— Por que você não me acordou?

Dou um sorriso.

— Porque estávamos ancorados numa zona em que o despertar era proibido.

Julia, no entanto, não acha a menor graça.

— A noite passada foi uma piada para você, Campbell?

Aquele velho ditado surge na minha cabeça: "Se você quer fazer Deus dar risada, faça planos". E, como sou um covarde, agarro a coleira do cachorro.

— Preciso passear com ele antes de voltarmos para o tribunal.

A voz de Julia me segue até a porta.

— Você não me respondeu.

— Você não quer que eu responda – digo.

Eu não me viro. Assim, não tenho que ver o rosto dela.

Quando o juiz DeSalvo interrompe a audiência às três horas por causa de sua sessão semanal de quiropraxia, vou com Anna até o saguão para que ela encontre seu pai – mas Brian não está ali. Sara olha em torno, surpresa.

— Vai ver que ele recebeu um chamado do corpo de bombeiros – ela diz. – Anna, eu...

Mas eu ponho a mão no ombro de Anna.

— Eu levo você para o quartel.

No carro, ela fica em silêncio. Paro no estacionamento do quartel e deixo o motor ligado.

– Olhe – digo –, você pode não ter percebido, mas nosso primeiro dia foi ótimo.

– Tanto faz.

Ela sai do carro sem dizer mais nada e Juiz pula para o banco da frente. Ela anda na direção do quartel, mas depois vira à esquerda. Começo a dar ré, mas então, sabendo que estou cometendo um erro, desligo o motor. Deixo Juiz no carro e vou atrás dela até os fundos do prédio.

Anna está parada como uma estátua, com o rosto virado para o céu. O que devo fazer, dizer? Nunca fui pai de ninguém; mal sei cuidar de mim mesmo.

Mas é Anna quem acaba falando primeiro.

– Você já fez alguma coisa que sabia ser errada, apesar de ter a sensação de que era certa?

Penso em Julia.

– Já.

– Às vezes eu me odeio – ela murmura.

– Às vezes eu me odeio também.

Isso a surpreende. Ela olha para mim e depois para o céu de novo.

– Elas estão lá em cima. As estrelas. Mesmo quando não dá para ver.

Ponho as mãos nos bolsos.

– Eu costumava fazer um pedido para uma estrela toda noite – conto.

– O que você pedia?

– Figurinhas raras de beisebol, para a minha coleção. Um golden retriever. Professoras jovens e gostosas.

– Meu pai me contou que alguns astrônomos encontraram um lugar novo onde as estrelas estão nascendo. Mas a gente levou dois mil e quinhentos anos para vê-las. – Ela olha para mim. – Você se dá bem com seus pais?

Penso em mentir para ela, mas então balanço a cabeça.

– Eu achava que ia ser igualzinho a eles quando crescesse, mas não sou. E a questão é que, em algum momento, parei de querer ser.

O sol banha a pele leitosa dela e ilumina o contorno de sua garganta.

– Entendi – diz Anna. – Você era invisível também.

Terça-feira

Um pequeno incêndio é logo apagado;
Se tolerado, nem rios o extinguirão.

— Wiliam Shakespeare, *Henrique VI*

Campbell

Brian Fitzgerald é quem vai fechar esse caso. Assim que o juiz entender que pelo menos um dos pais de Anna concorda com sua decisão de parar de ser a doadora da irmã, conceder a emancipação não vai ser um salto tão grande assim. Se Brian fizer o que eu preciso que faça – dizer ao juiz DeSalvo que ele sabe que Anna tem direitos também e que está preparado para apoiá-la –, o que quer que Julia escreva em seu relatório será irrelevante. E, melhor ainda, o testemunho de Anna vai ser apenas uma formalidade.

Brian aparece com Anna bem cedo na manhã seguinte, usando seu uniforme de capitão. Dou um sorriso um pouco forçado e me levanto, aproximando-me com Juiz ao lado.

– Bom dia – digo. – Todo mundo pronto?

Brian olha para Anna. Depois para mim. Há uma pergunta na ponta de sua língua, mas ele parece estar se esforçando ao máximo para não fazê-la.

– Ei – digo a Anna, tendo uma ideia súbita. – Quer me fazer um favor? O Juiz precisa subir e descer um pouco as escadas, ou vai ficar irrequieto durante a audiência.

– Ontem você disse que eu não podia passear com ele.

– Bom, hoje pode.

Ela balança a cabeça.

– Eu não vou a lugar nenhum. Assim que sair daqui, vocês vão começar a falar de mim.

Então me volto para Brian mais uma vez.

– Está tudo bem?

Neste instante, Sara Fitzgerald entra no prédio. Ela se apressa na direção do tribunal e, ao ver Brian comigo, para. Então desvia lentamente o olhar de seu marido e segue em frente.

Os olhos dele seguem a esposa, mesmo depois que a porta se fecha atrás dela.

– Nós estamos bem – ele diz, uma resposta que não é dirigida a mim.

– Sr. Fitzgerald, houve ocasiões em que o senhor discordou de sua esposa e achou que Anna não deveria participar dos tratamentos médicos feitos em benefício de Kate?

– Houve. Os médicos disseram que só precisávamos do sangue do cordão umbilical para dar a Kate. Eles pegariam uma parte do cordão, que em geral é jogado fora após o parto. Não era nada que fosse fazer falta à bebê, e certamente não ia machucá-la. – Ele olha para Anna e lhe dá um sorriso. – E funcionou durante algum tempo. A Kate entrou em remissão. Mas, em 1996, teve uma recaída. Os médicos queriam que a Anna doasse linfócitos. Não ia ser uma cura, mas ia segurar um pouco.

Tento conduzi-lo.

– O senhor e sua esposa não concordaram em relação a esse tratamento?

– Eu não tinha certeza se era uma boa ideia. Dessa vez, a Anna ia saber o que estava acontecendo e não ia gostar nem um pouco.

– O que sua esposa disse para fazer o senhor mudar de ideia?

– Que, se a gente não tirasse sangue da Anna daquela vez, em pouco tempo precisaríamos da medula dela de qualquer jeito.

– E como você se sentiu?

Brian balança a cabeça, claramente desconfortável.

– Só quem tem um filho que está morrendo sabe como é – ele diz, baixinho. – Você se pega dizendo e fazendo coisas que não quer. E você acha que tem escolha, mas, quando examina melhor, vê que estava completamente errado.

Brian olha para Anna, tão imóvel ao meu lado que parece ter esquecido de respirar.

– Eu não queria fazer aquilo com a Anna – continua. – Mas não podia perder a Kate.

– Vocês acabaram tendo que usar a medula óssea de Anna?

– Sim.

— Sr. Fitzgerald, sendo um paramédico treinado, o senhor faria algum procedimento médico num paciente que não apresentasse nenhum problema físico?

— É claro que não.

— Então por que o senhor, como pai de Anna, achou que esse procedimento invasivo, que a faria correr riscos e não lhe traria nenhum benefício físico, era o melhor para ela?

— Porque eu não podia deixar a Kate morrer.

— Houve outros momentos, sr. Fitzgerald, em que o senhor e sua esposa discordaram quanto ao uso do corpo de Anna para o tratamento de sua outra filha?

— Alguns anos atrás, a Kate estava internada e estava... perdendo tanto sangue que ninguém achou que ela fosse sobreviver. Eu achei que talvez fosse hora de deixá-la ir embora. A Sara não achou.

— O que aconteceu?

— Os médicos ministraram arsênio e ele funcionou, colocando a Kate em remissão por um ano.

— O senhor está dizendo que houve um tratamento que salvou Kate e que não envolveu o uso do corpo de Anna?

Brian balança a cabeça.

— Estou dizendo... estou dizendo que tinha certeza que a Kate ia morrer. Mas a Sara não desistiu da nossa filha e continuou lutando. — Ele olha para a esposa. — E agora, os rins da Kate estão parando de funcionar. Eu não quero vê-la sofrer. Mas, ao mesmo tempo, não quero cometer o mesmo erro duas vezes. Não quero dizer a mim mesmo que está tudo acabado, se não precisar estar.

Brian se tornou uma avalanche emocional precipitando-se sobre a casa de vidro que venho meticulosamente construindo. Preciso fisgá-lo de volta.

— Sr. Fitzgerald, o senhor sabia que sua filha ia entrar com uma ação contra o senhor e sua esposa?

— Não.

— Quando isso ocorreu, o senhor conversou com Anna sobre o assunto?

— Sim.

— Com base nessa conversa, sr. Fitzgerald, o que o senhor fez?

— Saí da nossa casa com a Anna.

— Por quê?

— Eu acreditava que ela tinha o direito de refletir sobre essa decisão, o que não poderia fazer se estivesse morando na nossa casa.

— Após ter se mudado com Anna, após ter conversado longamente com ela sobre os motivos de ter entrado com esta ação, o senhor concorda com o pedido de sua esposa para que Anna continue a ser a doadora de Kate?

A resposta que ensaiamos é *não*; este é o ponto crucial do meu caso. Brian se inclina para frente para responder.

— Sim, concordo — ele diz.

— Sr. Fitzgerald, em sua opinião... — começo, mas então me dou conta do que ele acabou de fazer. — Como?

— Eu ainda gostaria que a Anna doasse um rim — ele admite.

Olho atônito para essa testemunha que acabou de me ferrar completamente e tento não cair duro no chão. Se Brian se recusar a apoiar a decisão de Anna de deixar de ser doadora, vai ser muito mais difícil o juiz decidir a favor da emancipação.

Ao mesmo tempo, fico inteiramente consciente do minúsculo som emitido por Anna, como uma alma que se quebra em silêncio após perceber que o que parecia um arco-íris na verdade é só um truque de luz.

— Sr. Fitzgerald, o senhor está disposto a fazer Anna passar por uma cirurgia séria e perder um de seus órgãos em benefício de Kate?

É uma coisa curiosa ver um homem forte se desfazer em pedaços.

— Você pode me dizer qual é a resposta certa? — Brian pergunta com a voz embargada. — Porque eu não sei onde procurar. Sei o que é certo. Sei o que é justo. Mas nem uma coisa nem outra se aplica aqui. Posso sentar, pensar no assunto e lhe dizer como deveria ser. Posso até lhe dizer que deve haver uma solução melhor. Mas já se passaram treze anos, sr. Alexander, e eu ainda não a encontrei.

Ele se inclina lentamente para frente, grande demais para aquele pequeno espaço, até que sua testa pouse sobre a barra fria de madeira que cerca o banco das testemunhas.

O juiz DeSalvo ordena um intervalo de dez minutos antes de Sara começar a interrogar a testemunha, para que Brian tenha alguns momentos a sós. Anna e eu vamos lá para baixo, onde estão as máquinas de comida e bebida e você pode gastar um dólar para beber um chá ralo ou tomar uma sopa mais rala ainda. Ela se senta com os calcanhares apoiados na barra de um banquinho e, quando lhe entrego sua caneca de chocolate quente, a coloca sobre a mesa sem dar um gole.

– Eu nunca tinha visto meu pai chorar – ela diz. – Minha mãe perdia o controle o tempo todo por causa da Kate. Mas meu pai... bom, se ele chorava, fazia isso quando a gente não estava olhando.

– Anna...

– Você acha que fui eu que fiz isso com ele? – ela pergunta, me encarando. – Acha que eu não devia ter pedido para ele vir aqui hoje?

– O juiz ia pedir que ele testemunhasse mesmo que você não tivesse pedido. – Balanço a cabeça. – Anna, você também vai ter que fazer isso.

Ela me olha desconfiada.

– Fazer o quê?

– Testemunhar.

Ela pisca para mim.

– Você está *brincando*?

– Achei que o juiz ia decidir a seu favor se visse que seu pai está disposto a apoiar suas escolhas. Mas, infelizmente, não foi isso que acabou de acontecer. E eu não tenho ideia do que a Julia vai dizer... Mas, mesmo que ela fique do seu lado, o juiz DeSalvo ainda vai ter que ser convencido de que você é madura o suficiente para fazer essas escolhas sozinha, independentemente dos seus pais.

– Você quer dizer que vou ter que subir lá? Que nem uma testemunha?

Eu sempre soube que, em algum momento, Anna teria que testemunhar. Num caso que envolve a emancipação de um menor, é lógico que o juiz vai querer ouvir o que o menor tem a dizer. Ela pode estar assustada com a ideia, mas acredito que, em seu subconsciente, ela quer testemunhar. Por que se dar ao trabalho de entrar com uma ação se não for para se certificar de que você finalmente vai poder dizer o que pensa?

– Ontem você disse que eu não ia precisar testemunhar – ela diz, começando a ficar agitada.

– Eu estava errado.

– Eu contratei você porque queria que *você* dissesse para todo mundo o que eu quero.

– Não é assim que funciona. Foi você que iniciou esse processo. Você queria ser outra pessoa, diferente daquela que sua família a fez ser nos últimos treze anos. Isso significa que você precisa abrir as cortinas e nos mostrar quem essa pessoa é.

– Metade dos adultos deste planeta não tem ideia de quem são, mas tem o direito de tomar suas próprias decisões todos os dias – Anna argumenta.

– Eles não têm treze anos. Ouça – digo, chegando ao que imagino ser o cerne da questão. – Eu sei que, no passado, falar o que você pensava não levou a lugar nenhum. Mas prometo que desta vez, quando você abrir a boca, todo mundo vai escutar.

O efeito dessa frase – se é que há algum – é o contrário do que eu estava esperando. Anna cruza os braços.

– Não vou subir lá de jeito nenhum.

– Anna, testemunhar não é tão difícil assim...

– É difícil *sim*, Campbell. É difícil *pra caramba*. E eu *não* vou fazer isso.

– Se você não testemunhar, a gente vai perder – explico.

– Então encontre outra maneira de ganhar. O advogado é *você*.

Não vou morder a isca. Tamborilo os dedos na mesa para não perder a paciência.

– Você quer me dizer por que está com tanto medo de fazer isso? – pergunto.

Anna me encara.

– Não.

– Não, você não vai testemunhar? Ou não, não vai me dizer por quê?

– Tem algumas coisas que eu não gosto de falar. – Seu rosto endurece. – Achei que você, logo você, ia conseguir entender isso.

Ela sabe exatamente o que dizer.

– Pense melhor e me dê uma resposta amanhã – sugiro num tom firme.

– Eu não vou mudar de ideia.

Eu me levanto e jogo no lixo minha xícara de café cheia.

– Bom, então – digo – não espere que eu mude sua vida.

SARA

Presente

HÁ UMA COISA CURIOSA QUE ACONTECE com a passagem do tempo: uma calcificação de personalidade. Se a luz bate do jeito certo no rosto de Brian, ainda posso ver o tom azul-pálido de seus olhos que sempre me fez pensar num oceano fundo em que eu ainda preciso nadar. Abaixo das linhas finas de seu sorriso, há a covinha de seu queixo – o primeiro traço que procurei no rosto dos meus filhos recém-nascidos. Ele tem uma determinação, uma força silenciosa e uma paz consigo mesmo que eu sempre quis que passassem para mim. Esses são os elementos básicos que me fizeram me apaixonar pelo meu marido. Hoje em dia há momentos em que não o reconheço, mas isso talvez não seja negativo. As mudanças nem sempre são para pior; a concha que se forma ao redor de um grão de areia para uns é uma irritação e, para outros, uma pérola.

Os olhos de Brian movem-se rapidamente de Anna, arrancando uma casca de ferida do polegar, para mim. Ele me encara como um rato espia um falcão. Isso me dói; será que é assim que ele me vê?

Será que é assim que todo mundo me vê?

Eu gostaria que não houvesse um tribunal entre nós. Gostaria de poder me aproximar dele. "Ouça", eu diria, "não era assim que eu achava que nossa vida seria. A gente pode não conseguir encontrar o caminho certo neste beco sem saída. Mas prefiro estar perdida com você do que com qualquer outra pessoa."

"Ouça", eu diria, "de repente eu estava errada."

– Sra. Fitzgerald – diz o juiz DeSalvo –, a senhora tem alguma pergunta para a testemunha?

Eu me dou conta de que esse é um bom termo para um cônjuge. Não é isto que um marido ou uma esposa fazem: testemunhar os erros do outro?

Eu me levanto devagar.

– Olá, Brian – digo, e minha voz não está nem de longe tão tranquila quanto eu gostaria.

– Sara – ele responde.

Depois disso, não tenho ideia do que dizer.

Uma lembrança me domina. Nós queríamos viajar, mas não conseguíamos decidir para onde. Então entramos no carro e saímos dirigindo e, a cada meia hora, deixávamos uma das crianças escolher que estrada pegar, ou nos mandar virar à esquerda ou à direita. Acabamos na vila de Seal Cove, no Maine, e então paramos, pois a direção que Jesse escolheu teria nos levado para dentro do oceano Atlântico. Alugamos uma cabana sem aquecimento nem eletricidade – e nossos três filhos tinham medo do escuro.

Só percebo que estava dizendo isso em voz alta quando Brian responde.

– É mesmo – ele diz. – A gente colocou tantas velas no chão que eu tinha certeza que íamos incendiar o lugar. Choveu durante cinco dias.

– E no sexto dia, quando o sol apareceu, surgiram tantas moscas que a gente nem conseguia ficar do lado de fora.

– E depois o Jesse encostou numa planta venenosa e os olhos dele ficaram tão inchados que fecharam...

– *Por favor* – Campbell Alexander interrompe.

– Deferido – diz o juiz DeSalvo. – Aonde isso vai chegar, sra. Fitzgerald?

Nós não estávamos indo para lugar nenhum e acabamos num lugar horrível, mas eu não trocaria aquela semana por nada no mundo. Quando você não sabe para onde vai, encontra lugares que ninguém jamais pensou em explorar.

– Quando a Kate não estava doente – Brian diz devagar, com cuidado –, nós nos divertíamos bastante.

– Você não acha que a Anna vai sentir falta desses momentos se a Kate morrer?

Campbell pula da cadeira, como eu esperava.

– Protesto!

O juiz ergue a mão e assente para Brian, pedindo que ele responda.

– Todos nós vamos – ele diz.

E, neste momento, a coisa mais estranha acontece. Brian e eu, um diante do outro, um em cada polo do mundo, damos uma volta de cento e oitenta graus como os ímãs às vezes fazem e, em vez de um empurrar o outro para longe, subitamente parecemos estar do mesmo lado. Somos jovens, de mãos dadas pela primeira vez; somos velhos, nos perguntando como percorremos uma distância tão enorme num espaço de tempo tão curto. Estamos vendo os fogos de artifício pela televisão em uma dúzia de Anos Novos, com três crianças dormindo entre nós na cama, tão apertados que sinto o orgulho de Brian mesmo sem tocar o corpo dele.

De repente, não importa mais que ele tenha saído de casa com Anna, que ele tenha questionado algumas das decisões em relação a Kate. Ele fez o que achava certo, assim como eu, e não posso culpá-lo por isso. A vida às vezes fica tão atolada de detalhes que esquecemos que a estamos vivendo. Há sempre mais um compromisso, mais uma conta para pagar, mais um sintoma aparecendo, mais um dia sossegado para marcar com um entalhe na parede de madeira. Nós sincronizamos nossos relógios, consultamos nossas agendas, existimos minuto a minuto e esquecemos completamente de dar um passo atrás e observar o que conquistamos.

Se perdermos Kate, ela terá sido nossa por dezesseis anos, e ninguém pode nos tirar isso. E, daqui a muitas eras, quando for difícil recordar a expressão de seu rosto quando ela ria, ou o toque de sua mao na minha, ou o tom perfeito de sua voz, terei Brian para me dizer: "Você não se lembra? Era assim".

A voz do juiz interrompe meu devaneio.

– Sra. Fitzgerald, a senhora terminou?

Eu jamais precisei interrogar Brian; sempre soube suas respostas. O que esqueci foram as perguntas.

– Quase – respondo, virando-me para o meu marido. – Brian, quando você volta para casa?

Nas entranhas do prédio onde fica o tribunal, há uma robusta fileira de máquinas de bebida e comida, nenhuma das quais contém qualquer coisa que você gostaria de comer. Depois que o juiz DeSalvo ordena que façamos um intervalo, vou lá para baixo e fico olhando para os Mentos, Pringles e Cheetos presos em suas pequenas celas giratórias.

– A Oreo é a melhor aposta – diz Brian atrás de mim.

Eu me viro a tempo de vê-lo enfiar setenta e cinco centavos na máquina.

– Simples – ele continua. – Clássico.

Ele aperta dois botões e os biscoitos começam a dar seu mergulho suicida até a base da máquina.

Ele me leva até uma mesa, cheia de cicatrizes e manchas causadas por pessoas que entalharam suas eternas iniciais e rabiscaram seus profundos pensamentos no tampo.

– Eu não sabia o que dizer a você ao interrogá-lo – confesso, e então hesito. – Brian, você acha que somos bons pais?

Estou pensando em Jesse, de quem desisti há tanto tempo. Em Kate, que não consegui curar. Em Anna.

– Não sei – ele diz. – Alguém acha isso de si mesmo?

Ele me passa o pacote de Oreo. Quando abro a boca para dizer que não estou com fome, Brian enfia uma bolacha lá dentro. Ela é saborosa e áspera em minha língua; de repente, estou faminta. Ele limpa as migalhas dos meus lábios como se eu fosse feita de porcelana. Eu deixo. Acho que nunca na vida provei algo tão doce.

Brian e Anna voltam para casa essa noite. Nós dois a colocamos na cama; nós dois lhe damos um beijo de boa noite. Brian vai tomar banho. Daqui a pouco vou para o hospital, mas agora sento diante de Anna, na cama de Kate.

– Você vai me dar um sermão? – ela pergunta.

– Não o sermão que você imagina. – Passo o dedo na borda de um dos travesseiros de Kate. – Você não é uma pessoa ruim só porque quer ser você mesma.

– Eu nunca...

Ergo a mão e continuo:

– O que quero dizer é que isso que você anda pensando é normal. E só porque você acabou sendo diferente daquilo que todo mundo imaginava, não significa que fracassou em alguma coisa. Uma criança com quem todo mundo implica na escola pode ir para outro colégio e virar a menina mais popular de lá, só porque ninguém estava esperando nada dela. Ou uma pessoa que faz faculdade de medicina porque sua família tem um monte de médicos pode descobrir que o que quer mesmo é ser artista plástica. – Respiro fundo e balanço a cabeça. – Isso está fazendo algum sentido?

– Não muito.

Isso me faz sorrir.

– Acho que estou querendo dizer que você me lembra alguém.

Anna se apoia em um dos cotovelos.

– Quem?

– Eu.

Quando você está com seu parceiro há muitos anos, ele se torna o mapa que você guarda no porta-luvas e que já está cheio de dobrinhas e amassados, o caminho que você reconhece tão bem que poderia desenhá-lo de cor e que, por isso mesmo, você leva consigo sempre que faz uma jornada. Mesmo assim, quando você menos espera, um dia abre os olhos e vê uma rua que não conhecia, um mirante que não estava ali antigamente, e você tem que parar e se perguntar se aquele marco na estrada é mesmo novo, ou se é algo que estava ali o tempo todo e você não viu.

Brian se deita ao meu lado na cama. Ele não diz nada, só põe as mãos no vale feito pela curva do meu pescoço. Então me dá um beijo longo e agridoce. Eu estava esperando isso, mas não o que vem a seguir – ele morde meu lábio com tanta força que sinto gosto de sangue.

– Ai – digo, tentando rir um pouco, fingir que é brincadeira.

Mas Brian não ri nem pede desculpa. Ele se inclina e lambe o sangue.

Minha alma dá um pulo. Este é Brian, este não é Brian, e essas duas coisas são extraordinárias. Passo a língua no sangue, escorregadio e metálico. E me abro como uma orquídea, faço do meu corpo um ninho e sinto seu hálito entrar pela minha garganta e passar sobre os meus seios. Brian pousa a cabeça um instante na minha barriga e, assim como a mordida foi inesperada, agora há a pontada do familiar – era isso que fazíamos toda noite, um ritual, quando eu estava grávida.

Então ele se move de novo, se ergue sobre mim, um segundo sol, e me enche de luz e calor. Somos um estudo de contrastes – duro e suave, claro e escuro, frenético e calmo –, mas há algo em nosso encaixe que me faz perceber que um não seria são sem o outro. Somos uma fita de Möbius, dois corpos contínuos, um emaranhado impossível.

– Nós vamos perdê-la – sussurro, mas nem eu sei se estou falando de Kate ou de Anna.

Brian me beija.

– Pare – ele diz.

Depois disso, não falamos mais. É o mais seguro.

Quarta-feira

Mas, com estas chamas,
Luz nenhuma, e sim escuridão visível.
— JOHN MILTON, *Paraíso perdido*

Julia

Izzy está sentada na sala quando volto da minha corrida matinal.
– Tudo bem? – ela pergunta.
– Tudo – digo, tirando os tênis e secando o suor da testa. – Por quê?
– Porque pessoas normais não saem para correr às quatro e meia da manhã.
– Eu tinha energia para gastar.

Vou para a cozinha, mas a cafeteira da marca Braun, que programei para que meu café com avelã estivesse pronto neste segundo, não fez o que devia. Verifico a tomada de Eva e aperto alguns de seus botões, mas o mostrador de LED não está nem acendendo.

– Merda – digo, arrancando o fio da parede. – Isso aqui não é tão velho para ter quebrado.

Izzy aparece ao meu lado e mexe na máquina.
– Tem garantia?
– Não sei. Nem quero saber. Só sei que, quando você paga por algo que deveria lhe fazer uma xícara de café, você merece a porra da sua xícara de café.

Bato a jarrinha de vidro da cafeteira na pia com tanta força que ela se quebra. Então encosto no armário, deslizo até o chão e começo a chorar.

Izzy se ajoelha ao meu lado.
– O que ele fez?
– Exatamente a mesma coisa, Iz – conto aos soluços. – Eu sou tão idiota.

Ela me abraça.
– Óleo quente? – sugere. – Botulismo? Castração? Você escolhe.

Isso me faz dar um sorrisinho.

— E olha que você faria tudo isso mesmo — digo.
— Só porque você também faria por mim.
Eu me recosto no ombro da minha irmã.
— Achei que raios não caíam duas vezes no mesmo lugar.
— Lógico que caem — Izzy diz. — Mas só se você for burra o suficiente para se mexer.

A primeira pessoa a me cumprimentar no tribunal de manhã não é uma pessoa, mas Juiz, o cachorro. Ele surge no fundo do corredor com as orelhas baixas, sem dúvida fugindo da voz alterada de seu dono.
— Oi — digo, tentando acalmá-lo, mas Juiz não quer nem saber.
Ele morde com força a barra do meu paletó — Campbell vai pagar a conta da lavanderia, juro por Deus — e começa a me arrastar na direção da discussão.
Ouço Campbell antes mesmo de vê-los.
— Eu desperdicei tempo e energia e, quer saber, isso nem é o pior. Desperdicei minha capacidade de julgar um cliente.
— É? Bom, você não é o único que julgou errado — Anna retruca. — Eu contratei *você* porque achei que era corajoso.
Ela passa esbarrando em mim e murmura:
— Idiota.
Neste momento, lembro de como me senti quando acordei sozinha naquele barco. Decepcionada. À deriva. Com raiva de mim mesma por ter me metido naquela situação.
E por que diabos eu não fiquei brava com Campbell?
Juiz pula nele, arranhando seu peito com as patas.
— Desce! — ele ordena, então se vira e me vê. — Não era para você ter ouvido tudo isso.
— Tenho certeza que não.
Campbell se senta pesadamente numa poltrona na sala de conferências e passa a mão sobre o rosto.
— Ela se recusa a testemunhar.
— Pelo amor de Deus, Campbell. Ela não consegue confrontar a mãe nem na sala de estar, vai conseguir num tribunal? O que você esperava?

Ele me encara com olhos penetrantes.

– O que você vai dizer ao DeSalvo?

– Está perguntando por causa da Anna ou porque está com medo de perder esse processo?

– Obrigado por perguntar, mas eu abri mão da minha consciência durante a Quaresma.

– Você não vai se perguntar por que uma menina de treze anos está te incomodando tanto?

Campbell faz uma careta.

– Por que você não some daqui, Julia, e destrói meu caso como já estava planejando fazer?

– Esse caso não é seu, é da Anna. Mas realmente dá para ver por que você não acha isso.

– O que você quer dizer com isso?

– Vocês são covardes. Os dois estão loucos para fugir de si mesmos – digo. – Eu sei de que consequências a Anna tem medo. E você?

– Não sei do que você está falando.

– Não? Cadê a piadinha? Ou é difícil demais fazer graça de algo que cala tão fundo? Você recua sempre que alguém chega perto. Tudo bem se a Anna for apenas uma cliente, mas, no minuto em que ela se torna alguém com quem você se importa, aí você não consegue. Comigo, uma trepada rápida é ótimo, mas se envolver está fora de questão. O único relacionamento que você tem é com o seu cachorro, mas até isso é um imenso segredo de Estado.

– Você está passando dos limites, Julia...

– Na verdade, devo ser a única pessoa qualificada para dizer exatamente o babaca que você é. Mas tudo bem, né? Porque, se todo mundo achar que você é um babaca, ninguém vai querer chegar muito perto. – Eu o encaro por um segundo a mais. – É decepcionante descobrir que alguém te conhece tão bem, não é, Campbell?

Ele se levanta com uma expressão dura.

– Tenho que trabalhar.

– Pode ir. Mas cuidado para separar a justiça da cliente que precisa dela. Senão, Deus me livre, você pode até descobrir que tem um coração que funciona.

Saio dali antes que possa falar mais besteira e ouço a voz de Campbell se estender até mim.

– Julia, não é verdade.

Fecho os olhos e, sabendo que estou cometendo um erro, me viro. Ele hesita.

– O cachorro. Eu...

Mas o que quer que ele estivesse prestes a admitir é interrompido quando Vern aparece na porta.

– O juiz DeSalvo está quase explodindo – ele diz. – Vocês estão atrasados, e o café com leite do minimercado acabou.

Olho nos olhos de Campbell. Espero que ele termine a frase.

– Você é minha próxima testemunha – ele diz calmamente, e o momento se esvai antes que eu possa lembrar que ele existiu.

Campbell

Está ficando cada vez mais difícil ser um canalha.

Quando entro no tribunal, minhas mãos estão tremendo. Em parte, é claro, por causa do drama de sempre. Mas em parte porque a cliente sentada ao meu lado está tão comunicativa quanto um pedregulho; e porque a mulher por quem sou louco é quem vai testemunhar para mim agora. Olho para Julia quando o juiz entra; ela faz questão de virar a cara.

Minha caneta rola da mesa.

— Anna, você pode pegar a caneta para mim?

— Sei lá. Eu ia desperdiçar tempo e energia fazendo isso, não ia? — ela diz, e a droga da caneta continua no chão.

— O senhor está preparado para chamar sua próxima testemunha, sr. Alexander? — pergunta o juiz DeSalvo.

Mas, antes que eu possa dizer o nome de Julia, Sara Fitzgerald pede para conversar com ele. Eu me preparo para mais uma complicação, e é claro que a advogada da outra parte não me desaponta.

— A psiquiatra que eu convoquei como testemunha tem um compromisso no hospital à tarde. O tribunal permitiria que ela testemunhasse agora, fora da ordem determinada?

— Sr. Alexander?

Dou de ombros. No fim das contas, para mim, é só uma forma de adiar a execução. Então sento ao lado de Anna e vejo uma mulher baixa e morena, com um coque apertado demais para o seu rosto, subir no banco das testemunhas.

— Por favor, diga seu nome e endereço para a ata da audiência — Sara começa.

— Dra. Beata Seim — diz a psiquiatra. — Orrick Way, 1250, Woonsocket.

Dra. Seim. Olho ao redor, mas pelo visto fui o único ali que achei graça. Pego um bloquinho e escrevo para Anna: "Se ela se casasse com o dr. Chance, ia virar a dra. Seim-Chance".

Os cantos da boca de Anna tremem. Ela pega a caneta que deixei cair e escreve: "Se ela se divorciasse e casasse com o sr. Cara, ia ser a dra. Seim--Chance-Cara".

Nós dois começamos a rir, e o juiz DeSalvo pigarreia e nos olha.

– Desculpe, meritíssimo – digo.

Anna me passa outro bilhete: "Eu ainda estou brava com você".

Sara se aproxima de sua testemunha.

– Doutora, a senhora pode nos dizer qual é sua especialidade?

– Sou psiquiatra infantil.

– Quando a senhora conheceu meus filhos?

A dra. Seim olha para Anna.

– Há cerca de sete anos você trouxe seu filho Jesse para me ver, por causa de alguns problemas comportamentais. Desde então conversei com os três em diversas ocasiões, sobre diferentes questões que surgiram.

– Doutora, eu liguei para a senhora na semana passada e lhe pedi que preparasse um relatório dando sua opinião de especialista sobre os danos psicológicos que Anna pode sofrer se a irmã dela morrer.

– Sim. Eu inclusive fiz uma pequena pesquisa. Houve um caso similar em Maryland, em que pediram que uma menina doasse um órgão para a irmã gêmea. O psiquiatra que examinou as gêmeas descobriu que elas tinham uma identificação tão grande que, se os resultados esperados ocorressem, isso traria um benefício imenso para a doadora. – Ela olha para Anna. – Na minha opinião, temos circunstâncias muito parecidas aqui. Anna e Kate são muito próximas, e não apenas geneticamente. Elas moram juntas. Elas se divertem juntas. Literalmente passaram a vida inteira juntas. Se Anna doar um rim e salvar a vida da irmã, será uma dádiva tremenda, e não apenas para Kate. Porque a própria Anna vai continuar a fazer parte da família intacta pela qual se define, e não de uma família que perdeu um de seus membros.

Isso é uma besteirada psicoimbecil tão grande que mal consigo ficar ali ouvindo, mas, para o meu choque, o juiz parece estar muito concentrado nessas palavras. Julia também está com a cabeça inclinada e uma ruguinha entre as sobrancelhas. Será que sou a única pessoa neste tribunal com um cérebro que funciona?

— Além do mais – a dra. Seim continua –, diversos estudos indicam que crianças que servem como doadoras têm grande autoestima e se sentem mais importantes dentro da estrutura familiar. Consideram-se super-heróis, porque podem fazer a única coisa que mais ninguém pode.

Essa é a pior descrição de Anna Fitzgerald que já escutei.

— A senhora acha que Anna é capaz de tomar suas próprias decisões médicas? – Sara pergunta.

— De jeito nenhum.

Que surpresa.

— Qualquer decisão que ela tome vai afetar a família toda – diz a dra. Seim. – Ela vai pensar nisso antes de tomar a decisão, portanto jamais será uma decisão completamente independente. Além disso, Anna só tem treze anos. O cérebro dela ainda não se desenvolveu o suficiente para pensar num ponto tão mais adiante, por isso qualquer decisão será tomada com base no futuro próximo, e não no longo prazo.

— Dra. Seim – o juiz interrompe –, o que a senhora recomendaria neste caso?

— Anna precisa da orientação de alguém com mais experiência de vida... alguém que tenha em mente o que é melhor para ela. Eu me disponho a trabalhar com a família, mas os pais precisam ser pais aqui, pois os filhos não podem ser.

Quando Sara termina e chega a minha vez, entro para matar.

— A senhora está nos pedindo para acreditar que doar um rim vai proporcionar a Anna todos esses fabulosos benefícios psicológicos, certo?

— Certo – a dra. Seim confirma.

— Não é lógico então que, se ela doar esse mesmo rim e sua irmã morrer em decorrência da operação, Anna vai sofrer um trauma psicológico significativo?

— Acredito que seus pais a ajudarão a passar por isso da melhor maneira possível.

— E quanto ao fato de Anna estar dizendo que *não* quer mais ser doadora – observo. – Isso não é importante?

— É claro que sim. Mas, como eu disse, a opinião atual de Anna foi influenciada pelas consequências a curto prazo. Ela não compreende como essa decisão realmente vai se desdobrar.

– E quem compreende? – pergunto. – A sra. Fitzgerald pode não ter treze anos, mas passa todos os dias esperando o pior acontecer em relação ao estado de saúde de Kate, a senhora não acha?

De má vontade, a psiquiatra assente.

– Poderíamos dizer que ela define sua habilidade de ser uma boa mãe por sua habilidade de manter Kate bem. Na verdade, se suas ações mantêm Kate viva, ela própria se beneficia psicologicamente – digo.

– É claro.

– A sra. Fitzgerald estaria muito mais feliz numa família que incluísse Kate. Eu diria até mesmo que as escolhas que ela faz na vida não são nada independentes, mas influenciadas por questões relacionadas ao tratamento de Kate.

– Provavelmente sim.

– Então, usando seu próprio raciocínio, não é verdade que Sara Fitzgerald vê, sente e age como a doadora de Kate?

– Bem...

– Só que ela não está oferecendo para Kate sua própria medula e seu próprio sangue. Só os de Anna.

– Sr. Alexander – o juiz alerta.

– E, se Sara se encaixa no perfil psicológico de um doador que é parente próximo de Kate e que não pode tomar decisões independentes, então por que ela seria mais capaz do que Anna de fazer essas escolhas?

De canto de olho, vejo a expressão chocada de Sara. Ouço o juiz bater o martelo.

– A senhora tem razão, dra. Seim. Os pais precisam ser pais – digo. – Mas às vezes isso não é suficiente.

Julia

O JUIZ DESALVO ORDENA UM intervalo de dez minutos. Coloco no chão minha mochila, feita do tecido típico da Guatemala, e começo a lavar as mãos quando a porta de uma das cabines do banheiro se abre. Anna sai e, ao me ver, hesita por apenas um segundo. Então abre a torneira ao lado da minha.
— Oi – digo.
Ela vai secar as mãos no secador. O ar não está saindo, por algum motivo o sensor não está lendo o movimento das palmas dela. Ela sacode os dedos embaixo da máquina de novo e depois os observa, como se estivesse se certificando de que não é invisível. Ela bate no metal.
Quando me aproximo e sacudo a mão ali embaixo, o ar quente sopra na minha palma. Compartilhamos aquele calorzinho, como mendigos em torno de uma fogueira acesa numa lata de lixo.
— O Campbell me contou que você não quer testemunhar – digo.
— Eu não quero falar sobre isso.
— Bom, às vezes, para conseguir o que a gente mais quer, é preciso fazer o que a gente menos quer.
Anna encosta na parede do banheiro e cruza os braços.
— Quando é que você virou o Confúcio? – diz, abaixando para pegar minha mochila para mim. – Gostei disso. Quantas cores.
Pego a mochila e coloco a alça no ombro.
— Vi umas senhoras tecendo essas mochilas quando estava na América do Sul. Elas usam vinte carretéis de linha para fazer este desenho.
— A verdade é assim também – Anna diz, ou pelo menos é o que acho que ela diz, mas agora ela já saiu dali.

Estou observando as mãos de Campbell. Elas se mexem muito quando ele fala; ele quase parece usá-las para pontuar o que está dizendo. Mas elas estão tremendo um pouco também, e imagino que seja porque Campbell não sabe o que eu vou dizer para o juiz.

– Como curadora ad litem – ele pergunta –, quais são suas recomendações neste caso?

Respiro fundo e olho para Anna.

– O que vejo aqui é uma jovem que passou a vida inteira sentindo uma enorme responsabilidade pelo bem-estar da irmã. Na verdade, ela sabe que foi trazida ao mundo para ter essa responsabilidade. – Olho para Sara, sentada à sua mesa. – Acho que, ao conceber Anna, essa família tinha a melhor das intenções. Eles queriam salvar sua filha mais velha e acreditavam que Anna seria uma adição bem-vinda à família, não apenas por causa do material genético que poderia prover, mas também porque queriam amá-la e vê-la crescer.

Então, eu me viro para Campbell.

– Também entendo perfeitamente como, nessa família, se tornou crucial fazer qualquer coisa humanamente possível para salvar Kate. Quando a gente ama alguém, faz qualquer coisa para manter essa pessoa ao nosso lado.

Quando eu era criança, costumava acordar no meio da noite lembrando de meus sonhos mais malucos – eu estava voando; estava trancada dentro de uma fábrica de chocolate; era a rainha de uma ilha do Caribe. Eu acordava com cheiro de jasmim-manga no cabelo ou nuvens presas na bainha da camisola, até que me dava conta de que estava em outro lugar. E, não importava quanto tentasse, mesmo se caísse no sono de novo, não conseguia me levar de volta para o reino daquele sonho que tivera.

Uma vez, durante a noite que eu e Campbell passamos juntos, acordei nos braços dele e vi que ele ainda estava dormindo. Tracei a geografia de seu rosto: do despenhadeiro das maçãs do rosto ao redemoinho da orelha, passando pelos pequenos sulcos nos cantos da boca. Então fechei os olhos e, pela primeira vez na vida, voltei diretamente para o sonho, no ponto exato em que o deixara.

– Infelizmente – digo ao tribunal –, também existe um momento em que você tem que se afastar e dizer que está na hora de deixar a pessoa ir embora.

Depois que Campbell terminou comigo, passei um mês sem sair da cama, a não ser quando era forçada a ir à missa ou me sentar à mesa do jantar. Parei de lavar o cabelo. Tinha círculos negros abaixo dos olhos. Para quem olhava depressa, Izzy e eu parecíamos completamente diferentes.

No dia em que reuni forças para sair da cama por vontade própria, fui à Wheeler e fiquei andando pela casa de barcos, tomando cuidado para ninguém me ver. Até que encontrei um dos meninos da equipe de iatismo – que estava fazendo um curso de verão – pegando um dos esquifes do colégio. Ele tinha cabelos louros, em vez de negros, como os de Campbell. Era atarracado, não alto e esguio. Fingi que precisava de uma carona para casa.

Em menos de uma hora, estava dando para ele no banco de trás de seu Honda.

Fiz isso porque, se houvesse outro menino, eu não sentiria o cheiro de Campbell na minha pele e o gosto dele no lado de dentro dos meus lábios. Fiz isso porque estava me sentindo tão oca que temia sair voando, como um balão de hélio que subisse tão alto que não daria para ver nem o menor pontinho de cor.

Senti esse menino, cujo nome não me incomodei em guardar, gemendo e bufando dentro de mim; eu estava vazia e distante assim. Subitamente, soube o que acontecia com todos aqueles balões perdidos: eles eram os amores que nos escapavam dos dedos; os olhos sem expressão que surgiam em todo céu noturno.

– Quando fui designada para este caso, há duas semanas – digo para o juiz –, e comecei a observar a dinâmica dessa família, me pareceu que a emancipação médica era o melhor para Anna. Mas então me dei conta de que estava formando minha opinião da mesma maneira que todo mundo dessa família, ou seja, com base apenas nos efeitos fisiológicos, sem pensar nos psicológicos. A parte fácil desta decisão é entender o que é certo para Anna em termos médicos. Conclusão: não é o melhor para Anna doar órgãos e sangue se isso não for beneficiá-la, mas for prolongar a vida de sua irmã.

Vejo os olhos de Campbell brilharem; esse apoio o surpreendeu.

– Mas encontrar uma solução é mais difícil. Porque, embora não seja o melhor para Anna ser a doadora de sua irmã, sua família é incapaz de tomar decisões bem fundamentadas sobre essa questão. Se a doença de Kate é um trem desgovernado, todos reagem de crise em crise, sem saber qual é a melhor forma de levar o trem para a estação. E, usando a mesma analogia, a pressão dos pais é um desvio nos trilhos. Anna não é mental ou fisicamente forte o suficiente para controlar a direção de suas próprias decisões, sabendo quais são os desejos de seus pais.

O cachorro de Campbell fica de pé e começa a ganir. Distraída, eu me viro na direção do barulho. Ele empurra o focinho de Juiz, sem tirar os olhos de mim nem por um segundo.

– Não vejo ninguém na família Fitzgerald que possa tomar decisões imparciais sobre a saúde de Anna – admito. – Nem os pais nem ela própria.

O juiz DeSalvo franze a testa para mim.

– Então, srta. Romano – ele pergunta –, o que a senhorita recomenda?

CAMPBELL

ELA NÃO VAI SER CONTRA a emancipação médica.

Essa é a primeira coisa que penso – incrivelmente, meu caso ainda não foi implodido, mesmo depois do testemunho de Julia. A segunda coisa que penso é que ela está tão abalada por este caso e pelo que ele está fazendo com Anna quanto eu, só que ela mostrou o que sente para todo mundo.

Juiz escolheu este momento para se tornar uma colossal encheção de saco. Ele enfia os dentes no meu casaco e começa a me puxar, mas me recuso a solicitar um intervalo antes de ouvir a conclusão de Julia.

– Srta. Romano – DeSalvo pergunta –, o que a senhorita recomenda?

– Eu não sei – ela diz baixinho. – Sinto muito. Esta é a primeira vez que sou designada como curadora ad litem e não consigo definir uma recomendação, e sei que isso é inaceitável. Mas de um lado tenho Brian e Sara Fitzgerald, que, durante a vida inteira de suas duas filhas, só tomaram decisões com base no amor que sentem por elas. Vendo por esse lado, essas decisões certamente não parecem erradas, mesmo que não sejam certas para ambas as filhas.

Julia se volta para Anna e, ao meu lado, posso sentir que ela se apruma na cadeira, orgulhosa.

– Do outro lado tenho Anna, que depois de treze anos está lutando por seus direitos, mesmo que isso signifique perder a irmã que ela ama. – Julia balança a cabeça. – É uma escolha de Salomão, meritíssimo. Mas o senhor não está me pedindo para cortar um bebê ao meio. Está me pedindo para cortar uma família ao meio.

Sinto algo puxando meu outro braço e me preparo para espantar o cachorro de novo, mas me dou conta de que desta vez é Anna.

– Tudo bem – ela sussurra.

O juiz DeSalvo manda Julia descer do banco das testemunhas.

– Tudo bem o quê? – sussurro de volta.

– Tudo bem, eu falo.

Olho para ela sem acreditar. Juiz agora está ganindo e empurrando o focinho contra a minha coxa, mas não posso me arriscar a pedir um intervalo. Basta uma fração de segundo para Anna mudar de ideia.

– Tem certeza?

Mas ela não responde, apenas se levanta, fazendo com que todos no tribunal olhem para ela.

– Juiz DeSalvo – Anna respira fundo. – Eu quero dizer uma coisa.

Anna

Deixe-me contar como foi a primeira vez que tive que apresentar um trabalho na sala de aula: foi na terceira série, e eu tinha que falar sobre os cangurus. Eles são muito interessantes, sabia? Não só existem apenas na Austrália, tipo um ramo evolucionário mutante, como têm olhos de cervo e as patinhas inúteis de um tiranossauro. Mas a coisa mais fascinante neles é a bolsa, claro. Quando o bebê nasce, é tipo do tamanho de um germe, mas consegue rastejar até lá e se aninhar lá dentro, enquanto sua mãe pula pela imensidão do deserto australiano. E a bolsa não é como mostram nos desenhos que passam domingo de manhã – é rosa, enrugada como a parte de dentro dos lábios e cheia de encanamentos maternais importantes. Aposto que você não sabia que os cangurus carregam mais de um filhote ao mesmo tempo. De vez em quando há um irmãozinho em miniatura, minúsculo, gelatinoso e preso no fundo, enquanto a irmã mais velha pisoteia tudo com seus enormes pés, tentando encontrar uma posição confortável.

Como você pode ver, eu obviamente entendia do assunto. Mas, quando estava quase na minha vez, enquanto Stephen Scarpinio mostrava o modelo de um lêmure feito de papel machê, eu soube que ia passar mal. Fui até a sra. Cuthbert e disse que, se eu ficasse na sala e apresentasse o trabalho, não seria bom para ninguém.

– Anna – ela disse –, se você disser a si mesma que está bem, vai ficar bem.

Portanto, quando Stephen terminou, eu me levantei da cadeira e respirei fundo.

– Cangurus são marsupiais que existem apenas na Austrália – eu disse.

E então soltei um jato de vômito sobre as quatro crianças que tiveram o azar de estar sentadas na primeira fileira.

Até o fim do ano, me chamaram de Cangurugo. De tempos em tempos alguém viajava de avião e, quando eu abria meu armário na escola, encontrava um saquinho de vômito preso na frente do meu pulôver de lã, numa imitação da bolsa do marsupial. Fui o grande mico da escola até que Darren Hong teve que pegar uma bandeira na aula de educação física e acabou abaixando a saia da Oriana Bertheim.

Estou contando isso para explicar minha aversão geral a falar em público.

Mas, agora que estou no banco das testemunhas, me sinto ainda mais preocupada. Não é que eu esteja nervosa, como Campbell acha. E também não estou com medo de não conseguir dizer nada. Estou com medo de falar demais.

Olho em volta no tribunal e vejo minha mãe, sentada a sua mesa de advogada, e meu pai, que dá um sorriso bem pequeno para mim. E, subitamente, não consigo acreditar que achei que ia conseguir fazer isso. Sento na beirinha da cadeira, pronta para pedir desculpas por ter feito todo mundo perder tempo e sair correndo dali, mas então me dou conta de que Campbell está com uma cara péssima. Ele está suando e suas pupilas estão tão grandes que parecem moedas de vinte e cinco centavos afundadas em seu rosto.

– Anna, você quer um copo d'água? – ele pergunta.

Olho para ele e penso: *E você?*

O que eu quero é ir para casa. Quero fugir para um lugar onde ninguém saiba meu nome e fingir que sou a filha adotiva de um milionário, herdeira de uma fortuna feita de pastas de dentes, uma pop star japonesa.

Campbell se dirige ao juiz:

– Posso conversar um instante com a minha cliente?

– À vontade – diz o juiz DeSalvo.

Então Campbell se aproxima do banco das testemunhas e se inclina tanto que só eu consigo escutar o que ele diz.

– Quando eu era criança, tinha um amigo chamado Joey Saco – ele sussurra. – Imagine se a dra. Seim se casasse com *ele*.

Ele se afasta enquanto ainda estou sorrindo e pensando que talvez, quem sabe, eu consiga ficar mais dois ou três minutos aqui.

O cachorro de Campbell está ficando maluco – é ele que precisa de uma água ou de alguma coisa assim. E eu não sou a única que percebe.

– Sr. Alexander, por favor, controle seu animal – o juiz DeSalvo diz.

– Não, Juiz.

– Como?!

Campbell fica vermelho como um tomate.

– Eu estava falando com o cachorro, meritíssimo, como o senhor pediu. – Então ele se vira para mim. – Anna, por que você quis entrar com essa ação?

A mentira, você deve saber, tem um gosto peculiar. Pesado, amargo e todo errado, como quando você enfia um pedaço de chocolate caro na boca esperando um recheio de caramelo e acaba mordendo um recheio de limão.

– Ela pediu – digo, duas palavrinhas que vão virar uma avalanche.

– Quem pediu o quê?

– Minha mãe – digo, olhando para os sapatos de Campbell. – Por um rim.

Olho para minha saia e pego um fio solto. Quem sabe vou acabar desfiando tudo.

Há mais ou menos dois meses, Kate foi diagnosticada com falência renal. Ela se cansava facilmente, perdeu peso, retinha líquido e vomitava muito. Um monte de coisas diferentes levou a culpa: anormalidades genéticas, as injeções de fator estimulante de colônias de granulócitos e macrófagos – que Kate tomara para aumentar a produção de medula –, o estresse causado pelos outros tratamentos. Ela passou a fazer diálise para se livrar das toxinas em sua circulação. E aí a diálise parou de funcionar.

Uma noite, minha mãe entrou no nosso quarto quando Kate e eu estávamos lá sem fazer nada de especial. Ela estava com meu pai, o que significava que teríamos uma conversa bem mais séria do que "quem deixou a torneira aberta" ou algo do tipo.

– Andei lendo umas coisas na internet – minha mãe disse. – Os pacientes se recuperam bem mais rápido de transplantes de órgãos típicos do que de transplantes de medula óssea.

Kate olhou para mim e colocou outro CD no aparelho de som. Nós duas sabíamos aonde aquilo ia chegar.

– Mas a gente não pode comprar um rim no supermercado – Kate disse.

– Eu sei. Descobri que você só precisa ter algumas proteínas HLA compatíveis para doar um rim, não precisa de todas as seis. Liguei para o dr. Chance para perguntar se eu poderia doar um rim para você e ele disse que, se este fosse um caso normal, provavelmente sim.

Kate ouve a palavra certa.

– Um caso normal?

– Mas o seu não é. O dr. Chance acha que você rejeitaria um órgão de doadores normais, simplesmente porque seu corpo já passou por muita coisa. – Minha mãe olhou para o carpete. – Ele só recomendará o procedimento se o rim for da Anna.

Meu pai balançou a cabeça.

– Esta é uma cirurgia invasiva – disse baixinho. – Para elas duas.

Comecei a pensar naquilo. Eu teria que ser internada? Será que ia doer? As pessoas podem viver com um rim só?

E se eu acabasse tendo falência renal aos, sei lá, setenta anos? Onde *eu* ia arrumar um extra?

Antes que eu pudesse fazer qualquer dessas perguntas, Kate disse:

– Eu não vou fazer isso de novo, tá? Estou de saco cheio. De hospitais, da quimioterapia, da radiação e de toda essa droga. Quero que vocês me deixem em paz!

O rosto da minha mãe ficou branco.

– Tudo bem, Kate. Pode cometer suicídio!

Kate colocou os fones de ouvido de novo e aumentou tanto o som que até eu consegui escutar.

– Não é suicídio se você já estiver morrendo – ela disse.

– Você já havia dito a alguém que não queria ser doadora? – Campbell pergunta, enquanto o cachorro dele começa a girar na parte da frente do tribunal.

– Sr. Alexander – o juiz DeSalvo diz –, vou chamar o oficial de justiça para remover o seu... cachorro de estimação.

É verdade, o cachorro está completamente fora de controle. Está latindo, pulando com as patas da frente em Campbell e correndo em círculos pequenos. Campbell ignora tanto um juiz quanto o outro.

– Anna, você decidiu sozinha entrar com esta ação?

Sei por que ele está perguntando isso: quer que todo mundo saiba que sou capaz de tomar decisões difíceis. E a minha mentira, que se remexe como a cobra que é, já está até presa entre os dentes. Mas o que tenho a intenção de dizer não é bem o que sai.

– Eu meio que fui convencida por alguém.

Isso, é claro, é novidade para os meus pais, cujos olhos me perfuram. É novidade para Julia, que chega a soltar uma breve exclamação. E é novidade para Campbell, que passa a mão no rosto, derrotado. É exatamente por isso que é melhor ficar em silêncio – há menos chances de ferrar com a sua vida e com a vida de todo mundo.

– Anna – pergunta Campbell –, quem convenceu você?

Sou pequena para este banco, para este estado, para este solitário planeta. Ponho as mãos em concha, segurando entre elas a única emoção que consegui impedir de me escorrer por entre os dedos: remorso.

– A Kate – respondo.

O tribunal inteiro fica em silêncio. Antes que eu possa dizer qualquer outra coisa, o raio que eu estava esperando cai. Eu me encolho de medo, mas no fim das contas o estrondo que ouvi não é a terra se abrindo para me engolir inteira. É Campbell que caiu no chão, enquanto o cachorro para a seu lado com um olhar muito humano que diz: "Eu avisei".

Brian

Se você viajar pelo espaço durante três anos e voltar, quatrocentos anos terão se passado na Terra. Sou apenas um astrônomo amador, mas tenho a estranha sensação de que voltei de uma jornada a um mundo onde nada faz muito sentido. Achei que escutava o que Jesse dizia, mas descobri que não vinha escutando nada. Escutei cuidadosamente o que Anna vinha dizendo, mas parece que há uma peça faltando. Tento juntar as poucas coisas que ela disse, traçando-as e tentando lhes conferir sentido, assim como os gregos encontravam cinco pontos no céu e, de alguma forma, decidiam que aquilo parecia o corpo de uma mulher.

Então me dou conta – estou procurando no lugar errado. Os aborígines da Austrália, por exemplo, olham entre as constelações dos gregos e dos romanos, para o negror lavado do céu, e encontram um emu escondido debaixo do Cruzeiro do Sul, onde não há estrelas. Há tantas histórias para contar nos pontos escuros quanto nos claros.

Ou pelo menos é isso que estou pensando quando o advogado da minha filha desaba no chão, no meio de uma crise epiléptica.

Abrir as vias respiratórias, checar a respiração, fazer massagem cardíaca. Abrir as vias respiratórias é a grande questão quando alguém está tendo uma convulsão generalizada. Pulo a cerca de madeira que separa aquela parte do tribunal e tenho que brigar com o cachorro para tirá-lo dali; ele veio se postar sobre o corpo contorcido de Campbell Alexander como uma sentinela. O advogado entra na fase tônica com um grito, pois o ar é forçado para fora pela contração dos músculos respiratórios. Seu corpo fica rígido no chão. Então a fase clônica começa e seus músculos se movem a esmo, repetidamente. Eu o viro de lado, para o caso de ele vomitar, e começo a procurar algo para enfiar entre suas mandíbulas, para que ele não morda a própria língua, quando a coisa mais incrível acontece – o cachorro derruba a pasta de Alexander no chão, tira lá de dentro algo que parece um osso de borracha, mas na verdade é um mordedor, e o coloca em minha mão. Tenho uma vaga noção de que o juiz está impedindo qualquer pessoa de entrar no tribunal. Grito para Vern chamar uma ambulância.

Julia imediatamente aparece ao meu lado.

– Ele está bem?

– Vai ficar. É uma convulsão.

Ela parece à beira das lágrimas.

– Você não pode fazer nada?

– Esperar – digo.

Ela tenta tocar Campbell, mas eu afasto sua mão.

– Não entendo como isso aconteceu – ela diz.

Nem sei se o próprio Campbell saberia explicar. Mas sei que algumas coisas acontecem mesmo sem uma linha direta de antecedentes.

Há dois mil anos, o céu noturno era completamente diferente, portanto, se você parar para pensar, o que os gregos entendiam como a relação dos signos do zodíaco com as datas de nascimento não tem precisão alguma nos dias de hoje. Isso se chama linha de procissão: naquela época, o sol não se punha em Touro, mas em Gêmeos. Uma pessoa que nascesse no dia 24 de setembro não seria de Libra, mas de Virgem. E havia uma décima terceira constelação do zodíaco, Ophiuchus, o Serpentário, que ficava entre Sagitário e Escorpião durante apenas quatro dias.

Por que é tudo tão bagunçado? O eixo da Terra se mexe. A vida é muito menos estável do que queremos que seja.

Campbell Alexander vomita no tapete do tribunal, depois tosse até retornar à consciência no gabinete do juiz.

– Calma – digo, ajudando-o a se sentar. – Essa foi feia.

Ele segura a cabeça.

– O que aconteceu?

É muito comum ter amnésia antes e depois do evento.

– Você desmaiou. Acho que teve uma convulsão generalizada.

Campbell olha para o tubo que eu e César colocamos na veia dele.

– Eu não preciso disso.

– Precisa, sim – digo. – Se você não for medicado com anticonvulsivos, vai voltar para o chão daqui a pouco.

Cedendo, ele se recosta no sofá e olha para o teto.

– Foi muito ruim?

– Bastante – admito.

Campbell faz carinho na cabeça de Juiz. O cachorro não saiu do lado dele.

– Muito bem, garoto. Desculpe não ter escutado você.

Ele olha para baixo e vê que suas calças estão molhadas e fedendo, outro efeito comum de uma convulsão generalizada.

– Merda.

– Quase – digo, entregando-lhe a calça de um dos meus uniformes, que pedi para o pessoal do quartel trazer. – Quer ajuda?

Ele faz que não com a cabeça e tenta tirar a calça com uma das mãos. Sem dizer nada, abro seu zíper e o ajudo a se trocar. Faço isso sem pensar, como levantaria a blusa de uma mulher que precisasse de reanimação cardiopulmonar; mesmo assim, sei que isso o faz querer se matar.

– Obrigado – ele diz, fazendo muita questão de fechar o zíper.

Ficamos em silêncio por um segundo.

– O juiz sabe? – ele pergunta.

Eu não respondo e ele afunda o rosto nas mãos.

– Meu Deus. Na frente de *todo mundo*?

– Há quanto tempo você vem escondendo isso?

– Desde que começou. Eu tinha dezoito anos. Sofri um acidente de carro e as convulsões começaram logo depois.

– Foi um trauma na cabeça?

Ele assente.

– Foi o que disseram.

Uno as mãos e as coloco entre os joelhos.

– A Anna ficou bastante assustada – conto.

Campbell massageia a testa.

– Ela estava... testemunhando.

– É – digo. – Isso mesmo.

Ele me olha.

– Preciso voltar para lá.

– Ainda não.

Ao som da voz de Julia, nós dois nos viramos. Ela está na porta, olhando para Campbell como se jamais o tivesse visto antes. E imagino que não viu mesmo, pelo menos não assim.

– Eu, é... vou ver se o pessoal já preparou o relatório – murmuro, deixando os dois sozinhos.

As coisas nem sempre são o que parecem. Algumas estrelas, por exemplo, parecem pontinhos brilhantes, mas, quando você as examina melhor, descobre que está vendo um aglomerado globular – um milhão de estrelas que, para nós, parecem uma única entidade. Um caso menos dramático é o dos sistemas triplos, como Alpha Centauri, que de perto se revela uma estrela dupla com uma anã vermelha.

Há uma tribo de índios africanos que acredita que a vida veio da segunda estrela em Alpha Centauri, aquela que ninguém consegue ver sem um poderoso telescópio de observatório. Se você parar para pensar, os gregos, os aborígines e os índios das planícies viviam em continentes diferentes, e todos, independentemente, olharam para o mesmo grupo de sete estrelas das Plêiades e acreditaram que eram sete jovens correndo de algo que ameaçava machucá-las.

Chegue à conclusão que você quiser.

Campbell

A ÚNICA COISA COMPARÁVEL COM os momentos seguintes a uma convulsão generalizada é acordar de ressaca na calçada depois da mãe de todas as festas de faculdade e ser imediatamente atropelado por um caminhão. Pensando bem, acho que uma convulsão generalizada é pior. Estou coberto de mijo, tenho um tubo enfiado na veia e me sinto à beira de um colapso quando Julia se aproxima de mim.

– O cachorro é porque eu tenho convulsões – explico.
– Deu para perceber.
Ela dá a mão para Juiz cheirar, depois aponta para o sofá ao meu lado.
– Posso sentar?
– Essa doença não pega, se foi isso que você quis dizer.
– Não foi. – Ela chega tão perto que sinto o calor do seu ombro a poucos centímetros do meu. – Por que você não me contou, Campbell?
– Pelo amor de Deus, Julia, não contei nem para os meus pais. – Tento olhar por cima do ombro dela, para o corredor. – Cadê a Anna?
– Há quanto tempo isso vem acontecendo com você?
Tento me levantar e consigo me mover um centímetro antes de perder as forças.
– Preciso voltar para lá.
– Campbell.
Eu suspiro.
– Há algum tempo.
– Algum tempo tipo uma semana?
Balançando a cabeça, digo:
– Algum tempo tipo dois dias antes de a gente se formar na Wheeler. – Olho para ela. – No dia em que levei você para casa, tudo que queria era

ficar com você. Quando meus pais me falaram que eu tinha que ir àquele jantar idiota no country clube, fui de carro para poder escapulir logo. Estava planejando voltar para sua casa aquela noite. Mas, a caminho do jantar, sofri um acidente. Fiquei com alguns arranhões e, naquela noite, tive minha primeira convulsão. Depois de trinta tomografias computadorizadas, os médicos ainda não conseguiam me explicar bem por quê, mas deixaram bem claro que eu teria que conviver com isso pelo resto da vida.

Respiro fundo.

– Foi isso que me fez perceber que ninguém mais deveria ter que fazer o mesmo.

– O quê?

– O que você quer que eu diga, Julia? Eu não era bom o suficiente para você. Você merecia mais que uma aberração, que podia cair duro espumando pela boca a qualquer momento.

Julia fica paralisada.

– Você podia ter me deixado decidir sozinha.

– Que diferença teria feito? Como se fosse lhe dar muita satisfação cuidar de mim como Juiz faz quando acontece, limpar a bagunça que faço, viver nessa agonia. – Balanço a cabeça. – Você era tão incrivelmente independente. Um espírito livre. Eu não queria ser a pessoa que ia tirar isso de você.

– Bom, se eu tivesse tido escolha, talvez não tivesse passado os últimos quinze anos achando que havia algo de errado comigo.

– Com você? – Começo a rir. – Olhe só para você. É linda. É mais inteligente que eu. Tem uma boa carreira, uma família unida e provavelmente nunca deixa sua conta entrar no vermelho.

– E estou sempre sozinha, Campbell – Julia acrescenta. – Por que você acha que tive que aprender a ser tão independente? Eu também sou nervosinha, puxo as cobertas e tenho o segundo dedo do pé maior que o dedão. Meu cabelo é tão armado que tem um CEP próprio. Além do mais, fico louca quando estou de TPM. A gente não ama uma pessoa porque ela é perfeita, ama apesar de ela não ser.

Não sei como reagir a isso. É como se, depois de trinta e cinco anos, me dissessem que o céu, que sempre vi como azul brilhante, na verdade é completamente verde.

– E mais uma coisa – ela continua. – Desta vez não é você que vai *me* largar. Eu é que vou largar *você*.

Isso só me faz sentir pior, se é que isso é possível. Tento fingir que não doeu, mas não tenho energia.

– Então vá – digo.

Julia se encosta ao meu lado.

– Vou mesmo – ela diz. – Daqui a uns cinquenta ou sessenta anos.

ANNA

BATO NA PORTA DO BANHEIRO masculino e entro. Em uma das paredes há um mictório muito longo e nojento. Na outra, lavando as mãos em uma das pias, está Campbell. Ele veste calças do uniforme do meu pai. Parece diferente agora, como se todas as linhas retas que compunham o desenho de seu rosto tivessem sido embaralhadas.

– A Julia disse que você queria que eu viesse aqui – digo.

– É, eu queria conversar com você a sós e todas as salas de conferência ficam lá em cima. Seu pai não acha que eu devo subir escadas ainda. – Ele enxuga as mãos numa toalha. – Desculpe pelo que aconteceu.

Nem sei se há uma resposta decente para isso. Mordo o lábio inferior e pergunto:

– É por isso que eu não podia fazer carinho no cachorro?

– É.

– Como é que o Juiz sabe o que fazer?

Campbell dá de ombros.

– Dizem que tem a ver com um cheiro, ou com impulsos elétricos que os animais conseguem detectar antes dos seres humanos. Mas acho que é porque a gente se conhece tão bem. – Ele faz carinho no pescoço de Juiz. – Ele me leva para um lugar seguro antes de acontecer. Em geral tenho uns vinte minutos de dianteira.

– Hmm.

Subitamente, fico tímida. Já estive com Kate quando ela estava muito, muito doente, mas isso é diferente. Eu não esperava isso de Campbell.

– Foi por isso que você aceitou ser meu advogado?

– Para ter uma convulsão em público? Pode acreditar que não.

– Não por isso. – Desvio o olhar. – Porque você sabe como é não ter controle sobre o próprio corpo.

– Talvez – Campbell diz, pensativo. – Mas minhas maçanetas também precisavam muito ser polidas.

Se ele está tentando me fazer sentir melhor, está fracassando completamente.

– Eu disse que me pedir para testemunhar não era a melhor ideia.

Ele põe as mãos nos meus ombros.

– Vamos lá, Anna. Se eu posso voltar para lá depois dessa performance, você com certeza pode sentar lá e responder a mais algumas perguntas.

O que posso argumentar diante disso? Então Campbell e eu voltamos para o tribunal, onde nada está como era apenas uma hora atrás. Com todo mundo o observando como se ele fosse uma bomba prestes a explodir, Campbell se aproxima da cadeira do juiz e se vira para o público.

– Sinto muito, meritíssimo – ele diz. – Tudo por um intervalinho, certo?

Como ele pode fazer piada de uma coisa assim? Então me dou conta: é o que Kate faz também. Talvez, quando Deus lhe dá uma deficiência, ele lhe dê doses extras de humor para aliviar um pouco.

– Por que o senhor não tira o resto do dia de folga? – o juiz DeSalvo oferece.

– Não, estou bem agora. E acho que é importante esclarecermos isso. – Campbell se vira para a datilógrafa do tribunal. – Você pode, é... refrescar minha memória?

Ela lê a transcrição e ele assente, mas age como se estivesse ouvindo minhas palavras, regurgitadas, pela primeira vez.

– Muito bem, Anna, você estava dizendo que Kate lhe pediu para entrar com a ação de emancipação médica?

Mais uma vez, eu me remexo na cadeira.

– Não foi bem assim.

– Você pode explicar?

– Ela não me pediu para entrar com a ação.

– Então o que ela pediu?

Dou uma olhada rápida para minha mãe. Ela sabe, tem que saber. Não me faça dizer em voz alta.

– Anna – Campbell pressiona –, o que ela pediu?

Balanço a cabeça, com os lábios selados, e o juiz DeSalvo se inclina.

– Anna, você vai ter que nos dar uma resposta a essa pergunta.

— Tá bom.

A verdade explode para fora de mim, um rio feroz agora que a represa arrebentou.

— Ela pediu que eu a matasse.

A primeira coisa errada foi que Kate havia trancado a porta do nosso quarto, apesar de não haver uma chave ali, o que significava que ou ela havia empurrado um móvel na frente da porta ou enfiado uma moeda entre ela e o batente.

— Kate! – gritei esmurrando a porta, porque estava toda suada e nojenta depois de ter jogado hóquei e queria tomar um banho e trocar de roupa. – Kate, isso não é justo!

Acho que fiz barulho suficiente, porque ela abriu. E ali estava a segunda coisa: havia algo de errado no quarto. Olhei em torno, mas tudo parecia estar no lugar – e, mais importante, ninguém havia mexido nas minhas coisas. Mesmo assim, Kate estava com cara de quem guardava um mistério.

— O que você tem? – perguntei.

Depois entrei no banheiro, abri o chuveiro e senti – um cheiro doce e quase raivoso, o mesmo odor de álcool que eu associava ao apartamento de Jesse. Comecei a abrir armários, remexer toalhas e tentar encontrar a prova, e lá estava ela: uma garrafa de uísque pela metade, escondida atrás de algumas caixas de absorvente.

— Olha só – eu disse, brandindo a garrafa e voltando para o quarto, pensando que tinha uma ótima maneira de chantagear minha irmã durante algum tempo.

Foi então que vi Kate segurando os remédios.

— O que você está fazendo?

Ela se virou para o outro lado.

— Me deixe em paz, Anna.

— Você pirou?

— Não – ela disse. – Só estou cansada de esperar por algo que vai acontecer de qualquer jeito. Acho que já ferrei com a vida de todo mundo por bastante tempo, você não acha?

— Mas todo mundo se esforçou tanto para manter você viva. Você não pode se matar.

De repente, Kate começou a chorar.

– Eu sei. Não posso.

Levei alguns instantes para entender que aquilo significava que ela já tinha tentado antes.

Minha mãe se ergue da cadeira devagar.

– Não é verdade – ela diz, com um fio de voz. – Anna, não sei por que você diria uma coisa dessas.

Meus olhos se enchem de lágrimas.

– Por que eu inventaria isso?

Ela se aproxima de mim.

– Talvez você tenha entendido mal. Talvez ela estivesse tendo um dia ruim, ou sendo dramática. – Ela sorri daquele jeito doloroso de quem quer muito chorar. – Se ela estivesse mesmo tão chateada, teria me contado.

– A Kate não podia lhe contar – respondo. – Ela tinha medo de que, se se matasse, ia acabar matando você também.

Não consigo respirar. Estou afundando num poço de piche; estou correndo e o chão desapareceu sob meus pés. Campbell pede que o juiz me dê alguns minutos para me recompor, mas, mesmo que o juiz DeSalvo tenha respondido, estou chorando tanto que não ouço.

– Eu não quero que ela morra, mas sei que ela não quer viver assim, e sou eu que posso dar o que ela quer – digo sem tirar os olhos da minha mãe, mesmo enquanto ela desliza para longe de mim. – Sempre fui eu que pude dar o que ela queria.

A próxima vez que falamos nisso foi depois que a minha mãe entrou no nosso quarto para falar da doação do rim.

– Não faça isso – Kate disse depois que eles foram embora.

Olhei para ela.

– Como assim? É claro que eu vou fazer.

Nós estávamos nos preparando para dormir, e notei que havíamos escolhido pijamas iguais – o de cetim brilhante com estampa de cerejas. Quando deitamos na cama, pensei que estávamos como quando éramos crianças e nossos pais nos vestiam com roupas parecidas porque achavam bonitinho.

– Você acha que ia dar certo? – perguntei. – Um transplante de rim?
Kate me olhou.
– Talvez. – Ela se inclinou e colocou a mão no interruptor. – Não faça – repetiu, e só quando a ouvi pela segunda vez entendi o que estava me dizendo.

Minha mãe está a um sopro de mim e, em seus olhos, estão todos os erros que já cometeu. Meu pai se aproxima e enlaça seus ombros com o braço.
– Venha se sentar – ele sussurra, com o rosto afundado em seus cabelos.
– Meritíssimo – diz Campbell, ficando de pé –, posso continuar?
Ele vem caminhando em minha direção, com Juiz ao seu lado. Estou tão trêmula quanto ele. Penso no que o cachorro fez há uma hora. Como ele sabia com tanta certeza do que Campbell precisava, e quando?
– Anna, você ama sua irmã?
– É claro que sim.
– Mas estava disposta a fazer algo que poderia matá-la?
Algo lampeja dentro de mim.
– Era para ela não ter mais que passar por isso. Achei que era o que ela queria.
Campbell fica em silêncio e, neste momento, eu me dou conta: ele sabe.
Algo se quebra dentro de mim.
– Era... era o que eu queria também.

Estávamos na cozinha, lavando e secando a louça.
– Você detesta ir ao hospital – Kate disse.
– Óbvio, né? – Coloquei os garfos e colheres limpos de volta na gaveta.
– Eu sei que você faria qualquer coisa para não ter mais que voltar lá.
Olhei para ela.
– Lógico. Porque aí você estaria curada.
– Ou morta. – Kate enfiou as mãos na água cheia de sabão, tomando cuidado para não me encarar. – Pense bem, Anna. Você ia poder ir para as colônias de férias de hóquei. Ia poder fazer faculdade em outro país. Ia poder fazer o que quisesse, sem ter que se preocupar comigo.

Ela escolheu os exemplos que eu tinha na cabeça, e senti o rubor me subindo ao rosto, envergonhada por eles estarem lá para poder ser expostos daquela forma. Se Kate estava se sentindo culpada por ser um fardo, eu estava me sentindo duas vezes mais por saber que ela se sentia assim. Por saber que *eu* me sentia assim.

Não falamos mais nada. Sequei tudo que ela me passou, e nós duas tentamos fingir que não sabíamos a verdade: que, além do pedaço de mim que sempre quis que Kate vivesse, havia outro, horrível, que às vezes desejava ser livre.

Pronto, eles já sabem: eu sou um monstro. Entrei com esta ação por alguns motivos dos quais me orgulho, e por muitos dos quais tenho vergonha. E agora Campbell vai ver por que eu não podia testemunhar – não porque tinha medo de falar na frente de todo mundo, mas por causa de todos esses sentimentos terríveis, alguns medonhos demais para ser ditos em voz alta. Eu quero que Kate viva, mas também quero ser eu mesma, e não parte dela. Quero ter a chance de virar adulta, mesmo se ela não puder fazê-lo. A morte de Kate seria a pior coisa que já me aconteceu... e a melhor também.

E às vezes, quando penso nisso tudo, eu me odeio e quero engatinhar de volta para onde estava, para a pessoa que querem que eu seja.

Agora o tribunal inteiro está olhando para mim, e tenho certeza de que o banco das testemunhas, ou a minha pele, ou talvez ambos estão prestes a implodir. Sob essa lupa, dá para ver o âmago podre que há no fundo de mim. Talvez, se continuarem me olhando, eu me desfaça numa fumaça azul e amarga. Talvez desapareça sem deixar rastros.

– Anna – Campbell diz baixinho –, o que fez você pensar que Kate queria morrer?

– Ela disse que estava preparada.

Ele se aproxima até estar bem na minha frente.

– Não é possível que tenha sido por esse mesmo motivo que ela pediu que você a ajudasse? – ele pergunta.

Ergo o olhar devagar e desembrulho o presente que Campbell acabou de me entregar. E se Kate quisesse morrer para que eu pudesse viver? E se, depois de todos esses anos salvando Kate, ela estivesse tentando fazer o mesmo por mim?

– Você disse a Kate que não ia mais doar nada para ela?
– Sim – sussurro.
– Quando?
– Um dia antes de contratar você.
– Anna, o que a Kate disse?

Até agora eu não tinha pensado nisso, mas Campbell fez a memória aparecer. Minha irmã fez um silêncio profundo, tão profundo que achei que ela tinha caído no sono. E então se virou para mim com o mundo todo nos olhos e o sorriso quebrado como uma falha geológica.

Eu encaro Campbell.
– Ela disse obrigada.

SARA

É O JUIZ DESALVO QUEM TEM a ideia de fazer uma espécie de excursão para que ele possa conversar com Kate. Quando nós todos chegamos ao hospital, ela está sentada na cama olhando sem muito interesse para a televisão, cujos canais Jesse muda com o controle remoto. Kate está magra e tem a pele amarelada, mas está consciente.

– O Homem de Lata ou o Espantalho? – Jesse pergunta.

– O Espantalho ia levar um tranco tão grande que as palhas dele iam sair – diz Kate. – A Chyna, do wrestling profissional, ou o Caçador de Crocodilos?

Jesse dá uma risada de desdém.

– O cara do crocodilo. Todo mundo sabe que esse negócio de wrestling não é de verdade. – Ele olha para ela. – Gandhi ou Martin Luther King Jr.?

– Eles não iam assinar o documento abrindo mão de seus direitos.

– A gente está falando do *Celebrity Boxing* da Fox, meu bem – diz Jesse. – Por que você acha que eles se incomodariam em ter um documento desses?

Kate dá um sorriso.

– Um deles ia simplesmente sentar no rinque e o outro não ia colocar a proteção de boca.

É nesse momento que entro.

– Oi, mãe – Kate diz. – Quem ganharia uma luta hipotética no *Celebrity Boxing*, a Marcia ou a Jan da *Família sol-lá-si-dó*?

Ela percebe que não estou sozinha. Seus olhos vão se arregalando enquanto todo mundo entra no quarto, e ela puxa as cobertas para cima. Kate olha diretamente para Anna, mas sua irmã se recusa a encará-la.

– O que está acontecendo? – Kate pergunta.

O juiz dá um passo à frente e pega meu braço.

– Eu sei que você quer falar com ela, Sara, mas eu *preciso* falar com ela. – Ele se aproxima de Kate e estende a mão. – Oi, Kate. Eu sou o juiz DeSalvo. Será que posso conversar com você por alguns minutos? Sozinho?

Um por um, todos vão deixando o quarto. Sou a última a sair. Vejo Kate se recostar nos travesseiros, subitamente exausta de novo.

– Achei mesmo que você viria – ela diz ao juiz.

– Por quê?

– Porque eu sempre acabo sendo o xis da questão.

Há mais ou menos cinco anos, uma família comprou a casa em frente à nossa e a demoliu, para construir outra coisa no lugar. Foi preciso apenas um buldôzer e meia dúzia de caçambas; em menos de uma manhã, aquela estrutura, que víamos sempre que saíamos de casa, foi reduzida a uma pilha de entulho. A gente imagina que uma casa dura para sempre, mas a verdade é que um vento forte ou uma bola de demolição pode devastá-la. A família que mora lá dentro não é tão diferente.

Hoje em dia, mal me lembro de como era aquela antiga casa. Saio pela porta da frente e nunca recordo os longos meses em que aquele terreno ficou ali vazio, evidente em sua ausência, como um dente caído. Levou algum tempo, mas os novos donos acabaram erguendo algo novo no lugar.

Quando o juiz DeSalvo sai do quarto, grave e perturbado, Campbell, Brian e eu ficamos de pé.

– Amanhã – ele diz. – Vou ouvir os argumentos finais de cada advogado às nove da manhã.

Assentindo para Vern segui-lo, o juiz DeSalvo desce o corredor.

– Vamos – Julia diz a Campbell. – Você depende dos meus préstimos.

– Essa palavra não existe – ele diz.

Mas, em vez de ir com ela, ele se aproxima de mim.

– Sinto muito, Sara – diz simplesmente, depois me dá mais um presente. – Você leva a Anna para casa?

Assim que eles saem, Anna se vira para mim.

– Preciso muito ver a Kate.

Eu a enlaço.

– Claro.

Nós entramos, só a família, e Anna senta na beirada da cama de Kate.

– Oi – Kate murmura, abrindo os olhos.

Anna balança a cabeça e leva um instante para encontrar as palavras certas.

– Eu tentei – diz finalmente com a voz estrangulada, enquanto Kate aperta sua mão.

Jesse senta do outro lado da cama. Os três juntos – isso me faz pensar na foto que tirávamos todo outubro para mandar como cartão de Natal, colocando-os em ordem de altura sob um pé de bordo ou diante de uma parede de pedra, um momento congelado para todo mundo lembrar.

– Alf ou Mr. Ed?

Os cantos da boca de Kate se erguem.

– O cavalo. No oitavo round.

– Apostado.

Depois de algum tempo, Brian se inclina e beija a testa de Kate.

– Durma bem, meu amor – ele diz.

Anna e Jesse se encaminham silenciosamente para o corredor, enquanto ele me dá um beijo de boa noite também.

– Me ligue – ele sussurra.

Então, depois que todos vão embora, sento ao lado da minha filha. Seus braços estão tão magros que vejo todos os ossinhos quando ela se move; seus olhos parecem mais velhos que os meus.

– Imagino que você tenha perguntas – Kate diz.

– Talvez mais tarde – digo, surpreendendo a mim mesma.

Deito na cama e aninho Kate em meus braços.

Eu me dou conta de que nós nunca *temos* filhos, apenas os *recebemos*. E às vezes não é por tanto tempo quanto esperávamos ou desejávamos. Mas ainda é muito melhor do que nunca ter tido esses filhos.

– Kate, eu lamento muito – confesso.

Ela se afasta de mim para poder me olhar nos olhos.

– Não lamente – diz com intensidade. – Porque eu não lamento.

Ela faz um esforço tremendo para sorrir.

– Foi legal, mãe, não foi?

Eu mordo o lábio e sinto o peso das lágrimas.

– Foi o melhor – respondo.

Quinta-feira

Um incêndio outro incêndio cura,
Uma dor míngua angústia mais antiga.
— WILLIAM SHAKESPEARE,
Romeu e Julieta

Campbell

Está chovendo.

Quando chego até a sala, Juiz está com o focinho pressionado contra a parede de vidro que compõe um lado inteiro do apartamento. Ele gane para as gotas que passam em zigue-zague.

– Não dá para pegar – digo, fazendo carinho na cabeça dele. – Não dá para ir para o outro lado.

Sento no tapete ao lado dele, sabendo que preciso levantar, me vestir e ir para o tribunal; sabendo que deveria estar revisando meus argumentos finais de novo em vez de ficar aqui sem fazer nada. Mas há algo de hipnotizante neste clima. Eu costumava sentar no banco da frente do Jaguar do meu pai, observando as gotas de chuva em seu deslizar kamikaze do alto do para-brisa até o limpador. Ele gostava de deixar um dos limpadores desligado de vez em quando, para que o meu lado do vidro ficasse embaçado por minutos a fio. Aquilo me deixava louco. "Quando você dirigir", meu pai dizia quando eu reclamava, "vai poder fazer o que quiser."

– Quer tomar banho primeiro?

Julia está diante da porta aberta do quarto, usando uma das minhas camisetas, que vai até o meio da coxa dela. Ela enrosca os dedos do pé no carpete.

– Pode ir – digo. – Eu posso só sair na sacada.

Ela vê a chuva.

– Está feio o tempo, hein?

– É um bom dia para ficar enfiado no tribunal – respondo, sem muita convicção. Não quero encarar a decisão do juiz DeSalvo hoje e, pela primeira vez, isso não tem nada a ver com medo de perder o caso. Fiz o melhor que pude, levando em consideração o que Anna admitiu quando testemunhava. E espero de verdade que a tenha feito se sentir um pouco melhor em relação ao que fez. Ela não parece mais uma menina indecisa, isso é verdade. Não parece egoísta. Só parece como todos nós – tentando entender exatamente quem é e o que fazer com isso.

A verdade é que, como Anna me disse certa vez, ninguém vai ganhar. Vamos apresentar nossos argumentos finais e ouvir a opinião do juiz e, mesmo assim, a história não vai terminar.

Em vez de ir para o banheiro, Julia se aproxima de mim. Ela se senta de pernas cruzadas ao meu lado e toca o vidro com as pontas dos dedos.

– Campbell, eu não sei como lhe dizer isso.

Minhas entranhas ficam paralisadas.

– Diga rápido – sugiro.

– Eu odeio seu apartamento.

Sigo o olhar dela, do carpete cinza ao sofá preto e de lá para a parede espelhada e as estantes laqueadas. É um lugar cheio de quinas afiadas e obras de arte caras. Tem as engenhocas eletrônicas mais modernas, sinos e apitos. É um apartamento dos sonhos, mas não é o lar de ninguém.

– Eu sei – digo. – Eu também odeio.

JESSE

ESTÁ CHOVENDO.
    Vou lá para fora e começo a caminhar. Desço a rua, passo pela escolinha e por dois cruzamentos. Fico completamente encharcado em cinco minutos. É aí que começo a correr. Corro tão rápido que meus pulmões doem e minhas pernas queimam, e finalmente, quando não consigo dar mais um passo, me atiro de costas no chão no meio do campo de futebol da escola de ensino médio.
    Uma vez, tomei um ácido aqui durante uma tempestade como essa. Deitei no chão e observei o céu cair. Imaginei as gotas de chuva derretendo minha pele. Esperei pelo golpe do raio que ia atravessar meu coração como uma flecha e me fazer sentir cem por cento vivo pela primeira vez em toda minha mísera existência.
    O raio teve sua chance e não apareceu naquele dia. E também não aparece esta manhã.
    Então eu me levanto, tiro o cabelo dos olhos e tento inventar um plano melhor.

ANNA

Está chovendo.

O tipo de chuva que cai com tanta força que parece que o chuveiro está aberto, mesmo depois de você tê-lo fechado. O tipo de chuva que faz você pensar em represas, dilúvios, arcas. O tipo de chuva que manda você voltar para a cama, onde os lençóis ainda guardam o calor de seu corpo, e fingir que o despertador está cinco minutos adiantado.

Pergunte a qualquer criança que tenha passado da quarta série e ela vai lhe dizer que a água nunca para. A chuva cai e desce por uma montanha até um rio. O rio encontra o oceano. A água evapora, como uma alma, para dentro das nuvens. E então, como todo o resto, começa tudo de novo.

Brian

Está chovendo.

Como no dia em que Anna nasceu – era noite de Ano Novo e estava quente demais para aquela época do ano. O que deveria ter sido neve virou uma chuva torrencial. As estações de esqui tiveram que fechar para o Natal, pois todas as pistas foram levadas pela água. Quando dirigi até o hospital, com Sara ao meu lado em trabalho de parto, mal conseguia enxergar pelo para-brisa.

Não havia estrelas aquela noite, por causa de todas as nuvens. E, talvez por causa disso, quando Anna chegou, eu disse a Sara:

– Vamos batizá-la de Andrômeda. O apelido pode ser Anna.

– Andrômeda? Que nem o livro de ficção científica?

– Que nem a princesa – corrigi, olhando para ela sobre o minúsculo horizonte da cabeça da nossa filha. – No céu – expliquei –, ela está entre a mãe e o pai.

Sara

Está chovendo.

Não é um começo auspicioso, acho. Embaralho as fichas em que fiz minhas anotações, tentando parecer mais preparada do que estou. Quem eu estava enganando? Não sou advogada, não sou profissional. Sou apenas mãe, e não andei fazendo um grande trabalho nem nisso.

– Sra. Fitzgerald? – o juiz chama.

Respiro fundo, olho para o emaranhado de palavras diante de mim e pego todas as fichas de uma vez. Ficando de pé, pigarreio e começo a ler em voz alta.

– Neste país, temos um longo histórico legal de permitir que os pais tomem decisões em nome dos filhos. É parte do que os tribunais sempre afirmaram ser o direito à privacidade garantido pela Constituição. E, considerando todas as evidências que este tribunal ouviu...

De repente, ouve-se o estrondo de um trovão e deixo todas as minhas fichas caírem no chão. Ajoelho e estico os braços para apanhá-las, mas é claro que agora estão fora de ordem. Tento rearrumar o que tenho diante de mim, mas nada faz sentido.

Ah, dane-se. Não era isso que eu precisava dizer mesmo.

– Meritíssimo, posso começar de novo? – peço.

Quando o juiz assente, dou as costas para ele e me aproximo da minha filha, sentada ao lado de Campbell.

– Anna, eu amo você. Amei antes mesmo de vê-la pela primeira vez e vou amá-la muito depois de não estar mais aqui para lhe dizer isso. E sei que, como sou sua mãe, deveria ter todas as respostas, mas não tenho. Todos os dias, eu me pergunto se estou fazendo a coisa certa. Eu me pergunto se conheço meus filhos como acho que conheço. E me pergunto se perco a perspectiva na hora de ser sua mãe, porque estou tão ocupada sendo mãe da Kate.

Dou alguns passos à frente.

– Eu sei que me agarro a qualquer fio de possibilidade de cura para a Kate, mas não sei ser de outro jeito. E, mesmo que você não concorde comigo, mesmo que a Kate não concorde comigo, quero ser aquela que vai dizer: "Eu falei que ia dar certo". Daqui a dez anos, quero ver os filhos de vocês em seu colo e seus braços, porque é aí que vocês vão entender. Eu tenho uma irmã, então sei como é. O relacionamento gira em torno do que é justo: você quer que seu irmão ou irmã tenha exatamente o mesmo que você, a mesma quantidade de brinquedos, o mesmo número de almôndegas no espaguete, a mesma fatia de amor. Mas ser mãe é completamente diferente. Você quer que seu filho tenha mais do que você jamais teve. Quer acender um fogo debaixo dele e vê-lo subir aos céus. É maior que as palavras. – Ponho a mão no peito. – Mas cabe tudo direitinho aqui dentro.

Eu me volto para o juiz DeSalvo.

– Eu não queria vir a este tribunal, mas fui obrigada. A lei diz que se alguém entra com uma ação, mesmo que seja sua própria filha, você tem que ter uma reação. Então fui forçada a explicar, com eloquência, por que acredito que sei melhor do que a Anna o que é melhor para ela. Mas, quando a gente vai fazer mesmo, explicar aquilo em que você acredita não é tão fácil assim. Se você diz que *acredita* que algo é verdade, pode querer dizer duas coisas: que ainda está pesando as alternativas ou que aceita aquilo como fato. Logicamente, eu não vejo como uma única palavra pode ter definições contraditórias, mas, emocionalmente, entendo muito bem. Porque há momentos em que acho que o que estou fazendo é certo, e há outros em que me questiono a cada passo do caminho. Mesmo que o senhor decida a meu favor hoje, não posso forçar a Anna a doar um rim. Ninguém pode. Mas eu imploraria? Eu sentiria *vontade* de implorar, mesmo que me controlasse? Não sei, nem mesmo depois de conversar com a Kate e ouvir o que a Anna tinha a dizer. Não sei bem no que acreditar, *nunca* soube. Só sei duas coisas sem sombra de dúvida: que este processo jamais foi sobre doar um rim... e sim sobre ter escolha. E que ninguém nunca toma decisões completamente sozinho, mesmo que um juiz lhe dê o direito de fazer isso.

Para finalizar, olho para Campbell.

– Há muito tempo, eu era advogada. Mas não sou mais. Sou mãe, e o que tive que fazer como mãe nos últimos dezoito anos é mais difícil do que qualquer coisa que já fiz num tribunal. No começo da audiência, sr. Alexander, o senhor disse que nenhum de nós tem a obrigação de entrar num prédio em chamas e resgatar alguém. Mas isso muda se você for mãe ou pai e a pessoa dentro do prédio for seu filho. Nesse caso, não só todos compreenderiam se você entrasse para pegar seu filho... eles praticamente *esperariam* que você fizesse isso.

Respiro fundo.

– Na minha vida, no entanto, o prédio estava pegando fogo, uma das minhas filhas estava lá dentro... e a única oportunidade de salvá-la era mandar minha outra filha, porque ela era a única que sabia o caminho. Eu sabia que estava correndo um risco? Claro. Eu sabia que talvez isso significasse perder as duas? Sim. Eu entendia que talvez não fosse justo pedir que ela fizesse isso? Sem dúvida. Mas eu também sabia que era a única chance que eu tinha de ficar com as *duas*. Foi legal? Foi moral? Foi uma loucura, uma tolice, uma crueldade? Não sei. Mas sei que foi o *certo*.

Com o discurso terminado, sento à minha mesa. A chuva bate contra as janelas à minha direita. Eu me pergunto se algum dia ela vai passar.

Campbell

Eu me levanto, olho para minhas anotações e – como Sara – atiro-as no lixo.

– Como a sra. Fitzgerald acabou de dizer, este caso não tem a ver com Anna doar um rim. Não tem a ver com ela doar uma célula da pele, uma única célula sanguínea, uma molécula de DNA. Tem a ver com uma menina prestes a se tornar *alguém*. Uma menina que tem treze anos, o que é duro, doloroso, lindo, difícil e inebriante. Uma menina que pode não saber o que *quer* neste momento, e que pode não saber quem *é* neste momento, mas que merece a chance de descobrir. E, daqui a dez anos, na minha opinião, acho que ela vai ser bem incrível.

Eu me aproximo do juiz.

– Nós sabemos que os Fitzgerald precisavam fazer o impossível: tomar decisões bem fundamentadas sobre a saúde de suas duas filhas, que tinham interesses médicos conflitantes. E se nós, assim como os Fitzgerald, não sabemos qual é a decisão certa, então a pessoa que tem a última palavra precisa ser aquela cujo corpo está envolvido nisso... mesmo que ela seja uma menina de treze anos. E, no fim das contas, este processo é sobre isso também: o momento em que uma criança talvez esteja mais certa que os pais. Eu sei que, quando Anna decidiu entrar com essa ação, ela não o fez por causa dos motivos egoístas que talvez pudessem ser esperados de uma menina de treze anos. Ela não tomou essa decisão porque queria ser como os adolescentes da sua idade. Não tomou essa decisão porque estava cansada de ser cutucada e perfurada. Não tomou essa decisão porque estava com medo da dor.

Eu me viro e sorrio para ela.

– Quer saber? Eu não ficaria surpreso se Anna acabasse doando o rim para sua irmã no fim das contas. Mas o que eu acho não importa. Com todo

respeito, juiz DeSalvo, o que o *senhor* pensa não importa. O que Sara, Brian e Kate Fitzgerald pensam não importa. Só importa o que Anna pensa.
Caminho de volta até minha cadeira.
– E essa é a única voz que deveríamos escutar.

O juiz DeSalvo ordena um intervalo de quinze minutos antes que ele revele sua decisão, e uso esse tempo para passear com o cachorro. Andamos em volta do pequeno quadrado de grama atrás do Complexo Garrahy, com Vern de olho nos repórteres que estão esperando pelo veredicto.
– Ande logo – digo, enquanto Juiz dá sua quarta volta à procura do lugar perfeito. – Não tem ninguém olhando.
Mas isso não é bem verdade. Uma criança de apenas três ou quatro anos se afasta da mãe e vem correndo em nossa direção.
– Totó! – ele grita.
Ele estica as mãos e vem a toda, enquanto Juiz se aproxima de mim.
A mãe chega um segundo depois.
– Desculpe. Meu filho está passando por uma fase canina. A gente pode fazer carinho nele?
– Não – digo automaticamente. – É um cão de assistência.
– Ah. – A mulher se endireita e afasta o filho. – Mas você não é cego.
Eu sou epiléptico e o cachorro me avisa quando vou ter convulsões. Penso em ser honesto para variar, pela primeira vez. Mas a gente também precisa saber rir de si mesmo, não é?
– Eu sou advogado – digo, dando um sorriso para a mulher. – Ele corre atrás das ambulâncias e vê se tem alguém lá dentro que quer processar alguém.
Enquanto Juiz e eu nos afastamos, estou assobiando.

Quando o juiz DeSalvo volta a se sentar em sua cadeira, traz um porta-retrato com uma foto de sua filha morta, e é assim que sei que perdi esse caso.
– Uma coisa que me impressionou durante a apresentação das provas – ele começa – foi que todos nós aqui neste tribunal entramos numa discussão sobre a qualidade da vida versus a santidade da vida. Certamente os Fitzgerald sempre acreditaram que ter Kate viva e fazendo parte da família

era crucial. Mas, a esta altura, a santidade da existência de Kate ficou completamente entrelaçada com a qualidade da vida de Anna, e é meu dever verificar se as duas podem ser separadas.

Ele balança a cabeça.

— Não sei se algum de nós aqui é qualificado para decidir qual dessas duas coisas é mais importante... muito menos eu. Eu sou pai. Minha filha Dena foi morta aos doze anos por um motorista bêbado e, quando corri para o hospital aquela noite, teria dado tudo por mais um dia com ela. Os Fitzgerald passaram catorze anos nessa posição, tendo que dar tudo para manter sua filha viva por mais um tempinho. Eu respeito suas decisões. Admiro sua coragem. E invejo o simples fato de terem tido essas oportunidades. Mas, como ambos os advogados disseram, este processo não é mais sobre Anna e um rim, é sobre como essas decisões são tomadas e como decidimos quem deve tomá-las.

Ele pigarreia.

— A resposta é que não existe uma boa resposta. Portanto, como pais, médicos, juízes e como sociedade, nós seguimos em frente da melhor maneira possível e tomamos decisões que nos permitam dormir à noite, pois a moral é mais importante que a ética, e o amor é mais importante que a lei.

O juiz DeSalvo volta sua atenção para Anna, que se remexe, constrangida.

— Kate não quer morrer – ele diz gentilmente –, mas também não quer viver desse jeito. Sabendo disso, e sabendo o que diz a lei, só há uma decisão que eu posso tomar. A única pessoa a quem deve ser permitido fazer essa escolha é aquela que está no coração desta questão.

Solto a respiração pesadamente.

— E com isso não me refiro a Kate, mas a Anna.

Ao meu lado, Anna prende a respiração.

— Uma das questões abordadas nesses últimos dias foi se uma adolescente de treze anos é capaz de fazer escolhas tão importantes quanto essas. Mas eu argumentaria que a idade é a variável que menos importa para a compreensão básica neste caso. Na verdade, alguns dos adultos aqui parecem ter esquecido a mais simples regra da infância: Você não pega algo de alguém sem pedir permissão. Anna, você pode se levantar?

Ela me olha e faço que sim com a cabeça, levantando também.

— Neste momento, eu declaro Anna Fitzgerald medicamente emancipada de seus pais. Isso significa que, embora você vá continuar a morar com eles, e embora eles ainda possam lhe dizer quando está na hora de dormir, que programas de televisão você está proibida de assistir e se você precisa ou não acabar de comer seu brócolis, com relação a qualquer tratamento médico, você tem a última palavra. – Ele se vira para Sara. – Sra. Fitzgerald, sr. Fitzgerald, vou ordenar que os senhores se reúnam com Anna e seu pediatra e discutam os termos deste veredicto para que o médico entenda que precisará se dirigir diretamente a Anna. E, para que ela tenha uma orientação a mais, vou solicitar que o sr. Alexander seja o procurador legal de Anna para fins de saúde até que ela faça dezoito anos, para que ele possa assisti-la na tomada das decisões mais difíceis. Não estou sugerindo de forma alguma que essas decisões não devam ser tomadas em conjunto com os pais de Anna, mas estou dizendo que a decisão final será dela e apenas dela.

O juiz me encara.

– Sr. Alexander, o senhor aceita essa responsabilidade?

Com exceção de Juiz, jamais tive que cuidar de ninguém nem de nada antes. E agora terei Julia e terei Anna.

– Será uma honra – digo e sorrio para ela.

– Quero que a procuração seja assinada hoje mesmo, neste tribunal – o juiz ordena. – Boa sorte, Anna. Passe aqui de vez em quando para me dizer como você está.

Ele bate o martelo e nós ficamos de pé enquanto ele sai do tribunal.

– Anna, você conseguiu – digo a ela, imóvel e chocada ao meu lado.

Julia chega perto de nós primeiro e se inclina sobre a cerca que separa a galeria para dar um abraço em Anna.

– Você foi muito corajosa. – Ela sorri para mim sobre o ombro de Anna. – E você também.

Mas então Anna se afasta e se vê diante dos pais. Há meio metro entre eles, e um universo de tempo e conforto. Só neste momento eu me dou conta de que já comecei a pensar em Anna como mais velha que sua idade biológica, mas aqui está ela, insegura e incapaz de olhar nos olhos deles.

– Ei – Brian diz, criando uma ponte, puxando a filha para um abraço apertado. – Está tudo bem.

E então Sara se une a eles, com os braços em volta dos dois, os ombros dos três formando a larga parede de um time que precisa reinventar o próprio jogo.

ANNA

A VISIBILIDADE ESTÁ UMA DROGA. A chuva está ainda mais forte, se é que isso é possível. Por um segundo, eu a imagino golpeando o carro com tanta força que ele amassa como uma lata de Coca-Cola vazia e, de repente, tenho dificuldade de respirar. Levo um segundo para entender que isso não tem nada a ver com o tempo de merda ou com uma claustrofobia latente, mas com o fato de minha garganta estar da metade do tamanho normal, com as lágrimas a entupindo como uma artéria, fazendo com que tudo que eu diga ou faça seja duas vezes mais difícil.

Já faz meia hora que obtive minha emancipação médica. Campbell diz que a chuva é boa, porque afastou os repórteres. Talvez eles me encontrem no hospital, talvez não, mas a essa altura vou estar com a minha família e não vai mais importar. Meus pais foram embora do tribunal antes de nós, pois tivemos que preencher aquela papelada chata. Campbell se ofereceu para me dar uma carona quando terminamos, o que foi legal, considerando que eu sei que ele está louco para ficar com Julia, o que os dois parecem acreditar ser um enorme mistério, mas não é *mesmo*. Eu me pergunto o que Juiz faz quando os dois estão juntos. Queria saber se ele se sente excluído.

– Campbell – pergunto do nada –, o que você acha que eu devo fazer?

Ele não finge que não sabe do que estou falando.

– Eu tive o maior trabalho para conseguir que *você* tivesse o direito de escolher, então não vou lhe dizer o que penso.

– Ótimo – digo, afundando no banco. – Eu nem sei quem sou de verdade.

– Eu sei quem você é. É a principal polidora de maçanetas de toda a cidade de Providence. É respondona, tira a uva-passa dos doces, detesta matemática e...

Até que é legal ver Campbell tentando me entender.

– ... gosta de meninos da sua idade? – ele termina, mas a última coisa da lista é uma pergunta.

– Alguns são legais – admito –, mas eles provavelmente vão ficar iguais a você quando crescerem.

Ele sorri.

– Deus me livre.

– O que você vai fazer agora? – pergunto.

Campbell dá de ombros.

– Acho que vou ter que pegar um cliente que me pague.

– Para poder cobrir a Julia de joias e casacos de pele?

– É – ele ri. – Mais ou menos isso.

Ficamos em silêncio por um instante, e tudo que ouço é o barulho dos limpadores de para-brisa. Coloco as mãos debaixo das coxas e sento nelas.

– Aquilo que você disse no tribunal... você acha mesmo que eu vou ser incrível daqui a dez anos?

– Ora, Anna Fitzgerald, você está querendo ouvir elogios?

– Esqueça o que eu falei.

Ele me olha.

– Acho, sim. Imagino que você vai estar partindo o coração dos homens, ou pintando quadros em Montmartre, ou pilotando jatos de guerra, ou explorando países ainda não descobertos. – Ele faz uma pausa. – Ou talvez todas as anteriores.

Houve uma época em que, como Kate, eu quis ser bailarina. Mas, desde então, passei por mil fases diferentes: quis ser astronauta. Quis ser paleontóloga. Quis ser backing vocal da Aretha Franklin, fazer parte do Gabinete do Presidente, ser guarda-florestal no Parque Nacional de Yellowstone. Agora, dependendo do dia, às vezes quero ser microcirurgiã, poeta, caçadora de fantasmas.

Só uma coisa é constante.

– Daqui a dez anos – digo –, eu gostaria de ser irmã da Kate.

BRIAN

Meu pager apita assim que Kate começa a fazer outra sessão de diálise. Um AVM, dois carros, CF – um acidente de trânsito com feridos.

– Eles precisam de mim – digo a Sara. – Você vai ficar bem?

A ambulância está a caminho da esquina da Eddy com a Fountain, um cruzamento que já é perigoso e fica ainda pior com esse tempo. Quando chego lá, os policiais já bloquearam a área. A batida parece um T-bone: os dois veículos enfiados um no outro, transformados pela força da colisão num conglomerado de aço retorcido. A picape não se deu tão mal; já o BMW, que é menor, está literalmente dobrado como um sorriso na frente do outro veículo. Saio do carro, sinto a chuva torrencial e me aproximo do primeiro policial que vejo.

– Três feridos – ele diz. – Um já está a caminho do hospital.

Encontro Red com uma ferramenta hidráulica tentando abrir um buraco na porta do motorista do segundo carro para chegar até as vítimas.

– O que você tem aí? – grito, tentando ser ouvido apesar do barulho das sirenes.

– A motorista do outro veículo foi arremessada pelo para-brisa – ele grita para mim. – César a levou na ambulância. A segunda ambulância está a caminho. Tem duas pessoas aqui pelo que dá para ver, mas as portas parecem sanfonas.

– Vou ver se consigo acesso pelo teto da picape.

Começo a galgar a pilha de metal escorregadio e vidro quebrado. Meu pé entra num buraco da carroceria que eu não tinha visto, e eu falo um palavrão e tento me soltar. Movendo-me com cuidado, consigo subir na cabine amassada da picape e seguir em frente. A motorista deve ter voado pelo para-brisa e passado por cima do pequeno BMW. Toda a parte frontal da F-150 entrou no lado do passageiro do carro menor, como se ele fosse feito de papel.

Tenho que engatinhar pelo que um dia já foi a janela da picape, pois o motor está entre mim e as pessoas dentro do BMW. Mas, se eu me contorcer de um jeito específico, quase caibo num espaço minúsculo diante do vidro do para-brisa, espatifado em forma de teia de aranha e manchado de sangue vermelho. E, no segundo em que Red força a porta do lado do motorista com a ferramenta hidráulica e um cachorro sai ganindo de dentro do carro, me dou conta de que o rosto pressionado contra o outro lado da janela quebrada é de Anna.

— Tirem os dois daí! — grito. — Tirem os dois daí agora!

Não sei como consigo sair de dentro daquele esqueleto retorcido e empurrar Red para longe; como tiro o cinto de segurança de Campbell Alexander e o arrasto para a rua, onde a chuva golpeia o asfalto ao seu redor; como enfio a mão lá dentro, onde minha filha está imóvel e com os olhos abertos, com o cinto de segurança colocado do jeito certo, e ai meu Deus, não.

Paulie surge do nada e coloca as mãos nela e, sem pensar, eu lhe dou um soco, atirando-o longe.

— Porra, Brian — ele diz, segurando o maxilar.

— É a Anna. Paulie, é a Anna.

Quando eles entendem, tentam me segurar e fazer aquilo por mim, mas é o meu bebê, o meu bebê, e eu não quero nem saber. Eu a coloco sobre a maca e a amarro, e deixo que a coloquem na ambulância. Ergo seu queixo, pronto para entubá-la, mas então vejo a cicatriz que ela arrumou quando caiu dos patins de gelo de Jesse e perco o controle. Red me tira dali, coloca o tubo e sente a pulsação dela.

— O pulso está fraco, capitão — ele diz. — Mas está batendo.

Red coloca o tubo na veia dela enquanto pego o rádio e aviso ao hospital nosso tempo estimado de chegada.

— Sexo feminino, treze anos, AVM, lesão grave fechada na cabeça...

Quando o monitor cardíaco mostra que o coração dela parou, largo o rádio e começo a fazer reanimação cardiopulmonar.

— Pegue o desfibrilador — ordeno.

Rasgo a camiseta de Anna, corto a renda do sutiã que ela queria tanto, embora não precise dele. Red lhe dá um choque e o coração volta a bater, bradicardia com batimentos ventriculares de escape.

Colocamos a máscara de oxigênio e ligamos o soro no tubo da veia dela. Quando chegamos à área de carga e descarga do hospital, Paulie chama os médicos aos gritos e abre a porta da ambulância. Na maca, Anna está imóvel. Red segura meu braço com força.

— Não pense nisso — ele diz, pegando a cabeceira da maca de Anna e correndo com ela para o pronto-socorro.

Eles não me deixam entrar na sala de trauma. Alguns bombeiros vão chegando aos poucos, para me dar apoio. Um deles vai pegar Sara, que chega frenética.

— Onde ela está? O que aconteceu?

— Um acidente de carro — consigo dizer. — Eu não sabia quem era até chegar lá.

Meus olhos se enchem de lágrimas. Devo dizer a ela que Anna não está respirando sozinha? Devo dizer que seu coração parou na ambulância? Devo dizer que passei os últimos minutos questionando cada pequena coisa que fiz, da forma como engatinhei sobre a picape até a maneira como a tirei do carro destruído, certo de que minhas emoções comprometeram o que deveria ter sido feito, o que poderia ter sido feito?

Neste momento, ouço a voz de Campbell Alexander e o som de algo sendo atirado contra a parede.

— Que merda! — ele diz. — Só me diga se ela foi trazida para cá ou não!

Ele sai furioso de outra sala de trauma, com o braço engessado e as roupas ensanguentadas. O cachorro está ao seu lado, mancando. Imediatamente, os olhos de Campbell encontram os meus.

— Cadê a Anna? — ele pergunta.

Eu não respondo, pois que diabos posso dizer? E ele só precisa disso para entender.

— Meu Deus — ele sussurra. — Meu Deus, não.

O médico sai da sala de Anna. Ele me conhece — eu venho aqui quatro noites por semana.

— Brian — ele diz com sobriedade —, ela não está respondendo aos estímulos nociceptivos.

Eu compreendo, e o som que emito é primevo, inumano.

— O que isso significa? — Sara pergunta, as palavras me bicando como um pássaro. — O que ele está dizendo, Brian?

— A cabeça de Anna bateu na janela com muita força, sra. Fitzgerald. Isso causou um trauma fatal na cabeça. Um ventilador mecânico está fazendo com que ela respire agora, mas ela não está mostrando nenhuma indicação de atividade neurológica... Ela teve morte cerebral. Eu sinto muito – diz o médico. – Muito mesmo.

Ele hesita, olhando para mim e depois para Sara.

– Eu sei que vocês não querem pensar nisso agora, mas não temos muito tempo... Gostariam de considerar a doação dos órgãos?

Há estrelas no céu que parecem mais brilhantes que as outras e, quando você olha pelo telescópio, descobre que na verdade são estrelas gêmeas. As duas orbitam ao redor uma da outra, às vezes levando quase cem anos para completar o trajeto. Criam uma força gravitacional tão grande que não sobra espaço para mais nada. Você pode ver uma estrela azul, por exemplo, e só depois se dar conta de que ela tem uma anã branca como companheira – a primeira brilha tanto que, quando você nota a segunda, já é tarde demais.

É Campbell quem responde ao médico.

– Eu sou o procurador legal da Anna – ele explica –, não os pais dela.

Ele olha para mim e depois para Sara.

– E tem uma menina lá em cima que precisa desse rim.

SARA

NA NOSSA LÍNGUA, há órfãos e viúvos, mas não há uma palavra para descrever um pai ou uma mãe que perde um filho.

Eles a trazem de volta para nós depois que os órgãos doados são removidos. Sou a última a entrar. No corredor já estão Jesse, Zanne, Campbell, alguns dos enfermeiros mais íntimos de nós e até Julia Romano – as pessoas que precisavam se despedir.

Brian e eu entramos e vemos Anna, pequenina e imóvel na cama de hospital. Há um tubo entrando por sua garganta e uma máquina respirando por ela. Nós é que precisamos desligá-la. Sento na beirada da cama e pego a mão de Anna, ainda quente ao toque, ainda macia na minha. Depois de tantos anos tentando me preparar para um momento como este, eu me sinto completamente perdida. É como tentar colorir o céu com um giz de cera. Não há palavras para uma tristeza tão grande.

– Eu não vou conseguir – sussurro.

Brian se aproxima de mim por trás.

– Meu amor, ela não está aqui. É a máquina que mantém seu corpo vivo. O que faz a Anna ser a Anna já se foi.

Eu me viro e enterro o rosto em seu peito.

– Mas não era para isso acontecer – digo aos soluços.

Ficamos abraçados, e então, quando sinto coragem suficiente, olho para aquela casca que já conteve minha caçula. Ele tem razão, no fim das contas. Isso aqui é só uma concha. Não há energia em suas feições; há uma ausência frouxa em seus músculos. Debaixo de sua pele, não há mais os órgãos, que vão para Kate e para outras pessoas sem nome que também ganharão uma segunda chance.

– Tudo bem – digo.

Respiro fundo. Coloco a mão sobre o peito de Anna enquanto Brian, tremendo, desliga o ventilador mecânico. Massageio sua pele em pequenos círculos, como se isso fosse tornar o processo mais fácil. Quando os monitores mostram linhas retas, fico esperando ver alguma mudança nela. E então sinto quando seu coração para de bater sob os meus dedos – aquela pequena perda de ritmo, aquela calma oca, aquela perda imensa.

EPÍLOGO

Quando na calçada,
Palpitando chamas de vida,
As pessoas passam por mim,
Eu esqueço meu luto,
O vácuo na grande constelação,
O lugar onde uma estrela ficava.

– D. H. Lawrence,
"Submergence"

KATE

2010

DEVIA HAVER UM PRAZO DE VALIDADE *para a tristeza. Um manual de regras dizendo que tudo bem acordar chorando, mas só durante um mês. Que depois de quarenta e dois dias você não vai mais se virar com o coração batendo forte, certa de que a ouviu chamar seu nome. Que não haverá uma multa se você sentir necessidade de arrumar a escrivaninha dela, tirar seus desenhos presos na geladeira, virar para baixo uma foto ao passar – mesmo se for só porque o corte volta a abrir quando você a vê. Que não há problema em medir o tempo que passou desde que ela se foi, da mesma forma como uma vez medimos seus aniversários.*

Depois que aconteceu, por um longo tempo meu pai afirmou que podia ver Anna no céu noturno. Às vezes era o brilho dos olhos dela, às vezes a linha de seu perfil. Ele insistia em dizer que as estrelas eram pessoas tão amadas que passavam a fazer parte dos traçados das constelações, para poder viver para sempre. Minha mãe acreditou, por um longo tempo, que Anna ia voltar para ela. Ela passou a procurar sinais – plantas que floresciam cedo demais, ovos com duas gemas, o sal derramado que formava letras.

E eu, bem, comecei a me odiar. Foi tudo culpa minha, é claro. Se Anna jamais tivesse entrado com aquele processo, se ela não estivesse no tribunal assinando papéis com seu advogado, jamais teria estado justo naquele cruzamento, justo naquela hora. Ela estaria aqui, e eu é que voltaria para assombrá-la.

Fiquei doente por um longo tempo. O transplante quase deu errado, e então, inexplicavelmente, comecei a melhorar devagar, passo a passo. Já faz oito anos desde a minha última recaída, e nem o dr. Chance consegue en-

tender. Ele acha que é uma combinação do ATRA com o arsênio – um efeito retardado que acabou ajudando –, mas eu sei que não. É que alguém tinha que ir embora, e Anna foi no meu lugar.

A dor é uma coisa curiosa quando acontece de forma inesperada. É como um curativo sendo arrancado, tirando a camada externa de uma família. As entranhas de um lar nunca são bonitas, e as nossas não são exceção. Houve épocas em que fiquei trancada no quarto por dias a fio, ouvindo música com os fones de ouvido, só para não escutar minha mãe chorar. Houve semanas em que meu pai trabalhou o tempo todo, para não precisar voltar para uma casa que parecia grande demais para nós.

Então, certa manhã, minha mãe se deu conta de que havíamos comido tudo que tinha na casa, até a última uva-passa murcha e a última migalha de biscoito, e foi ao mercado. Meu pai pagou uma conta ou duas. Eu me sentei para ver televisão, um episódio antigo de I Love Lucy, e comecei a rir.

Imediatamente, senti como se tivesse profanado um altar. Coloquei a mão sobre a boca, envergonhada. Foi Jesse, ao meu lado no sofá, que disse:

– Ela teria achado engraçado também.

Está vendo? Por mais que você queira se agarrar à memória dolorida e amarga de que alguém deixou este mundo, você ainda está nele. E o próprio ato de viver é uma maré: primeiro não parece fazer diferença nenhuma, e então, um dia, você olha para baixo e vê quanto a dor foi corroída.

Eu me pergunto quanto ela sabe de nós. Se sabe que, por um longo tempo, fomos próximos de Campbell e de Julia e chegamos a ir ao casamento deles. Se entende que não os vemos mais simplesmente porque dói demais, porque, mesmo quando não falávamos de Anna, ela permanecia nos espaços entre as palavras, como o cheiro de algo queimando.

Eu me pergunto se ela viu Jesse se formar na academia de polícia, se sabe que ele ganhou uma condecoração da prefeitura ano passado por seu papel no desmantelamento de uma rede de tráfico de drogas. Eu me pergunto se Anna sabe que o papai passou a beber muito depois que ela foi embora, e teve que lutar com unhas e dentes para sair dessa. Eu me pergunto se ela sabe que eu ensino crianças a dançar. Que toda vez que vejo duas menininhas na barra, abaixando para fazer pliés, eu penso em nós.

Ela ainda me surpreende. Como na vez, quase um ano após sua morte, em que minha mãe chegou em casa com um rolo de filme que tinha revelado, com fotos da minha formatura no ensino médio. Nós sentamos juntas à mesa da cozinha, ombro com ombro, olhando para nossos enormes sorrisos e tentando não mencionar que havia alguém faltando nas fotos.

E então, como por mágica, a última foto era de Anna. Fazia tempo que não usávamos a máquina, só isso. Ela estava deitada sobre uma toalha de praia, esticando a mão na direção do fotógrafo, tentando impedir quem quer que fosse de tirar a foto.

Minha mãe e eu ficamos na cozinha olhando para Anna até o sol se pôr, até termos memorizado tudo, da cor do elástico que prendia seu rabo de cavalo até a estampa de seu biquíni de franjinha. Até não termos mais certeza se a estávamos vendo claramente.

Minha mãe me deu aquela foto de Anna. Mas eu não a coloquei num porta-retrato; coloquei-a num envelope, fechei-o e escondi-o bem no fundo da gaveta de um arquivo. Ela está lá, para o caso de, um dia desses, eu começar a perdê-la.

Pode haver uma manhã em que eu acorde e o rosto dela não seja a primeira coisa que vejo. Ou uma tarde preguiçosa de agosto em que não consiga mais lembrar onde ficavam as sardas de seu ombro direito. Talvez um dia desses eu não consiga ouvir os passos dela quando a neve começa a cair.

Quando começo a me sentir assim, entro no banheiro, ergo a camiseta e traço as linhas brancas da minha cicatriz. Lembro como, no começo, eu achava que os pontos formavam as letras do nome dela. Penso no rim dela trabalhando dentro de mim e em seu sangue correndo em minhas veias. Eu a levo comigo, para onde quer que vá.

Impresso no Sistema Digital Instant Duplex da Divisão Gráfica da
DISTRIBUIDORA RECORD DE SERVIÇOS DE IMPRENSA S.A.
Rua Argentina, 171 - Rio de Janeiro/RJ - Tel.: (21) 2585-2000